RAYMOND KHOURY

Né en 1960 à Beyrouth, Raymond Khoury quitte le Liban en 1975 pour étudier à New York. Il se consacre à une carrière dans la finance à Londres, avant de se lancer dans l'écriture de scénarios pour des séries télévisées comme *Dinotopia* en 2002, puis *MI-5* en 2004 et 2005. *Le Dernier Templier* (2006), son premier roman, est un best-seller traduit dans de nombreux pays. Il s'est vendu à plus de 3 millions d'exemplaires dans le monde. Raymond Khoury a ensuite publié *Eternalis* (2008), *Le Signe* (2009), *La Malédiction des Templiers* (2010) – suite du *Dernier Templier* –, *L'Élixir du diable* (2011) et *Manipulations* (2012). Tous ces ouvrages ont paru aux Presses de la Cité.

**Retrouvez toute l'actualité de l'auteur sur :
www.raymond-khoury.fr**

MANIPULATIONS

DU MÊME AUTEUR
CHEZ POCKET

LE DERNIER TEMPLIER
LA MALÉDICTION DES TEMPLIERS
ETERNALIS
LE SIGNE
L'ÉLIXIR DU DIABLE
MANIPULATIONS

RAYMOND KHOURY

MANIPULATIONS

L'Ombre de Raspoutine

*Traduit de l'anglais
par Jean Charles Provost*

Édition revue et augmentée par l'auteur

PRESSES DE LA CITÉ

Titre original :
BRAIN STORM

Pocket, une marque d'Univers Poche,
est un éditeur qui s'engage pour la préservation
de son environnement et qui utilise du papier fabriqué
à partir de bois provenant de forêts gérées
de manière responsable.

Le Code de la propriété intellectuelle n'autorisant, aux termes de l'article L. 122-5, 2° et 3° a, d'une part, que les « copies ou reproductions strictement réservées à l'usage privé du copiste et non destinées à une utilisation collective » et, d'autre part, que les analyses et les courtes citations dans un but d'exemple et d'illustration, « toute représentation ou reproduction intégrale ou partielle faite sans le consentement de l'auteur ou de ses ayants droit ou ayants cause est illicite » (art. L. 122-4).
Cette représentation ou reproduction, par quelque procédé que ce soit, constituerait donc une contrefaçon, sanctionnée par les articles L. 335-2 et suivants du Code de la propriété intellectuelle.

© Raymond Khoury, 2012
Tous droits réservés
© Presses de la Cité, 2012, pour la traduction française
© Pocket, un département d'Univers Poche,
pour la présente édition
ISBN : 978-2-266-24059-8

Pour Mia, mon petit amour,
Qui se lance dans sa grande aventure...

« La réalisation la plus transcendantale de l'homme serait la conquête de son propre cerveau. »

> Santiago Ramón y Cajal (1852-1934),
> neuro-anatomiste, prix Nobel de physiologie
> et médecine (1906)

Prologue

Oural (empire russe), 1916

Quand le hurlement strident se propagea entre les parois inclinées de la mine de cuivre, à trois cents mètres de profondeur, Maxime Nikolaïev posa sa pioche et s'essuya le front. Il inspira profondément, et la poussière toxique pénétra dans ses poumons déjà bien infestés. Il ne s'en rendait même pas compte, ou bien il s'en fichait. La seule chose qui l'intéressait pour le moment, c'était la pause de la mi-matinée. Il était au travail depuis 5 heures du matin.

Tandis que les derniers échos de la sirène s'évanouissaient autour de lui, Maxime entendit, au loin, le bruit de la rivière Miass. Elle lui rappelait son enfance, quand son oncle l'emmenait se baigner dans un endroit retiré des faubourgs d'Ozersk, à l'abri de la fumée grise que vomissait vingt-quatre heures sur vingt-quatre le complexe métallurgique de Magnitogorsk.

Il se rappelait l'odeur des pins, si hauts qu'ils semblaient toucher le ciel. La tranquillité de l'endroit lui manquait.

L'air pur lui manquait encore plus.

Une voix retentit, un peu plus bas dans le tunnel :
— Hé, Mamo, ramène tes fesses. On joue pour un coup avec la fille de Grigori !

Maxime détestait ce diminutif et, de façon plus générale, la stupidité de Vassili, mais ce connard maigrichon s'offusquait de la plus légère provocation. Il se contenta donc de sourire au groupe d'hommes, posa sa pioche sur son épaule musclée et s'approcha nonchalamment des trois autres *mudaks* déjà installés à leurs places habituelles.

Il s'assit à côté du malheureux Grigori. Maxime n'avait posé les yeux qu'une seule fois sur sa fille, quatre ans plus tôt, à une fête de Nouvel An : elle était effectivement d'une beauté saisissante, et il ne doutait pas une seconde qu'elle trouverait bien mieux que n'importe lequel des losers pathétiques qui se trouvaient avec lui, dans la mine de cuivre n° 7 du district de Varnenski, oblast de Tcheliabinsk.

Maxime sortit de sa poche une petite flasque (infraction passible d'une punition) et en avala une lampée. Il savait que les autres buvaient l'équivalent en vodka d'un jour de salaire dans les deux heures séparant le moment où l'autocar les déposait dans les faubourgs de Varna et celui où ils rentraient se coucher. Maxime, le seul du groupe qui fût originaire du coin, tenait son rythme toute la journée avant de rentrer droit chez lui pour retrouver sa sœur infirme et les trois grands enfants de cette dernière. Il n'avait pas l'air de s'inquiéter outre mesure à l'idée d'être surpris en train de boire de l'alcool au travail, pas même ce jour-là, alors que ses camarades et lui avaient remarqué un grand camion gris, aux vitres couvertes de gel, garé près de l'entrée de la mine. Le genre de camion qui contenait généralement, fixée au sol, une rangée de bureaux et de sièges métalliques. Un bureau mobile de l'Inspection de la Productivité, il le savait. Non sans égoïsme, peut-être, il accueillerait avec plaisir le changement de décor, après dix-sept ans passés à travailler dans la même mine et à élever la progéniture ingrate de quelqu'un d'autre. Un camp de travail de Sibérie ne serait pas vraiment pire.

Il s'essuya les lèvres avec sa manche crasseuse.

— On fait une partie, alors, dit-il à Vassili.

Tant qu'à faire, il pouvait aussi bien gagner un peu de fric à cet idiot au regard mauvais.

Vassili sortit les cartes et les battit lentement. Depuis que son frère avait été envoyé dans les mines de soufre pour avoir tenté de sortir un peu du minerai doré, il faisait toutes choses avec une pesanteur qui ne le quittait jamais. Ce n'était pas comme si l'or de son frère avait dupé n'importe lequel des gens du pays. Peut-être avait-il essayé de vendre les morceaux minuscules de chalcopyrite loin de là. Quoi qu'il en soit, personne n'avait plus entendu parler de lui depuis des mois.

Alexeï, le plus pathétique du quatuor, joua le premier, suivi de Grigori, puis de Maxime. Puis ce fut au tour de Vassili. Il frappa du poing sur la dame de cœur que quelqu'un venait de retourner, ébranlant la misérable table de bois autour de laquelle ils se tenaient, puis il se pencha en arrière, un sourire suffisant aux lèvres. Maxime ne cilla pas. Son esprit dérivait. Il sentit un picotement bizarre dans son crâne, comme un petit chatouillis au fond de son cerveau, et, pour une raison quelconque, il se rappela combien il détestait l'*ochko*. Tout le monde prétendait que ce jeu exigeait du talent, alors que seule la chance entrait en ligne de compte.

Il préférait de loin le *durak*, qui exigeait beaucoup d'habileté. Il y jouait depuis vingt-sept ans, et il n'avait jamais été le dernier à garder des cartes en main. Il se demandait souvent si cela signifiait qu'il pouvait avoir de la chance, finalement. C'était aussi pour cette raison que Vassili refusait d'y jouer avec lui. En tout cas, tout cela lui donnait mal à la tête. Sans compter que, en ce moment même, son corps brûlait de désir pour Tatiana. Elle le faisait payer moins que les autres, et personne n'était au courant. Il sourit intérieurement en se rappelant comment Vassili surnommait Tatiana : « le balai à chiottes ».

La voix rauque de Vassili mit fin à sa petite escapade mentale.

— Je ne sais pas ce qui te fait rire, Mamo. Tu as déjà dix-sept. Allez, prends une carte, avant qu'on se transforme en pierre.

Maxime réalisa qu'il avait retourné ses deux premières cartes sans même les regarder.

Alexeï retourna un sept de trèfle, ce qui le fit sortir du jeu après trois cartes, comme on pouvait s'y attendre. Grigori retourna un deux de pique, ce qui lui donna dix-neuf points. Il regarda nerveusement Vassili, dont l'expression ne changea pas. Le salaud menait avec dix-huit. Tous le savaient très mauvais perdant. Vassili fit un geste vers Maxime pour le presser de prendre son tour. Cela lui permettrait de retourner un trois et de remporter le petit tas de roubles posé au milieu de la table.

Maxime n'avait vraiment pas envie de le laisser gagner. Pas aujourd'hui. Pas ici, pas maintenant. Il s'apprêtait à retourner sa carte, lorsqu'une douleur aiguë lui traversa la nuque. Cela ne dura qu'une fraction de seconde. Il secoua la tête, ferma les yeux puis les rouvrit. Quoi que ce fût, cela avait disparu.

Il jeta un œil sur sa carte, puis leva les yeux vers Vassili. Le maigrichon le regardait bizarrement. Maxime sut que le type trichait. Il ignorait comment, mais il en était foutrement sûr.

Non seulement il trichait, mais il le regardait comme si… comme s'il le détestait. Plus que ça. Comme s'il le haïssait. Comme s'il le méprisait.

Comme s'il avait envie de le tuer.

Maxime comprit alors qu'il haïssait encore plus Vassili. Il retourna sa carte. Le cinq de carreau. Il était *out*, lui aussi. Avec un petit sourire satisfait, Vassili retourna sa propre carte. Le quatre de cœur. On y était. Il avait gagné.

— Nous voilà, *moi lyubimye*, fit Vassili, béat, en tendant la main pour ramasser ses gains.

La main de Maxime jaillit pour l'arrêter, mais au même instant Alexeï s'écarta de la table. Son visage se décomposa et il se mit à vomir le contenu de son estomac sur les bottes du tricheur.

— Ouahhh ! Alexeï, espèce de fils de pute…

Vassili s'écarta d'un bond. Soudain une douleur terrible s'afficha sur son visage, il heurta le sol en se tenant la tête des deux mains, renversant la table et envoyant valser les cartes.

Grigori bondit sur ses pieds, indigné.

— Un quatre ? Quel quatre ? Je n'ai pas vu de quatre ! Putain de tricheur !

Le regard de Maxime se posa sur Alexeï, qui avait les yeux injectés de sang, comme si la force des haut-le-cœur avait fait éclater tous les vaisseaux sanguins de son visage. Maxime sut avec la plus grande certitude qu'Alexeï avait triché, lui aussi. Ils trichaient tous, ces salauds. Ils allaient le tondre – puis ils lui feraient du mal. Comme pour lui donner raison, Vassili, toujours cloué au sol, se mit à rire. Maxime le regarda fixement. Il sentit la transpiration suinter de son corps, pas très sûr de ce qu'il devait faire...

Vassili se redressa – il n'avait pas l'air d'aller bien du tout –, puis s'immobilisa : Grigori venait de lui ficher dans la tempe une pioche.

Tandis que le type s'effondrait en tas à ses pieds, un flot de sang jaillissant de son crâne, Maxime eut conscience que la douleur était de retour dans sa nuque, plus aiguë qu'avant. Un sentiment très fort de paranoïa l'envahit. Il serait le prochain. Il en avait la certitude. Ils allaient le tuer, à moins qu'il ne les tue d'abord.

De toute sa vie, il n'avait jamais eu une telle certitude.

Alors que des hurlements de rage venaient des autres coins de la mine, Maxime se jeta sur Grigori – ce salaud tricheur et meurtrier –, lui bloqua le bras et tenta de s'emparer de sa pioche. Dans la pâle lumière dispensée par l'ampoule crasseuse, il aperçut Alexeï, qui s'était remis sur pied et essayait à son tour de saisir sa pioche. Tout était devenu flou, une masse indistincte de griffes et de swings, de cris et de coups, jusqu'au moment où Maxime sentit quelque chose de chaud entre ses mains, une chose qu'il ne pouvait s'empêcher de serrer au point que ses mains se rejoignaient. Le visage aux orbites vides, ensanglanté, du pauvre Grigori, devint livide au moment où il lui brisa le cou.

Tout autour de lui, l'air était plein de cris et du bruit de l'acier frappant la chair et les os.

Maxime sourit et gonfla ses poumons. Il n'avait

jamais rien entendu de si magnifique... puis quelque chose étincela à la limite de son champ de vision.

Il se jeta en arrière alors que le piolet brassait l'air à quelques centimètres de son visage. Il enfonça son poing dans les côtes de son agresseur, frappa à nouveau. Il entendit un craquement, il se glissa derrière l'homme qui grognait, lui passa un bras autour du cou – c'était Popov, le contremaître, un homme que Maxime n'avait jamais entendu élever la voix – et l'étrangla.

Popov glissa sur le sol comme un sac de betteraves.

Maxime saisit le piolet et l'enfonça sur-le-champ dans le visage d'Alexeï, dont la pioche était à mi-chemin de sa poitrine. Il essaya d'esquiver, mais la pioche atteignit sa cible et lui arracha un gros morceau du flanc.

Alexeï tomba en arrière, le piolet planté dans le visage.

Maxime se laissa tomber à genoux en tenant des deux mains son flanc déchiré, dans une tentative de rapprocher les bords de la plaie.

Il resta là, à se tordre de douleur, les mains baignant dans son sang, le regard fixé sur la galerie. Il vit ses camarades, des deux côtés du tunnel, en train de se battre furieusement à coups de pioche.

Il regarda sa blessure. Le sang qui coulait entre ses doigts tombait en cascade sur le sol crasseux. Derrière lui, brusquement, une violente explosion déchira l'air.

Les parois tremblèrent, de la poussière et des fragments de rochers retombèrent en pluie sur lui.

Trois autres explosions suivirent et les lumières s'éteignirent, plongeant les tunnels de la mine de cuivre n° 7 dans une obscurité totale.

Un silence de mort régna pendant quelques instants. Puis on sentit un vent froid tandis que s'élevait un grondement.

Un grondement qui se transforma en rugissement.

Maxime essayait de percer l'obscurité. Il n'eut pas le temps de voir la muraille d'eau qui le balaya avec la force d'une enclume. Durant ces ultimes secondes de conscience avant que l'eau noie ses poumons et que la force du torrent le projette contre la paroi du tunnel, Maxime Nikolaïev eut une dernière pensée pour son enfance. Il eut le temps de se dire qu'il serait si doux de retourner à la rivière de sa jeunesse.

Debout près du détonateur à l'entrée du tunnel, l'homme de science tendit l'oreille, jusqu'à ce que le silence se fasse à nouveau dans la montagne. Il frissonnait, visiblement, et ce n'était pas de froid. Son compagnon, en revanche, était anormalement calme et détendu. Ce qui faisait trembler encore plus fort le scientifique.

Ils avaient parcouru un long trajet ensemble, depuis le monastère sibérien lointain et isolé jusqu'à cet endroit également abandonné de tous. Un voyage qui avait débuté des années plus tôt, avec la promesse de grandes choses, mais qui avait dévié depuis lors vers un territoire sauvage et criminel. Le savant ne se rappelait pas comment ils avaient atteint ce point de non-retour, ni la manière dont tout avait dégénéré pour aboutir à un meurtre collectif. Tout en observant son compagnon, il ne pouvait s'empêcher de penser que c'était peut-être loin d'être fini.

— Qu'avons-nous fait ? murmura-t-il, terrifié dans l'instant d'avoir laissé les mots franchir ses lèvres.

Son compagnon se tourna vers lui. Pour un homme doté d'un tel pouvoir et d'une telle influence, un homme qui était devenu le confident et l'ami intime du tsar et de l'impératrice, il était vêtu pour le moins bizarrement : une vieille veste crasseuse déchirée aux poignets, un pantalon bouffant dont le fond lui retombait sur les jambes, un peu à la manière du *sarouel* que portent les Turcs, des bottes graissées de paysan... Et cette barbe emmêlée, jamais taillée, ces cheveux gras, séparés par une raie médiane comme ceux d'un serveur de taverne. L'érudit savait que tout cela était pur artifice, bien sûr, et faisait partie d'un style parfaitement élaboré et maîtrisé. Une image habilement conçue pour un grand plan d'ensemble, dont le savant était devenu l'acolyte et le complice. Un costume conçu pour exprimer l'humilité et la modestie d'un véritable homme de Dieu. Une tenue si simple qu'elle n'était d'aucun secours pour se soustraire à la puissance hypnotique du regard gris-bleu de l'homme qui la portait.

Le regard d'un démon.

— Qu'avons-nous fait ? répéta son compagnon, avec sa manière de s'exprimer, bizarre, simple, presque primitive. Je vais vous dire ce que nous avons fait, mon ami. Vous et moi... nous venons d'assurer le salut de notre peuple.

Comme toujours quand il se trouvait en sa compagnie, le savant était pris d'une sorte d'engourdissement. Il était incapable de faire autre chose que rester là à hocher la tête. Alors qu'il commençait tout juste à assimiler ce qu'ils venaient de faire, il sentit une obscurité étouffante descendre sur lui. Il s'interrogea sur les horreurs qui les attendaient – des horreurs qu'il n'aurait jamais crues possibles dans le monastère isolé où il avait rencontré le mystérieux paysan. À l'époque où l'homme l'avait sorti du néant où il s'était enfoui, lui avait montré son don merveilleux et lui avait parlé de ses errances dans les cloîtres perdus, au plus profond des bois, et des croyances qu'il y avait découvertes. L'époque où le mystique aux yeux perçants lui avait parlé pour la première fois de l'avènement du « vrai tsar », un chef juste, un rédempteur du peuple aux origines modestes. Un sauveur de la Sainte Russie.

Pendant un bref instant, l'homme de science se demanda s'il serait jamais capable de se libérer de l'emprise de son mentor, et d'éviter la folie qui menaçait de l'engloutir sans le moindre doute. Mais cette pensée disparut aussi vite qu'elle était apparue, étouffée avant même qu'elle ait eu le temps de prendre forme dans son esprit.

Il savait que personne n'avait jamais refusé quoi que ce fût à Grigori Efimovitch Raspoutine.

Et il savait, avec une certitude qui le paralysait, qu'il était à mille lieues d'avoir la volonté nécessaire pour être le premier à s'y risquer.

Chapitre 1

Queens, New York, de nos jours

La vodka n'avait plus beaucoup de goût, la dernière lampée lui avait brûlé la gorge comme de l'acide. Mais ça ne l'empêchait pas de continuer.

C'était un mauvais jour pour Leo Sokolov.

Un mauvais jour qui suivait de près tant d'autres mauvais jours.

Il détourna le regard du téléviseur fixé au mur et, d'un geste, invita le barman à le servir. Puis il revint à l'émission en direct de Moscou. Il sentit l'amertume l'envahir quand la caméra zooma sur le cercueil qu'on descendait en terre.

Le dernier d'entre nous, se lamentait-il en silence. Le dernier... et le meilleur.

Le dernier de la famille que j'ai effacée de ma mémoire.

L'écran se fragmenta pour montrer un autre direct de Moscou, cette fois de la place du Manège, où des milliers de personnes manifestaient bruyamment sous les murs et les flèches du Kremlin. Sous le nez précisément de ceux qui avaient assassiné cet homme courageux, noble... cet homme formidable.

Vous pouvez crier, gueuler autant que vous pouvez, rageait-il intérieurement. Qu'est-ce que ça changera ? Ce qu'ils lui ont fait, ils le referont, ils le referont chaque fois que quelqu'un osera élever la voix contre eux. Ils se foutent de savoir combien de gens ils tuent. Pour eux, nous ne sommes...

Il se rappelait les paroles vibrantes de l'homme.

« Nous ne sommes que du bétail. »

Une profonde tristesse l'envahit lorsque la caméra fit un gros plan de la veuve, vêtue de noir. Elle faisait de son mieux pour paraître digne et intraitable – tout en étant consciente, Sokolov en était persuadé, que les moindres velléités de protestation qu'elle pourrait esquisser seraient impitoyablement balayées.

Les doigts de Sokolov se crispèrent sur son verre.

Contrairement à d'autres *leaders* de l'opposition, l'homme qu'on enterrait ce jour-là n'avait pas été un égoïste avide de pouvoir. Pas davantage un oligarque rongé par l'ennui qui cherchait à ajouter un trophée à sa vie dorée. Encore moins un nostalgique de l'ère communiste, un écologiste messianique ou un gauchiste radical et délirant. Il n'était qu'un citoyen ordinaire, inquiet, un avocat résolu à essayer de faire en sorte que tout aille bien, ou en tout cas un peu mieux. Résolu à lutter contre ceux qui étaient au pouvoir, qu'il avait publiquement traités de menteurs et de voleurs – une étiquette désormais profondément gravée dans la pensée des personnes qui se mobilisaient contre le gouvernement. Résolu à combattre la corruption et les détournements de fonds publics permanents. Résolu à se débarrasser de ceux qui avaient volé le pays, l'avaient réduit en esclavage pendant des décennies, tous ces gens qui le dirigeaient désormais à la pointe d'une lame plaqué or, qui avaient pillé ses formidables richesses et entassé leurs milliards à Londres et à Zurich. Résolu à rendre à ses compatriotes un peu de la dignité et de la liberté dont jouissaient beaucoup d'hommes en Europe et ailleurs dans le monde.

Comme Sokolov avait été fier, la première fois qu'on avait parlé de lui. Cela avait infusé une vie nouvelle dans ses poumons fatigués d'homme de soixante-trois ans, de voir ce jeune homme charismatique fêté sur les chaînes d'informations, de lire les articles chaleureux à son sujet dans le *New York Times*, d'écouter ses discours enflammés sur YouTube, jusqu'au jour où l'inouï avait commencé à se réaliser : des dizaines de milliers de Russes furieux, excédés, de tout âge et de toute condition, avaient bravé le froid, menacé la police antiémeute, et s'étaient rassemblés sur la place Bolotnaya et en d'autres lieux de la capitale pour écouter ses discours, crier leur solidarité et exprimer leur ras-le-bol d'être traités comme des serfs stupides.

Et puis, comme s'il ne suffisait pas d'écouter ses discours, comme si ces foules là-bas, au pays natal, ne suffisaient pas à faire battre son cœur, le plus épatant était le fait que ce *leader* influent, cet homme exceptionnel et courageux, ce sauveur entre les sauveurs, n'était autre que le fils du frère de Leo. Son neveu. Et, Leo excepté, le dernier membre survivant de sa famille.

La famille qu'il avait effacée de sa vie.

Le moniteur rediffusait des images du dernier discours de son neveu. Le spectacle en était presque insupportable. En voyant les traits sereins du jeune homme et l'irrésistible énergie qui émanait de lui, Sokolov ne pouvait s'empêcher d'imaginer ce qui s'était passé suite à son arrestation. Il était incapable de chasser de son esprit les horreurs que le jeune homme, il le savait, avait endurées après avoir été jeté dans un cul-de-basse-fosse de la prison de Lefortovo, la citadelle couleur moutarde proche du centre de Moscou, où l'on enfermait les ennemis de l'État depuis l'époque des tsars. Il savait tout de l'histoire sordide de cet endroit. Comment on nourrissait de force les dissidents par les narines pour les rendre plus dociles. Les cachots et les « cellules psychologiques » aux murs noirs, l'ampoule de vingt-cinq watts allumée en permanence et la vibration ininterrompue, exaspérante, qui venait de l'Institut d'études hydrodynamiques voisin, d'une puissance telle qu'il était impossible de poser une tasse sur une table sans que son contenu se déverse sur le sol. Il connaissait aussi le monstrueux broyeur dont ils se servaient pour réduire les cadavres de leurs victimes en une purée qu'ils déversaient dans les égouts de la ville. Alexandre Soljenitsyne y avait été détenu, comme un autre Alexandre, l'agent du FSB Litvinenko, assassiné à l'aide d'un thé au polonium après s'être enfui à Londres. Litvinenko, à qui on avait imposé comme compagnon de cellule un mouchard qui fumait cigarette sur cigarette – pensée délicate de la part de ses anciens patrons, qui savaient qu'il était allergique à la fumée.

La mort du neveu de Sokolov n'avait pas été aussi sophistiquée, loin de là. Mais elle avait été sans nul doute beaucoup plus douloureuse.

Sans nul doute.

Il ferma les yeux, dans une tentative futile pour

repousser les images obsédantes qui l'assaillaient. Il savait de quoi ces hommes étaient capables, il le savait parfaitement, totalement, il en savait tous les détails, sanglants, inhumains ; il savait qu'ils n'avaient rien épargné à son neveu, une fois la décision prise en haut lieu de se débarrasser d'une grosse épine sous leur selle.

Les informations télévisées montraient maintenant une manifestation qui se déroulait au même moment devant le consulat russe, à Manhattan pas très loin du bar minable d'Astoria où Sokolov était affalé. Des centaines de personnes agitaient des pancartes, montraient le poing, attachaient des bouquets de fleurs et des messages d'hommage aux grilles des immeubles voisins. Toute la scène était observée par la police de New York et une armada de caméras de télévision.

On vit ensuite d'autres manifestations similaires devant des ambassades et consulats russes un peu partout dans le monde, avant de revenir à celle de Manhattan.

Sokolov fixait l'écran d'un regard mort. Puis il paya son ardoise et sortit du bar en titubant, vaguement conscient de l'endroit où il se trouvait – mais bien certain de l'endroit où il aurait dû être.

Sans trop savoir comment, il parvint à parcourir le chemin séparant le Queens de Manhattan jusqu'à la 91ᵉ Rue Est et tomba sur la grande foule qui se pressait contre les barrières de la police. Sa poitrine se souleva sous l'effet d'une colère alimentée par la passion qui s'exprimait autour de lui. Il se joignit au mouvement, s'enfonça dans la foule, agitant le poing et reprenant en chœur les cris retentissants et familiers : « Menteurs ! Assassins ! » et « Honte sur vous ! »

Il se retrouva bientôt au premier rang de la foule, juste devant les barrières qui protégeaient les grilles du consulat. Les chants étaient plus forts maintenant, les poings s'agitaient plus vigoureusement que jamais, et l'ensemble, combiné aux effets de l'alcool qui coulait dans ses veines, devint presque hallucinogène. Son esprit glissa dans toutes les directions avant de se fixer sur une image bienfaisante, un fantasme de vengeance qui se répandit dans son organisme comme un incendie. Cela le réchauffait de l'intérieur, et il se rendit compte qu'il le nourrirait et le laisserait grandir jusqu'à ce que ça le consume complètement.

Ses yeux las, brumeux, remarquèrent deux hommes près de l'entrée du consulat. Ils observaient la foule et, après avoir échangé quelques mots, ils se retirèrent derrière les portes fermées.

Sokolov ne put se retenir :

— C'est ça ! Allez vous cacher, bande de porcs athées ! hurlait-il. Votre temps touche à sa fin, vous m'entendez ? Votre temps touche à sa fin, tous autant que vous êtes, et vous allez payer... Vous allez payer très cher !

Le visage couvert de larmes, il martelait la barrière de coups de poing.

— Vous croyez en avoir fini avec nous ? Vous croyez en avoir fini avec les Chislenko ? Eh bien détrompez-vous, bande de salauds ! Nous allons vous abattre. Nous allons vous effacer jusqu'au dernier. Souvenez-vous de ça. Nous allons vous abattre !

Il passa encore une bonne heure sur place, hurlant de toute la force de ses pauvres poumons et secouant ses poings affaiblis. Son énergie finit par l'abandonner, et il s'en alla furtivement, la tête basse. Il parvint tant bien que mal à regagner le métro, puis son appartement d'Astoria où l'attendait sa femme tant aimée, Della.

Ce dont il n'eut pas conscience, mais qu'il aurait compris s'il n'y avait eu ces quatre derniers verres de vodka, c'est qu'ils surveillaient. Ils regardaient et ils écoutaient, comme ils l'avaient toujours fait, surtout à des moments comme celui-ci, pour de tels rassemblements, où des foules d'indésirables pouvaient être filmées, enregistrées et analysées, les participants catalogués et inscrits sur toutes sortes de listes sinistres. Les caméras de vidéosurveillance sur les murs et le toit du consulat n'avaient cessé de tourner, des micros directionnels ultra-puissants avaient enregistré les sons et, pire encore, des agents secrets de la Fédération rôdaient dans la foule. Imitant les manifestants, leurs cris et leurs poings furieux, ils étudiaient les visages autour d'eux et repéraient ceux qui méritaient un examen plus approfondi. Sokolov ne savait rien de tout cela, mais il aurait dû.

Trois jours plus tard, ils vinrent le chercher.

Lundi

Chapitre 2

Federal Plaza, Manhattan

Je sais qu'on les appelle des « spectres », lui et ses semblables. Mais ce type commençait vraiment à ressembler à un fantôme.

Je le pourchassais depuis plusieurs mois, depuis ce fameux jour, au chalet de Hank Corliss, dans le Sequoia National Park, où ce dernier s'était fait sauter la cervelle après m'avoir expliqué qui était le salopard. Le salopard qui avait orchestré le lavage de cerveau de mon fils Alex.

Mon fils de quatre ans.

Il faut être une sacrée raclure, un foutu débris d'humanité pour faire une chose pareille. Corliss était esquinté, je lui accorde ça. Il était devenu une véritable loque. Alors qu'il était chef des opérations de la DEA, en Californie du Sud et au Mexique, il y a près de cinq ans de ça, sa vie était un cauchemar tragique et dévastateur. J'appartenais à une équipe d'intervention FBI-DEA. Nous avions traqué Raoul Navarro, baron de la drogue mexicain connu sous le nom d'El Brujo, le Sorcier. Tout était parti en eau de boudin. J'avais été moi-même pas mal esquinté, mais ce qu'ils avaient fait à Corliss, cette nuit-là, dépassait largement les limites de la barbarie.

L'idée, abominable entre toutes, de se servir de mon fils découlait du désir de vengeance de Corliss, obsessionnel et maniaque. Ils l'avaient obligé à regarder sa fille mourir sous ses yeux, avant de le cribler de balles. Il n'avait survécu que par miracle. Le désir de venger sa fille lui avait peut-être permis de rester en vie. En y repensant maintenant, je me demande si je n'aurais pas fait comme lui. Si j'avais vécu la même chose, aurais-je été obsédé comme lui par le désir de vengeance ? J'espère que non, mais qui peut savoir ? Dans ce genre de situation, la raison et la morale peuvent facilement être mises de côté.

Quoi qu'il en soit, Corliss avait fini par payer le prix pour ses actes erratiques. Mais le taré – un agent de la CIA nommé Reed Corrigan – qui avait fait le sale travail pour lui et trituré le cerveau de mon fils était toujours en cavale. Même d'après les critères des barbouzes, ce Corrigan était sérieusement dépravé. Et en ma qualité d'agent fédéral assermenté, il était de mon devoir de faire en sorte que sa dépravation ne puisse plus jamais assombrir la vie de quelqu'un d'autre. De préférence en l'étranglant de mes mains. Lentement.

Ce qui ne relève d'aucune procédure standard du Bureau.

Le vrai problème, c'est que j'étais incapable de lui mettre la main dessus.

Et le fait que le type qui me regardait, assis derrière son énorme bureau au vingt-sixième étage de l'immeuble fédéral, ne soit pas mon ancien patron ne simplifiait pas les choses.

Janssen, je savais que je pouvais compter sur lui.

S'agissant de Ron Gallo, le nouveau directeur adjoint responsable de l'antenne du FBI à New York... eh bien, disons que c'était une autre paire de manches.

— Il faut laisser tomber, insistait-il. Lâcher l'affaire. Tourner la page...

— Tourner la page ? répliquai-je. Après ce qu'ils ont fait ?

Je m'efforçai de ne pas lui cracher à la figure ce que j'avais sur le cœur. Je me contentai de répliquer :

— Vous, vous laisseriez tomber ?!

Gallo inspira sèchement. Puis il me jeta un regard exaspéré, tout en expirant lentement.

— Laissez tomber. Vous avez eu Navarro. Corliss est mort. Affaire classée. Vous perdez votre temps... et le nôtre. Si l'Agence ne veut pas qu'on retrouve un de ses hommes, vous ne le retrouverez pas. Et même si vous le retrouviez... que feriez-vous ? Sans Corliss pour vous appuyer, vous n'avez rien ?

Il m'adressa un de ses regards typiques, sans expression mais condescendants. Même s'il me répugnait de l'admettre, le directeur adjoint avait raison. Je n'avais pas grand-chose pour plaider ma cause. Bien sûr, Corliss m'avait dit qu'il avait fait appel à Corrigan. Mais Corliss était mort. Tout comme Munro, qui avait été son bras droit dans cette affaire de merde. Ce qui voulait dire que, même si je parvenais à briser le mur de l'impénétrable omerta de la CIA et à mettre la main sur le fantomatique M. Corrigan, du point de vue strictement légal ce serait ma parole contre la sienne.

— Reprenez le boulot, m'ordonna Gallo. Ce pour

quoi on vous paie. Ce n'est pas comme si vous n'aviez rien à faire, je me trompe ?

— Je ne laisserai pas tomber, fis-je en tapant sur le bureau avec deux doigts.

Il haussa les épaules.

— Faites comme vous voudrez… tant que c'est sur vos propres fonds.

Je sortis de son bureau, le moral dans les baskets. Il était presque 11 heures et je n'avais pas encore pris de petit déjeuner. Je décidai de m'aérer un peu et de noyer ma frustration dans un sandwich et un café que je prendrais chez mon traiteur ambulant préféré. C'était un matin d'octobre frais typique du bas Manhattan, avec un ciel dégagé et un petit vent sec qui s'engageait dans les canyons de béton qui m'entouraient. Dix minutes plus tard, j'étais installé sur un banc devant l'hôtel de ville, une omelette bacon-*fontina* dans une main, un gobelet de café fumant dans l'autre, et une foule de questions sans réponses dans la tête.

À dire vrai, je me souciais peu de la légalité. Il fallait d'abord que je le retrouve, ainsi que le ou les psys qui s'étaient introduits dans le cerveau d'Alex. Ce n'était pas simplement pour satisfaire mon désir de justice et, oui, de vengeance. C'était aussi pour le bien d'Alex.

Ce matin-là, Tess et moi l'avions conduit chez une pédopsychiatre, comme nous le faisions une fois par semaine depuis que nous étions tous revenus de Californie. La psy, Stacey Ross, était formidable. Elle avait déjà aidé Tess et sa fille, Kim, qui avait traversé une époque difficile, quelques années plus tôt, alors qu'elle avait environ dix ans. Elles s'étaient retrouvées toutes les deux au milieu d'une fusillade sanglante, au Met.

Un flic avait eu la tête tranchée par un coup d'épée, juste devant le musée. J'avais fait la connaissance de Tess le soir même, un peu après le carnage. Stacey avait fait des miracles avec Kim. Nous avions besoin qu'elle remette ça pour Alex. Mais il fallait qu'elle sache ce qu'ils lui avaient fait pour trouver le moyen d'en neutraliser les effets. Elle en savait autant que nous – je ne lui avais rien caché –, mais ce n'était pas assez. Grâce à ses soins, l'état d'Alex s'améliorait, ce qui était réconfortant. Mais il était encore très neveux, et harcelé par ses cauchemars. Pire, je sentais qu'une partie des horreurs qu'ils avaient implantées dans son cerveau à mon sujet (ils lui avaient fait croire que son père était un tueur de sang-froid, et ce n'était pas là le pire) planait encore dans l'atmosphère. Je le voyais parfois dans ses yeux quand il me regardait. Une hésitation, un malaise. De la peur. Mon propre gosse, le fils dont j'ignorais jusqu'à l'existence à peine quelques mois plus tôt, le fils que je venais d'avoir le bonheur de découvrir, me regardait ainsi – alors que j'aurais été capable de sacrifier ma vie pour lui.

Chaque fois que j'y pensais, j'étais anéanti.

Il fallait que je retrouve ces types. Il fallait qu'ils me disent exactement ce qu'ils lui avaient fait, et de quelle manière y remédier. Mais ce ne serait pas facile sans le soutien d'un poids lourd du Bureau agitant une grosse et lourde batte. Aucune des bases de données géantes (qu'elles soient publiques, commerciales, criminelles ou gouvernementales) dans lesquelles j'avais entré le nom de Corrigan ne m'avait trouvé un profil correspondant au genre du sale type que je recherchais. Il avait été relativement facile de faire quelques vérifications et d'écarter les quelques Reed Corrigan existants. Tous sauf un, en réalité. Un type qui était l'un des trois directeurs d'une société, la Devon Holdings. Cette firme avait une boîte aux lettres à Middletown, dans le Delaware, et c'était à peu près tout ce qu'on savait sur elle. Elle avait loué deux Beechcraft King Air, ainsi qu'un petit Learjet, au début des années 1990. J'avais examiné d'un peu plus près cette Devon Holdings, et il était devenu très vite évident que les deux autres dirigeants étaient également des fantômes, dont la création avait été bâclée, de surcroît – leurs numéros de sécurité sociale avaient été créés en 1989, ce qui me semblait un peu tardif pour des types qui s'étaient retrouvés administrateurs de société deux ans plus tard. La Devon était une firme bidon, laquelle, après quelques investigations supplémentaires, m'avait ramené à la CIA. Quelle surprise…

Il n'est pas très difficile de décoller les couches successives de ce genre de sociétés factices. Nous nous en servions souvent, comme d'autres agences, y compris la CIA. Elles étaient très pratiques pour forger de fausses identités et, par conséquent, pour toutes sortes d'activités clandestines comme affréter et louer des avions pour des vols de « restitution » de suspects d'activités terroristes, ou faire passer discrètement des frontières à certains agents – je soupçonnais que c'était ce qui s'était passé cette fois-ci. Reed Corrigan était la fausse identité qu'utilisait mon agent fantôme quand il bossait sur tout ce que cachait la Devon, et c'était une identité qu'il avait manifestement larguée depuis longtemps – une procédure standard quand une mission était achevée, ou annulée en cours de route.

Pas de nom. Pas de visage.

Un fantôme.

Je n'avais pas été vraiment surpris. Corliss avait murmuré ce nom, comme à contrecœur. Mais il était évident qu'il s'était conduit en professionnel jusqu'au bout, refusant de me donner le véritable nom de son partenaire. Il n'avait aucune raison de le couler, alors que ce type l'avait aidé. Et tandis que le faux nom m'avait donné un os à ronger, il avait offert à mon fantôme quelque chose de beaucoup plus substantiel : il savait que j'étais sur ses traces. Quelque part, sur un serveur quelconque dans un sous-sol quelconque à Langley, un signal rouge s'était mis à clignoter dès l'instant où j'avais commencé à creuser l'identité de Corrigan. Il était donc prévenu, et il savait que c'était moi.

Encore merci, Hank Corliss, pour le cadeau posthume.

Tout cela me poussait à m'interroger sur la manière dont Corliss connaissait le faux nom de Corrigan, et à me demander comment il était parvenu à le déterrer, sous pression, quand je l'avais défié dans son chalet. Il devait lui être vraiment familier. Puis je me suis demandé si c'était vraiment le seul nom qu'il lui connaissait. Il y avait deux scénarios possibles. Ou bien il ne le connaissait que sous le nom de Reed Corrigan, ce qui signifiait qu'ils s'étaient rencontrés dans des circonstances troubles, alors que mon fantôme utilisait sa fausse identité et ne ressentait pas le besoin de donner la vraie à Corliss. Ou bien – et c'était ce qui me semblait le plus probable, sachant que Corliss avait contacté Corrigan pour obtenir son aide dans son action aussi dégueulasse qu'officieuse – il connaissait son véritable nom, mais ils étaient associés dans une opération quelconque, dans le cadre d'une unité opérationnelle où mon fantôme utilisait le nom de Corrigan.

En tout cas, il fallait que je mette la main sur les dossiers des opérations de la CIA, mais l'Agence n'aime pas trop partager ses infos avec des étrangers, sauf dans le cas des auditions au Congrès – et même alors, je n'aurais pas trop compté dessus. Je devais trouver le moyen d'accéder à leurs archives, même si je ne savais pas trop où chercher, en dehors du lien avec Devon et des autres choses que Corliss avaient mentionnées, en particulier le fait que Corrigan avait « autrefois » – c'est le mot qu'il avait employé – été impliqué dans MK-Ultra. Tout le monde sait deux ou trois trucs sur ce programme, bien entendu. Mais, moi, depuis le Mexique j'en savais foutrement plus, et ce que j'avais découvert me rendait malade.

MK-Ultra était le nom de code d'un programme secret et hautement illégal développé par la CIA au début des années 1950. Le mot d'ordre était le contrôle des esprits. Tout reposait sur une idée simple : ce que les rouges font aux prisonniers de guerre avec leurs lavages de cerveau, nous devons en être capables aussi. Puisqu'ils ne disposaient pas, dans le voisinage immédiat de Langley, d'un nombre suffisant de prisonniers de guerre soviétiques ou chinois, les bons docteurs du bureau du renseignement scientifique de l'Agence ont décidé de mener leurs expériences sur des cobayes de deuxième choix : des volontaires américains et canadiens. Sauf que ces derniers n'étaient pas volontaires. Il s'agissait de fonctionnaires et de soldats, malades mentaux ou troufions malchanceux, auxquels on avait adjoint quelques putains et michetons, tous ces gens ayant seulement en commun de ne pas avoir la moindre idée de ce qu'on leur faisait.

Dans la plupart des cas, les surdoués qui tiraient les ficelles disaient aux médecins et aux infirmiers qui administraient les traitements que tous ces petits désagréments – manipulations du sommeil, privations sensorielles, drogues, électrochocs, lobotomies, implants cérébraux et autres thérapies expérimentales – qui étaient infligés dans des pièces affublées de noms aussi mignons que « la boîte grillagée » ou « la chambre aux zombies » avaient pour but d'améliorer la santé des patients...

Plusieurs de ceux-ci finirent par se suicider.

Apparemment, les sommités médicales qui menaient ces expériences s'étaient fait porter pâles le jour où l'on devait leur expliquer le serment d'Hippocrate. Ou peut-être avaient-elles été très impressionnées par les savants nazis qui avaient été recrutés après la guerre pour démarrer ce programme. Aussi s'étaient-elles abstenues de poser la moindre question.

L'ennemi de mon ennemi... c'était sans doute une des manières de justifier un tel comportement. Peu importe. Tout ça, c'est de l'histoire ancienne. C'est ce que je croyais, en tout cas. Jusqu'à ce que je réalise que ces Mengele du cerveau étaient encore en liberté. Aucun d'entre eux n'avait jamais été arrêté pour ce qu'il avait fait.

Pas un seul.

Et ils étaient nombreux...

MK-Ultra regroupait plus de cent cinquante programmes clandestins menés dans des dizaines d'universités et autres institutions à travers le pays. La plupart du temps, les chercheurs qui faisaient le sale boulot ne savaient même pas pour qui ils travaillaient en réalité.

Comme s'il ne me suffisait pas d'aller à la pêche dans un sombre marigot, toutes les archives MK-Ultra avaient été détruites depuis belle lurette. Bien avant que les traces numériques et WikiLeaks ne viennent compliquer la tâche de quiconque voulait effacer des données. En 1973, quand Richard Helms, patron de la CIA, donna l'ordre de détruire les dossiers, c'était encore possible. Une pile de dossiers avait cependant survécu – pour la simple raison qu'on les avait rangés au mauvais endroit. Récemment, on les avait déclassifiés, et j'avais passé un sacré bout de temps à les étudier. Mais aucun document ne contenait la moindre allusion à mon insaisissable ordure.

Il semblait donc de plus en plus évident que je n'aurais pas de mal à suivre l'ordre de Gallo de laisser tomber, étant donné que je n'avais plus beaucoup de filons à explorer. À moins que je ne décide d'entrer par effraction dans la salle du serveur de la CIA et de pomper leur base de données en restant suspendu au plafond dans une combinaison noire moulante à la Tom Cruise. Il y avait toutefois une autre piste possible. Mais il n'aurait pas été très avisé de la suivre. On pouvait même dire que c'était une piste très risquée – et si l'on voulait être vraiment tatillon, on pouvait même affirmer qu'elle était absolument illégale. L'idée m'était venue deux ou trois semaines plus tôt, tard le soir, après quelques bières. J'étais consumé par une fureur dont j'étais incapable de me libérer, une rage qui éclatait chaque fois que je repensais à ce qu'ils avaient fait.

Observant le parc et le flot d'employés de bureau

qui suivaient leur train-train banal et sans danger, j'y pensai de nouveau. Je me demandai si j'avais vraiment le choix, si je ne savais pas déjà que je le ferais et, non sans perversité, je commençai à trouver un certain plaisir à imaginer comment cela se passerait, et ce que j'en tirerais. À ce moment précis, mon téléphone portable bourdonna, me tirant brutalement de mon rêve de fourberie si mal inspiré.

Mon ange gardien n'était autre que mon équipier, Nick Aparo, qui se demandait où j'étais. Il m'apprit que nous avions notre feuille de route. Direction le Queens, *pronto*. Quelqu'un avait sauté à l'élastique d'une fenêtre du sixième étage, à Astoria. Sauf qu'il n'y avait pas d'élastique.

Je jetai mon emballage dans une poubelle et pris le chemin du bureau.

Pas fâché de me changer les idées.

Chapitre 3

— Où étais-tu ? On m'a dit que tu étais chez Gallo, tout à l'heure ?

Aparo était au volant. Nous filions dans sa Dodge Charger blanche, gyrophare en action et sirène hurlante, fonçant sur Roosevelt Drive en direction du Midtown Tunnel.

— Ouais, fis-je sans cesser de regarder devant moi. C'est un prince.

Aparo haussa les épaules.

— Combien de temps vas-tu continuer avec ça ?

— Non mais je rêve ! répliquai-je. Tu t'y mets, toi aussi ?

— Hé, mon pote ! Tu sais que je suis avec toi sur ce coup-là, jusqu'au bout. Mais tu dois admettre qu'on est sacrément à court de munitions...

— Il y a toujours un moyen.

— Bien sûr. Comme pour moi et la fille en 95D, aux séances de vélo en salle.

— Attends, tu fais du vélo en salle, maintenant ?!

Il se tapa sur le ventre.

— J'ai perdu plus de quatre kilos en deux semaines, *amigo*. Les dames n'aiment pas le blanc de baleine.

Rien de tel qu'un divorce pour obliger un homme à se remettre en forme, me dis-je.
— Tu viens de découvrir ça ?
— Je parlais de cette gonzesse. Je suis sûr qu'elle préférerait être kidnappée et vendue comme esclave à un pirate infesté de puces au large du Soudan plutôt que de passer une nuit avec moi. Est-ce que ça veut dire que je vais renoncer ? Non ! Il y a toujours un moyen. Mais nous savons tous les deux jusqu'à quel point je suis prêt à m'abaisser dans ma quête sans espoir. Dans ton cas, mon ami, la question est la suivante : jusqu'où es-tu prêt à aller pour régler le problème ?

J'étais en train de me poser la même question.

Nous arrivâmes à Astoria. Comme c'était prévisible, l'endroit était un vrai zoo. On pourrait croire les New-Yorkais blasés étant donné le spectacle permanent dans leur ville, mais une mort sur la voie publique de ce genre-là attire toujours une foule énorme de badauds.

Le décor était un immeuble de briques de six étages datant d'avant-guerre, qui se dressait dans une rue transversale à trois voies, à deux pas de la 31e Rue. La zone était isolée par les rubans de la police, ce qui entraînait un certain grabuge dans la circulation, les conducteurs furieux jouant du klaxon et hurlant des injures. Aparo parvint à se frayer un chemin dans ce désordre en s'aidant de sa sirène et réussit, au prix de quelques manœuvres habiles, à se garer devant l'immeuble. Nous traversâmes l'enchevêtrement de camionnettes des médias et de voitures de patrouille, et nos insignes nous permirent de franchir le périmètre interdit pour rejoindre notre objectif : l'endroit où notre homme avait rencontré son destin. Il se trouvait sur le trottoir, devant l'immeuble à la façade délicatement travaillée, couverte d'escaliers de secours en Z et gâtée par les climatiseurs dispersés çà et là.

Les hommes du légiste avaient déployé une grande tente au-dessus du cadavre pour protéger les indices contre les manipulations (accidentelles ou non), les intempéries, et, bien sûr, pour assurer leur tranquillité. À en juger par le nombre de personnes qui jouissaient du spectacle depuis leurs fenêtres, j'imaginais qu'il y aurait un paquet d'interrogatoires à mener, et autant de preuves photographiques et vidéo à collecter. D'après les informations préliminaires, les premiers flics arrivés sur place avaient rapidement acquis la certitude que le mort était passé par une fenêtre fermée avant de s'écraser sur le trottoir.

Les gens qui se suicident ouvrent généralement la fenêtre avant de sauter.

Je me posais une autre question. Pourquoi nous avait-on appelés dans le Queens pour ce qui semblait être un meurtre et donc relever du boulot de la brigade des homicides du quartier ? La réponse ne tarda pas. La victime était un diplomate.

Un diplomate russe.

Appelez le FBI, et salut.

J'approchai de l'immeuble et levai les yeux. Deux ou trois types se penchaient à une fenêtre du dernier étage, juste au-dessus de la tente. Sans doute les flics locaux déjà mentionnés. Pas besoin d'être grand clerc pour savoir qu'ils n'étaient pas ravis de nous savoir là. Il semblait également que notre victime avait manqué les arbres dans sa descente vers la rue, ce qui n'augurait rien de bon concernant l'état où elle devait se trouver.

Aparo et moi nous arrêtâmes devant l'entrée de la tente. Il y avait là une poignée de techniciens légistes, non, oups, d'*experts*, puisqu'apparemment c'est le nom qu'on a décidé de leur donner dans le monde entier. Très affairés, ils prenaient des photos, rassemblaient des échantillons et faisaient tous les trucs compliqués qu'ils sont censés faire. Rien de bien sexy, vraiment. Je demandai tout de même où était le légiste. Il était encore là, attendant le feu vert pour évacuer le cadavre vers son antre sans aération, à l'écart de cette mêlée de gros malins. Nous nous présentâmes. Il s'appelait Lucas Harding. Il avait cette attitude relax et ce sang-froid déconcertant qui semblent caractériser tous les toubibs.

Une fois le cadavre transporté, Harding nous invita dans son fief. Après avoir glissé nos chaussures dans des chaussons en papier et enfilé les gants de caoutchouc réglementaires, nous le suivîmes.

Là non plus, rien de réjouissant.

Un corps qui tombe du sixième étage et s'écrase sur le béton, ça n'est jamais très joli.

Je n'avais été qu'une seule fois jusqu'ici confronté à un cadavre comme celui-là, après une chute semblable, et, même si j'avais vu ma part de sang et de tripes, l'image m'était restée. On a tendance à oublier la fragilité du corps humain. Mais rien ne la met aussi brutalement en évidence que le spectacle d'un homme étalé de la sorte sur un trottoir, toute esquisse de forme humaine envolée, tout semblant de vie à jamais disparu.

Même si son crâne était pulvérisé, au point qu'on eût dit un jouet en pâte à modeler écrasé par un bébé géant, il était évident que nous avions affaire à un homme blanc, adulte, aux cheveux sombres coupés court. Il était âgé d'une trentaine d'années et en bonne forme – avant la chute, en tout cas. Il portait un costume bleu foncé percé en deux endroits (sous le coude gauche et près de l'épaule droite) par des os fracassés qui avaient déchiré le tissu. Une grande flaque de sang coagulé s'étalait autour de sa tête, et une autre à gauche du cadavre, qui suivait l'angle du trottoir et avait coulé dans une large fissure du ciment. Le plus horrible était sa mâchoire. Sortie de son emplacement, elle pendait de côté, telle une mentonnière arrachée.

Il y avait aussi, autour du corps, des éclats de verre. Nous évitâmes de marcher dessus.

Harding vit mon regard.

— Ouais, fit-il, le verre corrobore ce que le cadavre nous a déjà appris. Il tendait les bras en avant, comme pour arrêter sa chute. Mouvement inutile, bien entendu, mais instinctif. Il était donc vivant et conscient quand il est tombé. Sa position au sol par rapport à l'immeuble confirme également le scénario. Les gens qui se suicident en sautant par la fenêtre ont tendance à se laisser tomber à la verticale. Personne ne fait ça avec beaucoup d'enthousiasme. Ce n'est pas comme si l'on sautait d'un plongeoir. Généralement, sur le rebord de la fenêtre, ils se contentent de faire un pas en avant. Si cela avait été le cas ici, il aurait dû atterrir un ou deux mètres plus près du pied de l'immeuble. Ce type a quitté l'immeuble avec un certain élan. Avec un trottoir un peu moins large, il serait tombé sur une voiture.

— On connaît son identité ?

Harding hocha la tête.

— Les premiers témoins l'ont trouvée dans son portefeuille. Confirmée par le représentant de l'ambassade russe qui doit être là, quelque part...

— Heure du décès ? demanda Aparo.

— Vers 8 h 20, à une ou deux minutes près. Il a failli heurter un couple de piétons. Ce sont eux qui ont appelé les secours les premiers.

Je regardai ma montre. Je pigeai où Aparo voulait en venir. Il était presque 11 heures. Notre victime était morte depuis près de deux heures et demie. S'il s'agissait d'un meurtre – et ça en avait tout l'air –, nous arrivions bien après la bataille, ce qui n'était pas la meilleure façon de commencer une enquête.

Je fouillai les lieux du regard, et posai la question désormais essentielle dans ce genre de situation :

— Vous avez trouvé un téléphone portable sur lui ? Ou à proximité du corps ?

Surpris, le légiste réfléchit un instant.

— Non. Pas sur lui, en tout cas. Et personne ne nous en a apporté.

Pas terrible. Mais, dès lors qu'on connaîtrait le numéro, il existait des moyens de retrouver ce qu'il avait dans son téléphone. Encore fallait-il que les Russes nous donnent le numéro – ce qui, quand on y réfléchissait, était peu probable puisqu'il s'agissait d'un diplomate.

— Il faut être certain que la zone a été convenablement examinée, pour le cas où le téléphone serait tombé de sa poche pendant la chute.

— Je vais demander aux gars de refaire le tour.

Nous plantâmes là le légiste et pénétrâmes dans l'immeuble.

Dans le hall, je remarquai un intercom vocal près de la porte, mais pas de caméra – à vrai dire, je ne m'attendais pas à en voir dans cet immeuble. Le hall était miteux mais raisonnablement propre. Des boîtes aux lettres fermées à clé étaient fixées au mur à notre droite. Quelques-unes portaient des noms, d'autres simplement un numéro d'appartement. Nous allions au 6E. C'était l'une des boîtes qui ne portaient aucun nom.

Un ascenseur grondant nous emporta au dernier étage, où nous fûmes accueillis par un flic en uniforme. Trois appartements s'ouvraient à l'étage, le 6E étant le premier sur la gauche. Les voisins les plus proches avaient sûrement déjà été interrogés – quoique certains, vu l'heure à laquelle l'accident avait eu lieu, devaient déjà être partis au travail.

Nous entrâmes dans l'appartement. L'endroit était sombre et fatigué, mais on y décelait une sorte de splendeur un peu défraîchie. Comme beaucoup de logements d'avant-guerre, il présentait des particularités charmantes et désuètes – planchers en bois massif, hauts plafonds, portes cintrées et moulures élaborées –, qu'on ne trouve pas dans les immeubles récents. La décoration, toute de bois sombre et de motifs floraux, de dentelle et de bibelots, véhiculait instantanément, jusqu'à son odeur, un sentiment très fort du temps qui passe. Il était évident que les occupants de l'appartement y résidaient depuis de nombreuses années. Sur une desserte, dans l'entrée, était posée une photo encadrée qui collait parfaitement avec l'aura du lieu. On y voyait un couple souriant, de soixante-cinq ans environ, posant devant une de ces grandes voûtes naturelles comme on en trouve dans les parcs nationaux de l'ouest du pays. L'homme, assez petit, au visage rond, une mince touffe de cheveux blancs encerclant son crâne chauve, n'était pas le mort du trottoir, de toute évidence. Au-dessus de la photo, deux icônes anciennes étaient fixées au mur, des représentations classiques de Marie et de l'Enfant Jésus sur des petits panneaux de bois craquelés.

Un magazine féminin se trouvait sur la desserte, là où l'on dépose généralement le courrier. Je notai le nom qui figurait sur l'enveloppe. Della Sokolov.

L'entrée donnait sur un salon où trois types (deux en civil, un en uniforme) et une femme discutaient devant la fenêtre brisée. Il sautait aux yeux qu'une bagarre avait eu lieu dans la pièce. En témoignaient la table basse cassée, le vase en morceaux et les fleurs répandues sur le tapis devant la fenêtre.

Un bref dialogue nous apprit que les types en civil étaient les inspecteurs Neal Giordano et Dick Adams, du 114e district. L'agent en uniforme était un certain Andy Zombanakis, du même commissariat. Tous trois semblaient contrariés, sans doute parce qu'on leur avait ordonné d'attendre notre arrivée et de nous refiler ce qu'ils considéraient être leur enquête. Ils avaient aussi l'air agacés, comme si Aparo et moi venions perturber leur petit raout. C'était très compréhensible, à voir la femme avec laquelle ils bavardaient, et qui semblait totalement déplacée jusqu'à ce qu'elle se présente, dans un anglais presque sans accent : Larissa Tchoumitcheva, représentant le consulat russe.

Elle était d'une beauté à couper le souffle. Presque aussi grande que moi avec ses talons de dix centimètres, mince mais avec des courbes mises en valeur par son ensemble bleu marine et son corsage blanc, le mariage de lèvres rouges et d'yeux bleus le plus coquin que j'aie vu de ma vie, le tout surmonté par des cheveux auburn coiffés à la perfection – et tirant plus, avec beaucoup d'à-propos, vers le roux ardent que vers le brun majestueux. Je jetai un coup d'œil à mon équipier tout juste divorcé, et je devinai aisément les images torrides qui se déversaient dans son esprit lubrique. Difficile de lui en faire le reproche. J'avais moi-même un mal de chien à me contrôler.

— Toutes mes condoléances, lui dis-je en parfait gentleman. Vous le connaissiez ?

— Pas bien. Il m'est arrivé de le rencontrer brièvement dans certaines circonstances officielles, mais nos fonctions respectives ne se recoupaient pas vraiment.

Elle parlait avec un très léger accent étranger. Ce qui la rendait encore plus excitante.

Concentre-toi…

— Qui est-ce ?

— Fiodor Yakovlev. Il était troisième secrétaire aux affaires maritimes, au consulat.

Les affaires maritimes. Je n'avais jamais mis les pieds là-bas.

— Et vous ? Vous disiez que vos fonctions ne se recoupaient pas vraiment…

Elle me tendit la carte qu'elle venait de sortir d'une poche intérieure. Je lus à voix haute les mots imprimés sous son nom :

— « Conseiller aux affaires publiques ».

Au moins n'était-elle pas *attachée*.

Je laissai les mots planer au-dessus de nous. Nos regards se croisèrent, et je lui adressai un petit signe de tête compréhensif. Elle eut l'air de lire mes pensées en même temps que mes soupçons, mais ne sembla pas le moins du monde déconcertée. C'était une danse que j'avais exécutée bien des fois, avec des « diplomates » chinois, français et israéliens, notamment. Mais c'étaient les Russes, surtout, qui n'avaient jamais cessé de monopoliser cette salle de danse.

Le bal des espions.

Chapitre 4

Le truc, c'est que, alors que le mur de Berlin était tombé, que l'Empire du Mal n'était plus qu'une relique du passé, on n'en continuait pas moins à jouer aux mêmes jeux qu'avant.

L'URSS avait laissé la place à la Russie et le communisme gisait au fond d'un tombeau peu profond, sur lequel une version furieusement perverse du capitalisme dansait la *kalinka*. Cela ne signifiait pas que nous étions amis pour autant. On se détestait cordialement, et chacun consacrait beaucoup de temps et de moyens à renifler l'autre et à essayer d'anticiper et de saboter ses intentions dans un grand nombre de domaines.

Nous avions des agents là-bas, ils avaient des agents chez nous. La plupart du temps, les espions que les Russes nous envoyaient étaient plus ou moins du modèle classique. Ils avaient une « couverture officielle », c'est-à-dire qu'ils disposaient d'un emploi banal à leur ambassade ou à leur consulat, généralement un poste d'attaché, de secrétaire ou de conseiller. Les plus audacieux étaient des « sans couverture officielle » (on les avait baptisés les SCO), ce qui veut dire qu'ils ne pouvaient se prévaloir d'aucune immunité, diplomatique ou autre, s'ils venaient à se faire prendre. Étant donné la gravité des peines encourues en cas d'accusation d'espionnage (la peine de mort en faisait partie), être un SCO était tout sauf une sinécure.

Il y avait aussi une nouvelle espèce, celle des « agents de pénétration », comme Anna Chapman et son groupe d'empotés mondains que nous avions poissés et expulsés il y a quelques années. Les médias avaient ricané à l'idée que cette rousse incendiaire et son équipe de fans de Facebook aient pu incarner une menace pour notre grande nation. Pourtant, un espion russe infiltré est presque à coup sûr, de nos jours, quelqu'un qui est diplômé de l'université de New York, a escaladé les échelons en interne, a une liaison avec une personne qui occupe un poste important dans un domaine stratégique – finance, industrie, politique, médias notamment –, et finira par travailler au sommet dans une institution sensible.

Il ne s'agit plus de se détruire militairement. Il s'agit de prendre le dessus sur le plan économique. Et si une attaque terroriste ou une guerre dans un pays lointain peut nous distraire, nous affaiblir et nous ruiner tout en traumatisant la société tout entière… eh bien, c'est encore mieux.

Bref, nous avions, allongé sur le trottoir, le cadavre d'un troisième secrétaire et, debout sur la moquette, un conseiller femelle chargé de nous aider à mener notre enquête.

Une affaire à l'ancienne. Mais peut-être plus sale.

J'examinai la pièce. Un sofa à motif floral usé, flanqué de deux fauteuils, faisait face à un énorme téléviseur d'un modèle ancien, et une grande bibliothèque occupait un des murs latéraux. Les étagères, bourrées de livres, soutenaient également ce qui ressemblait à un ensemble stéréo assez élaboré, dont les deux lourdes enceintes étaient posées de part et d'autre, sur l'étagère du haut. Il y avait la table basse cassée dont j'ai déjà parlé. Et la large fenêtre donnant sur la rue. La vitre avait presque totalement disparu, le cadre de bois était fendu, cassé par endroits.

— Où en sommes-nous avec tout ça ? demandai-je aux trois hommes en montrant les dégâts. Que savons-nous ? Ce n'est pas l'appart de Yakovlev, hein ?

— Non, répondit Giordano.

Il me tendit une photo encadrée. Le même couple que celui de la photo dans l'entrée, apparemment en vacances, dans un lieu ensoleillé.

— Voilà Leonid Sokolov et sa femme Della. Ce sont eux qui habitent ici.

— Où sont-ils ?

— Eh bien, ils ne sont pas là, visiblement, lâcha Adams.

Pas très aimable. Je m'en fichais, mais je n'étais pas pour autant d'humeur à supporter une bouderie de gamin ou à participer à un concours à qui pisse le plus loin. J'avais vu ça dans trop de mauvais films pour avoir envie de le subir dans la vie réelle.

Giordano poursuivit :

— Sokolov est prof à Flushing High. Il n'est pas allé travailler ce matin.

— Et sa femme ?

— Infirmière à Mount Sinaï. Elle était de service de nuit, et elle a quitté son boulot à 7 heures ce matin.

— On ne l'a pas revue non plus ? demanda Aparo.

Giordano secoua la tête.

— Nan. On a inspecté l'appartement. Les brosses

à dents sont dans la salle de bains, le lit a servi cette nuit, les lunettes sont toujours sur la table de nuit. Deux ou trois valises vides sont rangées dans le placard de l'entrée, là où l'on s'attend à les trouver. Rien ne suggère qu'ils seraient partis en voyage. En outre, deux tartines sont encore dans le grille-pain.

Bizarre, de fait.

— Une visite inattendue ? On les aurait interrompus ?

— Possible, fit Aparo en haussant les épaules.

J'acquiesçai. Je contournai les débris sur le tapis et m'approchai de la fenêtre. Je regardai vers le bas. La tente se trouvait juste au-dessous de nous. Mon regard fila de l'autre côté de la rue. J'aurais aimé qu'il y ait le même genre d'immeuble, en face. Quelqu'un aurait pu voir quelque chose. Mais il n'y avait qu'une rangée de boutiques de plain-pied. Ce qui offrait une vue dégagée, un très bon point pour les Sokolov et leurs voisins. Pas pour nous.

— Personne n'a rien entendu qui puisse nous être utile ? Les voisins, des gens dans la rue ?

— On a envoyé des agents interroger tout le monde, fit Zombanakis. Sans résultat jusqu'à présent.

Je me tournai vers Larissa.

— Pourquoi Yakovlev se trouvait-il ici ? Qu'est-ce qu'il faisait ?

— Je l'ignore. J'ai parlé au premier secrétaire. Son supérieur. À sa connaissance, Yakovlev n'avait aucune raison officielle d'être ici.

— Yakovlev était-il une relation des Sokolov ?

— Pas que je sache, fit-elle. Mais nous allons interroger les gens qui le connaissaient.

— Il était marié ? demanda Aparo. Est-ce qu'il avait de la famille, des parents ?

— Il était célibataire. Toute sa famille est en Russie.

— Une petite amie ? insista Aparo. Un petit ami ? Un protecteur ?

Le roi du tact, mon équipier. Je lui lançai un regard noir, auquel il réagit avec son air habituel, faussement surpris : « Quoi ? »

Larissa ne broncha pas.

— Rien dont il se soit vanté, répondit-elle tout net. C'est arrivé il y a un peu plus de deux heures. Comme vous pouvez l'imaginer, tout le monde au consulat est secoué par cette affaire. Nous aurons bientôt des réponses. Croyez-moi, nous voulons savoir ce qui s'est passé ici, tout autant que vous.

J'opinai et regardai de nouveau la photo. Leo et Della Sokolov. Un couple d'un certain âge, l'air gentil et inoffensif. Des gens que nous avons tous pour voisins. Sauf qu'il y avait autre chose. C'était clair. Mais je doutais qu'il soit nécessaire de presser Larissa. Si elle savait quelque chose à leur sujet, elle ne nous le dirait pas.

Je lui demandai néanmoins, pour la forme :

— Et les Sokolov ? Y a-t-il quelque chose que nous devrions savoir à leur sujet ? De la famille ?

Je n'avais pas vu de photos d'enfants ou de petits-enfants.

— Ça n'en a pas l'air, fit Giordano, mais nous ne sommes pas sûrs.

— Est-ce que vous les aviez à l'œil, pour une raison ou une autre ? demandai-je à Larissa.

— Non. Je ne vois pas pourquoi ce serait le cas. Comme vous le savez, des centaines de milliers de

Russes habitent à New York. Nous n'avons pas plus de raisons que vous de les surveiller. Ils ne s'adressent à nous qu'en cas de problème.

— Et les Sokolov n'ont jamais eu de problèmes… jusqu'à ce matin.

— Apparemment, fit-elle en haussant les épaules.

— Est-ce que quelqu'un aurait des raisons de leur nuire ?

Elle me regarda d'un air curieux.

— À quoi pensez-vous ?

— Eh bien, peut-être y a-t-il eu une altercation, et un des Sokolov aura fini par pousser Yakovlev par la fenêtre. Mais Yakovlev semble avoir été un type en pleine forme, et j'ai du mal à imaginer Leo ou Della Sokolov avoir le dessus facilement…

— Sauf si Leo… ou Della, d'ailleurs, était ceinture noire, intervint aimablement Aparo.

— Ouais, il y a toujours cette possibilité, dis-je en essayant d'être le moins sarcastique possible. Ils auraient pu le droguer, aussi.

— Votre légiste fera les analyses, non ? fit Larissa.

— Oui, nous aurons bientôt le rapport toxico complet. Mais les Sokolov étaient peut-être au-delà de ça. Peut-être avaient-ils des ennuis et ont-ils appelé Yakovlev pour les aider. Peut-être étaient-ils amis. Peut-être est-il entré ici au mauvais moment et a-t-il interrompu quelque chose… et les autres l'auront balancé par la fenêtre.

Je me tournai vers les inspecteurs.

— Quoi qu'il en soit, Yakovlev débarque ici. Il y a une bagarre, il finit par plonger par la fenêtre, et les Sokolov disparaissent. La clé, c'est de retrouver les Sokolov. Ça vous semble correct, tout le monde ?

— Hé, fit Adams, c'est vous, les pros. Nous, nous ne sommes là que pour déblayer le terrain.

Je ne relevai pas.

— Vous avez émis un avis de recherche ?

L'idée d'émettre un bulletin urgent pour un couple de sexagénaires qui semblaient parfaitement inoffensifs était étrange. Mais plus j'y pensais, plus je me disais qu'ils devaient avoir des ennuis. Il fallait les retrouver.

Adams, pendant ce temps, feignait de se concentrer, comme s'il se creusait la cervelle. Soudain, son visage s'éclaira.

— Nom de Dieu, pourquoi n'y avons-nous pas pensé ? Écoute bien, mec, fit-il en regardant son équipier. Ces Feds, ce sont de vrais magiciens. Prends-en de la graine.

Clairement, il mourait d'envie que je lui fournisse un prétexte pour monter d'un cran, et, à en juger par le malaise visible de Giordano, ce n'était pas la première fois. Je n'avais pas l'intention de tomber dans le panneau. Aparo était en train d'inspecter les étagères. Il se tourna vers nous, mais je lui jetai un regard qui le dissuada d'intervenir.

— Parfait, dis-je. En attendant de retrouver les Sokolov, il nous faut résoudre un tas de questions. Commençons par le commencement. Comment Yakovlev est-il venu ici ? En voiture, en bus, par le métro, en taxi ? L'a-t-on vu arriver ? Était-il seul ? Est-ce que quelqu'un se trouvait déjà dans l'appartement, et si oui, comment était-il entré ? Par ailleurs, où est le téléphone portable de Yakovlev ? Vous ne l'avez pas trouvé ici, n'est-ce pas ? Il n'y en a aucune trace en bas, et il devait bien en avoir un, non ? Qui se trouvait ici ? Les Sokolov ? Quelqu'un d'autre ? En tout cas, comment sont-ils partis ? Y a-t-il une issue derrière l'immeuble, une entrée de service ? Quelqu'un les a-t-il vus partir ? Est-ce qu'ils possèdent des voitures, et si oui, où sont-elles ?

Je laissai les questions en suspens.

— Bref, il reste pas mal de terrain à déblayer, fis-je en regardant Adams. Ou bien vous changez d'attitude et vous nous aidez, et vous aurez à Federal Plaza deux copains susceptibles de vous rendre service un jour ou l'autre, ou bien vous cessez de nous faire perdre notre temps, vous foutez le camp et vous nous laissez faire notre boulot. À vous de voir. Mais décidez-vous, là, tout de suite.

Giordano jeta un coup d'œil vers Adams et dit :

— Pas de problème pour nous. Heureux de vous aider. Tant que vous nous informerez de vos découvertes. Ça doit aller dans les deux sens.

— Bien sûr.

— Et on aimerait être dans le coup jusqu'au bout, ajouta-t-il.

— OK. Sauf que, si nous devons suivre cette affaire à l'autre bout du monde, ça pourrait ne pas être possible.

Aparo gloussa.

— Avec lui, ça finit souvent comme ça.

Je regardai Adams. Giordano m'imita. Adams fit la grimace. À contrecœur, il acquiesça.

— D'accord. Peu importe.

Une remarque d'Aparo fit alors baisser la tension :

— Dites, ce truc était ouvert quand vous êtes arrivés ?

Tout le monde se demandait de quoi il parlait.

Il désignait le meuble stéréo. J'y jetai un coup d'œil de plus près.

Les éléments de la chaîne hi-fi étaient noirs, lourds, à l'ancienne mode. Ampli, tuner, lecteurs de cassettes à deux plateaux. Lecteur de CD. C'est ce dernier qui avait attiré l'attention d'Aparo. Un appareil qui permettait d'aligner cinq disques côte à côte sur un plateau rotatif de trente centimètres de diamètre. Le plateau était sorti. Quatre CD étaient posés dessus. Le support le plus proche – celui du CD qu'on entend quand on enfonce la touche « lecture » – était vide.

C'était curieux, bien entendu. Quant à savoir si cela signifiait quelque chose...

Aparo examinait les titres des CD avec un sourire narquois.

— Ouah... Un sacré paquet d'opéras et de classique. Vu la taille des enceintes... les voisins doivent adorer.

Nous le regardâmes, surpris.

Il se déroba :

— C'est juste histoire de parler.

— Et les médias ? demanda Giordano. Ils attendent qu'on leur dise quelque chose.

J'y réfléchis un instant, avant de lui tendre la photo encadrée.

— Faites une annonce. Dites qu'on veut parler aux Sokolov, c'est leur appartement mais ils n'étaient pas là quand la tragédie est arrivée. Choisissez soigneusement les mots et le ton. Il ne faut surtout pas donner l'impression que nous les tenons pour des suspects, ça doit être bien clair. Peut-être aurons-nous de la chance, peut-être quelqu'un nous appellera-t-il.

— Je m'en occupe, fit Giordano en hochant la tête.

J'embrassai une dernière fois la pièce du regard. Un diplomate russe balancé par la fenêtre à l'issue d'une bagarre. Un couple âgé envolé.

Pas exactement de quoi passer au niveau de l'alerte orange. Ni même beige, d'ailleurs.

L'idée de m'occuper de cette affaire ne m'excitait pas trop. Il s'agissait d'un meurtre, après tout, et l'enquête aurait dû être confiée à la brigade criminelle locale – au moins pour commencer. Même un connard comme Adams devait être capable de la mener à bien. La seule raison pour laquelle Aparo et moi étions sur le coup, c'était le passeport russe de la victime. Et nous avions de plus gros poissons à faire frire – sans parler du fils de pute que je poursuivais. Pourtant, je n'avais aucune raison valable d'éluder cette mission. En outre, une petite voix au fond de mon crâne me disait que les Sokolov avaient besoin de notre aide. Après toutes ces années de boulot, je savais que je ne devais pas l'ignorer.

Il fallait qu'on les retrouve. Et vite.

Chapitre 5

Comté de Dare, Caroline du Nord

Dan Cameron reçut l'appel alors qu'il revenait de sa promenade matinale sur la plage. Il adorait les Outer Banks. La brise qui y souffle en permanence de l'océan, le goût salé de l'air qui fait des miracles pour les sinus, le paysage si dégagé, si calme – tout cela était nettement plus agréable que les limites du penthouse qu'il occupait à Falls Church, en Virginie, avant de quitter la Compagnie. Il était un peu plus loin de l'action, peut-être, mais toujours assez près pour embarquer dans l'heure si une affaire juteuse se présentait.

Dans le genre de celle-ci.

Il vérifia l'identité de l'appelant sur son téléphone 1024-bit RSA à ligne cryptée, même s'il savait parfaitement qui c'était. Presque personne ne connaissait son numéro. Dan Cameron était un agent de la CIA en retraite, et, en outre, il n'avait aucun goût pour les relations mondaines. Deux ou trois call-girls de luxe triées sur le volet suffisaient pour occuper ses nuits quand il ressentait le besoin d'une compagnie. Ce qui n'était pas extraordinaire pour quelqu'un qui avait assuré dans la clandestinité, durant la plus grande partie de sa vie, des missions secrètes pour son pays. Dan Cameron n'avait jamais supporté les bavardages et les cocktails – alors que sa femme, elle, avait décidé qu'elle ne pouvait s'en passer.

Il prit l'appel à sa manière habituelle. Sans prononcer un mot.

Son interlocuteur connaissait la procédure.

— Nos amis russes sont en contact avec deux truands qui tiennent la femme de Sokolov, dit l'homme. L'un d'eux guettait leur bonhomme devant l'immeuble, et il l'a vu faire le plongeon. Il s'est barré en catastrophe, paniqué, et ils ont demandé de l'aide.

Cameron continuait à marcher de son pas mesuré.

— Où sont-ils maintenant ?

— Ils la gardent dans un taudis quelconque en attendant des instructions. Les types du consulat ne bougent pas tant que Moscou ne leur dit pas quoi faire maintenant que Sokolov a pris le large.

— Est-ce que nous savons où ils la retiennent ?

— Oui, j'ai l'adresse. Un motel dans le Queens, non loin de JFK. Un boui-boui tenu par un Russe... C'est peut-être le moment d'y aller, reprit-il après une pause, et de la leur reprendre. Ça nous donnerait un moyen de pression sur Sokolov.

Cameron réfléchit pendant quatre bonnes secondes.

— Non. Laissons-la où elle est, et voyons ce qui se passe. Sokolov semble avoir du cran. Si elle est là, il est très probable que ça va l'attirer. Elle est l'appât qui lui fera sortir la tête de l'eau. Il vaut mieux qu'on ne secoue pas le bateau, pour ne pas l'effrayer. Il faut simplement être prêts à foncer quand il se montrera.

— D'accord. Je mets une équipe là-dessus.

— Officieusement, bien sûr.

— Bien sûr.

— Bien. Tenez-moi informé. De jour comme de nuit.

— Promis.

Cameron raccrocha.

Tandis qu'il se dirigeait vers sa maison – qu'il pouvait voir maintenant derrière une dune battue par le vent –, son esprit dériva des années en arrière, à l'époque où tout avait commencé. La première approche. L'excitation devant la perspective de la réussite. Le planning méticuleux. Le feu vert. L'adrénaline au moment d'organiser le transport.

Le frisson avant de rencontrer le Russe pour la première fois.

Puis, de la part du petit con, le coup de poignard dans le dos.

Ce salaud de Russe. Il avait été un obstacle important dans l'irrésistible ascension de Cameron à l'Agence. Plus qu'un obstacle. Il avait presque fait dérailler sa carrière. Mais Cameron avait surmonté la défaite et l'humiliation. Il avait fait le ménage, et il s'était racheté en menant d'autres projets à bien. Et voilà qu'ils se retrouvaient, trente ans plus tard, à rejouer la même partie.

Il sourit intérieurement en pensant à ce que les jours à venir lui apporteraient peut-être. Peut-être que tout s'arrangerait enfin et, si ça se trouve, avec un résultat bien meilleur que celui qu'il aurait obtenu à l'époque. Il avait beaucoup plus d'options, maintenant qu'il était à son compte. Être entrepreneur indépendant. C'était l'avenir, un avenir bien plus prometteur que tout ce qu'il aurait pu imaginer.

Sokolov pourrait être une prise considérable. Le genre de prise susceptible de financer un niveau de retraite autrement plus satisfaisant. Et il était foutrement certain d'une chose : il n'allait pas laisser cette prise lui échapper une seconde fois.

Chapitre 6

Londres, Angleterre

Plus ou moins au même moment, à six mille kilomètres à l'est, un autre homme recevait un appel semblable, qui l'informa de développements similaires. Sauf que cet appel venait d'encore plus loin à l'est.
De Moscou.
Du Centre, pour être précis.
Le Centre est un énorme complexe de béton en forme de croix, niché au fond d'une immense forêt au sud-ouest de la capitale.
Le Centre est surtout le quartier général du SVR, soit le Sloujba Vniechneï Razvedki, qui succéda au célèbre Premier Directorat principal du KGB. Officiellement, le SVR est chargé de l'espionnage à l'étranger et du contre-espionnage. Dans les faits, il s'occupe de tout ce qui peut servir les intérêts de la mère patrie.
Absolument tout.
Et lorsqu'une affaire particulièrement épineuse apparaissait, le boulot était en général confié à quelqu'un de la très secrète unité Zaslon (« Bouclier »), une

équipe d'élite issue des forces spéciales, les Spetnaz, dont les membres étaient connus pour leurs prouesses physiques et militaires et pour leurs talents en matière de pipeautage.

Et dès lors que l'unité Zaslon se voyait confier une tâche hautement sensible, il était plus que probable que Valentin Boudanov en hériterait.

Peu de gens étaient au courant. Pour la simple raison que peu de gens connaissaient l'existence de Boudanov. Lequel travaillait le plus souvent seul. Il œuvrait dans l'ombre, d'où il n'émergeait que lorsqu'il avait besoin d'une information critique, en possession généralement d'un vétéran du corps diplomatique ou d'un collègue du SVR qui avait reçu l'ordre de lui fournir ce qu'il demandait. Quand il émergeait, ce n'était jamais sous le nom de Boudanov, bien entendu. Comme tous les agents du SVR, il voyageait sous une fausse identité. Il parlait couramment plusieurs langues (sept, aux dernières nouvelles) et savait à merveille se fondre dans la foule.

C'était sous le nom de Kochtcheï. Un nom de code qui inspirait la terreur à ceux qui l'entendaient. Un nom de code qui venait des contes populaires slaves.

Kochtcheï l'Immortel.

Pour le moment, ledit Kochtcheï se trouvait à Londres. Pendant la dernière décennie, il avait passé beaucoup de temps dans la capitale britannique. Nombreux étaient les ennemis du Kremlin qui venaient y chercher refuge. Nombreux étaient ses amis qui y entassaient leur pactole mal acquis – des milliards qu'ils mettaient à l'abri dans des propriétés fastueuses et des investissements haut de gamme. L'idée était que Londres, outre qu'elle représentait un endroit fabuleux pour vivre et pour faire la fête, fournissait un abri sûr et stable pour leurs fortunes. Ils y seraient hors d'atteinte si la situation changeait au pays et qu'ils avaient besoin de commettre des actes inamicaux.

Sauf que personne n'était jamais vraiment hors d'atteinte. Pas plus à Londres que nulle part ailleurs. Et certainement pas lorsqu'un homme comme Kochtcheï était sur le coup. Il était à Londres depuis six jours, préparant l'exfiltration d'un analyste au QG des Communications de l'État britannique, que Moscou avait recruté onze ans plus tôt et que le SVR soupçonnait d'avoir été retourné par les services de renseignement anglais. Et puis il avait reçu l'appel du Général sur la ligne cryptée de son cellulaire.

Ce dernier lui avait donné l'ordre de laisser tomber l'opération en cours et de prendre l'avion pour New York.

Un fichier crypté était joint à un e-mail expédié sur une adresse Gmail créée spécialement à cet usage.

Un fichier que Kochtcheï, qui en avait pourtant pas mal vu, jugea assez extraordinaire.

L'analyste avait de la chance, il avait gagné un sursis. Il vivrait donc un peu plus longtemps.

Pour l'heure, Kochtcheï avait un avion à prendre.

Chapitre 7

La fin de la journée ne nous apporta pas de grandes révélations. Nous suivions toutes les pistes, mais pour le moment nous n'avions pas grand-chose.

À l'école où Sokolov enseignait et à l'hôpital où travaillait sa femme, nous ne découvrîmes aucun indice supplémentaire. Sokolov n'était pas venu ce matin-là, mais nous le savions déjà. Le principal avait demandé autour de lui si quelqu'un avait remarqué quelque chose d'inhabituel dans le comportement de Sokolov. Pour autant qu'il le savait, le Russe avait été égal à lui-même ces derniers temps : dévoué, agréable, aimé de ses élèves, charmant à tous égards. Sokolov semblait n'avoir pas de famille que nous aurions pu prévenir, ou interroger. Della Sokolov avait une sœur, Rena. Le temps que nous arrivions aux Opticiens de Delphes, le magasin qu'elle tenait sur Steinway, elle avait déjà appris la nouvelle. Elle était inquiète, c'est le moins qu'on puisse dire. Après son divorce, elle avait repris son nom de jeune fille, Karagounis. Son origine grecque était évidente.

Aparo et moi tentâmes de l'apaiser, affirmant que nous n'avions aucun élément laissant penser qu'il serait arrivé quelque chose de louche aux Sokolov – un mensonge pieux –, tout en lui assurant que nous faisions le nécessaire pour les retrouver. Elle finit par se calmer, et je pus enfin commencer à la questionner :

— Dites-moi, Rena. Votre sœur et Leo... tout va bien, dans leur vie ?

— Oui, bien sûr, répondit-elle de sa voix gutturale. Della et Leo... il n'y a pas le moindre nuage dans leur relation, vous voyez ? C'est un conte de fées. Il l'aimera jusqu'à la mort, et c'est réciproque. Ils sont comme des adolescents, c'est... c'est bizarre, surtout à notre époque, et à leur âge. Ils ont de la chance, vous ne croyez pas ? conclut-elle en haussant doucement les épaules.

— Ils sont ensemble depuis longtemps ?

Elle leva les yeux au plafond.

— Depuis toujours.

— C'est-à-dire ?

Rena se concentra.

— Voyons... Ils se sont mariés en... c'était en 1983, je crois. Leo n'était pas ici depuis longtemps. Peut-être un an ou deux. Il parlait un très mauvais anglais. Quand elle nous l'a présenté, nous nous sommes dit : « Zut ! C'est qui, ce gars-là ? » Il desservait les tables dans un restaurant égyptien, sur Atlantic Avenue. Mes parents, qu'ils reposent en paix, avaient une autre ambition pour leur fille. Moi aussi. Je sortais avec un type de chez E.F. Hutton, à l'époque... mais ce n'est pas le sujet. Donc Leo avait un boulot pourri. Pas de projets, et un sérieux problème avec l'alcool. Mon Dieu, comme il buvait ! À la russe. Un sérieux problème. Mais pas violent, hein ? Jamais en colère. Mais il était malheureux, c'était évident. Triste, au fond de lui-même. Ça n'excusait pas qu'il boive comme ça. Della le savait. Mais elle voyait quelque chose en lui, et elle disait : « Ouais, c'est lui, c'est l'homme que j'ai choisi. Un type bien. Vous verrez. » Et vous savez quoi ? Elle avait raison.

Elle se tut. Puis son regard s'assombrit.

— Où sont-ils ? Qu'est-ce qui se passe ? Qu'est-ce que vous me cachez ?

— Nous ne savons rien. Nous essayons simplement de découvrir où ils pourraient être, répondis-je, sincère. Mais revenons à Leo. Vous dites qu'il desservait les tables ? Comment s'est-il retrouvé à enseigner les sciences à Flushing High ?

— Je ne sais pas trop. Dès le début, je m'étais dit qu'il était intelligent. Même avec ce problème d'alcool, on s'en rendait compte. Trop intelligent pour faire le service dans un restaurant. C'était évident. Mais son anglais était très mauvais, et il était solitaire. Puis Della l'a éloigné de la bouteille, et ils se sont mariés. Un peu plus tard il a laissé tomber son job au restaurant et a été engagé au collège comme concierge. C'est alors qu'il a commencé à donner des cours particuliers, ici et là, ce qui lui apportait un supplément de salaire. Nous étions stupéfaits. Dieu sait comment il a fait son compte. Grâce au bouche-à-oreille, il a eu de plus en plus de travail, il a passé son brevet pour enseigner. Il a fini par obtenir un emploi de prof à temps complet, et ça dure ainsi depuis lors.

Je sentis qu'Aparo allait nous sortir une vanne façon *Good Will Hunting*. Je décidai de la court-circuiter :

— Il n'y a pas eu de disputes récemment ? Rien qui aurait pu vous inquiéter ? Rien qui aurait pu les amener à partir de chez eux de façon si soudaine ?

Rena réfléchit.

— Pas… vraiment. Mais bon, j'ai toujours trouvé un peu bizarre que nous n'ayons jamais rencontré quiconque de la famille de Leo. Il n'en parlait pas. Della disait qu'ils étaient tous en Russie et que ce n'était pas très facile là-bas, ce n'est pas comme s'ils avaient l'e-mail et Skype, hein ? Mais c'était un type tranquille. Un solitaire, vraiment, ce qui ne dérangeait pas beaucoup Della. Dans notre famille, elle est la plus calme. C'est ainsi.

J'acquiesçai. Je n'avais pas l'impression que Rena me cachait quelque chose. Ce qui signifiait qu'ils ne lui avaient rien dit de la situation – quelle qu'elle soit – dans laquelle ils s'étaient fourrés. Il était temps de prendre congé et d'aller voir ailleurs.

Rena dit alors une chose qui éveilla mon attention :

— La seule chose qui a pu leur valoir des moments difficiles, c'est de ne pouvoir avoir des enfants. Quand ils l'ont appris, ils étaient anéantis. Mais, le temps passant, leur tristesse s'est évanouie. Les étudiants de Leo ont pris plus ou moins le relais.

Je ne répondis pas. Tess et moi avions connu cela, bien sûr. Et nous avons eu la chance qu'Alex soit venu combler en partie ce manque. Je comprenais ce que les Sokolov avaient pu ressentir. Cela expliquait l'absence de photos d'enfants dans leur appartement.

— Je ne vois rien d'autre, vraiment, ajouta Rena. Ça, et une défaite des Yankees. Il valait mieux ne pas être à côté de Leo quand ils perdaient un match…

Elle sourit. Un sourire un peu amer qui ne dissimulait pas tout à fait son regard inquiet.

— Je sais à quoi vous pensez. Des problèmes d'argent… Dieu sait que nous en avons tous, à l'époque actuelle. Des dettes de jeu ? Le genre de choses auxquelles vous, les hommes, devez souvent faire face. Mais il n'y a rien de tout cela. Pas avec Leo. C'est un homme doux et droit. Avec des valeurs, vous voyez ? Il vit dans un rêve. Comme pour la Russie. Il aime sa patrie. Comme nous tous, hein ? Mais à voir ce qui se passe, même à cette distance, et après toutes ces années… Toutes les promesses après la chute du Mur, et la façon dont cela a foiré… Ces gangsters omniprésents, qui dévalisent le pays… Ça le rend très triste. Les élections truquées… Ça le mine, vous voyez ? Comme quand ce militant a été assassiné, la semaine dernière, vous voyez de qui je veux parler ?

— Ilya Chislenko ? demanda Aparo.

Je lui jetai un regard surpris, admiratif. Il cligna de l'œil, très fier de lui.

— Oui, c'est ça. Leo était totalement démoralisé par cette histoire ! répondit Rena avec un mouvement des épaules un peu rêveur. Della m'a dit qu'il était même allé à la manifestation, devant l'ambassade. Elle ne l'avait jamais vu dans cet état. Vraiment déprimé. Et il avait bu quelques vodkas, trop selon Della, ce qui ne lui convenait pas. Vous comprenez ce que je veux dire ? C'est un homme convenable… Vous devez absolument les retrouver, ajouta-t-elle après un silence. Je vous en supplie.

Quand nous quittâmes le magasin de Rena, nous n'en savions guère plus qu'à notre arrivée. Il fallait poursuivre l'enquête à l'école, vérifier les enregistrements des caméras de surveillance de l'hôpital, notamment à l'heure du départ de Della, et passer en revue les bandes des caméras placées dans les vitrines ou sur les distributeurs de billets proches de l'appartement des Sokolov, ainsi que les photos prises au téléphone portable par d'éventuels curieux, présents sur les lieux quand Yakovlev avait fait le plongeon.

À part cela, je ne voyais pas ce que nous pouvions faire, sinon attendre que des éléments nouveaux nous parviennent ou que les Sokolov décident de refaire surface. Aparo et moi sommes donc retournés à Federal Plaza. Je devais creuser quelques détails à propos de plusieurs autres affaires sur lesquelles je bossais. Après quoi j'avais l'intention de rentrer chez moi, où je pourrais me détendre tout en discutant avec Tess, Kim et Alex, prendre un bon dîner, puis réfléchir à un projet auquel j'avais de plus en plus mal à résister.

Chapitre 8

Little Italy, Manhattan

Sans prendre la peine d'ôter ses chaussures, Sokolov fit basculer ses jambes sur le lit grinçant et ferma les yeux. Il s'efforça de maîtriser sa respiration, de ralentir les battements de son cœur affolé. Une seule pensée l'habitait. Sa vie, sa seconde vie, celle qu'il avait mis plusieurs décennies à construire était finie.

Jusque-là, il avait délibérément évité de réfléchir aux circonstances de sa fuite et à cette conclusion traumatisante. Maintenant qu'il était provisoirement en sécurité (pensait-il), sa réflexion dériva vers les événements de la matinée, alors qu'il pensait encore que sa femme était en retard, et non entre les mains de ces monstres.

Ils ont Della.

Ils ont ma petite *lapochka*.

À cette idée, Sokolov dut se rasseoir. Il se tenait droit comme un piquet. Ses lèvres tremblaient, tout comme ses mains. Il regarda autour de lui, inspecta sa chambre d'hôtel minable. Les murs étaient lézardés et les tentures mangées aux mites laissaient filtrer deux colonnes d'une lumière jaune sale dispensée par un lampadaire. Il avait l'impression d'entendre les mites et les cafards gratter et trottiner autour de lui. Il referma les yeux, essayant de s'imaginer chez lui, à Astoria, écoutant sa musique tant aimée tandis que Della, qu'il aimait encore plus, se pelotonnait près de lui sur le divan... mais son esprit s'y refusa et le ramena à la réalité de sa situation. Il se cachait dans un hôtel à trente dollars la nuit, infesté de cafards, dans le Lower East Side, sa femme était prisonnière, et il avait tué un homme.

Le bourdonnement de l'interphone résonna dans l'entrée de l'appartement. Sokolov regarda sa montre. Ce ne pouvait être que Della, bien sûr... qui d'autre pourrait sonner de si bon matin ? Elle était en retard, elle devait être pressée de rentrer, et ses clés se trouvaient sans doute au fond de son sac. Ce n'était pas la première fois que cela arrivait, et ce ne serait certainement pas la dernière.

— Te voilà, lapochka, *dit-il en enfonçant le bouton de l'interphone. Je prépare le thé.*

Il laissa la porte ouverte et se dirigea vers la cuisine, fredonnant l'air de Rachmaninov qui venait du salon. Il se dit qu'il disposait de peu de temps avant de partir au travail. Il brancha la bouilloire électrique et introduisit deux tranches de pain de seigle dans le grille-pain. Mais, alors qu'il s'attendait à entendre le pas de Della dans l'appartement, quelque chose sortit ses griffes au plus profond de lui-même... deux secondes plus tard, des bruits de pas étrangers confirmèrent le bien-fondé de son malaise.

Le corps tendu par l'inquiétude, il sortit de la cuisine et se trouva nez à nez avec un type qu'il n'avait jamais vu de sa vie. Sokolov sut immédiatement qu'il était russe. Pas seulement russe. C'était un agent de l'État russe. Il se dégageait de lui ce mélange identifiable entre tous d'arrogance, de ressentiment et de violence à peine réprimée – autant de traits que Sokolov connaissait parfaitement.

Autant de caractéristiques auxquelles il était si heureux d'avoir tourné le dos, des années plus tôt.

Ils l'avaient retrouvé.

Le timing *était alarmant. Il signifiait qu'ils avaient aussi Della.*

Le cœur de Sokolov implosa. Il avait fini, au bout de tout ce temps, par commettre une erreur, simplement en passant la tête par-dessus le garde-fou, une seule fois et, instantanément ou presque, sa femme avait payé le prix fort. Typiquement russe. Plus encore que le regard qui le fixait sans ciller.

— Dobroe utro, *camarade Chislenko, fit son visiteur avec un ricanement ironique.*

Il braqua sur la poitrine de Sokolov le revolver qu'il venait de sortir de la poche de son manteau de cuir noir.

Sans quitter le revolver des yeux, Sokolov recula, comme s'il obéissait aux mouvements latéraux de l'arme que l'autre brandissait. Ils finirent par se retrouver dans le salon.

— Merci de nous avoir dit où vous étiez... et de nous avoir fait part de vos intentions !

Sokolov se tenait près de la chaîne stéréo.

— Où est ma femme ? demanda-t-il en appuyant

sur le bouton du lecteur de CD, ce qui réduisit Rachmaninov au silence.

L'homme fit la grimace.

— Pourquoi avez-vous éteint ? Je me disais que le concerto ajoutait une certaine nostalgie à notre petite réunion, non ?

— Où est Della... répéta Sokolov, dont la voix se brisa.

— Oh, elle va bien. Et ça continuera tant que vous vous conduirez comme il faut.

L'homme s'assit dans un fauteuil placé devant la fenêtre. D'un geste, il ordonna à Sokolov de s'installer sur le divan voisin, près des étagères couvertes de livres, où se trouvaient également la chaîne stéréo et les deux coûteuses enceintes.

Celles-ci étaient positionnées de sorte que le fauteuil soit le point où la qualité du son était optimale. Sokolov avait passé un temps infini dans ce siège, lisant le New York Times *en écoutant des sonates de Scriabine ou des ballets de Tchaïkovski. C'était aussi exactement l'endroit où il voulait que son invité soit assis.*

— Nous devrions vous facturer tous les frais que nous avons engagés pour vous chercher durant ces longues années, ici et en Russie. Mais qu'importe. On vous tient maintenant. Dès que vous nous aurez donné ce que nous voulons – ce que vous avez volé –, nous libérerons votre femme. Je ne peux vous promettre le même sort. C'est hors de mon pouvoir.

Il gratta une de ses joues mal rasées avec le canon de son revolver.

— Sait-elle qui vous êtes ?

Sokolov secoua la tête.

— *Parfait. C'est bien ce que nous pensions. Alors sa survie dépend uniquement de vous,* conclut l'homme.

Il afficha soudain un air stupide, et une fine pellicule de sueur coula sur son front.

Nerveusement, Sokolov regardait l'homme faire passer son arme de la main droite à la gauche et retour, tout en se tortillant pour ôter son manteau.

— *Pourquoi chauffez-vous autant ? Et qu'est-ce qui fait ce bruit ?*

L'homme se frotta les oreilles d'un air irrité.

— *On dirait que des blattes se baladent dans les murs...*

Sokolov se pencha en avant. Aussi concentré que possible pour garder le contrôle, il regarda l'homme droit dans les yeux.

— *Ne vous inquiétez pas pour les* tarakanchiki. *Ils ne s'intéressent pas à vous. Dites-moi, camarade... Comment vous appelez-vous ?*

L'homme fronça les sourcils. Il tressaillit, comme s'il avait marché sur un caillou. Pendant un instant, il sembla réfléchir à la question. Puis il répondit, le regard vide :

— *Fiodor Yakovlev. Troisième secrétaire au consulat de Russie à New York.*

Il avait l'air un peu perdu, comme s'il n'était pas sûr que ce fût le cas.

Sokolov ne le quittait pas des yeux, dans une concentration absolue.

— *S'ils voient le revolver, ils seront furieux. Vous devriez le mettre sur la table,* dit-il à l'homme.

— *Qui cela ? Qui sera furieux ?*

— *Vous savez très bien qui. Ils seront absolument furieux. Pourquoi ne leur montrez-vous pas que vous* n'avez que de bonnes intentions et ne posez-vous pas votre revolver ?

Il tapota la table basse du bout des doigts.

— Cette table, ici.

Yakovlev le fixa un instant, puis déposa lentement son arme. Sokolov ne fit aucun geste pour s'en emparer.

Au bout d'un moment, Yakovlev remua sur son fauteuil et fit un geste pour la récupérer, comprenant peut-être qu'il avait commis une erreur.

— Non ! aboya Sokolov.

Yakovlev retira brusquement sa main, comme s'il avait reçu une décharge électrique. Il ressemblait à un enfant qui vient de se faire taper sur les doigts. Sokolov poursuivit avec une intonation profonde et arythmique :

— Ils vont penser que vous avez l'intention de leur nuire. Regardez par la fenêtre, pour voir s'ils vous surveillent toujours.

L'homme avait désormais le visage couvert de sueur. Il se leva, laissant le revolver sur la table en verre, et se dirigea en silence vers la fenêtre. Il jeta un coup d'œil à l'extérieur, prit plusieurs secondes pour examiner le moindre élément de la fenêtre.

Sokolov était dans son fauteuil, immobile.

— Vous les voyez ?

— Oui.

— Maintenant vous comprenez pourquoi je dois parler à ma femme. Elle va s'inquiéter. À propos de nous deux.

Yakovlev hocha la tête, sortit un téléphone portable de sa poche et enfonça une touche de numérotation rapide.

C'est alors que le plan de Sokolov tourna court.
La sirène d'un camion de pompiers déchira l'air. Yakovlev cligna des yeux deux fois de suite, regarda sa main droite désormais vide, repéra le revolver sur la table de verre. Avant qu'il ait eu le temps de faire un pas, Sokolov avait bondi du divan.
Il se rua vers l'avant, percuta sa cible de tout le poids de son corps, la projetant par-dessus le rebord de la fenêtre. Yakovlev traversa l'air de New York sur une hauteur de six étages et s'écrasa sur le trottoir.
Sokolov entendit le bruit mou qu'il fit en atteignant le sol, puis les hurlements, mais il ne prit pas le temps de regarder par la fenêtre. Son cœur battait à toute vitesse, menaçant de sortir de sa poitrine. Il regarda autour de lui, désespéré, puis se mit en action. Il s'empara du téléphone que Yakovlev avait laissé tomber sur le tapis, le glissa dans sa poche. Il prit le revolver. Puis il s'approcha de la bibliothèque, enfonça la touche d'éjection du lecteur de CD. Il attendit, impatient, que le plateau sorte et s'immobilise. Il pêcha le CD qui se trouvait devant lui, le glissa dans une pochette protectrice et le mit dans sa poche.
Il sortit de l'appartement précipitamment. Il se demandait s'il s'en sortirait vivant, et sans être vu.

L'esprit de Sokolov revint au présent. Son regard se posa sur la pendule à chiffres lumineux, à la mode des années 1980, posée sur la table de nuit.

Elle indiquait 10 h 5... Le reste de l'affichage avait disparu. Il devait être entre 10 h 50 et 11 h 00. Il aurait aimé s'allonger et s'endormir sur-le-champ pour tuer la plus grande partie de la nuit, laisser son cauchemar se dissiper et accueillir un autre jour qui aurait emporté toute cette démence, permettant à sa vie normale de reprendre son cours. Il aurait voulu repousser le plus longtemps possible le moment où il devrait prendre une décision.

Mais ce n'était pas la solution.

Ce n'était pas cela qui lui ramènerait sa femme.

Une sirène – une autre de ces foutues sirènes ! – hurla dans le vacarme qui régnait autour de l'hôtel. Si Sokolov avait une véritable passion pour les sons, et pour ce que certains appellent à tort le bruit, il détestait la cacophonie inutile, aléatoire, et c'était précisément ce qui agressait ses sens à travers la fenêtre mal ajustée de l'hôtel. À son arrivée à New York, il avait mis beaucoup de temps à s'habituer au bruit permanent de l'immense métropole. Moscou, où il était né, était mortellement silencieux quand il en était parti. Il savait que tout avait changé. En mieux, d'abord. Pour le pire, ensuite.

Il se frotta le visage, regarda de nouveau la table de nuit.

Son portefeuille était là, avec ce qui lui restait des mille dollars qu'il avait sortis d'un distributeur après s'être éclipsé par la porte de service de son immeuble. C'était le retrait quotidien maximal autorisé, et il savait qu'il allait devoir les faire durer : il serait probablement peu avisé de se servir à nouveau de sa carte de crédit. Le revolver et le cellulaire de son visiteur russe se trouvaient également sur la table, à côté de la pendule cassée. Il fallait qu'il les cache : il n'aurait pas été étonné qu'on les lui vole pendant la nuit. Il prit la télécommande du téléviseur, fixa la pile à l'intérieur avec les quelques molécules de colle qui restaient sur le scotch noir effiloché, et la dirigea sur l'appareil de brocante qui tenait au mur comme par miracle.

Il zappa jusqu'à trouver les informations locales.

Écouta le flash à propos d'un diplomate russe qui avait fait une chute mortelle à Astoria. D'après le journaliste, il n'y avait ni témoin ni suspect... puis son visage apparut à l'écran, aux yeux du monde entier. Son visage et celui de Della, côte à côte. Pas en qualité de suspects, mais d'occupants de l'appartement où se trouvait la fenêtre par laquelle le diplomate était tombé.

Les nerfs de Sokolov s'enflammèrent.

Il savait que ces salopards ne disaient aux Américains que ce qui les arrangeait. Ce qui voulait dire que les hommes de main, les *siloviki*, s'occupaient du match et que la police new-yorkaise, cantonnée dans les tribunes, le regardait se dérouler.

Dégoûté, il jeta la télécommande vers le téléviseur. Il manqua sa cible, et elle tomba par terre, en morceaux.

Que faire ?

Je ne peux pas aller voir la police, se dit-il. Bon Dieu, qu'est-ce que je leur dirais ? « Le KGB... non, le FSB, c'est ainsi que ces gangsters s'appellent maintenant, même si ce sont les mêmes gens, les mêmes voyous sadiques, juste une version brillante, rénovée, prétendument démocratisée, de la même machine criminelle... le FSB, donc, a enlevé ma femme » ?

« Pourquoi feraient-ils une chose pareille, monsieur Sokolov ? » demanderaient les flics.

Et lui, comment pourrait-il répondre à cette question, sans divulguer un secret terrible : une machine criminelle d'un genre entièrement nouveau, à l'origine d'une douleur entièrement nouvelle. De la douleur non seulement pour lui mais pour Dieu sait combien d'autres personnes, dès aujourd'hui, dans le monde entier. Une souffrance silencieuse et inexpliquée, mais réelle et horrible, qu'il aurait lui-même libérée… tout cela à cause d'une tentative futile et malencontreuse de sauver Della. Plus que malencontreuse. Pathétique et naïve. Car il savait que s'il demandait de l'aide cela se conclurait par un échec lamentable. Ils ne le laisseraient pas s'en sortir. Ils ne le laisseraient jamais retrouver sa petite existence inoffensive et heureuse avec sa Della bien-aimée. Surtout s'ils savaient qui il était. Et pas même quand ils auraient obtenu ce qu'ils voulaient de lui.

Une autre idée le frappa soudain.

S'ils ignorent ma véritable identité, la police doit penser que je suis un assassin.

Un homme traqué. Un fugitif en cavale. Même s'ils ne le disent pas encore.

Ou peut-être essaient-ils simplement de me leurrer pour que je me rende ?

Ils savent peut-être.

Sokolov frissonna de plus belle.

Non, il ne pouvait pas aller voir les flics.

Ce qui ne lui laissait pas beaucoup d'options. Aucune, en fait. Il se sentait seul, rejeté, à la merci de cette ville de plus en plus sombre, recherché partout (la photo de ses vacances au Costa Rica qu'ils avaient trouvée dans l'appartement devait s'afficher sur les écrans d'ordinateur de toutes les voitures de police de New York). On le recherchait pour l'interroger sur la mort suspecte d'un fonctionnaire russe.

Il était seul.

Cette pensée l'étouffait de plus en plus, et la ville

lui sembla plus noire et plus menaçante qu'elle ne l'avait jamais été.

Sa pensée remonta le temps, retourna des décennies en arrière, et il maudit l'éducation que ses parents lui avaient donnée. Il maudit son esprit inquisiteur, sa curiosité, et son dévouement – autant de qualités qui lui interdisaient maintenant de tourner le dos au défi qui lui était lancé. Puis sa mémoire le ramena au passé immédiat, au bar et au reportage sur la mort de son neveu, à sa scène d'ivrognerie devant le consulat.

C'est lui qui était allé les chercher. Totalement. Depuis le début.

Maintenant, il devait rattraper le coup. Au moins pour Della. Il devait faire tout ce qui était en son pouvoir pour la sauver. Rien d'autre n'importait, et surtout pas sa propre vie.

Ses pensées se fixèrent sur elle, et il se demanda dans quel état d'esprit elle pouvait se trouver. Son imagination l'entraînait vers un territoire horrible. Della n'avait aucune idée de la raison pour laquelle on l'avait enlevée. Elle devait avoir peur. Elle devait être terrifiée, même si elle ne ferait sûrement pas à ses ravisseurs le plaisir de le leur montrer. Trente-huit années de travail comme infirmière (dont les onze dernières à Mount Sinaï Queens) lui avaient donné le physique d'un Marine, mais Sokolov savait qu'intérieurement elle était toujours la fille délicate et douce qu'il avait rencontrée trente ans plus tôt.

Il fallait qu'il s'endurcisse, lui aussi.

Il l'avait déjà fait. Il fallait qu'il encourage à nouveau ses instincts et qu'il réalise l'impossible.

C'est lui qui avait apporté cette calamité. De A à Z. Depuis le début. Depuis le jour où, jeune garçon de quatorze ans poussé par la curiosité, il avait fait cette découverte fatidique dans la cave de la demeure familiale.

Le jour où tout avait commencé.

La maison n'était pas très grande. Personne n'avait une grande maison, d'ailleurs, en Russie soviétique, sauf peut-être les membres du Politburo, le bureau politique du Parti communiste au pouvoir. La famille de Sokolov n'en comptait aucun. Il avait grandi dans une maison de ferme, sur une petite exploitation près de Karovo. Le village le plus proche se trouvait à quinze kilomètres de là, et Moscou à moins de deux cents kilomètres au nord.

Son grand-père avait vécu dans cette maison, et il y était mort. Sokolov connaissait très bien l'histoire de sa famille. C'était ce qu'il croyait, en tout cas. Jusqu'à ce jour-là.

Son père lui avait raconté comment Misha, le grand-père de Sokolov, était arrivé là au lendemain de la révolution de 1917. Il s'y était installé au terme d'un voyage pénible depuis Saint-Pétersbourg, dans un pays ravagé par la guerre civile. Il avait trouvé refuge dans ce paysage idyllique de forêts de bouleaux, de crêtes et de belles prairies inondées enserrant les méandres de l'Oka. En des jours meilleurs, le domaine de Karovo comprenait un manoir, six villages et de la bonne terre ; une pompe-bélier capable d'amener l'eau du torrent ; un moulin à vapeur pour moudre le seigle, l'orge et le blé noir ; et une distillerie où l'on produisait de l'eau-de-vie de pommes de terre. Les bolcheviques avaient pris le pouvoir. Ils avaient chassé le propriétaire et transformé le domaine en kolkhoze – une ferme collective. Le manoir était devenu une école de formation de professeurs et, après la Seconde Guerre mondiale, un orphelinat pour les hordes d'enfants privés de foyer par le conflit. Quand Sokolov était enfant, c'était une résidence de week-end délabrée pour les ouvriers de la centrale géante de Kaluga, à quarante kilomètres à l'ouest, et très éloignée de sa gloire passée.

Le grand-père Misha avait travaillé aux champs. Il avait épousé une blanchisseuse, ancienne employée du propriétaire du domaine. Ils avaient eu sept enfants, autant de main-d'œuvre en plus pour travailler la terre et nourrir les masses. Deux d'entre eux étaient morts pendant les purges staliniennes, et la guerre mondiale avait tué presque tous les autres. Quatre des oncles de Sokolov avaient péri sur divers champs de bataille. Son père, quant à lui, avait survécu, et il était parvenu à regagner Karovo sain et sauf. Il avait repris le travail agricole, aux côtés de son père. L'après-guerre se signalant par un déficit de jeunes hommes, il avait eu la possibilité de choisir parmi les plus jolies femmes de la ville. Il avait fini par épouser la fille d'un instituteur, Alina, qui lui avait donné quatre garçons. Le benjamin, né en 1951, était Sokolov.

Comme dans toute la Russie soviétique, la vie à Karovo était dure. Les parents de Sokolov travaillaient beaucoup pour gagner peu. Ses frères et lui durent faire de même, dès l'enfance. La vie sous le joug soviétique offrait peu de consolations, le confort était chose rare. La terre était dure, difficile à travailler. Les gros poêles à bois étaient difficiles à maintenir allumés. Il fallait aller tirer l'eau potable d'un puits éloigné et la transporter dans des seaux. Dans la cour de la ferme, on marchait dans la boue jusqu'aux chevilles la plus grande partie de l'année. La nourriture était rare, la ferme collective peu productive et très mal gérée. Le magasin du village était presque toujours vide. La plupart du temps, des légumes durcis par le gel, pommes de terre, betteraves, choux et oignons, constituaient la seule nourriture disponible.

Pour fuir cette sinistre réalité, Sokolov se réfugiait aussi souvent que possible dans une vie imaginaire. Sa mère, en particulier, avait le génie des histoires. C'était un puits de connaissance, et tandis que son mari cherchait chaque soir le sommeil dans l'ivresse, elle régalait Sokolov et ses frères de toutes sortes de récits et de contes populaires. Dans le système d'éducation marxiste-léniniste centralisé où grandit Sokolov, le collectif prenait le pas sur les intérêts de l'individu, et l'on étouffait la créativité et l'imagination. La mère de Sokolov exprimait discrètement son désaccord avec ce principe, encourageant sa fantaisie et sa curiosité boulimique. L'imagination de Sokolov devint alors un exutoire aux conditions affreuses de sa vie quotidienne – surtout après la mort de sa mère, emportée par la tuberculose quand il avait douze ans.

Elle lui avait raconté l'histoire d'une découverte macabre au palais Ioussoupov, l'ancienne résidence d'une des familles les plus riches de Russie. Là avait vécu Félix Ioussoupov, un des assassins autoproclamés de Grigori Raspoutine. Cette découverte avait eu lieu après la Révolution, quand les bolcheviques arrivant au pouvoir avaient condamné les Ioussoupov, comme tous les aristocrates, à pourrir en prison ou à faire face au peloton d'exécution. Une chambre secrète avait été mise au jour dans l'appartement de l'arrière-grand-mère de Félix, laquelle avait eu la réputation en son temps d'être l'une des plus belles femmes d'Europe. On trouva dans cette pièce un cercueil contenant les restes décomposés d'un homme qui avait été l'un de ses amants – un révolutionnaire qu'elle avait aidé à s'évader de prison. Elle l'avait caché dans son palais pendant des années, et même après sa mort. Sokolov avait entendu maintes histoires de chambres secrètes abritant des coffres pleins de bijoux et toutes sortes de richesses, découvertes après la Révolution dans les résidences et les palais de la noblesse, des pièces que leurs propriétaires avaient dissimulées à la hâte derrière des cloisons de plâtre peint, avant de fuir le soulèvement. Il fouinait souvent dans le vieux manoir, à la recherche de telles chambres secrètes, essayant d'imaginer ce qu'il ressentirait s'il découvrait lui-même un trésor.

En l'occurrence, ce qu'il découvrit n'était pas un trésor, et ça n'était pas dans le manoir proprement dit.

Ça se trouvait dans une petite alcôve cachée tout au fond de la cave de la maison familiale. Une alcôve qui semblait ne pas avoir été visitée depuis des décennies. Il tomba dessus par hasard en jouant à cache-cache avec ses frères, et il se dit tout d'abord que ça ne payait pas de mine : pas or, pas d'argent, rien qui s'en rapprochât. Rien que trois vieux carnets pourrissants reliés de cuir souple, attachés ensemble par un bout de ficelle bien serrée.

Sokolov était loin de se douter que sa découverte avait beaucoup plus de valeur que n'importe quel trésor.

Il ne parla à personne de sa trouvaille. Sa mère eût-elle vécu, il lui en aurait parlé, sans aucun doute. Mais elle était partie depuis longtemps, et son père, cet ivrogne cynique, ne méritait pas d'être mis au courant. Il décida de n'en rien dire, non plus, à ses frères. Pas avant de savoir de quoi il s'agissait. C'était son secret. D'ailleurs Sokolov comprit que sa trouvaille était très spéciale quand un nom, dès la deuxième page, lui sauta aux yeux :

Raspoutine.

Il se mit à lire.

Chapitre 9

— Ça va ?

Il était peut-être 3 ou 4 heures du matin. Très tard, en tout cas. J'étais couché, Tess allongée à côté de moi. Je croyais qu'elle dormait, la tête enfoncée dans son oreiller, mais elle avait chuchoté.

Pour ceux qui nous rejoignent maintenant, je précise que Tess Chaykin est ma maîtresse et qu'elle partage ma vie. Nous nous sommes rencontrés il y a six ans environ, au Met, un soir qui a anéanti de nombreuses existences mais qui nous a rapprochés. Tess est archéologue et elle écrit des romans, des best-sellers qui se sont d'abord inspirés des aventures que nous avions vécues ensemble – à notre corps défendant. Je parle des aventures, pas de l'écriture. J'aimerais bien que ses œuvres à venir sortent plutôt de son imagination, mais, la connaissant et sachant le genre de choses où elle aime fourrer son nez, je n'y crois pas trop.

Oh, nous avons deux enfants. Sa fille Kim, quinze ans. Et Alex, mon petit garçon, qui en a cinq. Mais si vous êtes attentif, vous le savez déjà.

— Pourquoi tu ne dors pas ? me dit-elle d'un ton rêveur.

Je me penchai sur elle et lui embrassai l'épaule.
— Quelque chose te tracasse ?
Je l'embrassais toujours, très doucement.
— Rendors-toi.
Elle gémit.
— Je ne peux pas. Pas si je sais que tu es réveillé.
Son visage se retrouva à quelques centimètres au-dessus du mien, et son corps se coula contre moi. La chaleur de sa peau m'envahit – les pyjamas et autres vêtements de nuit étaient proscrits dans notre maison, par accord mutuel. C'était une « règle » qui m'était devenue très chère et dont je n'aurais plus pu me passer, qui ne manquait jamais d'envoyer toutes sortes d'endorphines perdre les pédales à l'intérieur de mon organisme.
Ses yeux s'animèrent, et elle me gratifia de son fameux regard.
— Tu ne m'aides pas beaucoup à m'endormir, lui dis-je.
— Je n'essaie pas, répondit-elle en posant la main sur mon torse. Bien au contraire.
Je gloussai, puis passai à l'attaque.
C'était si bon de s'accorder un répit, de tout enfermer dans le coffre et de jouir de ces moments d'insouciance qui donnent du piment à la vie. Cela me faisait du bien de me laisser aller après la décision que j'avais prise.
J'allais poursuivre la réalisation de mon plan.
J'avais également décidé que je n'en informerais ni Tess ni Aparo. Je devais les protéger, puisque j'avais l'intention de violer la loi.
Pour Tess, la décision avait été facile à prendre. Je ne lui disais pas tout de mon boulot, et elle n'en avait

pas nécessairement envie. Je ne travaillais pas dans une confiserie, et il n'était pas nécessaire d'importer toute cette laideur dans notre vie privée. Nous avions déjà eu plus que notre part. Pour Aparo, c'était différent. Nick était mon équipier. Quitte à me retrouver dans une situation où j'aurais besoin d'aide, je n'aurais voulu personne d'autre que lui à mes côtés. Mais dans l'immédiat, le laisser dans l'obscurité le protégerait pour le cas où tout irait de travers... En même temps, je savais que, si je finissais par le tenir au courant, il ne le verrait pas de cette façon et m'en voudrait à mort de ne pas l'avoir prévenu dès le début.

Cependant, je ne pouvais faire autrement.

Mardi

Chapitre 10

— Qui a filmé ça, exactement ? demanda Aparo.

Il était près de 11 heures du matin. Ils s'agglutinaient autour de mon bureau – Aparo et les deux agents sur l'enquête avec nous, Kubert et Kanigher – et regardaient la vidéo sur l'écran de mon ordinateur.

Un certain Cuppycake12 l'avait filmée avec son téléphone portable devant l'immeuble des Sokolov, puis l'avait déposée sur YouTube pendant la nuit. C'était une excellente chose, car les clips et les images que nous avions collectés lors de notre quadrillage n'avaient rien révélé d'intéressant.

Nous avions fait notre enquête de routine sur Leo et Della Sokolov, sans rien trouver de remarquable. Le couple semblait mener une vie normale et sans histoires. Pas de conflits avec la loi, pas de problèmes financiers. Rien. Ils occupaient un appartement à loyer bloqué, dont ils n'avaient jamais raté un seul paiement. Leurs relevés bancaires ne montraient rien de suspect. Des citoyens modèles à tous points de vue, apparemment.

Nous avions également visionné les enregistrements de la vidéosurveillance de l'hôpital. Della avait quitté son lieu de travail et s'était dirigée normalement vers l'arrêt d'autobus. Rien dans son attitude ne suggérait le moindre stress ou une quelconque précipitation. Les caméras de distributeurs de billets et autres outils de surveillance que nous avions vérifiés n'avaient rien donné, pas plus que les témoignages recueillis par Adams, Giordano et leurs hommes auprès des gens qui se trouvaient sur le lieu de l'accident.

La vidéo de YouTube, en revanche, était intéressante – et horrible. Horrible, car l'auteur ne faisait pas dans le délicat. Le film commençait quelques secondes après que Yakovlev avait heurté le sol. Les images tremblaient tandis que l'opérateur réglait son iPhone et traversait la rue en courant pour s'approcher de la scène…

Puis l'image s'attarde sur le cadavre. On entend les cris horrifiés des passants, quantité de « Oh mon Dieu ! », « Il est mort ? » et autres « Quelqu'un a appelé une ambulance ? », de hurlements, le tout ponctué des commentaires haletants de Cuppycake12. Suit un superbe panoramique destiné à nous montrer les gens qui se tiennent tout autour, lorgnant le corps, certains se détournant, d'autres incapables d'arracher leur regard au cadavre, tout cela filmé avec l'énergie viscérale, frénétique, que ces vidéos tournées au pied levé expriment si souvent.

— Là. Regardez ça.

Je cliquai sur « pause ».

— Ce type, là, ajoutai-je en tapotant l'écran.

Je leur montrai une silhouette. Un homme, adulte. Difficile d'en dire plus, car l'image était terriblement granuleuse. Il venait d'apparaître derrière les badauds qui s'agglutinaient autour du cadavre.

— Ne le quittez pas des yeux, fis-je en lançant la lecture.

Le type regarde par-dessus les épaules des personnes du premier rang. Puis il lève les yeux, vers l'appartement de Sokolov, d'où il est évident que l'homme est tombé. Il regarde à nouveau le cadavre, tourne les talons et disparaît derrière le mur que constitue la foule des passants.

— Il disparaît un instant, dis-je. Mais regardez ce qui suit.

Cuppy en a assez de son plan horrible et il part en quête d'un reportage plus détaillé sur ce qui s'est passé. Il va sur la route, redresse son appareil, filme l'immeuble avant de faire un zoom avant sur la fenêtre du sixième étage. D'en bas, on devine à peine qu'elle est brisée. Cuppy a le coup d'œil. Puis il est surpris par une voiture, un violent coup de klaxon le fait sursauter, le point de vue de son appareil se déplace vers le bas pendant qu'il fait un bond pour éviter la voiture. Il est évident que cela ne lui plaît pas, car il lance une bordée d'injures à l'automobiliste pressé, qu'il suit dans la rue en zoomant.

C'est alors qu'il enregistre le détail qui m'a frappé.

Le type de tout à l'heure est dans le cadre. On peut le voir contourner un SUV garé un peu plus loin, y monter et démarrer. Très vite, en évitant de peu la collision avec une voiture qui passait. Comme s'il voulait foutre le camp au plus vite.

Il me sembla que ça valait la peine d'en savoir plus. Non parce qu'il s'en allait à fond de train. Il pouvait très bien avoir été bouleversé par ce qu'il avait vu, ou alors il pétait un câble. Comme n'importe qui. Cela aurait même été une saine réaction. C'était plutôt son attitude qui requérait notre attention. Il semblait très préoccupé, concentré. Pas bouleversé. Plutôt furtif. Ce qui semblait une réaction beaucoup moins normale.

— Joli... gloussa Kubert (ou était-ce Kanigher ? Je les confondais tout le temps.) Ce type est peut-être du genre délicat. Ou peut-être qu'il est lui-même mouillé.

— Exactement, répondis-je. Il attendait Yakovlev, et il a flippé quand l'autre a fait le plongeon.

— Pourquoi n'est-il pas monté pour voir qui avait fait le coup ? demanda Kanigher. Pourquoi n'a-t-il pas appelé les flics ?

— Peut-être que la petite visite de Yakovlev n'avait rien d'officiel, avança Aparo.

— Peut-être. En tout cas, nous en saurons un peu plus si le labo parvient à nous fournir un gros plan correct de son visage et de son numéro de plaque. Et l'on doit croiser les infos avec les caméras de surveillance de la circulation, on aura peut-être une idée de la direction qu'il a prise.

— Bien vu, l'aveugle, dit Aparo. Oh ! au fait, vous savez quoi ? Le couple qui vit juste au-dessous des Sokolov, au 5C... Il semblerait que leur chien ait pété un câble hier matin et qu'il ait mordu le mari. Il l'a pratiquement estropié, il lui a chopé l'avant-bras et ne voulait plus le lâcher. Pile au moment où Yankovitch...

— Yakovlev, corrigea Kubert.

— ... passait par la fenêtre.

— Ils ont entendu des bruits de lutte ? demandai-je.

— Non. Juste un bruit sourd, peut-être un vase tombant par terre, puis les hurlements dans la rue.

— Que vont-ils faire de leur chien ? demanda Kubert.

— Rien. Il est redevenu normal. Ils l'ont depuis des années. Il n'avait jamais mordu personne.

Kubert avait pris cet air pensif qu'on lui connaissait, comme s'il s'apprêtait à nous révéler un des secrets de l'univers.

— Les chiens sentent des choses, vous savez. Ils ont des pouvoirs... ce que nous savons de leur cerveau... on n'a même pas commencé à gratter la surface.

Avant qu'il n'enchaîne avec un épisode à sa sauce de *Twilight Zone dans la vie de nos amis les bêtes*, je décidai de prendre congé.

Le labo avait du boulot à faire sur ma petite vidéo de YouTube, et moi j'avais rendez-vous avec un gros homme et une barrique de sirop d'érable.

Une centaine de rues plus haut que Federal Plaza, Larissa Tchoumitcheva sortit du bureau de son supérieur, au troisième étage du consulat de Russie. Elle réfléchissait à la crise inattendue qui venait de lui tomber dessus.

Une crise qui était aussi une opportunité. Une chance pour elle de laisser une trace – la raison pour laquelle elle avait pris cet emploi, au départ. Mais cette opportunité lui était tombée dessus sans préavis. Elle n'avait pas eu le temps de s'y préparer, de réfléchir aux conséquences éventuelles. Ce qui voulait dire que si quelque chose partait de travers, elle serait vulnérable. Ce qui impliquait, dans la branche où elle travaillait, des implications sérieuses sur sa santé.

Des difficultés supplémentaires venaient de ce que son supérieur, Oleg Vrabinek (officiellement vice-consul, officieusement l'agent le plus élevé en grade du SVR dans cette ville), ne l'avait informée de rien. On l'avait tenue à l'écart de ce qu'ils mijotaient, lui et feu Yakovlev. Tout ce qu'on lui avait dit avant de l'envoyer à l'appartement de Sokolov, c'était de nier, de détourner la conversation, et de faire son rapport. Elle n'en avait pas moins décidé de ce qui devait être sa priorité absolue : gagner la confiance de Vrabinek. Pour avoir la moindre chance de laisser une trace – sans parler de rester en vie –, elle devait savoir ce qui se tramait.

Elle savait au moins une chose : Sokolov était important. Aux yeux des Russes et aux yeux des Américains. Les uns et les autres cherchaient désespérément à lui mettre la main dessus. Mais Vrabinek avait été moins que communicatif quand Larissa avait tenté de savoir qui était Sokolov.

« Cela n'a aucune importance à ce stade », lui avait-il répondu.

Quand elle avait essayé de le pousser – aimablement, respectueusement, comme cela devait être –, il avait ajouté :

« Vous en saurez plus si cela s'avère nécessaire. Pour le moment, ce n'est pas le cas. »

Ce qui avait incité Larissa à fixer sa seconde priorité : découvrir qui était Sokolov et pourquoi il était si important. Il fallait qu'elle ait accès à son dossier – mais elle devrait le faire sans que quiconque le sache, ni Vrabinek, ni personne d'autre au consulat.

Plus facile à dire qu'à faire. Pas terrible non plus, sur le plan des « implications sur la santé »...

Et il y avait l'agent du FBI, Sean Reilly. On lui avait dit qu'il était sur la piste de Sokolov, qu'il s'accrochait comme un pitbull. En ce sens il pourrait leur être très utile. Elle avait reçu l'ordre de s'approcher de lui et de leur rapporter ses progrès dans tout ce qu'il entreprendrait. On l'avait également mise en garde contre son caractère intuitif. Mais quand elle l'avait vu, en chair et en os, elle l'avait trouvé différent de l'adversaire qu'ils lui avaient dépeint. Elle sentait en lui quelque chose de... différent. Une honnêteté, une droiture qui l'avaient surprise. Inquiétée.

Elle avait des ordres. Ses supérieurs savaient ce qu'ils faisaient, et ils avaient leurs raisons pour lui confier ces tâches, indépendamment de ce qu'elle voyait en Reilly. Elle devait rester aux aguets, et anticiper.

Vrabinek n'avait pas été plus explicite durant la réunion qu'elle venait d'avoir avec lui. Elle n'avait rien appris de neuf sur Sokolov. En revanche, il lui avait généreusement délivré une information – tout sauf rassurante, celle-là.

Ils allaient envoyer quelqu'un. Un agent spécial, dépêché spécialement pour gérer la situation.

Cela n'augurait rien de bon.

Encore moins quand Vrabinek lui apprit qu'il s'agissait de Kochtcheï.

Elle ne l'avait jamais rencontré. Très peu de gens le connaissaient. Et même si elle ne disposait à son sujet que d'informations fort incomplètes, une chose était sûre : sa présence était réellement une mauvaise nouvelle sur le front des « implications sur la santé ».

Pour Larissa comme pour toutes les personnes mêlées à cette affaire.

Chapitre 11

Une heure plus tard, j'étais à Newark, dans le New Jersey, installé à une table dans un restaurant, un IHOP clair et gai. Je regardais, devant moi, une réincarnation du Léviathan, étonné qu'il soit parvenu à se redresser sur son banc à deux places pour me saluer.

Il n'avait pas été très heureux de me voir me pointer chez lui – pour être précis, c'est plutôt chez sa mère –, surtout quand je lui avais annoncé que je voulais le voir en tête à tête. Une invitation à se joindre à moi pour manger un morceau (c'est une litote, croyez-moi) contribua à lézarder ses défenses. Un truc un peu minable, je sais, mais voilà, je suis persuadé qu'il faut toujours emprunter le chemin le plus facile. Qui n'aime pas les restaurants IHOP ?

Le tee-shirt Weyland Enterprises de taille XXXL se tendit sur les plis tremblants de sa chair quand il prit le menu et se mit à en dévorer le contenu des yeux. Je lui avais parlé d'invitation. Dès qu'il commença à passer sa commande à la serveuse, je compris qu'il avait l'intention de me prendre au mot. Celle-ci s'annonçait fort longue et je me dis que je pouvais aussi manger quelque chose, même si j'avais l'habitude de me détourner sitôt que j'entendais mentionner la fête des crêpes qui avait fait la réputation de la chaîne IHOP. Je réussis à placer ma commande, une omelette aux herbes, et le laissai poursuivre.

Kurt Jaegers avait trente-deux ans et pesait au moins cent quarante kilos. Il vivait avec sa mère, une psy divorcée spécialisée dans la dépendance et qui travaillait à domicile. C'était mignon comme tout. Mais Kurt occupait aussi la septième place sur la liste des cybercriminels les plus recherchés par le FBI. En dépit de la ponction que son menu allait opérer dans mon portefeuille, j'étais sacrément content de voir le cliché du hacker résister devant les tentatives de la fiction pour le subvertir. Kurt rêvait sans doute qu'il avait une nuée de filles sexy à sa disposition et un énorme yacht. À la manière de Kim Dotcom. La réalité devait avoir surtout le goût du porno sur Internet et de la Volvo pourrie de sa mère, quand il arrivait à lui faucher ses clés. Mais je me fichais de savoir quels étaient ses arrangements familiaux ou ses hobbies les plus louches. J'avais simplement besoin de son aide. C'est pourquoi je décidai de jouer franc jeu :

— J'ai dit que vous pouviez commander ce que vous vouliez, et j'étais sérieux. Par contre, je serai peut-être dans l'obligation de vous abandonner après les deux ou trois premiers plats…

— Ne vous inquiétez pas, mec.

Il avait enfin achevé sa commande et renvoyé la serveuse.

— Vous devriez essayer le pain grillé garni. Il est incroyable.

— J'ai tout ce qu'il me faut, Kurt. Merci, en tout cas.

— Alors… fit-il d'un ton un peu moqueur. Vous allez me faire cadeau d'une carte gratuite « Sortie de prison » ?

— Sauf si vous êtes vraiment vilain… Vous asticotez la NSA ou le NCIS, ou même la NASA d'ailleurs, tout ce qui contient un N ou un S, et vous vous retrouverez tout seul…

Il gloussa.

— Hé, pas d'angoisse. L'accès au JWICS est aussi étroit que le trou du cul d'un chat depuis que Bradley Manning a téléchargé tout le barda. Même Anonymous plie bagage et rentre chez lui quand il se retrouve face à SPIRNet. Ce n'est plus marrant du tout d'être connecté à ces types. Désormais, je passe la plus grande partie de mon temps à jouer à WoW…

Il vit que j'étais largué.

— *World of Warcraft*, mec. Vous connaissez pas ça ?!

— J'avoue que non, je viens tout droit de Neandertal, fis-je en haussant les épaules.

Il repoussa ma remarque d'un geste.

— Pour le moment, je suis vraiment avec ma pandaren femelle. Elle s'appelle Chiaroscuro. Parce qu'elle est noir et blanc, vous voyez ? Je crois que j'aimerais me la faire. Je sais que ce n'est pas bien. Merde, ce n'est qu'un foutu panda, hein ? C'est comme de la zoophilie, ou je ne sais quoi, non ?

— Je ne sais pas ce que c'est, mais je ne suis pas sûr d'avoir envie d'y penser.

La tête me tournait déjà, et le festin n'avait même pas commencé.

— En tout cas, je suis ravi d'apprendre que vous vous tenez à carreau.

Kurt but un peu de café. Il sourit.

— Être méchant peut être marrant, parfois. J'ajoute des dépenses à la facture de la carte de crédit de maman, rien que pour la taquiner. La semaine dernière, elle a passé une heure à essayer de découvrir comment elle avait pu acheter de la lingerie sexy dans une boutique à Paris…

— C'est tout à fait le genre de choses pour lesquelles vous pourriez avoir besoin d'aide, un de ces quatre…

— Compris, mec.

Son regard pâle s'était fait triste tout à coup.

— Je sais que vous vous foutez de moi intérieurement, mais… Merci de ne pas me le jeter au visage. J'apprécie les gens qui sont capables de le dissimuler.

— Allons, Kurt, fis-je en haussant les épaules. Nous sommes tous des ratés, chacun à sa façon. Si je vous racontais les conneries que j'ai faites, vous ne me croiriez pas.

— Ne me dites pas ça, mec. Vous me donnez envie de pirater votre dossier, maintenant.

Il sourit, puis fit entendre un rire nerveux et se mit à installer à sa convenance la première vague de plats que la serveuse venait de lui apporter.

— Je plaisante, mec. Je plaisante.

Il leva les yeux, apparemment satisfait de la disposition des plats.

— Que voulez-vous, alors ? Je suppose que c'est pour vous personnellement, sans quoi vous vous seriez adressé à une de vos équipes spécialisées dans l'informatique, ou… brrrrr !… aux troupes d'assaut du DC3.

Il parlait du Cyber Crime Center du ministère de la Défense, le centre de lutte contre le cybercrime qui se trouvait à Linthicum, dans le Maryland. Ces types savaient ce qu'ils faisaient, et ils connaissaient Kurt. Ils disposaient de services de médecine légale, de contre-espionnage et d'entraînement. Ils étaient connectés avec nous de même qu'avec toutes les agences dont le boulot est de faire respecter la loi. Nos chemins s'étaient croisés quelques années plus tôt, quand Kurt s'était introduit dans le serveur de l'ONU – ce qui m'avait donné l'occasion de faire sa connaissance.

J'avalai une bouchée d'omelette, et décidai de me jeter à l'eau.

— Je dois retrouver quelqu'un, Kurt. Quelqu'un qui ne veut pas qu'on le trouve.

Ses yeux s'élargirent sous l'effet de la curiosité.

— Où se planque-t-il ?

— Un dossier verrouillé, à Langley.

Kurt recracha une bouchée de pain grillé et leva les mains dans un geste défensif.

— Waouh, mec. Je n'entre pas là-dedans. Quel que soit le laissez-passer que vous pourriez me refiler...

— Je ne vous demanderai pas de le faire. Pas directement en tout cas. Je sais que vous devez être prudent. Moi aussi. Le problème, c'est que je ne connais de ce type qu'un pseudo de couverture. Et oui, c'est personnel. Extrêmement personnel.

Je soutins son regard pendant un instant.

— Je veux simplement que vous trouviez quelqu'un à l'intérieur, sur qui je pourrais faire pression. Quelqu'un qui aurait l'habilitation nécessaire. Quelqu'un qui travaille là-bas et à qui je pourrais rendre visite en personne... pour tenter de le convaincre de la légitimité de ma quête, ajoutai-je en adoptant le langage de Kurt.

Lequel leva la main, tout en finissant de dévorer le plat numéro un de son odyssée sucrée.

— Il est dans quelle partie, le type que vous cherchez ? C'est un homme, hein ?

— Je peux tirer sur plusieurs fils. La DEA, les Black Ops, le Mexique, l'Amérique latine… Je suis sûr qu'il y en a des tas d'autres. Oui, c'est un homme.

J'avais décidé de ne pas mentionner MK-Ultra. Il valait mieux que je continue de passer pour le type le moins tordu de nous deux.

— Il vous faut quelqu'un avec le plus haut niveau d'habilitation. Un 1.4 de A à D, au moins… Il doit y avoir quelques centaines d'employés à la CIA qui possèdent ce niveau d'habilitation, ajouta-t-il après un instant de réflexion. Et deux cents au moins sont des analystes.

— Alors dénichez-m'en un qui ne soit pas le citoyen modèle qu'il devrait être.

Il eut un grand sourire juvénile, presque inquiétant.

— Ça, ça risque d'être marrant.

Visiblement, il passait déjà mentalement en revue divers scénarios.

— Je pourrais pénétrer une base de données de fonctionnaires… Les mutuelles, ou les fonds de pension, peut-être. Piocher dans les services qui nous intéressent. Recouper ces informations avec les données relatives aux niveaux d'habilitation disponibles sur un site *black hat* que j'utilise. Je devrais pouvoir vous donner le nom, le sexe, l'âge, l'adresse, le numéro de sécurité sociale, la durée du service dans la fonction publique, la retraite programmée, ainsi que les données médicales, dentaires, disciplinaires, l'orientation sexuelle…

— J'ai compris.

Je l'avais interrompu, peut-être un peu trop vivement. Mais je me demandais, en l'écoutant, si je n'allais pas un peu trop loin. Fouiller ainsi dans la vie privée de gens qui n'avaient jamais rien eu à voir avec moi, ni avec Alex...

— Soyez pas bégueule, mec. Les informations se veulent libres.

— Sauf s'il s'agit de l'identité des hackers.

— Touché, gloussa-t-il. Mais essayons de ne pas nous étendre sur cette contradiction-là. En tout cas, la différence, c'est que nous ne sommes pas en train de mettre le nez dans les affaires de nations souveraines, et nous ne contrôlons pas la vie quotidienne de citoyens d'une prétendue démocratie.

J'eus envie de lui renvoyer la balle, mais je n'avais pas le temps de me lancer dans un grand débat orwellien. Je me contentai d'avaler une autre bouchée d'omelette, repoussai mon assiette et bus une gorgée de café.

— OK. Bien, repris-je. Creusez, faites votre truc et trouvez-moi du matériel indiscutable. Tout ce qui pourrait me permettre d'exercer une pression.

— Affaire conclue, mec. Ma modeste expérience me fait dire que plus on semble honnête, moins on l'est lorsque les portes se ferment. Moi, au moins, j'ai l'air d'un raté.

Je ne pus réprimer un sourire. Il ne se faisait pas d'illusions, mais cela ne l'empêchait pas de continuer à piocher dans son assiette de crêpes aux myrtilles.

Je laissai un billet de cent dollars et me glissai hors du box.

— Appelez-moi dès que vous aurez quelque chose.

— OK. Je vous appellerai d'un faux compte Skype

sécurisé, en facturant la carte de crédit d'une Japonaise choisie au hasard. Vous êtes sûr que vous n'avez pas besoin d'un brouilleur ?

— Un téléphone me suffit. Soyez bref, et restez dans le vague.

— Cinq sur cinq, mon ami.

Sa fourchette s'immobilisa quelque part entre l'assiette et ses lèvres. Il prit un air sérieux, ce qui lui arrivait rarement.

— Il a dû vous arriver quelque chose de vraiment moche pour que vous en arriviez là. Risquer votre carrière, tout ça. Vous êtes certain de ne pas vouloir laisser tomber ?

— C'est drôle, tout le monde me dit la même chose, fis-je en secouant la tête. Mais si je devais laisser tomber, je l'aurais déjà fait. Je crois que nous sommes pareils, vous et moi. On ne veut pas abandonner.

Il sourit et enfourna une pile de crêpes dégoulinantes de sirop.

— Ouais. Che qui est chûr, ch'est que chette bouffe est géniale.

Je l'avais déjà compris.

Tandis que je rentrais en ville, deux friandises arrivèrent sur mon téléphone. Un visage, et un numéro de plaque.

Le premier m'était inconnu, mais je m'y attendais. C'était un agrandissement du type de la vidéo postée sur YouTube. Ils étaient en train de le confronter aux logiciels de reconnaissance faciale. La plaque était celle de sa voiture. De nouveau, pas de grand choc. C'était une Ford Escape bordeaux louée à une firme new-yorkaise. Ils remontaient la piste pour essayer d'en savoir un peu plus sur la compagnie, et un ARG (avis de recherche général sur trois États) avait été émis pour le véhicule. Aparo et moi, ainsi que les inspecteurs Adams et Giordano, étions cités comme responsables de l'enquête.

Il serait intéressant de demander à Mlle Tchoumitcheva si le visage du type de YouTube lui disait quelque chose. Mais il était préférable d'en savoir plus – un nom, un lien russe avec la compagnie qui avait loué la voiture – avant de le faire.

Mes pensées dérivèrent vers ma conversation avec mon hacker préféré. J'y repensai avec un mélange de trouille et de satisfaction roborative. Même si l'équilibre entre les hackers et le complexe militaro-industriel n'était pas loin de basculer en faveur des premiers, on nous avait briefés sur ce qui était censé être inviolable grâce aux systèmes de cryptage de nouvelle génération. Toutefois, un hacker disposant d'un temps illimité et ne montrant aucun respect pour la vie privée (autre que la sienne) pouvait encore vaincre les meilleurs pare-feu en circulation. Me procurer les noms de quelques analystes ne lui poserait pas de problème majeur. Pas encore.

Bien sûr, tout ça pouvait m'exploser au visage. Mais je le répète, cette possibilité ne m'a jusqu'ici jamais empêché d'avancer.

Chapitre 12

Sokolov attendait tranquillement près du taxi jaune.
Il se trouvait devant le Cooper-Hewitt Design Museum, non loin du carrefour de la 91ᵉ Rue et de la Cinquième Avenue, à trois cents mètres au nord-ouest du consulat russe. La lumière du jour se faisait grise et un peu sinistre, de plus en plus sombre, tandis que le soleil baissait dans le ciel. Un petit bouquet d'arbres l'empêchait de bien voir l'entrée du consulat, mais dans l'immédiat il n'avait aucune intention de s'en approcher. Jamais on n'aurait pu soupçonner que trois jours plus tôt la rue était envahie par les manifestants. C'était là, en cet endroit précis, que Sokolov avait été assez stupide pour révéler son identité à ses ennemis.

Son identité d'autrefois, plutôt.

Il avait quitté son hôtel à 7 heures, ce matin-là, et pris un petit déjeuner dans un *diner* bon marché qui ne risquait pas de trop écorner ses réserves de liquide. Puis il s'était rendu à pied dans un cybercafé, trois rues plus loin, où il avait passé presque toute la matinée à faire des recherches sur le consulat de Russie et son personnel.

Il savait que la plupart des titres qu'on décernait aux

employés étaient fictifs. Ils n'étaient là que pour dissimuler leurs activités réelles. Recherche de renseignements, espionnage industriel, recrutement d'agents et jouissance hypocrite des plaisirs abondants de l'Amérique, ainsi qu'approbation servile chaque fois que le Kremlin rendait public un nouvel oukase condamnant les États-Unis et d'autres pays occidentaux pour leurs ingérences dans les affaires souveraines de la Mère Russie. Il avait toujours trouvé ironique que le consulat occupe la John Henry Hammond House, un des hôtels particuliers les plus luxueux de Manhattan. Emily Vanderbilt Sloane et son mari l'avaient fait construire dans les premières années du vingtième siècle pour en faire cadeau à leur fille. Burden House, l'hôtel particulier contigu, avait été construit pour sa sœur. L'immeuble ne répondait pas vraiment aux standards de l'idéal prolétarien, mais, une fois encore, aujourd'hui comme hier, les dirigeants russes n'avaient aucunement l'intention de partager les conditions de vie lamentables qu'ils imposaient à leur peuple.

Sokolov avait repéré sur la liste du personnel le nom du troisième secrétaire Fiodor Yakovlev, feu son visiteur de la veille. La simple vue de ce nom avait envoyé un courant glacé le long de sa colonne vertébrale. Il avait poursuivi ses recherches et arrêté son choix sur Lazare Rogozine, conseiller pour les affaires politiques et militaires. Il avait trouvé son nom dans un tract publié récemment par une ONG new-yorkaise protestant contre les violences exercées à Moscou à l'encontre des travailleurs homosexuels ou immigrés par les membres du mouvement Nachi (« Les Nôtres »), équivalent moderne des Jeunesses hitlériennes, à la solde du Kremlin.

Le tract invitait toute personne qui s'indignait de ces pratiques ignobles et de plus en plus communes dans la mère patrie à bombarder de courriers et d'e-mails ce Rogozine, l'organisation ayant découvert qu'il possédait des intérêts financiers dans deux sociétés (au moins) connues pour financer les Nachi. Ils avaient même eu l'amabilité de fournir sa photo.

Après avoir déjeuné, Sokolov appela le consulat depuis un téléphone public et demanda, en déguisant sa voix et en parlant le plus doucement possible, si Rogozine était là. La réponse étant affirmative, Sokolov raccrocha pendant qu'on transférait son appel. Il se mit en quête d'une boutique de vêtements d'occasion. Il acheta un lourd caban bleu marine qu'il enfila avant de sortir du magasin, un béret de feutre un peu trop grand qu'il s'enfonça sur le crâne au point de dissimuler presque entièrement ses oreilles, et un foulard en laine qu'il se noua autour du cou.

Puis il prit le métro, en sortit et marcha jusqu'au coin de la 59ᵉ Rue et de la Cinquième Avenue, où pendant presque une heure il demeura immobile, à observer le visage et l'attitude de divers chauffeurs de taxi, avant de rassembler le courage de faire ce pour quoi il était venu jusque-là. À presque 17 heures, il se sentit assez confiant et assez désespéré pour approcher un des chauffeurs. L'homme qu'il avait choisi était un Noir coiffé d'un béret rasta qui se révéla, de manière assez prévisible, être jamaïcain. Il s'appelait Winston et était si relax qu'il ne sourcilla même pas en apprenant ce que Sokolov lui demandait de faire pour lui. Finalement, le seul problème avec Winston, comme Sokolov ne tarda pas à s'en rendre compte, était qu'il roulait toutes vitres baissées. Il prétendait que cela empêchait les microbes de se reproduire à l'intérieur de son taxi – ce qui, vu l'état de délabrement du véhicule, aurait dû être le cadet de ses soucis. En tout cas, il était prêt à faire ce que lui demandait Sokolov sans poser de questions. Et Sokolov n'en demandait pas plus.

Ils remontèrent vers le centre, dépassèrent le consulat et se garèrent devant le musée.

Et attendirent.

Et pendant qu'il attendait, Sokolov se remémora l'origine de toute l'affaire. La découverte qu'il avait faite dans la cave, chez son père. Le journal de son grand-père, qui allait ravager toute son existence.

Le journal qu'il aurait préféré ne jamais lire.

Chapitre 13

Journal de Misha

Verkhotursk, Oural, décembre 1899

Tout a changé.
Mon séjour ici, en cet endroit, a été bouleversé. J'étais ici pour une raison que je croyais comprendre. Je suis venu pour laisser derrière moi mon ancienne vie, pour réfléchir à ce que j'avais fait, et pour donner une direction plus noble à mon avenir. Mais l'avenir qui m'attend ne ressemble à rien de ce que j'imaginais. Aujourd'hui, à l'aube du nouveau siècle, je sens les présages d'un futur riche en événements, d'un temps dont l'essentiel nous est encore inconnu – sauf ce sentiment que de grands bouleversements vont advenir.
Des bouleversements dans lesquels je suis destiné à jouer un rôle central.
Tout a pourtant commencé de manière inattendue. Ce n'était pas du tout dans mes projets. Loin de là. C'est pour cette raison que j'ai pris la plume pour rédiger ce journal alors que je suis encore claustré

ici, au monastère Nikolaïev, cloître du seizième siècle qui se dresse sur une colline proche de Verkhotursk, dans les monts de l'Oural. Vous en avez certainement entendu parler, il est célèbre en Sibérie pour ses reliques. Il abrite les restes de Siméon, le saint mystique qui a longtemps erré sur les berges de la Toura, où il passa son existence à prier, pêcher et repriser les vêtements des pauvres. Siméon est mort en 1642 à l'âge de trente-cinq ans, des suites d'un jeûne prolongé. On prétend que cinquante ans après sa mort son cercueil s'éleva au-dessus du sol, et que ses restes étaient miraculeusement conservés. La tombe de Siméon devint un lieu de pèlerinage pour tous ceux qui avaient besoin d'être soignés. Après deux siècles et demi de service, on déplaça ses ossements vers leur nouvel avant-poste – ici même, au monastère Nikolaïev, où ils continuent d'attirer les ermites dans le besoin.

C'est à cause de saint Siméon que je me trouve dans cette situation de mauvais augure. J'ai rencontré récemment un homme, dans ce lieu isolé voué à la prière et à la contemplation, un homme qui était venu également pour chercher les conseils du saint. Un homme qui, je crois, sera à l'origine des bouleversements dont j'ai parlé.

Je suis venu ici en quête de changement, pour tenter de fuir mes propres démons. J'ai fait des choses déconcertantes. J'ai plongé dans des secrets qui me terrifient, résultat d'une vie dédiée à l'étude et à la connaissance... une connaissance que j'aimerais aujourd'hui n'avoir jamais acquise.

Je considérais que j'avais eu le privilège de jouir d'une éducation correcte. Mon père, instituteur, avait semé en moi, dès mes premiers jours, les graines de la curiosité. Depuis ma plus tendre enfance, mon esprit était captif des merveilles de la science, et je me rappelle que je contemplais avec une égale fascination les étoiles dans le ciel et les veines sur mon poignet. Mais c'est à l'université que m'ont été révélées les vérités cachées de notre nature. C'est à la même époque que j'ai eu la chance (ou la malchance) d'être initié à l'œuvre de Heinrich Wilhelm Dove, le célèbre physicien prussien. Il serait déloyal de ma part de lui faire reproche de mes découvertes. C'est ma propre curiosité, autant que mon mépris égoïste pour la propriété et la prudence, qui m'a mené aussi loin, et m'a conduit ici pour essayer d'expier mes fautes.

Tout d'abord, les ramifications de mon travail ne m'étaient pas évidentes. J'étais simplement intrigué, et trop satisfait des résultats de mes premières expériences. Il ne me vint jamais à l'esprit que je devrais abandonner mes recherches sur ce terrain. J'étais aveuglé, tiré par une main invisible qui me pressait de poursuivre mon exploration des secrets cachés en nous. Des secrets auxquels j'aurais dû renoncer. Des secrets chargés d'un potentiel monstrueux. Alors je suis venu ici, en ce lieu saint éloigné de tout, pour prier et chercher conseil. Pour essayer de dévier du chemin que j'avais choisi, pour renoncer à la science du diable qui m'avait ensorcelé, et essayer de trouver une quête plus noble pour les années qui me restent à vivre.

Cet homme a changé tout cela.

C'est un paysan illettré, de taille moyenne, très maigre, avec des bras d'une longueur inhabituelle. Il a un long nez de forme irrégulière, des lèvres sensuelles et une barbe épaisse, hirsute. Il porte des cheveux longs, peignés en avant sur le front et séparés par une raie médiane. Ses habits sont en piteux état et il ne se lave jamais. Sa peau arbore les marques d'une vie difficile, d'une trop longue exposition au soleil brûlant et aux vents glacés, sans doute à la suite de nombreuses années d'errance à travers le pays. Depuis son arrivée, un peu plus de deux mois auparavant, il se tenait à l'écart et passait la plus grande partie de son temps dans le silence de la prière et de la méditation. Je ne l'avais pas vraiment remarqué jusqu'à ce jour où il m'a regardé, ce jour où j'ai vu ses yeux.

Impossible de les ignorer.

Jetant des éclairs sous les épais sourcils, ils sont gris-bleu et produisent un effet hypnotique déstabilisant. Ils brûlent d'une vie intérieure, d'abord doux et aimables, exprimant la songerie et la concentration. Et puis, en un instant, ils peuvent devenir féroces et coléreux. Il parle de manière bizarre, incohérente, lénifiante, presque primitive. Il est évident qu'il n'a aucune éducation, et il s'exprime par des torrents saccadés de mots simples. Pourtant, cette parole fervente et l'intensité du regard émanant de ses yeux enfoncés dans leurs orbites ont toujours le même effet paralysant.

Ces dernières semaines, nous avons parlé des heures durant.

Il m'a raconté qu'il est né il y a trente ans, en janvier 1869, à Pokrovskoïe, un petit village sibérien au bord de la Toura. C'était le jour de la Saint-Grégoire, d'où il tira son prénom. Il s'appelle Grigori Efimovitch Raspoutine.

Son père était muletier sur les berges de la Toura. Quand il ne trouvait pas de travail, il cultivait sa petite ferme et pêchait. Grigori travaillait avec lui, sa femme ses deux enfants vivaient toujours là-bas. Il m'annonça qu'un troisième était en route.

Il y a chez ce jeune paysan un énorme appétit pour l'existence. Il m'a raconté avoir gâché une grande partie de sa vie dans les bagarres, l'alcool et la débauche. Il confesse qu'il a en lui comme une sauvagerie, un désir insatiable, bestial, de violence et de femmes. Je dois admettre qu'en dépit de ses manières frustes il y a chez lui quelque chose d'inexplicablement magnétique. J'imagine que les femmes doivent le trouver séduisant, voire irrésistible. À Pokrovskoïe, à l'en croire, il a été pris plusieurs fois avec des jeunes femmes, ce qui lui a valu d'être battu à de nombreuses reprises. Cela ne me surprend pas.

« Cette vie de paysan est dénuée de sens, me disait-il un peu plus tôt. Le labeur épuisant de l'aube au crépuscule, que seuls l'ivrognerie et l'abandon dans la chair des femmes peuvent faire oublier... Ce n'est pas l'existence à laquelle j'aspire. »

Il finit par me dire avec franchise comment il avait eu recours au crime pour financer sa débauche. Il vola des barrières, des chevaux, des charretées de fourrures. On l'attrapa et on le battit. Ses semblables se moquèrent de lui et le baptisèrent « Grichka l'idiot ». Bizarrement, il m'expliqua comment les corrections et l'avilissement lui procuraient du plaisir. Plusieurs fois, il fit allusion à cette « joie de l'avilissement ». Et quelque part dans cette existence folle, gâchée, il découvrit ce qui manquait à sa vie.

Il décida de chercher Dieu.

Sa quête commença assez mal. Le prêtre de son village, tout aussi inculte, échoua à lui fournir les conseils spirituels dont il avait besoin. Mécontent de ne pas obtenir les réponses qu'il cherchait, frustré que sa méditation ne l'aide pas à s'approcher de Dieu, il eut recours d'autant plus à l'alcool et aux femmes. Les raclées reprirent. Il décida de partir, d'aller chercher plus loin. Ainsi commença sa vie d'ermite en quête d'illumination.

Il erra à travers la contrée pendant de très nombreuses années.

Il se rendit aux cloîtres de Tioumen et de Tobolsk, les monastères les plus proches de son village. Ne trouvant toujours pas les réponses à ses questions, il poussa l'aventure. Il visita d'autres monastères, de plus en plus éloignés. D'autres églises, d'autres villages. Il rencontra des gens, innombrables, pria avec eux. Il avait des insomnies, restait des nuits entières sans trouver le sommeil. Puis, au fil de ses errances interminables le long des méandres de la Toura, il trouva l'inspiration dans la beauté de la nature qui l'entourait, et commença à avoir des visions mystiques.

— Une nuit, je me suis éveillé, me raconta-t-il. La mère de Dieu se trouvait devant moi. Elle pleurait. Elle m'expliqua qu'elle pleurait pour les péchés de l'humanité, et me demanda de poursuivre ma route afin de purifier le peuple de ses péchés.

Inspiré par cette vision, il regagna son village, où il commença à organiser des séances de prière. Mais les villageois ne lui faisaient pas confiance. Ils le voyaient encore comme un ivrogne lascif et se moquaient de lui.

— Tout le monde voit celui qui cherche le salut comme une sorte de voleur, me dit-il, le regard voilé par l'amertume. Tous sont prompts à se moquer de

lui. Mais c'est la souffrance que l'on doit endurer. Elle fait partie du voyage.

Il repartit. Il m'expliqua que c'est alors qu'il cessa de fumer et de boire, de manger de la viande et des aliments sucrés. Il parcourut des milliers de kilomètres à pied, du fond de la Sibérie jusqu'à Kiev et Saint-Pétersbourg et retour, sans d'autre bagage qu'un sac à dos. Il logeait dans les églises et les monastères, ou chez des paysans qui admiraient sa piété et lui offraient abri et aumône. Il s'entretint avec des dizaines et des dizaines de personnes. Son voyage l'avait finalement conduit ici, dans ce monastère, où il espère trouver le salut et soigner les tourments de son âme grâce aux reliques de saint Siméon.

Je m'y trouvais moi-même depuis des mois, poursuivant la même quête. J'y étais venu pour être sauvé, sauf que je n'avais pas encore trouvé le salut auquel j'aspirais. J'étais encore incapable de tourner le dos à l'idée qui m'habitait depuis l'enfance : que l'on pouvait trouver Dieu dans les mystères de la science. Cette science qui m'avait déjà causé tant de tourments.

Plus nous parlions, plus cet homme me déroutait.

Comment un homme peut-il changer ainsi ? Comment un voleur doublé d'un fornicateur forcené pouvait-il se transformer en un strannik *sincère – en un pèlerin ? Car c'est un croyant sincère, j'en suis persuadé. Il me dit qu'il rêve de Dieu. Il parle de chercher à comprendre les mystères de la vie, de son espoir d'approcher de Dieu. De son espoir d'être sauvé.*

Tout comme moi.

Pour des raisons insondables, je me suis mis à partager mes secrets avec cet homme, en dépit du fait que je m'étais juré que personne ne saurait jamais ce que j'avais découvert. Me voilà pourtant en train de tout raconter au mystérieux ermite. Incapable de résister à sa volonté, ni à la force intérieure rassurante de son regard rayonnant. Quand j'eus fini, je ressentis un immense soulagement. Enfin, quelqu'un partageait mon fardeau.

Raspoutine semblait satisfait d'avoir entendu mon histoire, mais pour d'autres raisons.

Cela le réchauffait intérieurement, je le voyais à son regard, d'une intensité encore plus insoutenable que d'habitude. Quand je lui eus tout dit, il garda le silence pendant un moment trop long, inconfortable, me contemplant.

— Tout est clair pour moi, maintenant, Misha, dit-il enfin.

— Quoi donc ?

— Nous, ici. Vous et moi. Il existe une raison à notre présence ici.

Il prit mes mains entre les siennes.

— Dieu est cette raison, Misha. Dieu a voulu que nous nous rencontrions. C'est pourquoi Il nous a fait venir ici tous les deux. Vous comprenez ? Pour quelle autre raison serions-nous ici tous les deux, l'un devant l'autre ? Nous sommes ici à cause de Son grand plan.

— Quel plan ? lui demandai-je, stupéfait, transporté par l'autorité de son regard.

— Son plan pour sauver le peuple russe. Le plan qu'Il a conçu pour moi. Pour lequel Il vous a envoyé ici même, pour me rencontrer. Parce que vous, Misha, vous allez m'aider à l'accomplir.

***

Cet homme est vraiment un don de Dieu, se disait Raspoutine en contemplant Misha.

Il n'était pas vraiment sûr que le génie de cet homme de science serait à même de sauver le peuple de Russie. Ce qu'il savait en revanche, c'était qu'il lui apporterait certainement son salut, à lui.

Il le sauverait de l'existence ennuyeuse, misérable qu'il subissait depuis si longtemps.

Il ressentait une profonde satisfaction en repensant à sa décision de se rendre au monastère. Ce qu'il avait dit à Misha était en partie vrai – cette décision résultait de son désir de donner un sens à sa vie –, mais sa quête spirituelle lui avait aussi permis d'éviter un séjour en prison et un casier judiciaire, à Pokrovskoïe. Il lui avait fallu un motif crédible pour quitter son village, une raison qui obligerait les gens à hésiter avant de le retenir. Sa décision affichée de devenir un *strannik* était la meilleure porte de sortie.

Plus il pensait à Misha et à sa découverte stupéfiante, plus il était convaincu que sa décision de venir ici, en ce lieu austère, serait bientôt richement récompensée.

Peut-être que saint Siméon fait des miracles, finalement, se moqua-t-il intérieurement.

Chapitre 14

Un violent coup de klaxon fit sursauter Sokolov, perdu dans ses pensées.

Il était toujours dans son taxi, non loin du consulat russe. Attendant.

Il se disait qu'il avait tout prévu. C'était une rue à sens unique, ce qui signifiait que Rogozine, sa journée finie, passerait devant le taxi jaune et qu'alors Sokolov pourrait le prendre en filature. Mais quand une première voiture sortit du consulat, un peu avant 18 heures, Sokolov comprit qu'il avait omis un détail essentiel. Les vitres teintées de la Mercedes Classe S gris métallisé officielle qui venait de franchir les barrières de sécurité métalliques empêchaient de voir qui se trouvait à l'intérieur.

En voyant la voiture s'engager dans la Cinquième Avenue, Sokolov jura bruyamment.

— Yo, mon frère, qu'est-ce qui vous prend ? protesta Winston.

— Désolé... Toutes mes excuses.

Winston haussa les épaules, se retourna et se remit à secouer doucement la tête au rythme de la musique diffusée par les haut-parleurs.

Sokolov rageait en silence.

Qui essaies-tu de berner, Leo ? Tu n'es plus le jeune homme qui est parvenu à les semer, jadis. Tu es un vieillard amer qui n'est même pas fichu de fermer sa gueule dès qu'il a bu trop de vodka. Le Russe typique, en fait. Pas du tout américain.

Il ferma les yeux, inspira profondément et se frotta le visage des deux mains.

Qu'est-ce que je vais foutre, maintenant ?

Il pouvait regagner un autre boui-boui et passer une nouvelle nuit à se lamenter sur son sort. Ou rester là en espérant que toutes les voitures n'auraient pas les vitres teintées, ou encore en choisir une au hasard, quel que soit son passager, et voir où elle le mènerait.

Ce n'était pas vraiment un choix.

Il n'avait pas pensé à la chance.

Une Lexus gris foncé aux vitres non teintées venait de franchir les grilles. Rogozine en personne était au volant.

Sokolov le regarda s'éloigner en douceur, puis sauta dans le taxi.

— Cette voiture ! dit-il à Winston avec un grand geste excité. C'est elle. Suivez-la.

Le taxi jaune démarra.

Winston faillit perdre la Lexus à plusieurs reprises, mais il parvint chaque fois à rétablir le contact visuel. Quand ils arrivèrent à destination – une tour d'habitation sur la 36ᵉ Rue Est –, il était un peu plus de 19 heures ; la nuit tombait.

La Lexus pénétra dans un parking souterrain et le rideau métallique commença à se refermer derrière elle.

Sokolov savait qu'il devait faire vite.

— Arrêtez ici, laissez-moi descendre ! cria-t-il au Jamaïcain.

Winston stoppa juste devant l'entrée du parking. Sokolov avait eu le temps de voir que le compteur indiquait un montant de 111 dollars. Il jeta trois billets de cent dans le sas de sécurité qui le séparait du chauffeur, descendit de voiture à la hâte.

— Merci ! À un de ces quatre ! fit-il en fonçant comme une flèche vers le rideau métallique.

Celui-ci était à moins d'un mètre du sol. Sans hésiter, il se jeta par terre, atterrit lourdement sur le genou gauche et se traîna maladroitement sous la barrière, tel un crabe blessé. Il entendit derrière lui le bruit du métal heurtant l'asphalte noirci.

Allongé sur le dos, il reprit son souffle, conscient de la douleur qui venait d'exploser dans son genou. Il le frotta rapidement de la main, décida de ne plus y penser, et se remit sur ses pieds, stupéfait de ce qu'il venait d'accomplir. Il jeta un coup d'œil rapide autour de lui et entra en courant dans le parking, à la poursuite de la Lexus.

Tu vas peut-être y arriver, finalement, Leo, se dit-il.

Il avait le souffle court et se sentait un peu engourdi, mais il aima sentir l'adrénaline repousser la peur qui menaçait de le paralyser.

Peut-être.

Pour David Miller et Frank Mazzucchelli, le soleil se couchait aussi, à l'issue d'une journée de travail comme les autres. Encore vingt minutes avant de regagner le 106ᵉ district, d'abandonner sur le parking leur Impala blanche de patrouille et de monter chacun dans sa voiture pour rentrer chez soi – en attendant de reprendre la routine le lendemain matin.

C'était le plan, en tout cas. Un plan assez banal, et pas particulièrement mémorable, mais ils pouvaient se reposer là-dessus.

C'est alors que Mazzucchelli, sur le siège passager, repéra le SUV. Le Ford Escape bordeaux, garé devant un motel miteux sur Howard Beach. Le véhicule qui faisait l'objet, depuis quelques heures, d'un ARG.

Des heures supplémentaires à l'horizon. Ce qui était une bonne chose. Une très bonne chose. Miller ralentit, opéra un demi-tour et revint sur leurs pas pour jeter un coup d'œil.

Puis ils appelèrent le standard.

Chapitre 15

Sokolov se glissa derrière un pilier, son revolver à la main, au moment où le diplomate russe franchissait une porte vitrée pour entrer dans le petit hall d'où il appela l'ascenseur.

Il était là, tout près... et seul.

Sous l'effet de la tension, le corps de Sokolov était brûlant.

Fais-le. Fais-le maintenant !

Ses doigts se crispèrent sur son arme, et il émergea de derrière le pilier. Il n'avait pas fait deux pas qu'il entendit le tintement caractéristique et vit sa proie disparaître dans l'ascenseur.

Non !

Il se rua vers le hall, aussi vite que ses jambes le lui permettaient. Mais il arriva trop tard. Les portes de l'ascenseur s'étaient refermées.

Il sentait la pulsation de ses veines sur ses tempes. Les chiffres romains en faux bronze s'allumaient l'un après l'autre. Le mouvement s'interrompit au numéro 17. Sous l'épais caban, sa main droite transpirait tellement que la crosse du revolver lui glissait entre les doigts.

Sokolov hésita un instant, puis il appuya plusieurs fois sur le bouton de l'autre ascenseur, avant de se balancer nerveusement d'un pied sur l'autre. Il jeta un coup d'œil derrière lui – personne –, regarda du coin de l'œil, lentement, vers le haut du mur. Apparemment, aucune caméra n'était pointée sur lui, mais il en avait repéré au moins deux à l'entrée du parking. Il espérait que ses habits miteux feraient l'affaire. Si quelqu'un l'avait vu sur les écrans de contrôle, il penserait certainement qu'il était un vagabond en quête d'un abri pour la nuit, ou de quelques miettes.

Il ôta sa casquette tachée de sueur et son foulard quand l'ascenseur arriva ; les portes s'ouvrirent avec un léger tintement. C'était un ascenseur beaucoup plus luxueux que ceux auxquels il était habitué. Il hésita de nouveau, entra dans la cabine. Les portes se refermèrent.

Il enfonça le bouton pour le dix-septième étage. Aucune réaction. Il réessaya. Toujours rien. C'est alors qu'il remarqua le lecteur de carte de sécurité près des boutons d'appel. Sur une plaque fixée au-dessus de la fente, on lisait clairement ces mots : « Introduisez votre carte pour accéder aux niveaux supérieurs au rez-de-chaussée. »

Le sang reflua dans son crâne.

La seule solution était d'essayer d'emprunter un des ascenseurs principaux du rez-de-chaussée. Mais il y aurait inévitablement un concierge ou un gardien à qui il faudrait montrer patte blanche. Il n'avait guère le choix. Il se savait incapable de grimper dix-sept étages par l'escalier, et, de toute façon, les portes donnant accès aux étages résidentiels seraient fermées.

Il appuya sur le bouton du rez-de-chaussée et

repoussa la montée de bile qu'il sentait venir en lui. À cet instant précis, il entendit une voix :

— Vous pouvez retenir l'ascenseur ?

Il eut le réflexe de bloquer les portes. Puis pencha la tête à l'extérieur de la cabine. Il vit arriver une femme d'une quarantaine d'années, hauts talons et tailleur. Elle avait les bras encombrés de deux gros sacs en papier de Whole Foods, la chaîne de magasins bio.

— Merci, fit-elle en le rejoignant, légèrement énervée. Parfois, ça prend des heures. Il y a des gens qui accaparent ces ascenseurs comme s'ils étaient les seuls occupants de l'immeuble...

Elle posa ses sacs sur le sol et sourit à Sokolov.

— Le vingt-quatrième, s'il vous plaît.

Il réalisa qu'il se tenait devant le panneau de commande. Et elle lui demandait d'enfoncer le bouton de son étage.

Sokolov se raidit. Il s'efforça de repousser son inquiétude, tout en cherchant désespérément une issue. La femme le regardait toujours, attendant qu'il appuie sur le bouton.

— Bien... bien sûr, bafouilla-t-il, et il palpait son caban comme s'il cherchait son portefeuille.

Il lui adressa un sourire penaud, avant d'ajouter, sur le ton d'un vieil immigré, le plus humble et le plus rassurant qu'il pût imaginer :

— Attendez, je vais trouver ma carte tout de suite. J'allais juste au rez-de-chaussée, vous voyez. Je devais voir le concierge avant de monter. Il y a un colis que j'attends depuis longtemps... mais où peut donc être mon portefeuille ? fit-il en continuant à palper sa veste.

Elle le contemplait avec curiosité, puis son impatience reprit le dessus. Elle soupira, plongea la main dans son sac et sortit sa propre carte.

— Laissez-moi faire, fit-elle, agacée. Ça ira plus vite.

Elle l'inséra dans la fente, la retira aussi vite et appuya sur le 24. Puis elle recula, visiblement contrariée par tout ce temps perdu.

L'ascenseur avala rapidement les deux niveaux menant au rez-de-chaussée, où il s'arrêta avec le tintement habituel. Les portes s'ouvrirent.

Sokolov jeta un coup d'œil dans le hall. Le sol était tapissé de marbre, les murs lambrissés de bois sombre, et un énorme lustre pendait au plafond. Il aperçut une autre rangée d'ascenseurs, formant un angle droit avec ceux qui donnaient sur le parking. Un comptoir se trouvait entre les deux. Un gardien trônait là, un homme aux traits sévères et aux cheveux maintenus en arrière par du gel, chargé de protéger des intrus l'accès aux ascenseurs principaux.

Sokolov regarda la femme, qui l'observait, intriguée. À l'évidence, elle attendait qu'il sorte de la cabine. Il lui adressa un léger sourire, tout en réfléchissant aux rares options qui lui restaient. Il ne voyait pas bien comment convaincre le gardien de le laisser monter. Et bien sûr, il ne pouvait rester sur place. Parce qu'il avait dit qu'il allait voir le gardien.

Il devait donc sortir de l'ascenseur.

Alors qu'il avançait le pied et que les portes commençaient à se fermer, Sokolov eut son deuxième coup de chance de la soirée. Avec un grand sourire, le gardien s'exclama :

— Bonsoir, madame Greengrass !

Un petit chien au poil immaculé entrait dans le hall,

traînant derrière lui une vieille dame aux vêtements tout aussi immaculés.

— Bonjour, Diego, fit-elle en se dirigeant vers le comptoir.

Sokolov fit volte-face et se précipita vers les portes de l'ascenseur. Il se glissa dans la cabine et adressa à la femme un sourire embarrassé.

— Je redescendrai un peu plus tard. Cette Mme Greengrass... quand elle commence, avec Diego, ils en ont pour des heures...

Toutes ces tergiversations ne semblaient aucunement amuser la femme de l'ascenseur.

Il lui fit un signe de tête penaud et enfonça le bouton 17.

Qui s'alluma.

Une goutte de sueur perla sur son front. Les portes se fermèrent et l'ascenseur gravit les étages.

Il était en route.

— Adams, grogna l'inspecteur au téléphone.

Il était tard. Adams était fatigué. Une bière fraîche et un tabouret de bar l'attendaient.

— Inspecteur ? Agent Frank Mazzucchelli, du 86e. Vous avez émis un ARG pour un SUV, un Ford Escape bordeaux.

Adams se sentit tout ragaillardi.

— Et alors ?

— Il est devant moi.

Adams était déjà debout. Il fit signe à son équipier, tout en notant les coordonnées que lui indiquait Mazzucchelli.

— Vous avez prévenu les Feds ? demanda-t-il avant de raccrocher.

— Je vous ai appelé en premier. Je me disais que ça devait rester en famille.

— Merci, Frank. On arrive.

Adams raccrocha et saisit sa veste.

— Le SUV que les Feds ont repéré devant la piaule du Russe... dit-il à Giordano. Il est devant un motel de Howard Beach.

— Allons-y. On les préviendra depuis la voiture.

Adams s'arrêta net. Il se tourna vers lui, les bras écartés, paumes vers le haut, l'air perplexe.

— Tu rigoles ?

— Quoi ?

— Que les Feds aillent se faire foutre, dit Adams. C'est notre terrain de jeu, notre voiture de patrouille, notre prise. On les appellera quand on aura fini.

Chapitre 16

Un tintement. Les portes de l'ascenseur s'ouvrirent sur le palier du dix-septième étage.

Sokolov adressa à la femme un signe de tête, bref et courtois, avant de quitter la cabine. Il jeta un dernier coup d'œil vers elle. Elle l'observait, puis la fermeture des portes le libéra de son regard glacé.

Il examina les lieux. Un palier mal éclairé, des murs recouverts d'un papier peint maussade représentant une forêt de troncs d'arbres minces et nus. Un couloir de chaque côté. Un panneau discret indiquait que les appartements A à C se trouvaient à gauche, D et E à droite.

Cinq appartements, donc.

Sokolov jura *in petto*, serrant sa casquette et son foulard de la main gauche. Il n'avait aucune idée de l'endroit où logeait Rogozine.

Il chercha vivement d'un côté et de l'autre, dans l'espoir de trouver un indice. Il se dit qu'il pourrait attendre que quelqu'un vienne à cet étage, une personne qu'il pourrait interroger. L'idée lui déplut aussitôt. Il en avait assez de peser le pour et le contre.

Il décida d'agir sans plus attendre. Il prit le couloir de gauche, s'approcha de la première porte.

La gorge serrée, il s'efforça de se calmer. La main droite crispée sur la crosse du revolver au fond de sa poche, il enfonça la sonnette.

Personne ne se montra. Il n'entendit aucun bruit, aucun mouvement dans l'appartement.

Sokolov essuya ses mains moites sur sa chemise, approcha du deuxième appartement, pressa l'oreille contre la porte et essaya de déceler un bruit. Il entendait vaguement quelque chose – la télévision, peut-être ? – quand le tintement de l'ascenseur retentit derrière lui. Il sursauta. Il s'écarta de la porte, pivota sur lui-même.

— Monsieur ? Pouvez-vous me dire qui vous êtes, et ce que vous faites là ?

Adams se gara derrière la voiture de patrouille. Les deux agents attendaient non loin, et le Ford Escape bordeaux était garé à l'emplacement qu'ils avaient indiqué : devant le motel défraîchi. Il n'y avait que deux autres voitures sur le parking, ce qui n'était pas surprenant un soir de semaine, à cette époque de l'année. L'endroit était un tel taudis qu'Adams se demanda quel genre de pervers pouvait avoir envie d'y loger plus de deux minutes.

Quelqu'un qui devait entretenir une liaison vraiment dégoûtante, se dit-il. Ou quelqu'un qui ne voulait pas se faire remarquer.

Les deux inspecteurs discutèrent brièvement avec les agents. Mazzucchelli était entré dans le motel, et il avait parlé au réceptionniste.

— L'emplacement de la voiture lui fait dire qu'elle appartient au client du 107. Un Russe. Apparemment, il y a pas mal de Russkofs dans l'établissement. Le motel appartient à un Syrien. Votre gars s'est enregistré tôt ce matin. Seul. Il a payé pour trois nuits. L'employé ne l'a pas revu depuis. Le type a payé en liquide, naturellement, ajouta Mazzucchelli avec un sourire entendu.

— Est-ce que tout le monde ne fait pas ça ? grogna Adams.

Il serra la main de l'agent.

— Merci, les gars. Nous prenons le relais.

— Vous ne voulez pas qu'on reste dans le coin ? demanda Miller.

— Nan, ça ira, répondit Adams. Une scène de ménage. Rien de dramatique.

Miller n'avait pas l'air convaincu.

— L'ARG mentionnait aussi un contact au FBI, avança-t-il. Ça fait beaucoup d'artillerie pour une scène de ménage…

— On contrôle la situation, fit Adams avec un clin d'œil confiant. Encore merci. J'apprécie votre aide, vraiment. Prenez soin de vous, les gars.

Adams s'était fait assez dédaigneux pour que Miller capte le message. Il jeta un regard hésitant à Mazzucchelli. Celui-ci haussa les épaules et fit un léger signe de tête vers leur voiture.

— À la revoyure.

Postés dans leur voiture, les deux hommes qui surveillaient le motel virent les agents en uniforme quitter les lieux.

Ils observèrent les deux flics en civil, qui attendaient que la voiture de patrouille ait disparu pour se diriger vers le motel.

— Qu'est-ce qu'on fait ? demanda le premier. Ils vont tout foutre en l'air.

— On ne peut pas les laisser faire, répondit le second. Les ordres sont clairs. Il faut que l'appât de Sokolov reste en place.

Ils échangèrent un bref regard, descendirent de voiture et partirent à grands pas vers le hall du motel.

Adams venait tout juste de montrer son insigne au réceptionniste quand les deux types en costume-cravate passèrent la porte d'entrée.

Ils avaient l'air totalement déplacés dans ce taudis, mais Adams n'hésita pas longtemps. Lunettes teintées, bosses révélatrices sous le veston, démarche assurée et attitude condescendante. L'un d'eux leva les mains d'un geste autoritaire.

Encore ces nom de Dieu de Feds...

— Messieurs, s'il vous plaît, je dois vous dire un mot, fit-il d'un ton brusque en invitant les deux inspecteurs à le rejoindre à l'écart, hors de portée d'oreille du réceptionniste.

— Pardon ? lâcha Adams, bouche bée.

— Appelons ça une intervention amicale, dit le costume-cravate.

— Répétez-moi ça ? Bon Dieu, mais vous êtes qui ?

— Je crains que vous ne soyez pas habilités à le savoir.

Le second costume-cravate prit le relais :

— En fait, tout ce que vous avez besoin de savoir, c'est que vous interférez dans une enquête en cours. Vous allez devoir laisser tomber immédiatement.

Stupéfait, Adams regarda Giordano et éclata de rire.

— Non mais tu entends ces rigolos ? Laisser tomber ? De quelle planète vous venez ?

Visiblement, ça n'amusait pas les costumes-cravates.

— Vous allez rentrer chez vous avec armes et bagages, voilà tout ce que nous disons, répéta le premier. Vous risquez de faire capoter une opération sensible...

Adams écarta légèrement le pan de son veston, histoire de montrer l'arme dans son holster.

— Ouais ? Et si nous, on disait que c'est vous qui allez bouger votre cul d'ici avant qu'il ne s'agisse d'un autre type d'opération sensible, si vous voyez ce que je veux dire, camarade...

Le costume-cravate glissa la main sous sa veste, un petit sourire aux lèvres.

Adams sortit son revolver et hurla :

— Je veux voir vos mains ! Vite !

Le costume-cravate écarta les bras immédiatement et adressa aux inspecteurs un sourire accommodant.

— Relax. Tout doux. Je crois que vous devriez parler à quelqu'un... À Langley, fit-il d'un air suffisant après un temps d'arrêt.

Ce qui mit Adams encore plus en boule.

Le FBI, et maintenant la CIA ?

— Hé, mec, vous n'avez peut-être pas remarqué, lâcha-t-il avec un ricanement, mais nous ne sommes pas en Irak ici, ni en Iran ni dans je ne sais lequel de ces bleds pourris... Vous êtes à quelques milliers de kilomètres de votre juridiction.

Le costume-cravate regarda son équipier avec un sourire ironique. Il allait répondre lorsque Giordano intervint d'une voix étouffée, conciliante.

— Bon, les gars, on se calme... De quoi s'agit-il ?

Avant que le costume-cravate ait eu le temps de rien dire, la porte du motel s'ouvrit à la volée.

Surpris, les quatre hommes se retournèrent.

Un type. Grand et mince. Barbe broussailleuse. Cheveux un peu longs, raie médiane, lunettes à monture d'écaille. Costume gris foncé, souliers noirs parfaitement cirés.

Il portait un gant à la main gauche. L'autre main se trouvait derrière son dos.

L'homme ne ralentit pas, s'avança à grands pas, avec aisance, vers le quatuor. Le visage sans expression, détendu, calme, concentré. Comme s'il progressait sur des rails. Sa main droite jaillit soudain de derrière son dos, d'un mouvement élégant, rapide comme l'éclair.

Elle aussi gantée de noir.

Une différence, toutefois : celle-ci tenait un revolver.

Automatique. Muni d'un silencieux. Chargeur de vingt balles.

Seize de plus que nécessaire.

Quinze, en comptant le réceptionniste.

Kochtcheï n'était pas du genre à gaspiller les munitions.

Chapitre 17

Le gardien sortit de l'ascenseur et se dirigea vers Sokolov d'un air décidé. Il tenait un talkie-walkie de la main gauche. L'index de sa main droite s'agitait, péremptoire.

Sokolov hésita, en proie à la panique.

La femme. Cette foutue bonne femme dans l'ascenseur, c'est elle qui a appelé en bas, elle m'a dénoncé.

Il balaya du regard le couloir derrière lui. Aucun mouvement ne venait de l'appartement du fond.

— Monsieur ! cria le gardien, cette fois tout près de lui.

Sokolov sortit son revolver et l'agita comme un dingue.

— Ne bougez plus. N'approchez pas. Je vais tirer.

Le gardien s'immobilisa, les deux mains tendues, paumes levées, sur la défensive.

— Oh oh oh... doucement, OK ? Calmez-vous, monsieur.

Sokolov recula d'un pas, il était dos au mur maintenant, son regard instable parcourant le couloir dans les deux sens.

— Lazare Rogozine, du consulat russe. Où est son appartement ? Je sais qu'il se trouve à cet étage.

— Monsieur, calmez-vous...

— Lequel ? hurla Sokolov en fouettant l'air avec son arme.

— Monsieur, il faut que vous sachiez que j'ai appelé la police...

Le gardien montra sa radio.

— Cet appareil est allumé. Ils entendent tout ce que nous disons, et ils seront là d'une minute à l'autre. Vous devriez penser à ficher le camp avant qu'il ne soit trop tard.

Les propos du gardien firent vaciller Sokolov. La radio était-elle vraiment allumée ?

Il fonça vers lui, agitant nerveusement son revolver à quelques centimètres de son visage.

— Dites-moi où il est !

— Monsieur, vous devriez partir, insista le gardien d'un ton ferme, fixant tour à tour l'arme et les yeux de Sokolov.

Celui-ci avait du mal à respirer. Qu'est-ce que ça changerait, d'ailleurs ? Malgré son chaos mental, il voyait bien que même s'il trouvait l'appartement de Rogozine jamais le Russe ne lui ouvrirait. Sokolov devrait forcer la porte à coups de revolver, et puis après ? La police arriverait avant qu'il puisse le traîner... le traîner où, d'ailleurs ? Tout cela finirait par une prise d'otage absurde, Della serait toujours captive et lui finirait en prison ou à la morgue.

Il était baisé. Il n'avait pas assez réfléchi à son plan, et il avait échoué. Plus grave encore, la situation de Della avait peut-être empiré, et c'était sa faute. Le moment était venu de reculer, de foutre le camp. De rester en vie et libre, libre pour se battre un autre jour. Et ce jour-là, il préparerait le combat plus minutieusement.

Il jeta un dernier coup d'œil autour de lui, dépassa le gardien en trombe et se précipita vers les ascenseurs. Il y en avait un à l'étage, portes ouvertes. Sokolov vit le trousseau de clés accroché au panneau de contrôle. Le gardien avait bloqué l'ascenseur, le temps d'aller voir ce qu'il faisait là.

Sokolov tourna la clé, la retira et enfonça le bouton du rez-de-chaussée.

Moins de vingt secondes plus tard, il filait sur la 36ᵉ Rue, les mains dans les poches, la casquette enfoncée sur le visage. Il rasait les murs, espérant que personne ne le poursuivait.

Kochtcheï n'hésita pas. Il ne cilla même pas.

Quatre pressions sur la détente, en rafale. Quatre tirs à la tête, quasiment dans le même mouvement. Quatre secondes, grand maximum.

Il ne prit pas la peine de vérifier. C'était inutile.

Il se rua vers la réception, colla le silencieux de son arme sur le front de l'employé terrifié, mit son autre main devant sa bouche, l'index levé devant ses lèvres serrées.

— Chut, fit-il.

Puis il agita le doigt, un geste lui intimant de se tenir à carreau.

Le réceptionniste parvint à acquiescer.

— Numéro de la chambre ? demanda Kochtcheï.

L'homme écarquilla les yeux, comme s'il n'était pas sûr de comprendre.

— Numéro de la chambre ? répéta Kochtcheï.

— Le 9.

Kochtcheï le remercia en le gratifiant d'un troisième œil.

Il fit le tour du hall du regard, s'assurant qu'il ne s'y trouvait aucune caméra de surveillance (il aurait été surpris d'en trouver dans un tel boui-boui), et sortit.

Il n'avait pas prévu de tomber sur des flics. Cela l'avait surpris. Jusque-là, tout s'était déroulé sans anicroche.

Le vol Virgin Atlantic depuis Heathrow.

Le passage de l'immigration à JFK, grâce à son faux passeport croate.

Le SUV Chevy Yukon qui l'attendait au garage « bleu » du terminal n° 4... Ce n'était pas un véhicule de location. Rien ne permettrait de faire le lien avec lui.

Le matériel qu'on avait planqué dans le coffre.

L'adresse qu'il avait introduite dans son téléphone Nexus.

Pas le moindre problème, donc.

Jusqu'au moment où il avait repéré les deux barbouzes, et décidé qu'ils devaient être éliminés. Et puis les deux flics en civil avaient débarqué, histoire de corser les choses. Encore heureux qu'ils aient renvoyé les agents en uniforme, sans quoi il aurait dû les liquider également.

Des complications imprévues. Des nuisances, vraiment. Il savait que le meurtre des flics allait faire monter la pression. Aux États-Unis, les représentants de la loi ne se retiennent plus quand l'un des leurs se fait tuer. Quatre, ça allait carrément les rendre dingues. Kochtcheï le savait. Mais il n'avait pas eu le choix.

Il savait aussi qu'avant qu'il en ait fini ils auraient d'autres motifs d'être encore plus dingues...

Bon, on verrait tout ça plus tard.
Dans l'immédiat, il avait du pain sur la planche.

Della Sokolov était blottie dans un coin de la petite salle de bains, tremblante.

Elle vivait depuis la journée d'hier un véritable enfer. Elle ignorait totalement pourquoi tout cela lui arrivait, à elle. Elle avait travaillé la nuit précédente au Mount Sinaï. Un service sans problème. Elle avait pointé à la sortie et quitté l'hôpital en pensant au thé brûlant et aux toasts beurrés de miel de thym qu'elle prendrait avec Leo. C'est alors que la démence avait envahi son existence.

L'étranger qui l'avait interceptée (un Russe, elle le savait) lui avait dit qu'il avait un revolver dans sa poche. Il lui avait ordonné de se tenir tranquille si elle voulait revoir Leo vivant. Et il l'avait poussée à l'intérieur d'une voiture.

Les menottes de nylon avec lesquelles il lui avait attaché les mains.

Les épais bandages autocollants qu'il lui avait mis sur les yeux.

Les lunettes de soleil – ce ne pouvait être que ça – posées dessus.

Le trajet en voiture, vers une destination inconnue.

Pour finir, on l'avait abandonnée ici, dans cette salle de bains crasseuse – sans doute celle d'un hôtel quelconque, se dit-elle. Par bonheur on avait libéré ses paupières. Ils l'avaient bâillonnée, en revanche, avec une bande de ruban adhésif.

Elle était restée là toute la journée, chaque instant plus terrifiant que le précédent, surtout après qu'un de ses ravisseurs était revenu d'un endroit où, semblait-il, les choses avaient mal tourné.

L'homme était bouleversé, hystérique ; il parlait de manière décousue en essayant de raconter à son complice ce qui s'était passé.

Elle en comprit l'essentiel. Elle vivait depuis assez longtemps avec Leo pour saisir un peu de russe. Et ce qu'elle comprit la terrifia.

Le Russe avait conduit quelqu'un – son supérieur, peut-être – à leur appartement. Pour rencontrer Leo. Ce qui, déjà, l'étonnait. Qu'est-ce que tout cela avait à voir avec Leo ? Apparemment, ils étaient censés emmener Leo, mais le supérieur du Russe, un certain Yakovlev, était tombé par la fenêtre. Notre fenêtre ? Il avait fait une chute mortelle. Sans doute poussé par Leo, croyait le Russe. Poussé dans le vide ? Par mon Leo ? Le Russe avait décrit le cadavre de Yakovlev à son compatriote avec des détails sordides. Et bien que le spectacle l'ait fort effrayé, il était encore plus terrifié en pensant à la réaction de leur patron.

Leur patron, qu'ils appelaient Kuvalda. La Massue.

Le type avait fini par se calmer et rassembler assez de courage pour l'informer des événements. On lui avait passé un savon et ils avaient reçu l'ordre de rester là et d'attendre les instructions.

Du temps passa. Ils ne parlaient plus beaucoup, pas assez fort en tout cas pour que Della puisse comprendre, d'autant que la télévision était allumée. Mais une chose était évidente. Ils étaient tous les deux terrifiés par le prix qu'ils auraient à payer pour leur échec. Et leur terreur contaminait Della. Rien n'avait le moindre sens. Leo, poussant un homme par la fenêtre pour le tuer. Impossible. Et ces hommes, si effrayants... leur patron était bien pire, c'était clair.

Della se sentait plus vide qu'elle ne l'avait jamais été. Elle tenta de se calmer, mais aucune pensée ne lui vint pour la rassurer. Elle commença à se dire qu'elle ne reverrait peut-être jamais Leo, qu'on n'entendrait plus jamais parler d'elle, que c'était la fin...

Il fallait qu'elle agisse, mais que pouvait-elle faire ? La fuite était exclue, tant qu'ils seraient de l'autre côté de la porte, tant qu'elle serait attachée au tuyau du radiateur. Elle se dit qu'elle devait laisser une marque, un signe, quelque chose indiquant ce qu'elle avait enduré, un indice destiné à ceux qui viendraient à sa recherche. Il le fallait. Elle ne pouvait pas disparaître sans laisser la moindre trace. Mais comment ?

On frappa à la porte.

Della se figea. Les deux hommes aussi. Elle pouvait le sentir, même si une porte la séparait de la pièce principale.

Elle reprit espoir. Est-ce que la police l'avait retrouvée ? Allait-on la secourir ?

Elle lutta contre ses liens, désespérément, elle voulait au moins arracher l'adhésif de sa bouche pour hurler, prévenir quiconque se trouvait à proximité qu'elle était là, retenue captive par ces deux voyous. Mais c'était inutile. Elle avait les mains liées très serrées derrière le dos, et ses liens passaient derrière le tuyau d'eau qui longeait le bas du mur.

Elle tendit l'oreille.

Il y avait des mouvements dans la chambre. Un des Russes – celui qui avait été avec Yakovlev – devait être allé à la porte, car elle l'entendit demander :

— Qui est-ce ?

Il y eut de drôles de bruits, chaotiques, frénétiques.

Un craquement sec, comme si quelque chose venait de traverser la porte.

Puis un bruit sourd provoqué par la chute d'un objet lourd.

Immédiatement suivi d'un autre craquement. Plus fort, plus violent, comme si une porte était arrachée de ses gonds.

Un hurlement bref, un claquement métallique, un autre bruit sourd.

Puis le silence.

Le pouls de Della accéléra. On allait venir la secourir, elle en était sûre. C'était la police, ou le FBI. Impossible qu'il en aille autrement. Ils avaient investi les lieux et mis ses ravisseurs hors d'état de nuire. Tout irait bien maintenant. Elle allait retrouver Leo, la vie reprendrait son cours.

Della regarda fixement la porte de la salle de bains, les lèvres pressées contre l'adhésif, son cœur hurlant d'impatience, attendant qu'un héros de la police ouvre la porte à la volée, la détache et la fasse sortir de cette horrible prison.

La porte s'ouvrit en effet. Mais pas sur un flic.

Elle n'avait jamais vu ce gars. Grand et mince, avec une barbe broussailleuse et des lunettes.

Et quand elle vit son air, elle sut qu'il ne serait pas son héros.

Chapitre 18

Sept cadavres.

Nous avions sept cadavres, et zéro témoin. Une mer de sang et une tonne de questions.

Une, surtout.

Qu'est-ce que les deux inspecteurs foutaient là ?

Il était près de 20 heures, et j'avais fait le trajet aussi vite que possible après avoir reçu l'appel d'Aparo m'informant que les deux flics s'étaient fait plomber. Le parking du motel était éclairé comme une fête foraine – les maraudeuses et les voitures banalisées agglutinées devant le petit bâtiment dans le plus parfait désordre, comme attirées par un aimant géant. Les camions des médias formaient un véritable cordon isolant le périmètre, leurs paraboles déployées comme dans une station d'écoute spatiale SETI en miniature. L'endroit grouillait de flics, de techniciens et de journalistes, plus une nuée de curieux sortis de nulle part pour voir ça de plus près.

J'aperçus Aparo, qui venait à ma rencontre. Il avait l'air sinistre.

— Bon Dieu, qu'est-ce qui s'est passé ici ? lui demandai-je.

— Du brutal. Je n'ai jamais rien vu de pareil, en fait.
— Comment ça ?
— Va voir par toi-même.

Il me montra le chemin à travers le dédale de flics, et nous entrâmes dans le hall du motel, petit et bas de plafond. Quatre corps étaient allongés sur le carrelage, si proches les uns des autres que les flaques de sang se mêlaient. Les techniciens du labo de la police s'affairaient autour et au-dessus d'eux. Je reconnus Adams et Giordano, mais pas les deux autres. Je compris ce qu'Aparo voulait dire. Chacun avait une blessure, unique, à la tête. Deux au front, un dans l'œil, le quatrième au-dessus de la pommette.

Quatre balles. Quatre morts.

Ce qui était surprenant, pour la simple raison qu'ils n'étaient certainement pas des cibles fixes. C'étaient des gens qui bougeaient, respiraient. Et pas des gens ordinaires. Deux d'entre eux étaient des flics. Des types entraînés. Avec la technique et les réflexes que ça induisait. Pourtant, ils étaient là, étendus comme des cibles dans un stand de tir.

Du coup, je repensai aux deux autres.

— Que sait-on de ceux-là ? lui demandai-je.
— Pas grand-chose. Des civils *a priori*. Mais armés.

Je regardai de nouveau. Les étuis d'épaule et les automatiques déformaient leurs vestons. Des armes de poing dont ils n'avaient pas eu le temps de se servir, visiblement. Mais les costumes, la quincaillerie, le fait qu'ils se trouvaient là avec les inspecteurs, tout cela suggérait que ces gars appartenaient à une agence officielle ou qu'ils travaillaient pour un service privé.

— Vas-y, je t'écoute, fis-je.

— Tout ce que je sais, c'est qu'Adams et Giordano ont reçu un appel à propos de la Ford Escape bordeaux…

— Notre ARG ? lâchai-je, incrédule.

Aparo acquiesça.

— Ouais. Une voiture de patrouille l'a repérée sur le parking. Les agents ont appelé.

— Ils ont appelé les flics, et pas nous…

— Pour rester en famille, tu sais comment ça marche.

Oui, je savais. Et j'imaginais parfaitement Adams décidant de ne pas nous appeler, de nous laisser de côté, certain que l'affaire allait leur procurer un peu de gloriole, à Giordano et lui… Au lieu de quoi, ils s'étaient fait tuer tous les deux.

Complètement stupide, pensai-je. Stupide et minable. Mais ce sont des choses qui arrivent. Plus souvent qu'on ne le pense.

Cela dit, ça ne nous expliquait pas ce que les deux autres types faisaient là. Et vu les méthodes de travail de ces privés, il y avait fort à parier que personne n'allait débarquer pour nous mettre au parfum.

Je continuai à examiner la scène du crime. Il y avait une cinquième victime, qu'on repérait grâce à la grande tache de sang sur le mur, juste derrière le comptoir de la réception. Je jetai un coup d'œil pardessus, vis le cadavre. Encore une fois, une balle pile au milieu du front.

Une autre exécution.

Sur les murs du hall, je ne vis aucun impact de balle. Il semblait bien qu'on n'avait pas tiré un seul projectile de plus que ceux qui avaient tué cinq personnes. J'essayai de visualiser la situation. Même avec l'effet de surprise, même avec un sniper qui les aurait canardés sans qu'ils le voient, ces gars auraient réagi au moment du premier impact. Le contraire n'était pas imaginable. Merde, ils étaient quatre, tous armés. Et ce n'était pas un sniper. Il n'y avait pas de tir d'angle, pas de vitres brisées. Non, j'étais sûr que la balistique nous démontrerait que les tueurs étaient entrés dans la pièce, tranquillement, et les avaient descendus tous les quatre. De face.

Plusieurs tueurs, donc. Deux au moins. Des professionnels : précision et effet de surprise.

Peut-être.

— On cherche deux tireurs ? demandai-je.

— On dirait, fit Aparo. Peut-être plus.

Je hochai la tête. Ça s'annonçait plutôt coton. J'avais le sentiment qu'une foule de types allaient envahir mon existence d'ici peu. Costards, arrogance, une ambiance pas vraiment agréable pour le travail.

— Où sont les deux autres ?

— Dans leur chambre.

Je suivis Aparo dehors, et nous longeâmes le bâtiment du motel jusqu'à la chambre 9. La porte avait été défoncée de l'extérieur, après qu'on eut tiré une balle dans le judas. L'heureux destinataire de cette balle était étalé juste derrière la porte. La balle était entrée dans son œil droit. Les dégâts occasionnés ne m'empêchèrent pas de reconnaître le type de la vidéo postée sur YouTube – l'observateur inconnu qui se trouvait devant l'immeuble des Sokolov.

Un autre gus était allongé dans la chambre, au pied du lit. Encore un unique projectile, apparemment, cette fois dans le cœur. Les cadavres mis à part, la chambre ne montrait aucun désordre.

— Des éléments d'identification ?

— Non, me dit Aparo. Mais nous aurons les noms et les fiches d'une minute à l'autre. Ils sont couverts de tatouages.

Je me penchai pour mieux voir. Celui à qui il manquait un œil avait des tatouages sur les doigts, sur la main, et dans le cou. Même chose pour le type près du lit. Si j'en croyais le style de dessin et les caractères cyrilliques, nous avions affaire à des gangsters russes. Les tatouages nous apprendraient des tas de choses. Les criminels russes racontent leur vie dans leurs tatouages : où ils ont été détenus, à quel gang ils appartiennent, leur rang dans la hiérarchie. Une délicieuse et charmante tradition, et une aubaine pour les services de police.

Passant la chambre en revue, je me demandai si on se servait souvent de cet endroit pour se planquer. Il fallait que je bavarde avec la direction.

Je ne pigeais toujours pas ce qui s'était passé. Des tueurs avaient débarqué, ils avaient descendu les deux inspecteurs et les deux autres, et puis ces deux-là. Pourquoi ? Pour les faire taire ? Que savaient-ils que les inspecteurs ne devaient pas découvrir ? L'un d'eux se trouvait devant l'immeuble de Sokolov. Est-ce qu'il accompagnait Yakovlev ? Ou était-il là pour le surveiller ? Ou pour surveiller Sokolov ?

Trop de questions. Trop d'inconnues.

Je jetai un œil dans la salle de bains. Plutôt rudimentaire. Lavabo, miroir, W-C, baignoire et douche fixée au mur. Un radiateur à l'ancienne, une petite fenêtre en hauteur, sol carrelé blanc. Raisonnablement propre. Le rideau de la douche était sec, le savon non déballé, les grandes serviettes pliées. À l'évidence, les Russes n'étaient pas là depuis longtemps.

— Pas de bagages, hein ? demandai-je à Aparo.
— Nan.

Machinalement, je m'arrêtai devant le miroir et contemplai mon image un bref instant. Les cadavres s'empilaient et je m'en voulais. Il fallait que je comprenne ce qui se passait avant qu'il y en ait d'autres. Quand je me retournai, mon regard repéra un petit reflet lumineux sous le radiateur.

Je me penchai vers le sol. Il y avait quelque chose là, un objet petit et brillant, abandonné sur le côté.

Je le ramassai. C'était une montre. Pas une montre-bracelet. Une petite montre oignon, au bout d'une chaîne de cinq centimètres.

Une montre d'infirmière.

— Regarde ça, dis-je à Aparo.
— Della Sokolov ? dit-il en fronçant les sourcils.
— Sûrement. Elle était ici.
— Voilà pourquoi les tueurs étaient là, reprit Aparo. Ils venaient pour elle.
— Sokolov venant secourir sa femme ?
— Notre doux professeur de sciences se transformant en Terminator ? Je ne suis pas preneur.
— Moi non plus, dis-je. Mais peut-être a-t-il recruté des costauds pour la sortir d'ici.

Comprenant dans quoi on était embarqués, je fis la grimace.

— Je crois que nous n'irons nulle part tant que nous n'en saurons pas plus sur ce type.

J'essayai de prendre du recul, d'analyser le peu d'éléments dont nous disposions.

Le gangster éborgné se trouve devant chez Sokolov

alors que dans l'appartement de ce dernier une bagarre éclate et qu'un diplomate russe passe par la fenêtre et s'écrase au sol. La femme de Sokolov disparaît le matin du même jour. Le cyclope se retrouve ici avec un autre truand russe et Della captive dans la salle de bains. Les inspecteurs et deux types en costard se pointent et finissent dans une mare de sang. Puis les tueurs liquident nos gros durs russes et disparaissent avec Della – pour la rendre à son mari ?

Peu vraisemblable.

Je me penchai de nouveau vers le bas du radiateur.

C'est alors que je découvris autre chose. Tout en bas du mur, juste au-dessus de la plinthe en carrelage, on avait gravé quelque chose dans la peinture.

Je me penchai tout à fait.

Des lettres. Des caractères cyrilliques.

J'examinai la montre. Elle avait une pointe d'épingle, comme sur une broche. Della avait pu s'en servir pour graver ces caractères.

— Il y a quelque chose d'écrit, là, dis-je à Aparo. Du russe.

Il s'agenouilla.

— Qu'est-ce que ça raconte ?

— Attends…

Je sortis mon BlackBerry, lançai l'application Google Search, puis Google Translate. Option « russe vers anglais ». Je fis apparaître le clavier cyrillique et composai le mot : Кувалда. L'appareil me donna la prononciation – quelque chose comme *Kuvalda* – et la traduction.

J'en fis part à Aparo.

Il resta bouche bée un instant. Nous savions tous les deux ce que ça voulait dire. Della Sokolov avait bel et bien été détenue ici. Et si nous voulions comprendre pourquoi, il nous faudrait poser la question à un gangster russe qui se trouvait sur l'écran de nos radars depuis des années. Un salaud arrogant de la pire espèce, un certain Iouri Mirminski, dit Kuvalda.

La Massue.

Chapitre 19

Leo Sokolov était de retour dans sa chambre d'hôtel miteuse. Debout devant la fenêtre, il observait la rue bruyante et encombrée par la circulation.

Il était furieux contre lui-même. Il avait presque tout bousillé à cause de sa bêtise, de sa précipitation. Cela ne lui ressemblait pas. Il n'était pas un homme impétueux. En général, il prenait le temps de réfléchir. On pouvait même dire qu'il était exagérément prudent. Et, là, face à une crise majeure, il avait plongé les yeux fermés, sans vérifier s'il y avait de l'eau dans la piscine. Il avait beaucoup de chance d'être encore en vie. Et libre. Il repensa à sa tentative manquée d'enlever Rogozine, réalisant qu'il était passé à deux doigts de la catastrophe. Il vit le reflet spectral de son visage dans la vitre. Il se morigéna de nouveau, assailli par la honte et le remords. Il ne pouvait pas recommencer. Pas comme ça. Il s'était dit que ça pourrait marcher, au culot, comme des années auparavant, quand il avait berné ses cerbères de la CIA. Mais le monde était différent désormais, et il était un autre homme.

Il ne pouvait se permettre d'échouer à nouveau. Il fallait qu'il fasse mieux que ça.

Il s'allongea sur le lit, les yeux fixés au plafond. Réfléchit à ce qu'il pouvait faire. Parvint à la conclusion qu'il ne pourrait rien faire sans conviction. Il lui fallait absolument retrouver toute son audace d'autrefois.

Il savait aussi qu'il n'arriverait à rien tout seul. Il devait trouver de l'aide.

De la confusion qui régnait dans son esprit un nom émergea.

Il n'avait pas envie d'entraîner quelqu'un d'autre dans le chaos qu'était devenue sa vie. Mais il n'avait pas le choix s'il voulait revoir sa Della vivante. Et qui mieux que quelqu'un qui semblait incapable – malgré les conseils de Sokolov – de faire autre chose que de dédier sa vie au crime pourrait l'aider ?

Jonny.

Il devait trouver Jonny.

Chapitre 20

La Massue.
Encore un de ces individus que nous avions accueillis les bras ouverts dans notre pays de cocagne et qui avaient fini par nous décevoir cruellement, très cruellement.

Je ne suis pas sûr qu'il ait été mû d'un désir ardent de respirer plus librement quand nous l'avions laissé entrer. En fait, celui ou celle qui avait tamponné son visa ne pouvait avoir la moindre idée du genre de racaille qu'il était réellement. Et nous nous retrouvions, seize ans plus tard, gaspillant du temps et de l'argent à enquêter sur ses activités crapuleuses, cherchant un moyen de le mettre à l'ombre ou de le renvoyer chez lui – où que ce soit – à coups de pied au cul.

Toujours la même histoire.

Iouri Mirminski était entré dans le pays avec un visa d'affaires indiquant qu'il travaillait dans l'industrie du cinéma. Quand nous avons eu un avant-goût de ses véritables intentions, nous avons découvert qu'il avait quitté Moscou parce que le climat était devenu beaucoup trop dangereux pour lui, du fait de la concurrence sauvage qui régnait entre les gangsters de la Mafiya depuis la chute de l'Union soviétique. Inutile de préciser que Mirminski n'a jamais réussi à Hollywood. Il s'est mis au travail ici, à New York, et dirige maintenant un des plus puissants groupes du COR de la côte Est.

Oui, on a même un acronyme pour ça, maintenant. COR. Crime organisé russe.

À classer dans les innombrables dommages collatéraux amenés par la fin du communisme.

Je me suis souvent demandé s'il n'eût pas mieux valu que l'Empire du Mal reste en place.

Le talent de La Massue ressemblait beaucoup à celui de Lucky Luciano. C'était un organisateur. Il avait réuni quelques porte-flingue russes en une entreprise du crime organisé, se réservant la direction des opérations. Et faisant preuve d'un indéniable talent dans sa partie. Son clan était fort de plus de deux cents honnêtes immigrants se démenant sans mégoter sur les heures sup dans le trafic de drogue, le racket et bien d'autres activités tout aussi raffinées.

L'origine de son surnom ? J'aimerais pouvoir répondre qu'il était fan of Robert Palmer, l'auteur du célèbre « Sledgehammer ». Peut-être. Tout le monde aime Robert Palmer. Mais son nom renvoie à autre chose. Il date de ses débuts en Russie. Après la chute du Mur. À l'époque où il était un ancien du KGB au chômage, ex-employé de la 9ᵉ Direction passé de la protection musclée des grosses légumes du Kremlin au statut prometteur de *bratok* – un voyou de bas étage de la Mafiya (quand ils sont plusieurs, pensez à dire *bratki*). Iouri s'était battu avec un pauvre type et l'avait cogné avec une telle violence que les tripes du gars lui étaient sorties du corps. Littéralement. L'homme avait été opéré en urgence, mais ses coutures n'avaient pas tenu. Un seul coup de poing.

J'ignore qui a eu l'idée du surnom. Moi, j'aurais opté pour l'Éventreur. Ou Popeye. Mais ce dernier faisait peut-être trop américain. En outre, il était réservé au film *French Connection*. Pour les gens de ma génération, en tout cas.

Le problème, c'était que Mirminski était introuvable. Ce qui était très fâcheux, car le Bureau avait été concerné par plusieurs affaires, ces dernières années, qui nous ramenaient toutes à lui. La plus récente était une fraude gigantesque, dans laquelle Mirminski et ses associés géraient des dizaines de petites cliniques « à remboursement automatique » et filoutaient des compagnies d'assurance de dizaines de millions de dollars pour des soins fictifs prétendument fournis à des victimes d'accidents de la route. Nous ne l'avons jamais approché d'assez près pour l'alpaguer. Mirminski était un *vor* (ce nom qu'on donne aux parrains de la mafia russe est l'abrégé de *vor y zakone*, « voleur dans la loi ») particulièrement malin, et il savait se servir du système. Il n'avait pas de lien direct avec le sale boulot de sa clique. Rien ne nous permettait de remonter jusqu'à lui, et il en était de même pour la plupart (sinon tous) des gangsters russes qui avaient quitté la mère patrie pour la sécurité et la vie facile de l'Occident. Ils violaient et pillaient, ils faisaient la fête. Sous nos yeux.

Déprimant.

Cependant, il venait de perdre deux sous-fifres, ce qui devait bien l'énerver. Et il était impliqué, clairement, dans un micmac qui avait abouti à la mort de deux inspecteurs du NYPD, ce qui allait lui valoir un sérieux coup de chaud.

Ses jours sur nos rivages ensoleillés étaient peut-être comptés.

Et je serais très heureux d'apporter ma contribution à sa chute.

— Nous allons rendre une petite visite à La Massue, dis-je à Aparo en m'immisçant dans la circulation à l'approche du pont de Brooklyn. Secouer un peu le penthouse doré qui lui sert de cage...

Aparo ne répondit pas immédiatement. Je vis un petit sourire s'afficher sur ses lèvres.

— Qu'est-ce qui te fait rire ?

— Oui, il faut y aller, fit-il après avoir feint de réfléchir. Avant cela, je crois que nous devrions secouer les barreaux d'une autre personne, avant qu'elle n'ait trop de tuyaux sur ce qui vient de se passer...

Je savais exactement à quoi il pensait. À vrai dire, j'y avais pensé également. Il fallait aussi en savoir plus sur ce qui semblait être la clé de l'histoire : Sokolov. J'appelai donc sur-le-champ Larissa Tchoumitcheva. Je lui dis que nous devions nous voir illico.

— Au J.G. Melon dans une heure, dis-je à Aparo après avoir raccroché. Je n'ai pas le temps de te déposer au bureau. La station de métro de York Street, ça ira ?

Il bouda pendant deux secondes à peine, le temps de comprendre que je blaguais. Mais ces deux secondes, à elles seules, valaient le déplacement.

Après avoir parlé à Reilly, Larissa réfléchit un instant puis composa un numéro. Son patron décrocha immédiatement.

— Reilly vient de m'appeler. Il veut me voir.
— Parfait, répondit l'homme. Il faut que nous en sachions un peu plus sur ce qui s'est passé au motel. Vous avez du neuf ?
— Rien que nous ne sachions déjà. Kochtcheï a descendu les deux *bratki* qui surveillaient la femme de Sokolov.
— Ce qui veut dire que c'est lui qui la tient, maintenant. Il va s'en servir pour faire sortir Sokolov de sa planque.
— C'est évident.
Le supérieur de Larissa resta un moment silencieux. Puis :
— Nous ne pouvons pas laisser Sokolov nous glisser entre les doigts. Compris ? C'est impératif. Je ne peux pas être plus clair.
Toujours ce putain de secret, fulmina intérieurement Larissa. Elle savait pourtant qu'il était inutile de poser des questions. Ils lui avaient déjà fait comprendre que la bio de Sokolov n'était pas de son ressort. Jusqu'ici, toutes ses tentatives pour accéder à son dossier avaient échoué.
— Compris, fit-elle en faisant taire sa frustration.
— Rappelez-moi quand vous aurez fini, lui dit-il. Autre chose, Larissa...
— Oui ?
— Faites en sorte qu'il vous aime bien.

Chapitre 21

Koreatown, Manhattan

Quand le métro arriva en grondant dans la station de la 34ᵉ Rue, Sokolov ouvrit les yeux et se leva de son siège.

Pendant tout le trajet, il avait pensé au gamin de seize ans avide de plaire, doué d'un instinct sûr pour les sciences, si prometteur quand il était devenu son élève. Sokolov avait fait de son mieux pour l'encourager et l'aider – il lui avait donné des cours particuliers après les heures normales et lui avait même prêté des livres de sa propre bibliothèque. Et puis la métamorphose avait eu lieu, presque du jour au lendemain. John-hee (ou simplement Jonny, comme tout le monde l'appelait à l'époque) s'était mis à négliger ses devoirs et à arriver en retard à l'école. Puis à manquer des journées complètes. Au bout du compte, il avait été renvoyé lorsqu'on avait trouvé un revolver dans son sac à dos.

La manière dont l'arme était arrivée là n'était pas très claire. Jonny s'était obstiné à répéter la même histoire, à savoir qu'il venait de la trouver dans Clearview Park. Les choses se compliquèrent quand on découvrit que le Beretta 9 mm ne portait aucune empreinte digitale – sauf celles de Jonny – et qu'il avait servi pour trois meurtres. La police soupçonna Kim-jee, le frère aîné de Jonny et dealer de bas étage au sein d'un des gangs coréens de la ville, d'en être le propriétaire. Jonny ayant un alibi en béton pour la nuit où les crimes avaient été commis, la police n'avait aucun élément lui permettant de faire pression sur lui.

Sokolov s'était efforcé sans relâche de convaincre Jonny de tourner le dos au gouffre de violence et d'autodestruction qui semblait l'attirer tel un aimant. Jonny avait feint de l'écouter… et avait continué à s'enfoncer. Sokolov s'était avancé lui-même en première ligne. Au départ, quand on avait soupçonné Jonny de vendre de la drogue à l'école, il s'était porté garant pour lui, à la fois vis-à-vis du principal et des flics. Il assurait que Jonny était différent de son frère. Qu'il voulait aller à l'université, et devenir ingénieur. Que Jonny et lui se comprenaient. Puis, il y avait trois ans de ça, l'affaire du revolver avait éclaté, et Sokolov avait dû cesser de couvrir Jonny. D'ailleurs il n'en avait plus envie. Il s'était suffisamment ridiculisé. Jonny l'avait complètement berné. Mais il ne savait pas si le garçon avait joué la comédie depuis le début, ou s'il avait essayé sincèrement de rester du bon côté de la loi et avait manqué de force pour résister au magnétisme de son frère.

Peut-être Jonny avait-il gardé quelque remords d'avoir manipulé Sokolov, au point de lui faire perdre toute crédibilité aux yeux du conseil d'administration de l'école.

Sokolov prit l'escalier à Herald Square, descendit la Sixième Avenue. Les magasins étaient déserts, l'Empire State Building dominait le paysage, telle une sentinelle solitaire. Les mains enfoncées dans les poches, Sokolov sentait la crosse froide du revolver. Il trouvait la situation pour le moins singulière. Il rendait visite à Jonny après toutes ces années, et c'était lui qui portait une arme.

À situation désespérée, mesures désespérées, se dit-il en repoussant son sentiment de malaise.

Il tourna dans la 33e Rue, la suivit jusqu'au cœur de Koreatown.

Depuis la descente de police dans l'arrière-salle du foyer municipal de Murray Hill où ils avaient l'habitude de traîner, Kim-jee et Jonny passaient beaucoup plus de temps à Koreatown. Les deux frères travaillaient au Dragon Vert, le restaurant de leur tante, qui se trouvait au cœur de Koreatown, entre la 32e et la 33e Rue. Sokolov y était allé deux ans plus tôt, pour essayer de faire entendre raison à Jonny, mais il avait renoncé et était rentré chez lui sans même pénétrer dans l'établissement. Il avait entendu dire, depuis lors, que Kim-jee avait grimpé les échelons dans le gang, Jonny toujours dans son sillage. Pour le reste, le mystère était total.

Il dépassa plusieurs petits groupes de clients sortis fumer une cigarette sur le trottoir et entra dans le restaurant. Le simple fait de venir sans s'annoncer lui faisait courir un gros risque. Mais, comme il s'en était persuadé pendant le trajet, il n'avait pas vraiment le choix. Et même s'il était recherché par la police, il faisait le pari que les amis de Jonny ne seraient pas chauds pour faire venir les flics chez eux. Pas après tout ce que Sokolov avait fait pour lui.

Le restaurant était immense et bourdonnait d'activité. À presque 2 heures du matin, le Dragon Vert était quasi plein. De la musique pop coréenne beuglait dans les haut-parleurs, et le brouhaha des conversations s'ajoutait au bruit des plats qu'on apportait ou remportait. La clientèle était presque exclusivement coréenne, hormis un groupe de jeunes touristes appréciant visiblement l'atmosphère exotique et les menus à plats multiples.

Sokolov se dirigea vers l'hôtesse, une femme de petite taille d'une vingtaine d'années, vêtue d'une robe de soie blanche ornée d'un dragon vert qui semblait s'enrouler autour de sa poitrine.

— Yaung John-hee ?

La femme resta totalement inexpressive.

— Je suis son professeur. Enfin, je l'étais... Son professeur de sciences. À Flushing High School.

Les sourcils de la femme se levèrent légèrement.

— Il faut que je lui parle. Dites-lui... dites-lui que je suis ici. Qu'il faut que je le voie. Et dites-lui aussi...

Sokolov hésita :

— Dites-lui que j'ai vu Kim-jee lui donner quelque chose. Il comprendra.

L'hôtesse le fixa un bref instant. Elle fit un geste en direction d'une serveuse, qui vint prendre sa place, et disparut derrière les portes battantes donnant sur la cuisine.

Sokolov la suivit des yeux, puis alla s'asseoir à une table encore encombrée de plats à moitié achevés, d'assiettes pleines de sauce et de bouteilles de bière vides. Il ôta son manteau, le posa sur le dossier de sa chaise et se plongea dans la lecture du menu.

Il jeta ensuite un regard circulaire sur le restaurant, immense et bondé.

Il ne les avait pas remarqués en entrant, car ils étaient installés dans un box : les deux jeunes types en blouson de cuir sur des tee-shirts Uniqlo, qui avaient le look inimitable des *kkangpae*. La crosse d'un revolver dépassait bien peu discrètement de sous la veste de l'un d'eux. Sokolov détourna les yeux, juste pour voir l'hôtesse franchir les portes battantes. Elle lui fit signe. Il prit son manteau et la suivit vers le fond du restaurant. Il remarqua que les deux jeunes types l'observaient.

Dans les cuisines, un personnel frénétique travaillait dans un vacarme assourdissant. L'hôtesse coupa droit au centre sans ralentir, tout le monde s'écartant de son chemin comme si la mer s'ouvrait devant elle. Sokolov quant à lui eut plus de mal. Il évita de peu une serveuse portant deux énormes plats de côtelettes, renversa une pile de récipients vides posés sur le bord d'une table de travail et quitta la cuisine au milieu d'une bordée de jurons coréens.

L'hôtesse pénétra dans un étroit couloir pourvu de deux issues. L'une donnait sur des sorties de secours, l'autre sur un escalier menant à l'étage supérieur. Sans le regarder une seule fois, elle prit l'escalier. Sokolov entreprit de la suivre. Quand il arriva très essoufflé au sommet (trois étages au-dessus du restaurant), l'hôtesse l'attendait devant une porte blindée. Impassible, elle frappa à la porte. Celle-ci s'ouvrit quelques secondes plus tard. Un nuage de fumée accueillit Sokolov. Un jeune Coréen, les cheveux parsemés de mèches vertes, une cigarette à la main, le fixait d'un regard intense. Il s'écarta pour les laisser entrer.

Au milieu de la pièce faiblement éclairée et noyée dans la fumée de cigarette, se trouvait Yaung John-hee, vautré sur un canapé de cuir usé, les pieds chaussés de bottes de cow-boy posés sur une table basse en verre où se trouvaient éparpillés un sachet d'une poudre que Sokolov imagina être de la cocaïne, une lame de rasoir, un miroir, un revolver, plusieurs téléphones cellulaires et un MacBook argenté ouvert. Jonny était exactement identique au souvenir que Sokolov en avait gardé, avec ses épais cheveux noirs, très longs, dont les mèches indisciplinées voilaient parfois ses yeux froids, indifférents. Il était mince, mais Sokolov savait que c'était du muscle dur, ramassé, prêt à cogner. Il portait un blouson d'aviateur noir arborant un énorme logo Armani, et un jean délavé.

En face de lui, il y avait un second canapé, jumeau du premier et tout aussi élimé. Mèches Vertes s'y laissa tomber. Devant le grand écran plasma qui occupait le mur latéral, une Xbox et un assortiment de jeux et de consoles jonchaient le sol.

L'hôtesse échangea quelques mots avec les deux hommes et sortit de la pièce sans un regard pour Sokolov. Celui-ci tenta une entrée en matière.

— Je suppose que c'est le tien, fit-il en montrant le revolver.

La fumée le dérangeait, mais il s'efforçait de ne pas le montrer.

— C'est moi qui m'en sers, donc, oui, c'est le mien.

Jonny invita d'un geste Sokolov à s'asseoir en face de lui.

— Pas contre moi, j'espère.

— On verra.

Jonny prit une longue bouffée de sa cigarette, puis épousseta une légère trace de poudre blanche sur le rabat de son blouson. Il expira lentement la fumée par le nez, regarda fixement Sokolov, droit dans les yeux, et déclara lentement :

— Nous ne faisons jamais rien contre les Russes.

Sokolov hocha la tête, un demi-sourire un peu triste éclairant ses yeux marqués par la fatigue. Jonny avait toujours autant de jugeote que dans son souvenir. Il lui montra l'écran télé.

— Tu as vu les infos ?

— Ouais, ça a l'air moche, Mister Soko. Moi, je dirais que c'est vous qui avez poussé le Russkof par la fenêtre de votre appartement. Mais qu'est-ce que j'en sais, hein ?

Il lui adressa un sourire entendu. Puis son expression se modifia. On devinait maintenant un certain malaise.

— Qu'est-ce que vous avez raconté, en bas ? Vous avez vu Kim-jee me donner quelque chose ?

Sokolov soutint son regard.

— Bien sûr que non. Mais c'est ce qui s'est passé. Nous le savons tous les deux.

— Non, siffla Jonny en se penchant pour écraser sa cigarette dans un cendrier déjà trop plein. C'est *moi* qui les ai tués. Tout ce que Kim-jee a fait, c'est s'arranger pour que notre tante me fournisse un alibi. Tout ça parce que je n'ai pas jeté le flingue assez vite. Et maintenant regardez-moi, OK ?

Il semblait à la fois fier de lui et plein de regret.

— Le grand chef est à Miami, et nous dirigeons la boîte.

Il balaya l'espace d'un geste du bras.

Sokolov avait l'impression qu'il allait s'évanouir, la fumée s'ajoutant à l'effort extrême qu'il faisait pour garder son sang-froid. Il réalisa que son cœur cognait contre ses côtes. Il ferma les yeux, renversa légèrement la tête en arrière et inspira plusieurs fois, à petits coups.

Jonny restait silencieux.

Sokolov reprit :

— Ils ont enlevé ma femme.

Jonny le regarda, surpris.

— Qu'est-ce que vous dites ?

— Della. Ils l'ont enlevée.

Jonny soupira. Il secoua la tête lentement.

— Waouh, Mister Soko. Qu'avez-vous fait ?

Sokolov détestait ce qu'il s'apprêtait à dire, mais il n'avait rien trouvé d'autre.

— Si je ne paie pas, ils vont la tuer, murmura-t-il. Je leur dois de l'argent. Trois cent mille.

Jonny donna un coup sur la table, du plat de la main.

— *Byung-shin-a*. Bon Dieu, mais à quoi vous pensiez ?

— Je ne sais pas. Je t'en supplie... J'ai besoin de ton aide. Je ne veux pas qu'elle paie à ma place.

— *Gaesaekki dul jokka ra kuh hae*, fit Jonny d'une voix grinçante. Kidnapper une vieille femme comme ça... Foutus animaux.

Il prit le rasoir et commença à se préparer une ligne.

— Ces Russkofs me débectent. Ils sont partout. Ils se comportent comme s'ils étaient en plein Moscou... Qui l'a enlevée ?

— Je ne sais pas exactement. J'ai un numéro de téléphone. C'est tout.

Jonny se pencha, à quelques centimètres de la coke, un billet d'un dollar roulé dans la main.

— Vous n'avez pas le fric, hein ?
— Non, mais...
— Pas de problème, le coupa Jonny avant de s'envoyer le rail dans le nez.

Sokolov le regardait, perplexe. Le jeune Coréen se redressa, les yeux fermés. Un instant plus tard, il ajouta :
— Dites-leur que vous avez le fric.

Sokolov ne put dissimuler sa surprise.
— Quoi ?
— Dites-leur que vous avez ce foutu fric.

Jonny secoua la tête.
— Vous saviez que je vous aiderais. C'est pourquoi vous êtes venu.
— Je n'étais pas sûr.
— Vous savez lire dans les gens.

Il renifla une autre ligne, s'essuya le nez et posa un regard dur sur Sokolov.
— Appelez-les. Dites-leur que vous avez l'argent. Organisez un rendez-vous. Nous nous occuperons du reste et récupérerons votre femme.

Il fixa Sokolov un long moment.
— Où logez-vous ?
— Un petit hôtel. En ville.
— Vous êtes en sécurité ?

Sokolov haussa les épaules.
— Vous allez rester ici. On a de la place en bas. Vous y serez bien. Ma cousine Ae-cha va vous y emmener et vous donner ce qu'il vous faut.

Il fit un geste vers Mèches Vertes, inclina la tête en direction de la porte.

Mèches Vertes se leva et l'ouvrit. Ae-cha était là.

Elle entra sans prononcer un mot. Jonny lui lança quelques ordres brefs. Ae-cha acquiesça doucement.

— Et Kim-jee ? demanda Sokolov avant de sortir. Tu ne dois pas lui en parler...

— Kim-jee ? Il n'est pas là. Il attend des jumelles. Des filles. Il vit son rêve, non ?

Il renifla, un sourire ironique aux lèvres.

Sokolov hocha la tête et suivit Ae-cha. La porte claqua derrière lui, étouffant le rire amer de Jonny.

Chacun de nous choisit sa route, se dit Sokolov.

Jonny avait choisi le chemin de la violence.

Lui avait essayé de choisir celui de la paix.

Jusqu'à ce jour.

Chapitre 22

Larissa avait proposé que nous nous retrouvions au J.G. Melon, au coin de la 74ᵉ Rue et de la Troisième Avenue. Le restaurant était à deux pas de chez elle. J'adorais cet endroit. Puisque Larissa avait dîné et que mon timide partenaire et moi-même n'avions pas avalé grand-chose de la journée, nous avions choisi une table et commandé deux cheese-burgers au fromage suisse, des patates en robe de chambre et des Coca.

— Tu vas te tenir convenablement ? demandai-je à Aparo.

— Pourquoi tu me poses la question ? fit-il en rigolant.

Il fit mine d'y réfléchir, puis il leva légèrement le bras, pencha la tête et se renifla rapidement, comme pour vérifier.

Je me promis mentalement d'essayer de lui faire avaler quelque chose qui ferait reculer sa testostérone d'un ou deux crans.

Nous avions presque terminé nos burgers lorsqu'elle fit son entrée. Je me levai, croisai son regard et lui fis signe. Elle était fantastique, sans conteste. Les mecs et les filles du restaurant se rincèrent l'œil tandis qu'elle se faufilait jusqu'à ma table. Elle m'offrit une poignée de main très boulot-boulot et un « Ravie de vous revoir » chaleureux.

— Que se passe-t-il ? fit-elle, sans tourner autour du pot. Vous disiez que c'était important.

— Vous avez entendu les infos ?

Elle acquiesça, puis son expression changea alors qu'elle faisait le lien...

— La fusillade, à Brooklyn ?

— Oui. Deux des victimes sont des Russes.

— Oh, mon Dieu. Pas...

— Non, pas les Sokolov. Juste deux tueurs à gages. Je ne connais pas encore leurs noms, mais nous pensons que ce sont des hommes de la bande à Iouri Mirminski. Vous savez de qui je parle, n'est-ce pas ?

— Bien sûr, fit-elle, pas vraiment enchantée par cette révélation.

Une serveuse s'avança. Larissa hésita, puis demanda un bloody mary. Aparo et moi restâmes sur nos Coca.

Aparo alluma son téléphone et afficha une photo qu'il montra à Larissa.

— Vous connaissez ce type ?

Elle y jeta un coup d'œil, puis secoua la tête.

— Non. Je devrais ?

Il lui fit signe de patienter, puis afficha une autre image.

— C'était une photo ancienne. Celle-ci est plus récente.

Elle tressaillit. Très légèrement. Il lui avait montré deux photos du voyou russe mort. La première était une capture d'écran tirée de la vidéo filmée par un portable devant chez Sokolov. Sur l'autre, le gars avait un trou dans la tête, percé par une balle.

Larissa le regarda froidement.
— Vous avez fini ?
— Hé, répliqua Aparo, je me demande simplement quel est le lien entre votre collègue décédé et un *bratok* connu.
— Parce qu'il y a un lien ? demanda-t-elle d'un ton évasif, avant de se tourner vers moi. C'est pour cela que vous m'avez demandé de venir ici ? Vous espérez me choquer pour me faire dire des choses que je devrais taire, et répandre tous nos sales petits secrets ?
Avec un sourire, j'inspirai à fond et je me lançai :
— Nous avons sept cadavres, Larissa. Huit, en comptant Yakovlev. C'est une grosse affaire, qui va faire du bruit. Les journaux n'ont même pas vraiment commencé avec Yakovlev, et dès qu'ils vont apprendre que deux des morts, au motel, sont des *bratki*...
Je lui jetai un regard entendu.
— Vous imaginez les titres... Et le genre de pression que vous allez subir, vous et vos amis du consulat...
Elle se renfrogna.
— Ça ne va pas être drôle, insistai-je. Après les manifestations de la semaine dernière à propos de ce qui se passe à Moscou, je suis sûr que c'est le genre de publicité que vous préféreriez éviter.
— Qu'attendez-vous de moi ?
— Tout cela tourne autour de Sokolov.
Elle me lança un regard interrogateur.
— Pourquoi pensez-vous que les deux affaires sont liées ? La fusillade et Yakovlev ?
— Allons... fit Aparo en levant son téléphone. La première photo, là... Elle a été prise devant chez

Sokolov, quelques microsecondes avant que votre pote fasse le grand saut.

Larissa nous contempla, pensive, comme si elle se demandait ce qu'elle pouvait nous dire.

— Dans quoi Sokolov trempe-t-il ? repris-je.

— Je l'ignore.

J'en doutais, mais je n'avais aucun moyen de savoir si elle disait vrai. Je la fixai une seconde, lui fis un demi-sourire. Pas un sourire chaleureux, non. Un sourire qui disait : « Je sais que vous êtes obligée de jouer à ce petit jeu, mais je sais que vous savez que je le sais. »

— Écoutez... je ne sais pas ce qui se passe, mais tout converge vers Sokolov. Ça a commencé avec lui. Ou bien nous attendons, vous et moi, que la situation soit vraiment incontrôlable et que vous vous démeniez pour limiter les dégâts en réfutant les blogueurs et les adeptes de la théorie du complot... ou bien nous essayons de travailler ensemble avant que ça ne devienne encore plus bordélique. Mais je dois savoir dans quoi Sokolov était impliqué, et pourquoi tous ces gens s'intéressent à lui. Je veux savoir ce que votre... « troisième secrétaire aux affaires maritimes » faisait dans son appartement.

J'avais fait le geste, avec les doigts, suggérant l'usage des guillemets.

Elle eut un sourire amusé. Elle attendit que la serveuse soit repartie après avoir apporté son bloody mary.

— « Troisième secrétaire » ? fit-elle en imitant mes guillemets. Est-ce que je dois être vexée ?

J'écartai les mains, paumes ouvertes.

— Sérieusement ? Allons... « affaires maritimes » ?

« Troisième secrétaire » ? Vraiment ? Avons-nous tant de problèmes maritimes que deux diplomates ne suffisent pas à les traiter ?

— Nous avons des tonnes de problèmes maritimes en suspens, rétorqua-t-elle. Les droits de pêche, l'exploration de l'Arctique, les accords frontaliers, et toutes sortes de conflits permanents. Yakovlev avait du pain sur la planche.

— Et pour une raison quelconque, son agenda, lundi matin, lui rappelle qu'il doit aller chez Sokolov pour sauter par la fenêtre... Je doute qu'il y ait un rapport avec la réduction des réserves de thon.

Elle me jeta un regard interrogateur.

— Très bien, fis-je d'un ton conciliant. Je sais que vous n'avez pas le droit de me parler de certaines choses. La réciproque est vraie. Mais je vous le dis... cette affaire va tourner au désastre pour vous, en termes de relations publiques. Vous voulez faire avec ? Parfait. Par contre, si vous voulez l'éviter, vous avez intérêt à m'aider. Et il vaudrait sans doute mieux que nous nous concentrions sur les vrais méchants, plutôt que d'étendre notre filet sur toute la place. On ne sait jamais ce que nous pourrions sortir de l'eau.

Elle but une gorgée de vodka et nous fixa en inclinant légèrement la tête. Au bout d'un moment, elle lâcha un soupir exaspéré.

— Nous n'avons rien sur Sokolov. C'est la vérité. Rien. Ce qui, en soi, est très curieux... Que savez-vous de son passé ? poursuivit-elle après un temps d'arrêt. Savez-vous quand il est arrivé aux États-Unis ?

Je savais ce que la sœur de Della m'avait dit.

— Il s'est marié en 1983. Je ne crois pas qu'il était là depuis longtemps. Un ou deux ans, peut-être.

Elle acquiesça, comme si cela confirmait une idée qui venait de naître dans son esprit.

— Il est donc arrivé ici en 1981 ou 1982. Les questions qu'on doit se poser, c'est : d'où venait-il, et comment est-il venu ?

— Sa belle-sœur nous a dit qu'il venait de Russie.

— À l'époque, il n'était pas facile de quitter l'Union soviétique. Sous le régime communiste, personne n'avait le droit de partir. Seuls les dissidents et les transfuges parvenaient à s'échapper, et on leur accordait l'asile politique... mais ils étaient fichés. Nous les connaissons tous, et Sokolov n'en fait pas partie. En 1970, après que Kouznetsov et sa bande de refuzniks ont tenté de se faire la belle, Brejnev a autorisé des Juifs à partir. Rien que des Juifs. Et uniquement vers Israël. Mais beaucoup d'entre eux n'avaient pas l'intention d'y rester. Israël était juste un point de passage et ils finissaient par atterrir ici, à New York. Je savais parfaitement tout ça, et aussi que les conséquences ne nous avaient pas été très favorables. L'exode qui avait suivi ne concernait pas que des Juifs innocents et persécutés. Le KGB a libéré en toute conscience des camps soviétiques des milliers de criminels endurcis. D'un seul geste qui a sans doute suscité beaucoup de rigolade au Kremlin, le KGB a lâché ces anciens détenus dans un monde qui ne se doutait de rien et ils ont débarqué ici. Jamais les Russes ne nous ont communiqué leurs archives criminelles. Ils ne le font toujours pas, d'ailleurs. Fidel Castro, qui a toujours été le meilleur élève de ses mentors soviétiques, a joué la même carte quelques années plus tard, pour l'exode de Mariel, vidant ses prisons avec les conséquences que l'on sait sur le crime organisé en Floride du Sud.

— Et cette politique a continué jusqu'en 1985, date à laquelle Gorbatchev a assoupli les contrôles et ouvert les frontières, poursuivit-elle. Vous dites que Sokolov est arrivé vers 1981, avant le tournant opéré par Gorby, or je ne me rappelle pas avoir vu la moindre mezouzah, ni rien de tel dans l'appartement des Sokolov. Est-ce que nous savons si Sokolov est juif ?

— Non, mais sa femme est grecque. Et il y a des icônes dans le couloir.

— Des icônes chrétiennes, précisa-t-elle.

— Exact.

— Cela corrobore le fait qu'il ne figure sur aucune de nos listes. S'il n'a pas trahi, et s'il n'est pas juif, comment a-t-il fait pour sortir d'Union soviétique à une époque où personne n'était autorisé à le faire ?

Je méditai cela. Nous allions devoir creuser pour en savoir plus sur Sokolov.

En supposant que ce soit son vrai nom.

— OK. Nous allons nous pencher là-dessus.

Elle opina. Puis elle eut l'air de se rappeler quelque chose.

— Oh… j'ai besoin de votre aide. Nous ne parvenons pas à obtenir le rapport du légiste sur Yakovlev. Pouvez-vous faire en sorte que vos services nous l'envoient ?

Je ne voyais aucune raison de refuser.

— Bien sûr.

— Est-ce qu'il contient des éléments anormaux ? Il était drogué ?

Je souris. C'était exactement le genre de questions

qu'un « conseiller aux affaires publiques » pense à poser.

— Non. Rien d'anormal dans son organisme. Il était *clean*.

— Cherchez dans son passé, dit-elle. Je vais creuser de mon côté. Mais mettons-nous d'accord. Si nous voulons maîtriser cette affaire et lui apporter une conclusion rapide et satisfaisante, il faut que nous travaillions ensemble. Même s'il y a des choses, comme vous le disiez, que nous ne pouvons nous dire. Mais nous devons essayer d'aller au-delà. Il faut que nous soyons ouverts l'un à l'égard de l'autre. Que nous nous informions mutuellement. Si cela doit marcher, nous devons partager peut-être plus que ce qui serait considéré comme acceptable.

Je n'étais pas sûr de savoir si elle me menait en bateau. L'effet qu'elle provoquait chez les hommes n'était-il pas une tactique délibérée pour leur échauffer la cervelle et leur stimuler la parole ? Quoi qu'il en soit, c'était d'une efficacité à couper le souffle. Sur les autres types, bien sûr.

— OK, répondis-je enfin, me stupéfiant moi-même par tant d'éloquence.

Une chose cependant était très claire : toute l'affaire tournait autour de Sokolov.

D'évidence, ils le voulaient.

Ce qui signifiait que nous devions le trouver avant eux.

Larissa regarda la voiture de Reilly et Aparo s'éloigner. Puis elle sortit son téléphone.

— Où en sont-ils par rapport à Sokolov ?
— Ils ne savent rien.

— Vous les avez aidés ?

— Je leur ai donné quelque chose. Je les ai lancés dans la bonne direction.

— Parfait, dit-il. Travaillez là-dessus. Et rapprochez-vous de Reilly. Nous userons de tous les moyens dont nous disposons pour l'aider à localiser Sokolov. Mais si le FBI le localise avant nous, vous devrez faire en sorte que nous soyons les premiers sur place.

— Je vous tiens au courant, dit-elle avant de raccrocher.

Elle tourna sur la 78ᵉ Rue. Elle se sentait un peu vide. Cette mission était en passe de devenir la plus importante de sa carrière. Mais elle en ignorait les tenants et aboutissants, et ça l'agaçait sérieusement. Elle n'était pas entrée dans la danse pour n'être qu'un pion dans le jeu de quelqu'un d'autre, et elle détestait être obligée de jouer un rôle sans connaître le contexte. Son travail reposant sur son jugement personnel, une pensée la taraudait : peut-être se disaient-ils que si elle savait ce qu'il en était elle refuserait d'aller dans leur sens.

Elle devait absolument savoir qui était réellement Sokolov. Comme l'accès à cette information semblait bloqué de toutes parts, elle espérait que Reilly se révélerait aussi efficace qu'ils le pensaient.

En attendant, elle n'avait d'autre choix que de continuer à jouer leur jeu.

Mercredi

Chapitre 23

Della Sokolov tressaillit en sentant quelqu'un s'approcher d'elle. Elle se trouvait sur un sol dur et froid, les mains liées derrière le dos, attachée à un tuyau quelconque – dans une sorte de remake de ce qui s'était passé à l'hôtel. Cette fois, elle était captive d'un nouveau geôlier.

Quelqu'un de beaucoup plus effrayant.

Elle l'avait entendu abattre ses deux kidnappeurs, et il n'avait pas l'air perturbé le moins du monde quand il lui avait ôté son bandeau, quelques instants plus tard. Il y avait dans son attitude une froideur et une raideur presque inhumaines, profondément perturbantes. Il l'avait aussi laissée voir son visage, ce qui était également angoissant. Pas son visage en soi, mais l'idée qu'il venait de tuer deux hommes et qu'il ne semblait pas s'inquiéter de ce qu'elle soit capable de l'identifier si l'occasion s'en présentait. Cette idée la terrorisait. Elle n'était pas experte en matière criminelle, mais elle savait que les assassins n'ont pas l'habitude de laisser derrière eux des témoins en vie.

Elle sentit que l'homme se baissait, entendit le froissement de ses vêtements tandis qu'il se penchait. Il tendit les mains vers elle et arracha la cagoule dont il lui avait couvert la tête. Ses yeux s'ajustèrent à la lumière, et le visage de l'homme entra dans son champ de vision.

C'était bien le même homme – sauf que cette fois, de près, elle remarqua que sa barbe était fausse et ses lunettes trop claires pour être autre chose qu'un accessoire. Della tenta de se rassurer en constatant qu'il dissimulait son visage sous un déguisement. Elle s'accrocha à la pensée qu'il n'avait peut-être pas l'intention de la tuer, après tout. Mais ce furtif réconfort fit long feu. Le visage de l'homme, comme sculpté dans la glace, évoquait tout sauf la bienveillance.

Il se tenait si près d'elle que c'en était pénible. Il la fixait, sans bouger.

Les yeux de Della décrivirent un panoramique, pour tenter d'identifier l'endroit où il la gardait prisonnière. Elle se trouvait dans une pièce vide, sans fenêtres, peut-être un bureau dans un petit entrepôt industriel laissé à l'abandon. Le sol n'était recouvert d'aucun tapis ni moquette : une chape de béton, froide et nue. Elle remarqua soudain un objet, par terre, près de son ravisseur : une petite trousse de toilette, semblable à celles qu'on emporte en voyage.

Sans qu'elle sache trop pourquoi, cela raviva sa terreur.

L'homme gardait un silence déstabilisant. Au bout d'un moment, elle rassembla un peu de courage pour lui parler :

— Pourquoi suis-je ici ? demanda-t-elle en essayant de réprimer le tremblement de ses lèvres. Qu'est-ce que vous voulez de moi ?

Il se contenta de la fixer en silence. Puis il ouvrit sa

trousse de toilette, en sortit deux petites ampoules de plastique. Du modèle dont on se sert pour les gouttes oculaires, avec l'extrémité cassable.

— Je vais devoir vous poser quelques questions, fit-il en brisant le bout d'une des ampoules.

Il la leva devant les yeux de Della.

— Ceci va vous aider à y répondre. Je vous prie de ne pas résister. Cela ne vous fera pas mal, mais vous rendra simplement un peu plus... accommodante. Simplifiez-vous les choses, ne luttez pas contre moi. D'une manière ou de l'autre, j'obtiens toujours les réponses dont j'ai besoin.

Elle était trop terrifiée pour réagir.

Il n'attendit pas sa réponse. Il lui prit le menton, lui inclina la tête en arrière contre le mur, et la maintint immobile.

— Ne luttez pas, répéta-t-il doucement. Laissez-moi vous mettre ces gouttes et nous en aurons bientôt fini.

Elle fut prise de tremblements incontrôlables. Mais ne lui résista pas. C'était inutile. Elle essaya simplement de respirer à fond et de contrôler la terreur qui prenait possession d'elle. L'homme avança la main et, aussi habilement que s'il avait effectué ces gestes de nombreuses fois, lui inclina fermement la tête en arrière. Du pouce et de l'index, il lui écarta la paupière, la contraignant ainsi à garder l'œil gauche grand ouvert.

Son regard se fixa sur les yeux de Dalla, tandis qu'il levait devant son visage la petite ampoule pleine d'un liquide clair. Il la tint sans bouger pendant un moment atroce. Puis il la tourna et la pressa, projetant son contenu dans l'œil de sa prisonnière.

Della voulut cligner des yeux, mais ça lui était impossible.

Il recula et la contempla, l'air curieux, comme si elle était un rat de laboratoire. Visiblement, il jouissait de la terreur et de la confusion qui s'affichaient sur le visage de Della.

— Eh bien voilà, la consola-t-il. Ce n'était pas si terrible, n'est-ce pas ?

Il répéta l'opération avec l'œil droit. Puis il rangea les deux ampoules vides dans sa trousse de toilette, et se redressa.

— Donnons-lui quelques minutes pour qu'il fasse de l'effet. Alors nous bavarderons.

L'interrogatoire ne dura pas longtemps.

Les gouttes portaient le nom de code SP-117 (pour *Spetsial'noï podgotovki*, « préparation spéciale », lui expliqua-t-il). Il s'agissait d'un cocktail de barbituriques, d'alcaloïdes et d'autres substances psychoactives. Le monde (et en particulier le département 12 de la direction S du KGB) avait parcouru un sacré chemin depuis l'époque où l'on utilisait de l'alcool, sous forme d'éthanol dispensé en intraveineuse, pour délier les langues. Tandis que les prétendus sérums de vérité libéraient la volubilité des sujets, leur point faible résidait dans l'impossibilité de savoir ce qui, dans la logorrhée induite, relevait de la réalité et de la fiction. La crédibilité des paroles extorquées sous l'empire de la drogue était le facteur clé, bien sûr. C'était ce qui rendait le SP-117 si spécial. Il bloquait l'imagination et obligeait ses victimes à se concentrer sur les faits réels, et sur eux seuls.

Le problème étant que les faits que Della Sokolov lui avait communiqués n'avaient pas le moindre intérêt.

Sokolov n'avait rien dit à sa femme. Elle ignorait tout de son passé, de son travail.

Ce n'était pas une surprise, à vrai dire. Kochtcheï s'y attendait. Mais il était important qu'elle soit là, entre ses mains. Sokolov était dégourdi, et Della et lui, clairement, étaient très amoureux. Kochtcheï savait que le scientifique ferait tout ce qui était en son pouvoir pour la récupérer. Ce n'était qu'une question de temps : il finirait par dresser la tête au-dessus du parapet.

Kochtcheï inclina le plus loin possible le dossier de son siège de voiture et se pencha en arrière. Il passa en revue les possibles scénarios des événements à venir. Cet exercice lui avait été fort utile par le passé. Cela n'avait jamais échoué. Toute sa carrière, depuis le début, avait été une suite ininterrompue de réussites. Mais les choses avaient changé. Il était devenu de plus en plus amer et désenchanté. Assis là dans le noir, au fond de l'entrepôt désert, il se demandait si cette mission marquerait un nouveau commencement.

Une renaissance pour l'Immortel.

Il avait grandi dans une famille communiste et patriote de Minsk. Quand il avait été recruté par le KGB, il travaillait avec son père dans une usine qui fabriquait des pièces détachées pour hélicoptères militaires. Il sortit diplômé de l'Académie du KGB, où il avait excellé au tir et au combat à mains nues. Il menait sa première mission (qui consistait à lui permettre de s'introduire dans l'ambassade britannique à Riga pour la mettre sur écoute) quand le Mur tomba. Son travail ne s'en trouva pas affecté. Il mena d'audacieuses campagnes de désinformation contre la CIA, identifia et traqua des chefs rebelles tchétchènes, planta dans des pays comme l'Afghanistan et le Soudan les graines d'insurrection qui provoqueraient des migraines jusqu'en Occident. On lui donna le grade de major six mois après son diplôme. Cinq ans plus tard, il était lieutenant-colonel.

C'est alors que tout avait changé.

Après l'implosion de l'Union soviétique, tout ce qu'on lui avait appris à combattre avait soudainement disparu. Son rôle n'était plus le même. Il ne consistait plus à propager le communisme et à vaincre l'Amérique au jeu de la domination planétaire. Il ne s'agissait plus d'introduire en douce des missiles à Cuba, d'armer des États arabes ou de soutenir des insurrections en Amérique latine. L'idéologie avait vécu.

Désormais, il s'agissait d'argent.

Un tsunami d'avidité et de corruption avait emporté tout son entourage. Pendant que Kochtcheï se battait sur le terrain pour la défense des valeurs que lui avaient inculquées son père et ses mentors à l'Académie, contre le capitalisme et la décadence de l'Occident, lesdits mentors quittaient le navire. Ses supérieurs au KGB, y compris des hommes aussi intransigeants que le Général, piétinant leur loyauté aux idées fondatrices de l'Union soviétique, s'étaient jetés dans la course à la richesse avec un empressement proprement ahurissant. Comme un seul homme, ils se précipitaient pour se remplir les poches, ratissant autant d'argent que possible, sans honte ni pitié... et Dieu sait qu'il y avait beaucoup d'argent qui n'attendait que d'être ramassé.

Kochtcheï, en bon petit soldat, s'était obstinément et naïvement accroché à ses valeurs, pour se retrouver au final totalement largué, dans un monde qui n'existait plus. Les années passant, il s'était découvert plus désenchanté, plus cynique. Il tirait une certaine fierté d'exceller dans son domaine – c'était la raison pour laquelle ils avaient besoin de lui, pour cela qu'ils le gâtaient et le chouchoutaient. Sauf que les choses avaient changé. Il savait qu'on l'utilisait. Il n'était rien de plus qu'un homme de main couvert de gloire, un fantassin dans une bataille qui ne concernait plus que l'avidité, dépêché pour protéger l'existence douillette de ses supérieurs et leurs comptes en banque. Ses missions consistaient désormais à contrôler les champs de pétrole et les gazoducs pour faire en sorte que le désordre entretenu au Moyen-Orient maintienne le prix du pétrole à un niveau élevé : c'était une source importante de revenus pour la Russie, dont une grande partie finit dans les mains de ceux qui, parmi ses supérieurs, avaient violé le pays. Il s'agissait également de réduire au silence toutes les voix dissidentes gênantes pour le régime, tant à Moscou qu'en Géorgie ou à Londres, pour faire en sorte que ses supérieurs se maintiennent au pouvoir et continuent de jouir de leur récente fortune.

Le désenchantement de Kochtcheï avait mis du temps à prendre forme. Il avait été trop occupé à rester en vie, tandis qu'il remplissait ses missions à travers le monde, pour remarquer ce qui se passait dans la mère patrie. Mais ce désenchantement, désormais, était bel et bien implanté en lui, et chaque jour le voyait plus amer que la veille. Plus qu'amer, même.

Son travail lui donnait l'impression d'être sali.

Utilisé.

Il fallait qu'il change. Qu'il s'adapte. Qu'il accepte

la nouvelle réalité sur le terrain, et qu'il redéfinisse sa vie.

Plus il y réfléchissait, plus il avait le sentiment que Sokolov serait la clé de sa renaissance.

Il ne restait plus qu'à lui mettre la main dessus.

Chapitre 24

J'avais mal dormi.

Cela m'arrivait parfois quand une affaire présentait trop d'inconnues, quand mon esprit avait trop de motifs de vagabondage. Je me levai donc plus tôt que d'habitude, me fis couler une tasse de café et pris une douche dans la salle de bains du sous-sol pour ne réveiller personne. Quand je remontai sans bruit dans la chambre pour m'habiller, je vis que Tess remuait dans le lit.

— Quelle heure est-il ? grogna-t-elle, à moitié endormie.

— Chut...

Je m'approchai doucement du lit et lui embrassai l'épaule.

— Il est tôt. Rendors-toi.

Elle me contempla, les yeux ensommeillés.

— Tout va bien ?

— Tout va bien. Dors. Je t'appellerai du bureau.

Je sortis de la chambre et montai sur la pointe des pieds vérifier que les enfants allaient bien. Je jetai un coup d'œil dans la chambre de Kim. Elle avait le sommeil lourd et, si j'en jugeais par la présence du téléphone portable et de l'ordinateur de l'iPad disposés au pied de son lit, elle s'était sans doute endormie très tard après avoir tchatché sur je ne sais quels réseaux sociaux, et il faudrait un tremblement de terre – en général, c'était Tess, dans sa quatrième tentative pour la faire lever – pour la tirer du sommeil. Je traversai le couloir pour aller regarder Alex. Lui aussi était profondément endormi, recroquevillé sous les draps, serrant étroitement son lapin contre lui. J'avais envie de m'approcher pour l'embrasser, mais quelque chose me disait qu'il valait mieux m'en abstenir. Je ne voulais pas prendre le risque de perturber son sommeil ou de le réveiller en sursaut. Après tout, il n'était pas impossible qu'il ait très peur en découvrant brusquement ma présence dans cette chambre obscure. C'était vraiment dégueulasse. Mon propre fils. Je craignais de lui faire une peur de tous les diables rien qu'en lui déposant une bise sur la joue, dans son propre lit.

Reed Corrigan devrait en répondre. Je me jurai de faire tout ce qu'il faudrait pour ça.

Les rues étaient encore presque désertes sur le trajet qui me mena à Federal Plaza. J'attaquais la journée de bonne heure. Je disposerais ainsi du temps nécessaire pour préparer correctement notre face-à-face avec La Massue.

Des nouvelles diverses m'attendaient.

D'une part, les deux malfrats russes abattus avaient été identifiés : ils appartenaient bel et bien à l'*organizatsiya* de La Massue. Cela me suffisait pour mettre mon plan en action. J'appelai d'abord le bureau du proc et pris rendez-vous, puis un juge dont je savais qu'il serait favorable à ce que nous préparions. Il fallait que les paperasses soient prêtes et que tout soit en place avant que nous partions chez le *vor*.

La mauvaise nouvelle concernait les deux types en costard-cravate qui s'étaient fait tuer en même temps qu'Adams et Giordano.

Ils n'avaient aucun papier d'identité, mais nous avions leurs empreintes digitales. Le problème, c'est qu'elles appartenaient à deux soldats américains tués en Irak en 2005.

Ce qui était ennuyeux, à maints égards.

Il n'est pas facile de permuter des données relatives aux empreintes digitales, même à une époque où elles sont stockées sur des serveurs et où tout peut se faire à distance. D'abord, il faut savoir où elles se trouvent, et les demandes d'autorisation et les pare-feu en tout genre sont autant d'obstacles à franchir – sauf pour les sorciers du clavier comme mon ami Kurt. Par ailleurs, ces deux types étaient armés de Glock et bavardaient avec les deux inspecteurs quand on les avait descendus – qui plus est, sur les lieux d'une enquête en cours. Tout cela confirmait que quelque chose de pas clair se jouait et que certains joueurs n'avaient pas envie que nous sachions qu'ils étaient de la partie.

Il faudrait que je surveille mes arrières, tant que ce gâchis ne serait pas nettoyé.

J'étais à mon bureau, en train de passer en revue les fiches les plus récentes de la base de données criminelles du NCIC sur Mirminski quand Aparo entra avec un air effrayé qui ne lui ressemblait pas.

— Les rapports balistiques sur la fusillade du motel, dit-il en agitant une feuille de papier. Prêt à entendre ça ?

Il avait toute mon attention.

— Quoi ?
— C'est le même flingue.
Ses paroles rebondirent contre les cloisons de mon cerveau.
— Ce n'est pas possible.
— Un seul flingue. Sept victimes.
Il me regardait comme s'il ne pouvait y croire lui-même.
— Un seul tireur, Sean. Il les a tous descendus... tout seul.
J'étais gelé, à l'intérieur.
Un seul tireur ?
J'essayai de comprendre comment c'était possible, quand mon BlackBerry fit entendre son petit bruit. Je vérifiai le numéro sur l'écran. Appelant non identifié. Je décidai de l'ignorer, avant de penser à mon hacker domestique et à son penchant pour les romans d'espionnage. Je levai l'index pour demander une pause à Aparo et pris l'appel. Bien vu.
— Dites-moi ça en deux mots.
— J'ai trouvé quelque chose, répondit Kurt, d'une voix désincarnée par la transmission Skype.
— Génial. Je vous rappelle.
— Impossible. Le Batphone, pas d'appels entrants. C'est moi qui vous rappellerai. Dans une demi-heure, OK ?
— Parfait.
Je coupai la communication et recadrai mon attention sur Aparo.
Dieu merci, il semblait si estomaqué par les conclusions de la balistique qu'il ne prit même pas la peine de me demander qui avait appelé.
— Eh bien... lui dis-je. Un sacré tireur, hein ?

— Ouais.

Son visage se creusa encore plus.

— Il va nous falloir des passe-montagnes en Kevlar.

Je haussai les épaules.

— Inutile. Ce mec n'aurait aucun mal à placer ses balles dans l'un de nos yeux.

— Réconfortant, fit Aparo en secouant lentement la tête. Et si c'était Sokolov ?

Qui que ce soit, je n'étais pas très pressé de le croiser.

Quand mon BlackBerry sonna, à l'heure dite, je me trouvais à l'extérieur de l'immeuble.

— Vous pouvez parler, maintenant ? s'enquit mon hacker domestique.

L'écho, sur la ligne, était troublant.

— Vous allez devoir articuler, madame Takahashi, dis-je à Kurt en m'efforçant de contrôler mon adrénaline. La ligne est infecte.

Sa voix se fit plus forte, plus claire.

— Je suis presque en train d'avaler le micro, alors j'espère que vous m'entendez, maintenant. Au fait, *konnichiwa* à vous aussi.

— Vous disiez que vous aviez trouvé quelque chose ?

— Je trouve toujours quelque chose, dit-il fièrement. Je travaille non-stop depuis hier soir. J'ai introduit tous les paramètres dont nous avions convenu. Croisé plusieurs bases de données, y compris le DEERS, pour ce qui touche à la défense nationale, et le RAPIDS, qui permet d'identifier les citoyens de ce pays. Mais abrégeons. J'ai trouvé sept noms. Tous avec l'habilitation requise. Tous avec des avertissements disciplinaires. Rien que des employés à vie de la Compagnie. Deux ont suivi le programme interne de désintoxication alcoolique et ont tenu le coup. Jusqu'ici. Un autre participe en ce moment à un séminaire à Londres, « Chine et sécurité planétaire : le paradoxe du capitalisme ». Ce qui a l'air fascinant. Un autre a été impliqué dans un accident de voiture mortel et se balade maintenant dans un fauteuil roulant, j'imagine que vous n'avez pas envie de vous frotter à lui. Trois autres ont reçu des avertissements pour harcèlement sexuel, je dirais donc qu'ils ont un certain potentiel. J'aime particulièrement l'un d'entre eux, un nommé Stan Kirby.

— Continuez.

À l'évidence, Kurt était très excité par cette affaire.

— Cinquante-cinq ans environ. Le type présente bien, même si ce n'est pas mon genre. Ses parents, diplomates de niveau intermédiaire, l'ont envoyé faire ses études à Vassar. Le grand acte de rébellion de sa vie a été de se laisser recruter par la CIA. Il y est resté (cela a fait vingt-quatre ans en novembre dernier), et il est maintenant analyste de renseignement de niveau 1, avec une habilitation de niveau 2. Il bénéficie de tous les avantages sociaux offerts par la boîte et il est promis à une pension maison de niveau 3.

J'avais toujours du mal à admettre que quelqu'un comme Kurt puisse dénicher si vite de telles informations.

— Quel est le moyen de pression ?

— Presque chaque jeudi soir, après le boulot, depuis plus de sept mois, il s'arrête devant le même distributeur de billets. Il retire trois cents dollars.

— C'est peut-être son liquide pour le week-end...

— Peut-être, mais écoutez ça. Il travaille à Langley,

il habite à Arlington, et le distributeur se trouve à Georgetown. Il dépasse donc son quartier, fait tout le chemin jusqu'à Georgetown et fait demi-tour pour rentrer chez lui. Ce n'est pas très logique.

— Il dépense peut-être son fric sur place.

— C'est ce que je me suis dit aussi. Mais je doute qu'il donne son fric à un abri pour SDF. Et voici le détail qui tue… Le même jour, chaque semaine… sa femme est au cours de yoga. Le jeudi. De sept à neuf.

Ça commençait à ressembler à quelque chose…

— OK. Voyez si vous pouvez découvrir ce qu'il fait de cet argent…

— Je suis dessus, boss. Je vous rappelle dès que j'ai du neuf.

Soudain, un déclic :

— Attendez… vous avez dit jeudi, hein ?

— Exact, jeudi.

Autrement dit demain. Et, vu la façon dont il avait dit ça, je compris que Kurt était sur la même longueur d'ondes.

— Je m'en occupe, promit-il. Gardez votre téléphone à portée de main.

Il raccrocha.

La boîte de Mirminski s'appelait L'Atmosphère, avec l'orthographe et l'accent français, s'il vous plaît, comme il convenait à tout night-club haut de gamme qui se respecte dans le quartier de Meatpacking.

C'était la dernière-née des entreprises de La Massue, le vaisseau amiral de son empire en plein essor, et c'était énorme. Même en plein jour, sans le pilonnage musical et l'éclairage stroboscopique étourdissant, sans les corps des danseurs en train de gigoter, il était facile de sentir à quoi l'endroit ressemblait aux heures de pointe. C'était un dédale luxueux de velours noir, de chrome, de cristal Swarovski et d'un verre opaque bizarre qui semblait emprunté à un film de science-fiction. L'endroit était incroyablement tape-à-l'œil, quoique de bon goût. Bien obligé, étant donné la clientèle factice mondialisée que visait Mirminski : arrivistes européens en Aston Martin, courtiers new-yorkais spécialistes en capitaux pourris capables de dépenser plusieurs milliers de dollars par soirée, ainsi que mannequins et autres clones de Kate Middleton qui gravitaient autour d'eux.

Deux hommes de Cro-Magnon en costume et chemise noirs nous menèrent jusqu'à Mirminski. Celui-ci était assis sur une large banquette, entouré de trois de ses acolytes. Vu leurs regards furtifs, ils ne devaient pas être en train de discuter de la playlist du DJ pour la soirée. Mirminski avait l'air tendu. Très sagement, ses camarades se retirèrent.

La Massue était plus lourd que ne le suggéraient les photos de police de son dossier. Clairement, il s'était délecté de plus d'une façon des libéralités de la vie en Amérique. Et il avait les yeux étrécis les plus ridicules que j'aie jamais vus. C'étaient les yeux d'un reptile plutôt que d'un être humain. Il nous invita à nous asseoir.

Sa main aux doigts grassouillets leva son cocktail dans notre direction.

— Puis-je vous offrir un verre, messieurs ? Je sais que vous ne buvez pas pendant le service, mais vous pourriez faire une exception. Ceci est très, très spécial. C'est ce qu'on appelle un Green Feeling. Vous voulez essayer ?

— J'aimerais bien, Iouri, fis-je en souriant. Il est clair que ça a l'air bon. Mais le problème est le suivant. Si on vous suit là-dessus, où nous arrêterons-nous ? Les canapés au caviar ? Quelques-unes de vos charmantes jeunes filles ? Peut-être deux ou trois cachets d'E et quelques lignes de poudre ?

Mirminski me rendit mon sourire. Un sourire forcé, froid, qui n'avait aucun rapport avec ce qui tournoyait réellement derrière ses yeux fuyants.

— Dites-moi simplement ce que vous aimez, mon ami, et je m'occupe de tout.

— Vous savez quoi ? Je ne coûte pas cher. Je n'ai pas besoin de champagne ni de caviar.

Je sortis de ma poche des clichés des cadavres de ses sous-fifres et les fis glisser jusqu'à lui. Je les tapotai avec deux doigts.

— Ce que je veux, c'est savoir ce que ces gars foutaient dans un motel de Howard Beach hier, et ce qu'il y a entre Leo Sokolov et vous.

J'étudiai ses réactions. Mais il n'y avait rien à voir. Mirminski était beaucoup trop professionnel pour cela. Il ne fit même pas la grimace en voyant les cadavres. Au lieu de quoi il fit mine de se concentrer, puis il exprima son embarras.

— Je suis désolé, agent...

— Reilly.

— ... agent Reilly, mais je ne connais pas ces hommes. Je devrais ?

Je lui jetai un regard dubitatif.

— Je crois bien, Iouri. Ils sont tatoués. Un peu comme du bétail marqué par son propriétaire, et ces marques nous mènent droit à votre ranch.

Quand La Massue riait, ses yeux disparaissaient tout à fait.

— Mon ranch ? J'adore ça. Je devrais peut-être donner ce nom à mon prochain club. Ce serait drôle. Un tribut à une grande tradition américaine.

Il afficha une contrition feinte.

— Le problème, c'est que j'ai tellement d'employés... Ils ont peut-être été serveurs ou videurs dans un de mes clubs. On les a peut-être surpris en train de piquer dans la caisse, ou pire encore. En tout cas, s'ils ont travaillé pour moi dans le passé, je suis sûr qu'ils ont été renvoyés depuis longtemps, pour avoir été...

Il chercha le mot approprié.

— ... « indésirables ».

Il eut un sourire satisfait, comme si l'entretien était fini.

— Et Sokolov ? demandai-je.

Il secoua la tête.

— C'est un nom très commun en Russie, agent Reilly. Comme Smith, ou Jones. Et ma mémoire ne s'améliore pas avec les années.

— Je vais vous dire, Iouri. Allez voir un herboriste qui vous prescrira des remèdes pour la mémoire. Parce que vous allez avoir besoin de toutes les ressources que vous avez enfermées dans ce cloaque qui vous fait office de cerveau, quand vous nous aurez au cul pour conspiration dans le but d'assassiner deux inspecteurs de la criminelle. Dans ce pays, c'est un crime que nous ne laissons pas passer. Les dossiers ne sont jamais clôturés. Ils restent ouverts jusqu'au jour où on coince le coupable.

Je le laissai mijoter ça un moment. Puis je passai en mode détente :

— Vous avez perdu deux hommes, là-bas, Iouri. Nous aussi. Alors voilà : à moins que vous n'aimiez que des agents fédéraux vous collent aux basques, vous pourriez coopérer et nous aider à trouver le type qui a fait ça...

Je lui jetai un regard interrogatif.

Mirminski fronça les sourcils, comme s'il réfléchissait à ma proposition. Puis il eut un autre de ses sourires de vieil oncle pervers.

— Si j'entends quoi que soit, je dis bien quoi que ce soit, qui puisse vous aider, agent Reilly, je vous assure que je vous appellerai. Vous avez ma parole.

Le message passé, nous n'avions aucune raison de nous attarder. Nous suivîmes nos guides gonflés aux stéroïdes jusqu'à la lumière du jour.

En sortant, Aparo et moi dépassâmes une camionnette dont je savais qu'elle abritait un poste mobile d'écoute – un de ceux que le juge, un peu plus tôt dans la journée, nous avait autorisés à mettre en place.

Mirminski allait bientôt découvrir que ses arrangements privés n'étaient pas aussi solides qu'il le croyait.

Chapitre 25

Sokolov était assis sur un lit grinçant, dans une petite chambre du premier étage au-dessus du Dragon Vert. Il fixait le téléphone cellulaire de Yakovlev, qu'il avait récupéré après avoir poussé ce dernier par la fenêtre.

Il s'était retourné et agité toute la nuit, avait fini par s'endormir un peu avant l'aube. Il n'avait pas l'habitude de rester debout si tard. Du moins, pas depuis son arrivée aux États-Unis. Della et lui menaient une vie rangée et harmonieuse. Et puis le passé de Sokolov y avait fait une entrée fracassante, avec la subtilité d'un poids lourd privé de ses freins.

Il ne pouvait s'empêcher de penser à Della. De se demander où elle se trouvait et si elle allait bien. Si elle avait peur. Il ferma les yeux pour invoquer mentalement son visage, l'imaginant en des temps plus heureux, avant que cette folie n'éclate. Il se rappelait le sourire chaleureux qu'elle lui adressait quand il lui disait *lapochka*, se souvint aussi de la première fois où il s'était permis de l'appeler ainsi, en hésitant, sans assurance – c'était une journée magnifique, tant d'années auparavant, ils marchaient le long de la plage dans la fraîcheur automnale, à Rockaway, il lui avait expliqué le sens de ce mot et elle avait fondu, folle de tendresse, s'était pelotonnée contre lui, et ils avaient, ce jour-là, échangé leur premier baiser.

Même s'il parvenait à la faire revenir à lui, leur vie retrouverait-elle un jour un semblant de normalité ? Ou bien le pare-feu qu'il avait élevé pour les protéger de son passé était-il irrémédiablement brisé ? Cela les projetterait dans un nouveau territoire, dans une existence où Della exigerait de tout savoir de la vie qu'il avait menée durant toutes ces années.

Cette idée l'attrista un peu plus encore.

Il repoussa ces pensées sinistres, se concentra sur le moment présent. Il reporta son attention sur le téléphone qu'il tenait à la main. Il avait découvert que le dernier appel de Yakovlev avait été adressé à un numéro diplomatique protégé du consulat russe. Ce qui n'était pas surprenant, puisqu'il y travaillait. Sokolov devait partir de là, mais il n'avait pas osé tester le numéro. Il ne voulait pas établir le contact avant d'être fin prêt. Dès qu'il s'était trouvé assez loin de chez lui pour respirer un peu, il avait ôté la pile et la carte SIM du téléphone. Il était assez facile de localiser quelqu'un grâce à son portable. En tant qu'ingénieur et scientifique, l'avènement des cellulaires l'avait fasciné et il était devenu expert en ce domaine. Un domaine qui aurait donné l'impression, dix ou vingt ans plus tôt, de relever de la pure science-fiction.

Un domaine qu'à l'époque il ne pouvait s'empêcher d'explorer.

Un domaine qui ne pouvait amener que des problèmes, il le savait.

Un domaine qui pouvait être crucial, pourtant, pour les sauver, lui et Della.

Après avoir remis la carte et la pile en place, il mit l'appareil sous tension et pressa la touche d'appel. Il attendit quatre longues sonneries, puis quelqu'un décrocha.

Son interlocuteur restait silencieux.

Sokolov pressa le combiné contre son oreille. Il ne dit rien non plus. Il entendait un bruit léger de respiration.

Celui qui avait décroché était sans doute plus qu'étonné de voir s'afficher sur son écran le nom de son collègue mort. Il se disait sans doute qu'il ne pouvait avoir affaire qu'à un flic, ou à Sokolov en personne.

Après quelques secondes interminables, une voix masculine fit entendre enfin un « *Da ?* » sec et interrogatif.

Sokolov sentit sa gorge se serrer.

— *Eto ya.* Chislenko, dit-il.

« C'est moi. Chislenko. »

Silence.

Son interlocuteur n'était sans doute pas seul. Il était presque certainement en train d'enregistrer la conversation, et de lancer une balise.

— *Prodolzhat*, dit l'homme.

« Continuez. »

Le cœur de Sokolov battait de plus en plus fort.

— Vous avez ma femme, dit-il en russe. Et j'ai ce que vous cherchez. Voici ce que nous allons faire. Je vous rappellerai à 20 heures précises pour vous dire quand et où nous ferons l'échange. Il n'y aura aucune discussion.

Il coupa la communication et, très vite, ôta la pile et la carte SIM.

Il contempla ses mains tremblantes.

Mais qu'est-ce que tu fais ?

Il inspira plusieurs fois à fond pour retrouver son calme. Il sentait monter un début de migraine.

Tu fais la seule chose possible.

Il resta immobile pendant quelques minutes, s'interrogeant, doutant de lui-même, remettant ses actes en question. Finalement, il repoussa ses doutes et se leva.

Il s'habilla, rassembla les quelques objets personnels qu'il avait avec lui, sortit de la chambre.

Il avait une course à faire.

— Il vient d'appeler. Il rappellera à 20 heures... Il veut récupérer sa femme.

Kochtcheï écouta Oleg Vrabinek, vice-consul et l'agent du SVR le plus élevé en grade sur la place de New York, lui transmettre le peu que Sokolov lui avait dit.

— Très bien, répondit-il. Appelez-moi dès qu'il vous contactera.

Kochtcheï coupa la communication et jeta un œil vers le petit bureau où il gardait Della. Parfait. Sokolov était courageux. Il proposait un échange. Il était prêt à s'exposer.

Kochtcheï n'en demandait pas plus.

Mais il avait besoin de renfort. Juste au cas où. Même si c'était une complication supplémentaire, il n'avait aucun remords pour le meurtre des deux *bratki*, au motel. Il ne pouvait les laisser en vie. Pour commencer, ils avaient été négligents. Yakovlev avait échoué, et ils avaient été compromis. Il en voulait pour preuve la facilité avec laquelle les Américains les avaient trouvés. Et en dépit de la stricte omerta que n'importe quel *bratok*, il le savait, respectait religieusement, Kochtcheï ne pouvait compter sur leur silence. Il fallait que ce silence soit définitif, et il n'y avait qu'une manière d'en être sûr.

Mais, au-delà de ça, laisser en vie ces deux *bratki* aurait débouché sur une autre incertitude, bien trop forte : il ignorait ce qu'ils savaient. Ils avaient passé des heures avec la femme de Sokolov. Kochtcheï n'avait aucune idée de ce que Sokolov avait pu lui dire, et il ignorait ce qu'elle, elle leur avait dit. Étant donné ce qui était en jeu, Kochtcheï ne pouvait absolument pas permettre que des gens au parfum restent en circulation, et surtout pas un couple de *gopniki* minables et incompétents.

Il avait deux ou trois contacts possibles qui pourraient lui fournir les muscles dont il avait besoin. Alors, dans un moment de perversité inspirée, il décida de revenir à la source originale. Ce qui ouvrirait toutes sortes de possibilités intéressantes.

Il se rappelait le numéro que Vrabinek lui avait donné. De seconde en seconde, il trouvait son plan de plus en plus génial.

Le numéro, c'était celui du *vor* qu'on appelait « La Massue ».

Chapitre 26

Nous nous trouvions, Aparo et moi, au labo audio-vidéo, en compagnie de Tim Joukowsky, du Groupe de renseignement de terrain. Tim est notre expert pour les questions russes – et il parle couramment la langue, comme on s'en doute. La camionnette d'écoute postée devant chez Mirminski envoyait des fichiers audio au central, et Joukowsky écoutait en priorité ceux que les types du van recommandaient à son attention. Il nous avait fait appeler, à propos d'un appel téléphonique dont il venait de recevoir la copie.

C'était une conversation entre Mirminski et un autre Russe – d'origine lettone, d'après Joukowsky pour qui les accents et les dialectes n'avaient pas de secrets. Il nous fit écouter la bande, interrompant la lecture après chaque phrase digne d'attention pour nous expliquer ce qui se disait.

Le mystérieux correspondant se présenta sous le nom de Bachmatchkine.

— On a des recoupements avec ce nom ? demandai-je, tout en sachant qu'il était faux.

— Des tonnes. C'est le personnage principal du *Manteau*, la nouvelle de Gogol, me répondit Joukowsky.

— Je suis impressionné, fit Aparo.

— Wikipédia, camarade. Personne n'a besoin de savoir quoi que ce soit, aujourd'hui.

Bachmatchkine. Un pseudo prometteur. En tout cas, l'homme avait le sens de l'humour.

La conversation entre les deux hommes se poursuivit sans précautions superflues. Ils parlèrent peu. Bachmatchkine voulait de l'aide pour déplacer des meubles lourds. Cela devait se passer le soir même. Il avait besoin de quatre déménageurs.

La Massue objecta un peu, grommela qu'il avait déjà « perdu deux déménageurs », et demanda d'un ton rude à son interlocuteur s'il avait une idée de ce qui leur était arrivé. L'homme dit alors une chose surprenante :

« Je ne vous appelle pas pour ça. Je vous appelle pour vous dire de mettre quatre déménageurs à ma disposition. Pour ce soir. »

Comme ça. Froidement. Sèchement. Sans élever la voix, même s'il était difficile de ne pas saisir la menace. Sans comprendre le russe, j'avais pigé.

La Massue fit alors une chose encore plus inattendue. Après un bref silence, il lui répondit rapidement, d'un ton résigné, soumis :

« Pas de problème. Ils seront prêts quand vous en aurez besoin. »

L'inconnu déclara qu'il lui notifierait l'heure et le lieu du rendez-vous au moment voulu. Puis il raccrocha.

Nous étions stupéfaits.

— Il n'est pas bavard, dit Joukowsky.

— Oui, peu causant... mais efficace, ajoutai-je.

— Ce type a fait de Mirminski sa putain, ou quoi ?

demanda Aparo. Merde, qu'est-ce qui se passe ? Qui peut parler ainsi à un *vor* ?

— Je vois deux réponses possibles, rétorqua Joukowsky. Ou bien il s'agit de quelqu'un qui occupe dans l'*organizatsiya* une position plus élevée que La Massue…

— Ça existe, ça ? objecta Aparo.

Joukowsky secoua la tête.

— Non, je ne crois pas. Il y en a d'autres aussi gros que lui, des parrains. Mais personne avec ce niveau d'autorité.

— Quelle est l'autre option ? demandai-je, même si je connaissais déjà la réponse.

— L'autre option, ce serait quelqu'un avec le genre de soutien qui obligerait Mirminski (ou n'importe quel Russe, d'ailleurs) à se tenir à carreau et à faire ce qu'on lui demande, aussi puissant, aussi riche ou aussi pistonné soit-il. Quelqu'un à qui on ne désobéit pas, quelles que soient les circonstances.

Quelqu'un qui aurait le soutien des collègues, là-bas, à Moscou, traduisis-je.

Quelqu'un qui serait à la botte du Kremlin.

Ma banale enquête criminelle commençait à sentir mauvais. Gratter là-dessous allait libérer des miasmes écœurants.

Nous sortîmes de la salle audio-vidéo dans le brouillard. Les techniciens allaient sonder le fichier pour tenter d'identifier la voix. Mais je doutais qu'ils trouvent quelque chose. J'étais persuadé que ce type ne laisserait personne l'identifier aussi facilement. Qui qu'il soit, je savais qu'il y avait un nouveau joueur en ville. Ce qui ramena mes pensées vers le motel.

— Tu fais la même hypothèse que moi ? demanda Aparo, comme s'il lisait dans mes pensées.

— Nous avons deux nouveaux joueurs autour de la table. Un champion olympique de tir à la cible. Et Ivan le Terrible.

— Deux nouveaux joueurs...

— Ou un seul, dis-je, histoire de finir sa phrase.

— Exactement. Mais s'il s'agit du type du motel, pourquoi a-t-il tué les deux tatoués ?

— Parce qu'ils ont merdé. Ils n'ont pas été foutus de kidnapper proprement un prof de soixante ans, l'un des leurs est mort de façon fort peu discrète, et ils se sont servis d'un véhicule qu'on a tracé jusqu'à leur planque... Ce Bachmatchkine n'est pas seulement une véritable ordure, mais aussi une ordure incroyablement efficace. Ce genre de mec ne tolère pas les ratés.

— Ça craint...

— Ça veut dire aussi que c'est lui qui détient la femme de Sokolov, maintenant.

Plus j'y pensais, plus j'étais persuadé qu'il s'agissait du même homme.

— Si ça se trouve, La Massue savait que le type à qui il parlait venait de descendre deux de ses hommes... et il va lui en fournir quatre autres !

— Bon Dieu, notre Sœur à la Masse devait bouillir intérieurement !

— On peut peut-être se servir de ça... réfléchis-je tout haut. En tout cas, si c'est l'auteur de la fusillade du motel, ça signifie que ce qui se passera cette nuit a un rapport avec Sokolov. Et sa femme.

— Un échange ?

— Ça y ressemble. On ferait bien d'être prêts. Essayons de trouver le lieu et l'heure où ça va se passer. Toi, moi, Kubert et Kanigher, plus une équipe du SWAT et des renforts, des flics d'ici en stand-by. On doit arrêter cette histoire avant qu'elle ne soit totalement hors contrôle.

— Dommage que les Sokolov soient mêlés à ça. Nous aurions pu laisser ces nervis se massacrer mutuellement, tout en sirotant un scotch, fit Aparo. Je te rappelle, si tu l'as oublié, que ce type est un sacré tireur.

— Ouais, répliquai-je d'un ton funèbre. On va avoir besoin d'un stock de Kevlar.

Chapitre 27

Au fond d'une zone industrielle à l'abandon au-delà de Webster Avenue, dans le Bronx, Sokolov se tenait devant le petit entrepôt fermé à clé. Il regarda autour de lui.

L'endroit était calme. Il n'y avait personne. Comme toujours, ou presque. C'était le genre d'endroit où les gens trouvaient un espace à louer pour trois fois rien, pour y entreposer soit une voiture, soit, le plus souvent, des vieilleries qu'ils oubliaient très vite. Ils ne venaient pas souvent. À l'époque où Sokolov avait payé son premier loyer – en espèces, comme il l'avait toujours fait par la suite –, l'endroit était un peu moins pourri qu'aujourd'hui. Le propriétaire de l'endroit, quel qu'il fût, ne s'était pas donné beaucoup de peine pour l'entretenir, ces douze dernières années. Tout au plus une rapide couche de peinture, sans même gratter les couches précédentes ni boucher la moindre fissure. Cela convenait parfaitement à Sokolov. Il lui fallait un endroit calme, discret, bon marché. Un endroit où il pouvait bricoler sans que quiconque le remarque ou se mette à poser des questions.

Il regarda de nouveau à gauche et à droite, s'assurant qu'il n'y avait personne alentour, puis il ouvrit les deux gros cadenas et leva la porte en alu. Il entra, redescendit le rideau de fer, alluma la lumière.

La camionnette blanche était là, bien sûr. Une Ford Econoline – le modèle réfrigéré, avec le gros condensateur monté sur le toit. Elle avait presque vingt ans et semblait assez fatiguée pour décourager des voleurs. Ce qui était exactement l'intention de Sokolov. Il ne voulait surtout pas que quelqu'un s'en empare et disparaisse avec le résultat de tous ses efforts, l'aboutissement d'une vie d'étude et de recherche.

L'obsession qui avait pris possession de sa vie depuis qu'il avait l'âge de quatorze ans.

Le petit garçon de quatorze ans ne pouvait s'empêcher de penser au journal de son grand-père.

À ce point, il l'avait déjà lu plusieurs fois. L'histoire que retraçaient ces pages en lambeaux était remarquable, et enflammait son imagination.

Elle le terrifiait, aussi.

Elle lui faisait si peur qu'il la gardait pour lui. Il n'en parlerait pas à son père, de toute façon rarement sobre après le coucher du soleil. Il réfléchit longuement à la possibilité d'en parler à ses frères – surtout à Pavel, l'avant-dernier en âge et celui dont il était le plus proche. Il décida finalement de n'en rien faire. D'une certaine manière, cette histoire qui le terrifiait l'excitait tout autant. Dans un monde où les possessions sont rares (quand elles existent), il est agréable de détenir quelque chose de spécial, quelque chose que personne d'autre ne possède, et même dont personne ne soupçonne l'existence. Quelque chose dont on puisse se dire : Ça n'appartient qu'à moi.

Plus il relisait le journal, plus il avait envie de savoir ce que c'était et comment ça fonctionnait. Mais son grand-père avait été très énigmatique. Les rares informations qu'il donnait n'expliquaient presque rien. Sokolov en comprenait la raison. Son grand-père Misha ne voulait pas que sa découverte soit connue. Il ne voulait pas que quiconque soit capable de refaire ce qu'il avait fait. Il le répétait à maintes reprises dans son journal : son remords, son horreur, son désir d'enterrer à jamais son secret. Il y était presque parvenu. Sokolov n'avait trouvé le journal que par un pur hasard. Malheureusement, les avertissements de son grand-père n'avaient fait qu'attiser sa curiosité.

C'était devenu son obsession. Cela coïncidait avec le fait que Leo Sokolov, à quatorze ans, achevait ses sept ans de scolarité obligatoire. Comme c'était la règle pour tout le monde, ses choix lui étaient dictés par l'État. Il pouvait commencer à travailler, s'inscrire à une école professionnelle pour apprendre un métier manuel, ou essayer d'entrer dans un *technicum* – une école secondaire spécialisée. Leo choisit cette dernière option, contre la volonté paternelle. Cela promettait d'être difficile, vu l'éloignement de son domicile, mais il savait ce qu'il voulait. Il s'obstina, jusqu'au moment où il parvint à décrocher une place dans une école technique d'ingénieurs de Tula, à une vingtaine de kilomètres.

Dès lors, il s'investit à fond dans ses études. Sa curiosité et sa fascination pour la science impressionnèrent beaucoup ses professeurs. Il faisait preuve d'un goût effréné pour la physique et la biologie. Or, rien n'échappait à l'attention des fonctionnaires, dans ce système d'éducation hautement centralisé, conçu pour alimenter une économie planifiée. L'intelligence de Sokolov et son appétit de savoir suscitèrent l'intérêt de la Commission régionale pour l'éducation. L'engineering était une priorité pour l'Union soviétique, qui concentrait les ressources de formation professionnelle sur des domaines comme l'aéronautique et les technologies militaires. On lui proposa bientôt une place à l'université de Leningrad.

Tout en poursuivant ses études scientifiques, Sokolov cherchait discrètement tout ce qu'il y avait à savoir sur Raspoutine, notamment sur les années que le moine avait passées à Saint-Pétersbourg, où il avait été le proche confident du tsar et de la tsarine. Il existait peu d'informations écrites sur cette période, et la plupart étaient contaminées par la propagande. Sokolov se mit donc à voyager à travers le pays, dès qu'il le pouvait, pour essayer de découvrir la vérité.

Il commença par les Archives historiques d'État, à Saint-Pétersbourg. Il se pencha sur les dossiers de la Commission d'enquête extraordinaire sur les actes illégaux commis par les ministres et autres responsables du régime tsariste, mise sur pied en 1917, au lendemain de la chute du tsar. Sokolov s'intéressa en particulier aux conclusions de sa 13ᵉ section. Celle-ci cherchait à comprendre les activités des « forces obscures » censées contrôler le tsar (dans le jargon politique de 1917, ces mots désignaient Raspoutine, l'impératrice et leurs proches).

Les enquêteurs de la commission menèrent des interrogatoires poussés de tous les membres du « premier cercle » entourant le tsar – dont la plupart avaient, par la suite, été jetés en prison. Sokolov lut également les rapports des voyages effectués par les enquêteurs à Tobolsk, où Raspoutine avait passé sa jeunesse. Ils y avaient recueilli les témoignages de quelques villageois. Toutes les enquêtes avaient été menées très sérieusement, mais Sokolov savait que les rapports et les retranscriptions n'étaient pas totalement fiables. Ils résultaient d'une chasse aux sorcières politique dont l'objectif était de discréditer le moine, afin de justifier a posteriori l'éradication de la famille impériale.

Certains rapports se révélèrent plus utiles, quoique de manière différente. Sokolov retrouva les témoignages de moines de cloîtres du fond de la Sibérie, où ses mystérieuses errances avaient conduit Raspoutine, et où sa transformation avait commencé. Il trouva des allusions au monastère de Verkhotursk, où son grand-père avait fait la connaissance du moine, mais même en creusant il ne trouva aucune référence à son aïeul.

Visiblement, Raspoutine avait gardé secrète son amitié avec Misha.

On trouvait également, dans les archives de la commission, le journal non publié de Raspoutine. Mais Sokolov en savait assez pour ne pas y accorder trop d'attention. Raspoutine était quasiment illettré, et il était de notoriété publique que ce journal « dicté » était un faux – concocté par le dramaturge et auteur de science-fiction Alexeï Tolstoï pour discréditer le tsarisme et promouvoir les bolcheviques.

Il décortiqua les rapports des agents de la police secrète chargés de surveiller Raspoutine, pour découvrir – à son immense frustration – qu'ils étaient très incomplets. Il apprit que des piles entières de rapports avaient disparu dans l'incendie qui avait réduit en cendres le quartier général de la police secrète du tsar pendant la révolution de février, deux mois après l'assassinat de Raspoutine. D'autres dossiers furent détruits par les fonctionnaires de police qui avaient sympathisé avec Raspoutine et qui s'étaient empressés de faire disparaître, après la chute du tsar, toute trace de leurs relations avec lui. Grâce au journal, Sokolov savait que Raspoutine et son grand-père avaient été très liés, mais le moine était parvenu à échapper à ses espions – ce qui avait probablement sauvé la vie de l'aïeul de Sokolov.

En résumé, il n'y avait nulle trace, nulle part, de Misha.

Sokolov étudia le témoignage de Badmaïev, un mystérieux *emchi* (guérisseur tibétain) au service de la cour. Badmaïev était l'ami de Raspoutine, et comme lui un guérisseur surnaturel dans l'orbite de l'impératrice. Sokolov se disait qu'il pourrait y trouver des éléments utiles. Une fois de plus, il n'en fut rien.

Sokolov finit par renoncer et décida de se concentrer sur ce qu'il connaissait le mieux : la science. Il s'engagea à tout faire pour reproduire le succès de son grand-père, en utilisant les indices codés que Misha (soit involontairement, soit par excès d'orgueil) avait disséminés dans son texte, long et détaillé.

Il allait lui falloir des années pour résoudre le problème.

Chapitre 28

Journal de Misha

Saint-Pétersbourg, septembre 1909

Il l'a fait.
Ou plutôt, nous l'avons fait. Ensemble.
Raspoutine – ou le père Grigori, comme l'appelaient ses admirateurs, un peu partout, même s'il n'était pas un prêtre de la Sainte Église – est devenu l'ami incontournable de l'impératrice. Le guérisseur, le guide spirituel et le conseiller dont elle ne peut se passer. Et le tsar en personne, son mari aimant et dévoué, a également adopté mon maître.
À Saint-Pétersbourg, tout le monde en parle. Cela fait sensation dans les salons et les maisons de thé. Le paysan grossier venu de Sibérie, à demi illettré, à la diction incohérente, au gribouillis illisible et aux mœurs douteuses, est l'invité régulier du glorieux palais impérial de Tsarskoïe Selo.
Il appelle la tsarine et le tsar « Maman » et « Papa » – la mère et le père de la terre de Russie. Les souverains, eux, le gratifient d'un chaleureux « notre ami ».

Ils ne savent rien de moi, bien sûr. Personne ne me connaît. C'est la volonté de mon maître et, dans ce domaine comme dans tous les autres, je me fie à son jugement. Car en dépit de sa simplicité sa sagesse est immense. Il est plus sage, je dirais, que n'importe quel homme ayant jamais marché sur cette terre. Cela peut sembler exagéré, mais je le crois.

Le voyage que nous avons effectué ensemble, celui qui a commencé il y a tant d'années dans ce monastère lointain, n'a jamais eu d'autre objet que de nous conduire ici, à la capitale. À Saint-Pétersbourg. La route fut longue et difficile, mais nécessaire pour préparer notre entreprise. Celle pour laquelle nous nous trouvons ici.

Sauver l'empire.

Avant de rencontrer Raspoutine, j'étais inconscient du malaise frémissant qui envahissait notre bien-aimée Mère Russie. Je menais une existence beaucoup trop étriquée, et je m'étais bien trop concentré sur mes recherches pour remarquer les changements qui s'opéraient à l'extérieur de mon laboratoire. C'est pendant nos longues discussions au monastère de Verkhotursk que mon maître me fit prendre conscience de ce qu'il avait vu durant ses voyages, et qu'il me parla de ce grand malaise qui exige aujourd'hui toute notre attention.

Les paysans opprimés et surexploités sont devenus de plus en plus sceptiques et désabusés. La dégradation de leurs conditions d'existence a sapé leur confiance dans la famille royale, qui semble égarée dans son propre monde. Notre nouvelle impératrice, l'Allemande Alexandra de Hesse, est une femme hautaine, austère et autoritaire. Le jeune tsar Nicolas est physiquement fragile, sans volonté, c'est un homme inquiet réduit au servage par une femme de stature bien plus imposante. Ils ne vivent même pas dans la capitale, préférant séjourner dans leur palais de Tsarskoïe Selo, à vingt-cinq verstes au sud – un voyage épuisant en chariot, voire en automobile, pour quiconque aurait la chance de se voir accorder une audience. Le tsar et sa femme semblent détachés des problèmes qui balaient notre pays, et inconscients du mécontentement du peuple (et de la majeure partie de la société) à leur égard. Je me rappelle combien j'avais été choqué, révolté, par ce qui s'était passé lors de leur accession au trône. Les jeunes mariés avaient organisé une grande fête en plein air pour célébrer leur couronnement. Leur intention était de tendre la main aux pauvres en leur offrant une journée de repos et de la nourriture gratuite. Mais personne n'avait prévu que des centaines de milliers d'infortunés se présenteraient sur les lieux. Dans le chaos qui s'en était suivi, plusieurs centaines de pauvres gens étaient morts piétinés par la foule. Le tsar et sa jeune épouse n'avaient pas jugé bon d'annuler le grand bal prévu le soir même. On n'avait pas fini d'emporter les cadavres dans des charrettes que la cour acclamait le couple royal, avant de danser toute la nuit.

Pire encore, pour la santé de notre grande nation, le peuple russe perdait la foi en notre Église. On ne pouvait guère le lui reprocher. Entre le faste et la rigueur doctrinale, c'est l'Église qui a rompu ses liens avec le peuple. Des liens que Grigori comprend mieux que quiconque.

« Mystique et prophétie constituent l'essence véritable du christianisme, m'avait-il expliqué lors d'une

de nos longues discussions au monastère, et le peuple leur accorde une importance énorme. Mais les chefs de l'Église et ses prêcheurs l'ont oublié. »

Mon maître me parla du temps qu'il avait passé dans les cloîtres païens, au fond des forêts sibériennes. Dans ces « églises du peuple », comme il les appelait, il avait appris les manières des anciens. C'est là qu'il s'était initié à l'art de la guérison à l'aide de potions et de la prière. C'est là également qu'il avait entendu pour la première fois des prophéties annonçant la chute de la dynastie des Romanov, et la venue d'une révolution sanglante.

« La monarchie a besoin d'être sauvée, m'avait expliqué le père Grigori. Les agents du démon sont partout, jusque dans les palais du gouvernement, complotant pour renverser le tsar et miner les croyants. Si nous voulons sauver le peuple de lui-même, il nous faudra être malins. C'est pourquoi Dieu vous a fait profiter de Sa divine inspiration pour concevoir et construire votre machine. Nous en aurons besoin si nous voulons écraser les forces redoutables de l'Antéchrist qui se sont liguées contre nous. »

Mon maître comprend ces problèmes avec beaucoup de perspicacité, et je suis reconnaissant de pouvoir l'accompagner dans cette mission sacrée.

Nous avons entamé notre voyage dans les provinces éloignées de la capitale. Il nous fallait miser sur le travail que le père Grigori avait commencé de son côté, et enjoliver sa réputation de prophète et de guérisseur. Je dis « enjoliver », car cet homme serait un prophète et un guérisseur même sans mon assistance. Il a reçu de Dieu les dons pour exercer de tels pouvoirs.

Nous sommes allés de village en village, d'un monastère à l'autre. Je le suivais comme un disciple humble et loyal. Je n'ai pas tardé à découvrir que le père Grigori comprenait les gens en faisant montre d'une mystérieuse empathie. Il a un talent irréfutable pour juger les caractères. Toutes ces années à sillonner le pays, avant notre rencontre, alors qu'il passait son temps à prier et à parler avec d'innombrables interlocuteurs, lui ont ouvert un véritable puits de connaissance. Même sans utiliser ma découverte, son instinct phénoménal et son regard hypnotique lui permettent de deviner les désirs et les peurs cachés des gens qu'il rencontre. Le détail le plus insignifiant n'échappe pas à son attention.

Bien sûr, ma machine l'aidait à comprendre tous leurs secrets. Secrets dont il fit le meilleur usage, en les révélant à un public stupéfait, naïf et superstitieux.

De temps en temps, lorsqu'il rencontrait une résistance et un scepticisme plus ancrés, le père Grigori sentait qu'il avait besoin d'interventions plus spectaculaires. Je me rappelle un de ces incidents, dans un village proche de Kazan. C'était au plus fort de l'hiver. On nous avait grossièrement refusé de nous donner un toit et un peu de nourriture. Le prêtre de la paroisse, un lourdaud dont j'ai oublié le nom depuis longtemps, était insensible aux propositions de révélation spirituelle du père Grigori. Il fallut les bonnes grâces d'un forgeron plutôt réticent pour que nous puissions dormir dans une petite grange, alors que la neige tombait dru. Le lendemain, puis le surlendemain, les villageois ne se montrèrent guère plus maniables. L'humeur du père Grigori tourna à l'aigre, et une soif cruelle de châtiment s'empara de lui.

— *Écoutez-moi, Misha, me dit-il le soir venu. Une force malveillante tient ces paysans entre ses griffes. J'ai déjà vu cela. Je crains que mes paroles ne suffisent pas pour les aider à la vaincre. Si nous voulons les sauver, nous devons être plus astucieux.*

Je l'écoutai attentivement m'exposer son plan. Puis j'acquiesçai.

Cette nuit-là, il fit particulièrement froid. À l'heure prévue, je me tins dans l'ombre tandis que le père Grigori courait à travers le village en hurlant comme un forcené, vêtu d'une simple chemise.

— Repentez-vous ! beuglait-il. Repentez-vous avant d'être frappés par la calamité !

Toute la journée, il avait mis les villageois en garde contre un événement terrible qui allait advenir. Choqués, les paysans le suivirent des yeux jusqu'au bout du village, où le père Grigori finit par s'écrouler, inconscient.

Quand il se réveilla, des heures plus tard, la moitié du village avait été détruit par le feu.

Inutile de préciser que ces paysans étaient devenus de fervents adeptes de Grigori. Aucun d'entre eux ne me soupçonna d'être à l'origine de l'incendie de leurs maisons.

À grand renfort de prophéties, de guérisons et de petits miracles, nous avons sillonné le pays et construit peu à peu sa réputation. Deux ou trois fois, nous sommes retournés à Pokrovskoïe, son village d'origine. J'ai rencontré ses parents, sa femme et ses enfants. Ils semblaient énormément soulagés et impressionnés par son nouveau destin. On m'a raconté qu'il passait des heures, très jeune, à contempler le ciel et à poser des questions essentielles sur la vie. On m'a parlé également des premières manifestations de ses talents : comment, enfant, il avait identifié l'homme qui avait volé le cheval de son voisin, comment il avait prédit le décès d'un autre villageois, comment il avait guéri un cheval boiteux.

Mais il restait des gens pour douter, pour se montrer soupçonneux. Lors de notre troisième visite à Pokrovskoïe, ils nous attendaient.

Un évêque avait été dépêché sur place par le conseil théologique de Tobolsk. Il s'était entretenu avec les prêtres locaux avant notre arrivée. C'était l'époque où mon maître aimait voyager avec deux ou trois femmes – des pèlerins de sexe féminin en quête d'illumination. En humble disciple, je suivais sans rien dire. Pendant nos visites au village, le père Grigori et ses adeptes se réunissaient habituellement dans une chapelle de fortune creusée sous l'étable proche de la maison de mon maître. On y lisait les Évangiles, puis il expliquait à un auditoire captivé les significations occultes des textes.

L'inquisiteur, un homme bourru qu'on appelait le père Arcadi, lui-même assisté d'un policier tout aussi méprisant, accusa mon maître d'avoir rejoint l'hérésie khlyste et de répandre ses mensonges via *son « arche » – c'était le nom que les khlystes, ou « flagellants », donnaient apparemment à leurs communautés. J'ignorais tout de la secte khlyste, sauf que sa doctrine interdite combinait des éléments du christianisme orthodoxe et du paganisme. Ses membres, pour la plupart des pauvres gens vivant loin des villes, se réunissaient dans des chapelles secrètes souvent cachées au plus profond des forêts, loin des regards curieux. Nombre de ses dirigeants avaient été exécutés ces dernières années, et leurs adeptes contraints à l'exil. Une telle accusation était donc très dangereuse.*

Le père Grigori et moi devions réagir sans attendre pour la désamorcer.

Je me cachai dans l'étable et installai ma machine dans une des stalles. À l'heure convenue, mon maître invita l'évêque et le policier à le rejoindre dans la chapelle.

Dès qu'ils se furent installés dans la cave, je me fourrai les boulettes de cire dans les oreilles, branchai mes câbles et allumai la machine.

Je les entendais. Au début, les voix étaient cordiales. Puis le ton changea. Mon maître criait de plus en plus fort, défiant les démons intérieurs de ses visiteurs, qui se mettaient à bafouiller sous l'effet de la confusion. À chaque réplique, la voix du père Grigori montait en puissance. À la fin de l'entretien, elle tombait sur eux comme le tonnerre.

Les villageois, y compris la famille du père Grigori, attendaient anxieusement. Les trois hommes sortirent de l'étable. L'inquisiteur semblait échevelé et bouleversé. Le prêtre du village, qui l'avait convoqué, courut vers lui pour connaître son verdict.

— Il n'y a pas d'hérésie ici, annonça l'évêque. Cet homme comprend parfaitement les Saintes Écritures. Écoutez sa parole.

Le policier, quant à lui, se tourna vers mon maître et baissa la tête.

— Pardonnez-moi, mon père, pour l'offense.

Il baisa la main que le père Grigori lui tendait.

Le moment était venu de rejoindre la capitale.

Nous arrivâmes à Saint-Pétersbourg pendant l'hiver de 1904. C'était une époque tumultueuse. L'empire s'enlisait dans la guerre contre le Japon, une guerre impopulaire que nous perdrions un an plus tard. Le peuple avait faim, il était en colère. Il y avait dans l'air des rumeurs de révolution. Quelques semaines après notre arrivée, en janvier 1905, l'armée du tsar ouvrit le feu contre une manifestation ouvrière, provoquant un massacre sanglant. Dans les mois qui suivirent, les émeutes se multiplièrent. Pour calmer la population, le tsar accepta de promulguer une Constitution qui limitait ses pouvoirs.

Cette période n'apporta pas que des mauvaises nouvelles à la famille impériale. Quelques mois avant notre arrivée, après avoir donné le jour à quatre filles, la tsarine avait enfin mis au monde un héritier mâle.

Le tsarévitch allait jouer un rôle crucial dans notre aventure.

Quand nous débarquâmes dans la capitale, la réputation de Raspoutine, prophète et guérisseur aux dons exceptionnels, nous avait précédés. Muni d'une lettre d'introduction signée par un autre abbé que nous avions ensorcelé à Kazan, mon maître ne tarda pas à obtenir une audience avec l'évêque Serge, recteur du Séminaire théologique de Pétersbourg.

J'installai ma machine devant les fenêtres de la pièce de l'abbaye Alexandre Nevski, où aurait lieu leur rencontre. Sous l'influence de la machine, l'évêque fut encore plus impressionné par les discours passionnés du père Grigori. Il lui présenta d'autres membres haut placés du Saint Synode. L'influence de mon maître dans les antichambres du pouvoir ne tarda pas à croître. Il se lia d'amitié avec l'évêque Feofan ; avec

Iliodor, le grossier moine antisémite ; et avec Hermogène, l'évêque de Saratov qui rêvait de restaurer le Patriarcat (dont il entendait bien devenir le chef). La noblesse commença à rechercher ses services de conseiller spirituel et de guérisseur. Le bruit se répandit dans la bonne société que ce paysan fruste possédait une perspicacité à la limite du don de seconde vue, et une sagesse capable de réconforter toutes les personnes en détresse.

Bien entendu, personne ne savait ce qui l'aidait à amener ainsi au jour leurs secrets les plus intimes.

En très peu de temps, le cercle des admirateurs de Raspoutine s'élargit – au point d'inclure bientôt des membres de l'entourage immédiat du tsar et de la tsarine. Nous n'étions plus très loin du palais et du contact direct avec la famille royale. C'est alors que mon maître entendit parler pour la première fois, grâce à une des confidentes des monarques, de ce qui allait être la clé de son influence sur le palais.

Il avait emménagé dans le luxueux domicile des Lokhtine. Olga Lokhtina, la très belle épouse d'un membre éminent du gouvernement et l'une des hôtesses les plus chic de Saint-Pétersbourg, s'était entichée du père Grigori. Elle lui était toute dévouée, et en disait le plus grand bien à tous ses amis de la bonne société. C'est dans son salon élégant qu'il s'est retrouvé dans le secret de tous les commérages de la ville.

— Le tsarévitch est malade, m'annonça-t-il un jour lors d'une des réunions clandestines que nous tenions à l'insu de son entourage. Il pourrait mourir du jour au lendemain. Le secret est bien gardé. C'est aussi une opportunité d'une importance inestimable.

J'étais atterré. Le prince (ce fils si longtemps

espéré, le seul héritier du trône) serait donc gravement malade ?

— De quoi souffre-t-il ? demandai-je.

— L'enfant est atteint d'hémophilie, m'apprit le père Grigori, visiblement préoccupé par de possibles machinations. Ses veines sont trop fragiles pour retenir son sang. La chute la plus bénigne, la plaie la plus minime, risquerait de le faire saigner à mort.

Il se tut un instant, laissa ses pensées faire leur chemin, puis se tourna vers moi, l'air concentré.

— L'impératrice est hors d'elle et se croit responsable. Elle fera n'importe quoi pour qu'il guérisse.

Une lueur effrayante voltigeait dans son regard.

— N'importe quoi.

Mon mentor spirituel entreprit de me raconter ce qu'Olga Lokhtina lui avait dit à propos de l'impératrice. La tsarine était connue pour son extrême piété. Le bruit courait qu'elle était une fervente adepte de la foi mystique. Avant la naissance de son fils, elle avait exprimé ardemment le désir qu'une intervention divine l'aide à concevoir un héritier au trône. Dans un temps où son peuple mécontent, paupérisé, se détournait de la religion, elle s'en rapprocha au contraire, s'entoura d'icônes et de saintes reliques, et se mit en quête de faiseurs de miracles. À la grande consternation de la bonne société de la capitale et de la cour impériale, on lui présenta des « hommes de Dieu », des anciens dont on croyait qu'ils étaient gratifiés d'un don de Dieu particulier. L'un après l'autre, ils échouèrent à l'aider à concevoir un fils. Pourtant, à chaque naissance d'une fille (elle en eut quatre en tout), la foi de l'impératrice restait intacte, et elle croyait dur comme fer que Dieu entendrait ses prières et lui enverrait un saint ambassadeur.

— Le dernier de ces « faiseurs de miracles » était un mage français, Monsieur Philippe. Il fit croire à l'impératrice qu'il pouvait parler aux morts qui, selon lui, erraient entre notre monde et le monde des esprits, et elle le crut. Il prétendit qu'il était capable de soigner toutes les maladies, y compris la syphilis. Bien entendu, après s'être immiscé dans l'univers de la tsarine – Olga a même entendu dire qu'il partageait la chambre du couple royal –, il lui assura qu'elle ne tarderait pas à tomber enceinte et à donner le jour à un garçon.

— C'est ce qui est arrivé ! intervins-je.

— Non, corrigea mon maître. Elle est bel et bien tombée enceinte sous la houlette de ce Monsieur Philippe... mais ce n'était qu'une grossesse nerveuse, qui témoignait simplement de sa force de persuasion et de la naïveté de la tsarine. Il a été banni et renvoyé en France bien avant la conception du tsarévitch. Mais savez-vous ce que furent les derniers mots qu'il adressa à l'impératrice ? Il lui annonça qu'il mourrait bientôt, mais qu'il reviendrait « incarné en quelqu'un d'autre ». Par conséquent, elle attend toujours l'émissaire que Dieu doit lui envoyer.

— Mais elle a Feofan. Elle a Iliodor, et Hermogène, et le père Ioann, dis-je, en énumérant les principaux chefs de l'Église.

— Ils ne font pas l'affaire, dit le père Grigori. Ce sont des prêtres orthodoxes, rigides et sans relief. La tsarine attend un vrai mystique. En outre, elle croit que ce starets *ne viendra pas de la capitale, que ce sera plutôt un homme du peuple venu d'un village*

lointain – un vrai Russe qui aime Dieu, l'Église, et la divine dynastie des Romanov.

Il hocha solennellement la tête.

— Je serai cet émissaire, Misha. Nous sauverons le tsarévitch et, avec lui, la monarchie.

Je n'aurais pu souhaiter un meilleur usage, plus noble et plus rédempteur, pour ma découverte.

Saint Siméon était vraiment de notre côté.

La foi inébranlable de mon mentor, sa passion intense et sa terrible force intérieure s'étaient combinées pour en faire un remarquable guérisseur. Mais nous allions avoir besoin, cette fois, de tous les moyens à notre disposition. La vie d'un petit enfant était en jeu, et il ne s'agissait pas de n'importe quel enfant. C'était l'héritier du trône russe. Un échec provoquerait la fin lamentable de notre croisade.

En octobre 1906, grâce au soutien d'Olga Lokhtina et d'autres courtisans, le père Grigori fut enfin reçu en audience par le couple impérial. Pour l'occasion, je ne serais pas autorisé à l'accompagner. Je ne pourrais même pas me trouver à proximité. Nous avions anticipé ce moment, bien sûr, et j'avais travaillé dur pour concevoir une variante de ma machine que mon maître pourrait porter sur lui. J'en construisis donc une copie, plus petite, qu'il pourrait dissimuler dans un sac à bandoulière, sous son manteau. Je fis courir un fil dans chacune des manches du manteau. Ces deux fils aboutissaient à deux petits transducteurs que j'avais cousus à l'intérieur de ses manchettes. Le dispositif était alimenté par quatre petites batteries sèches semblables à celles que Gassner avait décrites quelques années plus tôt à l'Exposition universelle à

Paris. Je les avais vues pour la première fois dans le laboratoire d'Akiba Horowitz, qui finit par trouver gloire et fortune aux États-Unis sous le nom de Conrad Hubert, bien sûr, avec ses lampes torches « Toujours Prêt ». Le modèle que le père Grigori emporterait au palais était loin d'être aussi puissant que la version plus lourde, évidemment. Il n'affecterait qu'une personne assise juste à côté de lui, et l'appareil ne disposerait que d'un seul réglage.

Nous espérions que cela serait suffisant. Dieu merci, cela se révéla extraordinaire.

Du coin où je me trouvais, non loin de là, j'observais avec angoisse l'assistant du tsar, un homme mince en livrée royale, chapeau plat orné de grandes plumes d'autruche rouges et jaunes, lorsqu'il vint chercher mon maître à la résidence Lokhtine. Raspoutine fit son apparition : il portait le manteau que j'avais préparé et le cadeau que nous avions eu tant de mal à nous procurer. L'automobile disparut dans un nuage de fumée. J'attendis son retour, mort d'impatience et d'angoisse, pour savoir comment cela s'était passé.

Le palais Alexandre, me raconta-t-il, était magnifique. Il n'avait jamais rien vu de tel. Les salles de réception étaient immenses, pavées d'hectares du plus beau marbre et illuminées par des lustres éblouissants. Les chambres étaient pleines de meubles somptueux plaqués or, les murs couverts de peintures de maître et les plafonds ornés des moulures les plus exquises. Le tsar et la tsarine l'attendaient dans une de ces chambres.

Son audience avec le couple impérial dura plus d'une heure – soit beaucoup plus longtemps que nous ne l'avions prévu. Il sentit immédiatement leur nervosité. Il commença par leur présenter le cadeau qu'il avait apporté : une icône de saint Siméon, le faiseur de miracles de Verkhotursk, le monastère où j'avais fait sa connaissance. Plus tard, il me stupéfia en m'apprenant qu'il n'avait pas utilisé mon appareil. Pas cette fois. Il avait décidé d'un coup de se servir simplement de sa propre sagacité et du pouvoir de pénétration qu'il perfectionnait depuis tant d'années.

Le couple royal, me dira-t-il, fut enchanté par ses paroles. L'impératrice, surtout, semblait prise de vertige à l'idée des miracles. Il leur parla du péché d'orgueil et prophétisa qu'un grand avenir attendait la dynastie.

— Vous auriez dû voir la joie s'afficher dans les yeux de l'impératrice quand je lui ai dit que son mari et elle devaient simplement cracher sur leurs peurs et se contenter de régner, comme Dieu l'avait voulu.

C'est alors que le père Grigori demanda la permission de voir le tsarévitch. Ils ne résistèrent pas.

On le conduisit aux appartements des enfants. Il vit les infirmières qui s'occupaient du petit garçon, et l'héritier en personne. Le tsarévitch, âgé d'un peu plus de deux ans, n'allait pas bien. Il souffrait. Il ne trouvait pas le sommeil.

Le père Grigori s'était tourné vers l'impératrice.

« Depuis combien de temps est-il ainsi ?

— Depuis cinq jours, avait-elle répondu, le chagrin fissurant le masque poli qu'elle s'efforçait d'afficher.

— Et les médecins ? »

Elle avait secoué la tête.

« Ils prétendent qu'ils ne peuvent rien faire. Il est entre les mains de Dieu.

— Vous avez raison, avait dit le père Grigori. Il

est à la garde de Dieu, maintenant. Mais il guérira. Je vous le promets. »

Sans demander la permission, il s'était penché au-dessus du berceau et mis à prier. La chambre était silencieuse. Il avait prié profondément, comme toujours dans ce genre de situations, la sueur inondant son visage, les membres tremblants. Après de longues minutes, il avait tendu les bras et posé les mains sur les tempes de l'enfant. Le couple impérial regardait, incrédule, leur fils retrouver son calme. Le bébé avait fini par s'endormir.

Le lendemain matin, Mme Lokhtina reçut un appel téléphonique excité de Tsarskoïe Selo. L'héritier impérial s'était réveillé. Il n'avait pas pleuré. Il semblait en pleine forme.

Saint Siméon nous avait souri. Je m'efforçai de comprendre ce qui s'était passé. Le don de guérisseur de mon maître avait-il opéré, ou ma machine avait-il contribué au miracle ? Après y avoir longuement réfléchi, je décidai qu'ils avaient tous deux joué un rôle. Il est indubitable que maître possède un pouvoir magique bien à lui. Dans le cas du tsarévitch, l'effet lénifiant de mes battements binauraux avait dû ralentir son pouls, suffisamment pour donner au sang le temps de coaguler. Cette combinaison fortuite serait le remède miracle pour le prince malade tout au long de sa brève existence – et allait permettre à mon maître de devenir l'homme de Dieu intouchable du couple impérial.

Durant les mois qui suivirent, mon maître est devenu l'ami intime et le conseiller du tsar et de la tsarine. Il est surtout proche de l'impératrice, qui est la proie de crises d'angoisse et souffre de violentes migraines. Les paroles de réconfort du père Grigori évoquant son futur, dans ce monde et dans le prochain, la soulagent. En l'aidant à verbaliser ses peurs et ses désirs les plus intimes, il apprend tout ce qu'il veut savoir à son sujet. Ensuite, quand elle est à nouveau pleinement consciente, il lui recrache ces aveux secrets et les lui présente comme une prophétie qu'il aurait lui-même concoctée. Après quoi, il intrigue pour qu'ils se réalisent.

Ils le convoquent chaque fois que le prince est malade, et mon maître le remet sur pied. Ils sont persuadés qu'il est la clé de la survie de leur fils – ce qui, stricto sensu, est exact. En outre, il a convaincu le couple impérial que leur propre survie et celle de leur dynastie dépendent de sa présence et de ses prières.

Ils ne peuvent plus imaginer leur vie sans lui.

Bien sûr, il a de nombreux détracteurs. Dans toutes les strates de la société, les langues se délient pour critiquer ce paysan grossier et son influence dégradante sur le couple impérial. Il s'agit surtout de jalousie à l'égard de son pouvoir croissant, évidemment. Mais il y a aussi la question des femmes.

Les femmes deviennent un problème. Je me demande si cela ne finira pas par causer notre perte, si cela ne nous empêchera pas d'accomplir la mission divine à laquelle j'ai le bonheur de participer.

Je n'oublierai jamais la première fois où j'ai eu vent de la gravité de la situation. Cela se passait en fin de matinée, alors que je venais prendre le thé avec lui dans l'appartement des Lokhtine. La chambre était coupée en deux par une moustiquaire, derrière laquelle se trouvait son lit. Quand j'entrai dans la pièce, j'entendis ce qui évoquait des coups violents accompagnés de gémissements. Puis les braillements de mon maître.

— Qui suis-je ? Dites-moi qui je suis !

— Vous êtes Dieu, répondait humblement une voix de femme. Vous êtes Christ et je suis votre agneau...

Je contournai le rideau, et découvris la scène la plus choquante qui soit. Mme Lokhtina, vêtue d'une robe blanche très ample ornée d'une quantité extravagante de rubans, était à genoux devant mon maître. Lui-même était nu. Elle tenait à la main sa virilité en érection, et il la battait sans merci.

— Que faites-vous ? criai-je en essayant d'intercéder en faveur de sa victime. Vous battez une femme !

Il me repoussa de côté, sans interrompre ses coups.

— Laissez-moi. La pourriture, elle ne me laissera pas tranquille. Elle veut le péché. Elle a besoin d'être purifiée...

Je suis sorti de la chambre, sous le choc.

Il fréquente quantité de femmes. Des duchesses, des épouses de personnalités officielles de haut niveau s'humilient devant lui et lui baisent ouvertement les mains. Elles sont constamment à ses côtés, à l'appartement qu'il occupe désormais ici, à Saint-Pétersbourg, durant ses voyages à Verkhotursk, ou à la maison qu'il s'est fait construire à Pokrovskoïe. Elles l'accompagnent même aux établissements de bains. Et ce n'est pas tout. Alors même qu'il passe tout ce temps avec ces femmes de la haute, il fréquente des prostituées, qu'il emmène à l'hôtel ou aux bains publics. Il lui est arrivé d'en faire venir plusieurs le même jour.

Les accusations se multiplient, on met en doute sa moralité, on lui reproche d'être un vaurien et « un loup déguisé en mouton », on l'accuse même de se trouver dans un état de tentation spirituelle.

Quand je l'interrogeai à ce sujet, il se contenta de hausser les épaules.

— Ne croyez pas ce que disent ces gens, Misha. Ils ne comprendront jamais.

— C'est moi qui ne comprends pas, lui dis-je, craignant sa réponse.

Il me fixa de ses yeux enfoncés.

— Le péché fait partie de la vie. Nous ne pouvons pas l'ignorer. Dieu avait une bonne raison de l'y mettre.

— Je croyais que c'était l'œuvre du diable, répondis-je, en pleine confusion.

— Le péché est un mal nécessaire, Misha. Il n'est pas de vie réelle, il n'est pas de joie sans un profond repentir, et comment notre repentir peut-il être sincère si nous n'avons pas péché ? Vous voyez ? Nous ne pouvons pas être sincères envers Dieu sans pécher, et il est de mon devoir, aux ordres de l'Esprit Saint, d'aider ces femmes à se débarrasser elles-mêmes des démons d'orgueil et de lubricité qui s'agitent en elles.

Alors j'ai commencé à comprendre. Le père Grigori soigne le péché par le péché. Le paysan fruste prend sur lui les péchés de ces pauvres femmes, œuvrant par pur altruisme et s'humiliant volontairement pour leur rédemption et leur purification. Ces femmes tiennent compte des avertissements de mon maître. Elles ne disent mot à leurs confesseurs, qu'elles considèrent comme des simples d'esprit. Il les a mises en garde : cela ne ferait que plonger ces pauvres hommes dans la confusion et, pire encore, les obligerait à commettre

un péché mortel en partageant leur jugement avec l'Esprit Saint.
— Chacun de nous doit porter sa croix, me dit-il, et ceci est la mienne. Alors ne prêtez pas l'oreille à ces mauvaises langues. Les impurs resteront à jamais collés aux purs. Ils en répondront devant Dieu. Lui seul voit tout. Lui seul comprend.
Sa compréhension de la volonté de Dieu est vraiment incomparable, au-delà de tout reproche.
Il est l'émissaire de Dieu. L'empire et la famille impériale ont la chance d'avoir leur « Béni » en guise de protecteur.

***

Oui, la monarchie a besoin de nous, pensait Raspoutine après avoir quitté Misha.

Il faut un rédempteur au couple royal, s'ils doivent rester mes mécènes et les courroies qui me mèneront au pouvoir et à la satisfaction.

Il repensa à ce qui l'avait formé, autrefois, quand il était un jeune homme précoce et impatient, à Pokrovskoïe. La jalousie et le mépris le faisaient bouillir, chaque fois que les nobles cousus d'or passaient en grondant dans leurs somptueuses calèches, en route pour quelque monastère lointain pour une purification frivole de leurs âmes. On lui avait parlé des riches dans les grandes villes, des automobiles, des fêtes prétentieuses et de l'existence somptueuse de la cour. Tout cela avait fermenté après qu'il eut quitté son village, pendant ses errances, et il l'avait encore en tête quand on lui parla des problèmes et des superstitions de l'impératrice. Elle était la plus pieuse, et la plus crédule de tous, peut-être encore plus que les malheureux qui affluaient devant la tombe de saint Siméon et se frictionnaient le corps avec de la terre, en croyant qu'elle les guérirait de leurs maux.

Cette crédulité ne demandait qu'à être exploitée. Et les pensées intimes glanées à la faveur des myriades de rencontres qu'il avait faites durant ses années d'errance l'avaient transformé en expert.

Un épisode l'avait marqué plus que tout : la période qu'il avait passée avec les khlystes, quelque part au fond de la Sibérie. Il se rappellerait toute sa vie ce premier rituel au sein de la secte de ces « Christs » ressuscités, qui professaient que le repentir était inutile tant qu'il ne concernait pas un péché majeur – qui prenait généralement la forme de la fornication. Les psalmodies, les danses, les tournoiements frénétiques, tout culminait dans le rite de la « réjouissance » – les orgies sauvages durant lesquelles l'Esprit Saint, s'il fallait les croire, descendrait sur eux. Tout cela laissait perplexe.

Quelle idée ! se disait-il. La réjouissance dans le péché collectif. L'abstinence dans les orgies. La purification de l'âme dans la copulation libertine. La débauche illimitée, qui, selon eux, offrait à tout homme la capacité de devenir un Christ, et à toute femme celle d'être une mère de Dieu.

C'était si tordu, si ingénieux, qu'il n'était pas surprenant que l'Église orthodoxe ait réagi si vite pour éradiquer ce culte. Mais il avait survécu dans les recoins les plus sombres de l'empire, ses « arches » reliées entre elles par des messagers secrets – les « anges volants », ou séraphins, qui sillonnaient le pays.

Pendant quelque temps, Raspoutine était devenu

un de ces séraphins. Avec l'aide de Misha, il allait emprunter leurs rituels à la secte clandestine des paysans pauvres de la forêt sibérienne, et en lâcher sa version sur la haute société de Saint-Pétersbourg et ses femmes bien élevées, si peu soupçonneuses.

C'était une vie bien meilleure que ce à quoi le paysan illettré de Pokrovskoïe avait jamais osé rêver.

Chapitre 29

Sokolov déverrouilla l'arrière de la camionnette et ouvrit la portière.

L'habitacle était vide, à l'exception d'une grande caisse métallique. Un peu plus petite qu'un de ces frigos qu'on installe sous un comptoir, elle était boulonnée au sol de la camionnette derrière le panneau de séparation avec l'avant. Une barre métallique tenue par un gros cadenas la maintenait fermée. Sokolov vérifia le cadenas. Il était toujours fermé et personne n'y avait touché, et il en allait de même pour le reste du matériel.

Sokolov referma la portière arrière, souleva le capot moteur et rebrancha la batterie. Puis il grimpa dans la camionnette et tourna la clé de contact. Le moteur démarra, plus harmonieusement que ne le suggérait l'aspect général du véhicule. Sokolov avait toujours veillé à l'entretenir avec le plus grand soin. Deux ou trois fois, il enfonça doucement la pédale de l'accélérateur, laissant chauffer le moteur. Il descendit du véhicule, ouvrit la porte du garage, sortit la camionnette, referma le garage.

Quelques minutes plus tard, il était en route, direction le pont de Triborough. Il pensait au coup de fil qu'il allait donner bientôt. Il n'était guère plus optimiste sur ce que la nuit allait apporter qu'avant d'aller récupérer la camionnette.

Un peu avant 20 heures, Sokolov gara la camionnette dans l'allée derrière le Dragon Vert. Le bloc réfrigérant fixé sur le toit laissait suggérer qu'il s'agissait d'un des multiples véhicules de livraison qui accédaient par l'arrière aux restaurants de la rue.
Jonny la jaugea d'un air sarcastique, alluma une cigarette.
— À quoi vous sert ce frigo ambulant ?
Sokolov haussa les épaules.
— Je ne l'ai pas payé cher. Montez. Nous devons y aller.
Jonny grimpa et prit place contre la portière.
Sokolov jeta un coup d'œil en coin vers sa cigarette, puis démarra et s'engagea dans la 32e Rue.
Jonny passa l'habitacle en revue. Derrière les sièges avant, il y avait une cloison de séparation, percée d'une porte rappelant celle des toilettes dans les avions de ligne. La porte elle-même avait une fenêtre d'une vingtaine de centimètres. Tout le reste était assez classique pour une vieille camionnette comme celle-là, à l'exception du petit panneau fixé sur le tableau de bord : il était équipé de quelques interrupteurs et semblait légèrement incongru.
Il s'installa, sortit son revolver et se mit à le vérifier.
— J'espère seulement que personne ne me verra ici. Pas bon pour ma réputation. Pas bon du tout.
Il souriait, mais il était évident qu'il ne plaisantait qu'à moitié.

— La seule chose qui m'importe est la sécurité de ma *lapochka*, dit Sokolov en regardant le revolver. Tu dois faire tout ce qui est en ton pouvoir pour qu'elle soit saine et sauve. Tu comprends ? Elle seule compte.

— Tout ira bien, vous verrez. *Lapochka*... ajouta Jonny. Vous l'appelez toujours ainsi. Qu'est-ce que ça signifie ?

— C'est difficile à traduire. C'est un mot que nous utilisons. Voilà tout.

Jonny hocha la tête.

— Cool. Ça me va. J'aime bien la sonorité.

— Tu sais que je n'ai pas l'argent, hein ? reprit Sokolov après un moment de silence. Et que je ne les paierai pas. Même pas trois mille, sans parler de trois cent mille. Je ne les ai pas. Mais ils vont vouloir quelque chose en échange. Et ce quelque chose... ce sera moi.

— On n'en arrivera pas là, fit Jonny en haussant les épaules.

— Peut-être, mais si c'est le cas, c'est OK pour moi.

— Tout ira bien, Mister Soko. Je connais les docks. Nous y faisons beaucoup d'affaires. C'est un grand espace dégagé, que nous pouvons contrôler sans difficultés. En plus, c'est propre et tranquille, et loin des regards curieux.

— Tout ça vaut aussi pour eux, objecta Sokolov.

Il regardait fixement devant lui en conduisant, plongé dans ses réflexions. Puis il étrécit les yeux, ce qui creusa encore les rides de son visage.

— Je souhaite seulement que ces *ublyudki* ne lui aient pas fait de mal, ajouta-t-il presque à voix basse. Sinon, tu vas devoir me contrôler, moi aussi.

— J'aimerais bien voir ça, prof, fit Jonny en souriant. Mais cela n'arrivera pas. Vous verrez. Jonny s'occupera de tout.

— J'espère.

Après un instant de silence, Sokolov regarda Jonny.

— Merci. Je te remercie de faire ça pour moi. Je ne pouvais me tourner vers personne d'autre.

Jonny ne répondit pas tout de suite. Il restait là sans rien dire, tirant de longues bouffées de sa cigarette. Puis il la jeta d'une pichenette par la fenêtre, et se tourna vers Sokolov.

— Vous avez fait ce qu'il fallait en venant me voir. Vous savez lire dans les gens.

Il marqua un temps d'arrêt, jaugeant Sokolov, avant de poursuivre :

— Je voulais aller à l'université. Comme vous me disiez de le faire. J'en avais vraiment envie. Mais un jour, Kim-jee a volé trois kilos d'héroïne à un gang jamaïcain, et ils l'ont laissé pour mort. Deux fois, ils l'ont presque tué. Kim-jee ne pouvait rien faire. Il ne pouvait pas prévenir les flics. Il était trop humilié pour le dire à son patron. Il attendait qu'ils le descendent... C'est mon grand frère, vous voyez ? Et je serais resté là, à attendre qu'il se fasse tuer ? Je ne pouvais pas rester passif. Pas question. Pas Kim-jee. Alors je me suis lancé. C'est moi qui les ai descendus. Cela a été mon ticket d'entrée. J'ai eu de la chance, aussi. Sans la protection de mon gang, je serais mort... de nombreuses fois.

Sokolov hocha lentement la tête.

Jonny jeta un regard furieux vers la nuit.

— Et ne me dites pas qu'il n'est jamais trop tard pour changer, OK ? Toutes ces conneries, j'en ai eu ma dose.

— Je ne te le dirai pas, répondit Sokolov. Pas ce soir.

— Ouais, fit Jonny avec un léger gloussement, je m'en doutais.

L'obscurité était aussi oppressante que la chaleur. Aparo arrêta la voiture derrière le camion du SWAT, à cinq cents mètres de l'entrée du chantier naval désert. Kubert et Kanigher se garèrent derrière nous.

Ma montre indiquait 20 h 45.

Encore un quart d'heure avant le coup d'envoi.

Nous nous dirigeâmes tous les quatre vers l'officier à la tête du commando SWAT. Nous étions à Red Hook, South Brooklyn, plus ou moins en face de Governors Island. L'endroit et ses coordonnées GPS avaient été transmis à La Massue dans un SMS que nous avions intercepté. Ils ne nous avaient pas laissé beaucoup de temps pour nous organiser, mais il semblait bien que nous étions parmi les premiers sur place.

La zone qui nous entourait était triste et désolée. On n'y voyait que des docks pourrissants, de vieux entrepôts de brique aux toits rouillés, des clôtures délabrées, des grappes de semi-remorques et de containers déglingués. Je m'étonnais presque que les herbes sèches ne s'enroulent pas autour de nos pieds. L'endroit donnait l'impression d'un lendemain d'apocalypse.

Le chef du commando SWAT était un bleu. Je ne le connaissais pas, alors que j'avais eu l'occasion de travailler avec presque tous ses collègues. Ce n'était pas l'idéal, mais, comme on dit, il y a toujours une première fois. Je lui ai montré mon insigne, et nous avons fait de rapides présentations. Il s'appelait Infantino. Puis nous sommes passés à la situation sur le terrain et aux procédures d'engagement.

Il me montra l'écran de l'ordinateur portable. On y voyait l'avancée en direct – la vision nocturne donnait une image granuleuse et verdâtre – des deux hommes qu'il avait envoyés en éclaireurs avec mission de filmer le site. On y voyait aussi un gros SUV – un Escalade – et deux types armés. Un de chaque côté.

— Ils sont quatre en tout, nous expliqua Infantino. Deux types à l'intérieur, deux à l'extérieur, qui attendent qu'il se passe quelque chose. Ils ont des Mac.

Il ne parlait pas d'ordinateurs Apple. Il s'agissait de Mac-10, ou de Mac-11 – des pistolets-mitrailleurs capables de cracher dix projectiles à la seconde. Pas vraiment l'arme la plus précise que vous auriez envie d'utiliser dans une confrontation. Cependant, maniées par des gens qui savent contenir leur enthousiasme, elles peuvent être drôlement efficaces. Et d'autant plus mortelles.

— Les deux types qui attendent dans le SUV se défoncent sur l'album *Bigger and Blacker* de Chris Rock, poursuivit-il. Le son est si fort qu'ils doivent être à moitié sourds.

J'ignorais ce qui était le plus difficile à concevoir – que ces durs s'éclatent sur Chris Rock ou que l'officier responsable du SWAT soit capable de reconnaître les morceaux.

— Génial. Espérons que l'échange sera plus cool que leur choix de CD.

— Ils ont tous l'air d'aimer cette merde, dit Infantino. Ça et Wu-Tang. C'est avec ça qu'ils apprennent l'anglais.

— Et l'attitude... Feraient mieux d'écouter Jerry

Seinfeld et Justin Bieber, ajouta Aparo, qui s'attira quelques regards bizarres.

On passa à l'analyse de détail du terrain. Il était totalement plat et dégagé, les vieux cargos et l'eau d'un côté, les piles de containers de l'autre. Quand on eut fini, je tapotai du doigt la photo des Sokolov qu'on avait distribuée.

— Si Sokolov ou sa femme se montrent, leur sécurité est la priorité numéro un, rappelai-je. Nous les voulons vivants.

Infantino réglait le dispositif de vision nocturne fixé à son casque.

— Ne vous inquiétez pas. Mais vous savez comment ça se passe, avec ces buveurs de vodka. Ils tirent, nous répliquons…

— Peut-être, mais je répète : l'objectif de la mission, c'est eux. Je me contrefous des gangsters russes et de tout ce qui va se passer ici cette nuit. C'est eux que nous voulons.

— Compris, dit Infantino.

Un des types nous donna des oreillettes. Nous réglâmes les canaux de transmission son avec l'aide du technicien du SWAT à l'écoute dans le van. Après quoi nous nous déployâmes pour rejoindre nos postes. Kubert et Kanigher prirent à droite. Aparo et moi, à gauche.

Nous nous postâmes derrière le petit immeuble de bureaux près du portail d'entrée. Il n'y avait aucun service de sécurité. Pas de voitures en maraude. Pas de patrouilles de flics ni de vigiles privés. Une vraie ville fantôme. Il était facile de comprendre pourquoi ils avaient choisi cet endroit.

Je me penchai pour mieux voir le SUV et les deux

bratki armés qu'on nous avait décrits. Je pouvais même entendre les lointains battements de la musique venant de l'intérieur du véhicule. Clairement, ces types ne stressaient pas trop à l'idée de ce qui pouvait arriver cette nuit. Ce que je pris pour un signe positif.

Nous nous sommes accroupis, pour attendre que ceux de l'autre camp fassent leur apparition.

Chapitre 30

Sokolov fit passer la camionnette entre les énormes réservoirs de pétrole et traversa l'espace désert. Il vit une Cadillac Escalade sombre émerger de derrière un entassement de containers, à l'autre extrémité du chantier naval. Elle s'avança de façon à être tout juste visible, s'arrêta.

Sokolov s'immobilisa à son tour. Une centaine de mètres séparaient la camionnette de l'Escalade, de part et d'autre d'un espace dégagé.

Les phares de l'Escalade clignotèrent trois fois.

Sokolov lui retourna le signal, comme convenu. Il se tourna vers Jonny, sans éteindre le moteur.

— Écoute-moi bien. Tu laisseras tourner le moteur. Et prends ceci. Tu vas en avoir besoin.

Il se pencha pour prendre sous son siège deux paires de protège-oreilles professionnels, du modèle que portent les ouvriers qui se servent de marteaux-piqueurs.

Jonny lui jeta un regard surpris.

— Dès que Della sera avec toi, saine et sauve, mets-en une paire, et mets-lui la deuxième. C'est primordial.

Il montra un des boutons métalliques sur le panneau fixé sur le tableau de bord.
— Et appuie sur ce bouton.
Le Coréen semblait complètement largué.
— Pourquoi ? Qu'est-ce que c'est ?
Sokolov hésita. Puis :
— Une diversion.
— Quoi, comme une sirène ?
Sokolov secoua la tête.
— Pas exactement. Mais c'est très fort, et ça nous donnera un avantage. Fais-moi confiance. Appuie sur le bouton, mais pas avant d'avoir mis les protège-oreilles. Toi, et Della. N'oublie pas.
Il fixait le Coréen, attendant que Jonny acquiesce. Jonny répondit par un haussement d'épaules blasé. Sokolov opina à son tour et enfonça habilement dans chacune de ses oreilles une boule Quies adaptée par ses soins. Il vérifia l'heure.
Il était 21 heures précises.
Sans laisser à Jonny le temps de l'interroger, Sokolov descendit de la camionnette. Il se tint à la limite de l'espace dégagé, lançant des regards noirs vers le SUV sombre qui attendait devant lui, étincelant, silencieux, tel un requin guettant sa proie.
Il avait l'estomac retourné, la peau luisante sous l'effet de l'angoisse.
Après quelques secondes de tension, la portière de l'Escalade, côté conducteur, s'ouvrit et un homme en sortit. Il portait une casquette de base-ball et des lunettes teintées. Il avait une barbe d'au moins une semaine. Le col de sa veste de cuir cachait presque entièrement la partie inférieure de son visage. Il était impossible de deviner à quoi il ressemblait – encore

moins lorsqu'il fit trois pas en avant pour venir se placer dans le faisceau aveuglant de ses phares.

Jonny ouvrit sa portière à la volée, descendit prestement de la camionnette et, dans le même mouvement, glissa son arme sous sa ceinture, dans son dos. Il resta près de la portière ouverte.

Deux costauds apparurent à l'arrière de l'Escalade, de part et d'autre du véhicule. Celui qui se trouvait à droite tirait une personne derrière lui. Une femme. Elle avait la tête dissimulée sous une sorte de cagoule noire. L'homme la tenait par le bras. Il l'amena jusqu'au barbu.

Celui-ci arracha la cagoule.

Sokolov se protégea les yeux de la lumière et ajusta son regard.

C'était Della. Sans nul doute.

Son pouls s'accéléra.

— *Lapochka*, murmura-t-il.

Elle avait les mains liées devant elle, et un morceau de ruban adhésif lui recouvrait la bouche.

Malgré la distance, les yeux de Della s'accrochèrent à ceux de Sokolov, et le temps s'arrêta. Quelque chose de si intense passa entre le mari et la femme que le barbu parut en prendre conscience, même s'il donnait l'impression de débarquer d'une planète lointaine – un monde où les émotions n'ont pas d'existence officielle et où ceux qui les ressentent meurent avant d'atteindre l'âge adulte.

Sokolov déglutit. Il avait la bouche et les lèvres si sèches qu'il se sentait incapable de parler. Il essaya pourtant :

— Qu'elle vienne vers moi ! hurla-t-il en russe.

L'homme à la casquette de base-ball resta impassible.

— Elle vient vers moi, et je me dirige vers vous, insista Sokolov.

L'homme à la casquette opina alors et agita la main, d'un geste plein de mépris.

Sokolov se tourna vers Jonny.

— Rappelle-toi ce que je t'ai dit. Ma *lapochka*. Elle seule importe.

Jonny acquiesça.

Sokolov le fixa un instant, puis se dirigea vers l'Escalade d'un pas régulier. Il parcourut une dizaine de mètres et s'arrêta.

Le barbu attendit quelques instants, puis poussa Della en avant. Elle marcha vers son mari – lentement tout d'abord, puis de plus en plus vite.

Le cœur de Sokolov bondit dans sa poitrine. Puis il se figea ; l'homme venait de sortir un revolver.

Il tendit le bras et visa le dos de Della.

J'entendais dans ma tête le tic-tac des secondes qui se succédaient. Mais tout était calme sur le front oriental.

Nous étions en position. Nous avions délimité un périmètre autour du chantier naval. Il y avait assez de lumière pour rendre inutiles les dispositifs de vision nocturne – sans doute au grand dam du patron du SWAT. Nous tenions les Russes dans notre collimateur. Mais quelque chose allait de travers. Je le sentais.

Il était nettement plus de 21 heures.

Nous attendions toujours les gars de l'autre camp.

Comme s'ils partageaient mon inquiétude, les deux gros musclés qui attendaient à l'extérieur du SUV étaient de plus en plus agités. Ils consultaient sans cesse leurs montres et échangeaient des regards. Le chantier naval était silencieux.

Aucun signe que quelqu'un d'autre allait se joindre à nous.

Je croisai le regard d'Aparo. Haussement d'épaules résigné.

J'avais le sentiment pénible que nous étions en train de rater quelque chose.

Nous avions commis une erreur quelque part. Je passai rapidement en revue la série d'événements qui nous avait amenés là. Les deux *bratki* morts au motel. Les lettres gravées dans le mur par Della. La rencontre avec La Massue. La mise sur écoute. Le coup de fil pour lui demander… non, pour lui ordonner de fournir du muscle.

Si ceux qui tiraient les ficelles étaient malins – et ça en avait tout l'air –, ils devaient avoir compris que nous avions identifié les cadavres des *bratki* et fait le lien avec leur patron. Ils pouvaient donc se douter que nous surveillerions La Massue. Et par ce biais nous donner des informations erronées. Nous entraîner vers une fausse piste.

Un leurre.

Nous avions été bernés.

Chapitre 31

Le barbu, le revolver toujours braqué sur le dos de Della, ne tira pas. Pas tout de suite, du moins.

— N'imaginez même pas une seconde pouvoir me doubler, l'ami, lâcha-t-il. Continuez d'avancer.

Les nerfs de Sokolov étaient au bord de la fusion, mais il parvint à convaincre ses jambes de l'aider. Il se remit en mouvement, régulant peu à peu sa marche, terrifié.

Quand il fut au niveau de Della, ils s'arrêtèrent tous les deux. Il tendit le bras vers elle et l'attira à lui ; elle nicha sa tête sur son épaule pendant quelques secondes. Il lui caressa les cheveux, y enfouit le nez, trouva un peu de réconfort dans ce parfum et ce toucher familiers. Elle s'écarta soudain et le fixa d'un regard tellement chargé d'angoisse et d'incompréhension que Sokolov eut l'impression que sa vie entière s'échappait en cet instant précis.

— Leo... ? murmura-t-elle.

Il lui prit les joues entre ses mains.

— Tout ira bien, *lapochka*. Continue à marcher, et fais ce que Jonny te dira.

Il vit le regard furtif qu'elle jeta de l'autre côté du

terrain, là où se tenait Jonny, près de la camionnette, et la confusion supplémentaire qui s'afficha sur son visage.

Pendant quelques instants, elle eut l'air complètement perdue, puis elle hocha la tête, hésitante.

— Oui, oui. Mais...

Il lui donna un baiser triste.

— Il faut y aller. S'il te plaît.

Elle acquiesça, les yeux pleins de larmes, fit quelques pas avant de se retourner et de continuer son chemin vers Jonny.

— Je t'aime ! cria-t-il.

Sokolov fut envahi par une vague de découragement. Il sut tout à coup, avec une certitude absolue, qu'il ne toucherait plus jamais sa femme. Il tenta de se consoler en se disant qu'il avait pu la voir une dernière fois. Lui dire adieu.

— Continue d'avancer, le vieux, aboya le Russe.

Sokolov lui jeta un regard mauvais. Impassible, l'homme fit un geste de sa main libre, tenant toujours, de l'autre, son revolver braqué sur Della.

Sokolov mit la main à sa poche, en sortit le revolver de Yakovlev et l'appuya sous son menton.

— Elle part d'ici vivante, ou je me fais sauter la cervelle ! hurla-t-il. Vous m'entendez ? Vous la laissez partir saine et sauve, ou bien vous n'aurez jamais ce que vous cherchez !

Les lèvres de Kochtcheï formèrent un mince sourire.

Il n'avait aucune intention, bien entendu, de laisser quiconque quitter les lieux vivant, sauf lui-même et le savant. Et le vieil homme le savait, bien sûr. Ce Sokolov (ou Chislenko, son vrai nom, sous lequel on le connaissait à l'époque) était très malin, comme le prouvait le fait qu'il était parvenu à fausser compagnie à quelques-uns des agents les plus doués de sa génération, des deux côtés du rideau de fer.

Cette pensée amena à l'esprit de Kochtcheï une idée surprenante.

Est-ce que Sokolov l'a vraiment construite ? Si oui, l'a-t-il apportée avec lui ? Est-ce qu'il dispose d'un moyen de s'en servir ? Même ici, à l'extérieur, sur un terrain dégagé ?

Il secoua la tête.

Pourquoi pas ? se dit-il. Kochtcheï savait que très peu de chose sont impossibles et que ces dernières dépendent plus des lois de la science que de la volonté humaine.

Possible, mais peu probable.

Non. Ce que Kochtcheï cherchait était dissimulé dans les plis du cerveau prodigieux de cet homme. Et Kochtcheï voulait être sûr que ce cerveau était intact ; ensuite il lui extirperait ses secrets.

Il écarta les bras dans un geste de bienvenue, pour montrer qu'il ne menaçait plus Della de son arme.

— Continuez à avancer, c'est tout, ordonna-t-il à Sokolov. Venez jusqu'ici, et elle s'en sortira saine et sauve.

Nous avions été bernés.

Ils nous ont embobinés en nous faisant venir ici avec ces abrutis, me dis-je. Et le véritable rendez-vous a lieu ailleurs. En ce moment même. Pendant que nous piétinons sur place comme des cons...

Comme pour renforcer cette pensée exaspérante,

quelqu'un prononça le nom de Mirminski dans mon oreillette.

— Répétez ce que vous venez de dire, à propos de Mirminski ? soufflai-je dans mon micro.

Une voix grésilla :

— Ici Grell. Nous sommes toujours au club, mais le salopard nous a faussé compagnie. Il doit exister une autre issue. Une sortie que nous ne couvrons pas.

— Génial. Tout à fait génial.

J'étais furibard. J'allais lui passer un sacré savon. En privé. Dans les grandes largeurs.

— Je n'y crois pas... dit Aparo.

— Les gorilles ont dû appeler Mirminsky pour lui dire qu'ils étaient là comme prévu, le doigt sur la couture du pantalon, et que les gens qu'ils attendaient, qui que ce soit, leur avaient posé un lapin. La Massue a compris qu'il était grillé et a décidé de se mettre au vert, le temps de comprendre ce qui se passe et de s'organiser...

— Eh bien, lâcha Aparo, nous savons au moins comment Sœur à la Masse a été malmenée par le mec qui a organisé le rendez-vous. La dernière chose qu'il souhaite, c'est qu'on se penche sur lui et qu'on l'oblige à nous dire qui était son mystérieux interlocuteur. Il aurait signé son arrêt de mort, qu'il parle ou pas.

Aparo avait raison. Il ne nous restait plus qu'à épingler pour possession illégale d'armes automatiques les quatre gorilles du gros SUV, et à essayer d'en tirer quelque chose.

— Personne ne viendra, dis-je dans le micro. Alpaguons ces clowns et plions bagage.

Infantino donna l'ordre d'intervention.

J'aperçus Kubert et Kanigher devant nous, zigzaguant entre les containers, les trois grandes lettres *FBI* imprimées dans le dos, armes à la main.

Je sortis de derrière le petit immeuble de bureaux en rampant, et remontai sur l'autre flanc, en quête d'un meilleur angle pour cadrer les Russes. Aparo me suivait.

Kubert était le plus proche du SUV, à une trentaine de mètres de là.

Il se planqua derrière un container et regarda derrière lui pour s'assurer que nous étions tous en position. Je vis Kanigher lui faire un signe de tête. À mon tour, je lui donnai le signal.

Il se pencha à découvert en montrant son insigne, et se mit à brailler :

— FBI ! Lâchez vos armes ! Les mains sur la tête, et vite !

Les deux gorilles postés près du véhicule se figèrent. Ils reculèrent d'un pas, jetant des regards panoramiques de chaque côté, scrutant l'espace et tenant toujours leurs armes contre eux.

— Lâchez vos armes ! Maintenant ! hurla Kubert.

Les *bratki* reculèrent encore un peu et écartèrent les bras, leurs armes éloignées du corps, plus vraiment menaçantes.

C'est alors que Kubert commit une erreur.

Croyant qu'ils se rendaient, il fit quelques pas en avant – s'exposant ainsi davantage. Une rafale de projectiles tirés depuis l'intérieur de l'Escalade le frappa de plein de fouet.

À cinq kilomètres de là, dans les anciens docks de l'autre côté d'Owl's Head Park, Della venait de rejoindre Jonny. Celui-ci se tenait à côté de la camionnette, l'arme à la main. Elle s'écroula dans ses bras.

— Madame Soko, asseyez-vous à l'intérieur, lui dit-il en la guidant vers la portière côté passager.

S'accrochant à lui, elle se mit à pleurer. Elle avait consenti des efforts surhumains pour le rejoindre. Maintenant qu'elle était saine et sauve, toute la douleur, l'épuisement et la terreur refoulés s'échappaient de son corps. Jonny dut presque la porter, tout en s'efforçant de tenir fermement son revolver.

— Tout va bien, lui dit-il. Tout ira bien, vous verrez.

Il la guida vers la portière ouverte. Son regard se posa sur les protège-oreilles, sur la banquette. Il sourit.

Sokolov tourna la tête, pour s'assurer que Della avait rejoint Jonny.

Il se trouvait presque à hauteur du SUV. La lumière des phares était beaucoup plus forte de près et lui faisait mal aux yeux. Elle éclairait à contre-jour les silhouettes du barbu à la casquette de base-ball et de son homme de main.

Il avançait toujours, dans l'expectative. Il attendait que Jonny appuie sur le bouton. Il attendait que la situation se retourne. Mais avant qu'il ait atteint l'Escalade le barbu fit deux grandes enjambées dans sa direction, lui arracha le revolver des mains et le frappa d'un violent coup de poing au visage.

Sokolov chancela, les genoux pliés sous la violence du coup. Avant qu'il touche le sol, son adversaire l'avait attrapé par le veston et l'avait tiré vers la portière ouverte de la voiture.

Comme dans une nappe de brouillard, Sokolov vit

l'homme glisser le revolver de Yakovlev sous sa ceinture et, de l'autre main, donner un signal à son affidé.

Le *bratok* au crâne rasé sortit du véhicule une mitrailleuse d'aspect effrayant. Sauf que ce n'était pas une mitrailleuse ordinaire. Un gros cylindre était fixé sous le canon, semblable à une énorme lampe torche noire. Sokolov savait ce que c'était : un lance-grenades.

Il émit un hurlement silencieux en voyant l'homme de main viser Jonny et Della et appuyer sur la détente.

Chapitre 32

Kubert était tombé tout de suite, un morceau du mollet gauche en moins. Puis la fusillade se déclencha dans tous les sens, quand les Russes et les hommes du SWAT se lâchèrent.

Je vis un des *bratki* se faire faucher presque immédiatement. L'autre faisait feu tout en tentant de se rapprocher du SUV ; les éclairs rouges des armes lourdes illuminaient les deux hommes à l'intérieur du véhicule. Penché en avant, je couvris Kanigher, qui s'était élancé à découvert pour porter secours à son équipier blessé. Il parvint à le rejoindre et à le tirer jusque derrière le container métallique.

Soudain, le moteur de l'Escalade se mit à rugir.

C'était le moment d'y aller.

Le véhicule partit en marche arrière, suivant un arc de cercle. Le tireur qui se trouvait à l'extérieur essaya de grimper dedans, tirant d'une main, arme à la hanche, et s'accrochant de l'autre à quelque chose à l'intérieur du SUV. C'est alors qu'il reçut en pleine poitrine une balle d'un des snipers du SWAT. Il s'écroula à demi sur le sol, un bras coincé dans ce qui se révéla être la ceinture de sécurité.

Le SUV accéléra, toujours en marche arrière, vers l'extrémité la plus éloignée du chantier, traînant le *bratok* par terre, puis exécuta une volte-face à cent quatre-vingts degrés qui éjecta littéralement le corps du pauvre type et l'envoya rouler sur le sol. Le véhicule des Russes disparut un instant de ma vue, puis les stops s'allumèrent quand ils firent face au feu des hommes du SWAT couvrant ce côté du périmètre. Soudain, dans un hurlement de moteur, le SUV négocia un autre virage à cent quatre-vingts degrés. Il me fonçait droit dessus.

Le porte-flingue sur le siège passager avait baissé sa vitre et tirait au hasard, balayant l'espace de son arme automatique en direction de l'immeuble de bureaux et des grilles – c'est-à-dire dans ma direction. Tout en plongeant à couvert, je vis qu'une balle d'un sniper venait de traverser le pare-brise et de toucher le passager.

Il me fallait vivant au moins un de ces sacs à merde. Trois d'entre eux, sur quatre, étaient foutus.

Je sortis donc à découvert et me dressai sur la trajectoire du SUV.

Pas un instant Jonny n'avait quitté des yeux le barbu. Et quand il le vit frapper Sokolov, il prononça un seul mot dans le minuscule émetteur Bluetooth niché sous ses cheveux :

— Maintenant.

Une seconde plus tard, l'homme au crâne rasé braquait une arme et visait – puis un coup de feu déchira l'air de la nuit et la tête de l'homme explosa comme si elle était privée d'os, tel un simple ballon plein de sang et de cervelle qu'on aurait crevé, au moment précis où son arme lâchait un projectile qui alla pulvériser un container, à la gauche de Jonny.

Celui-ci força Della à baisser la tête alors que les débris retombaient en pluie autour d'eux. D'autres détonations résonnèrent à travers le chantier naval.

— Vite ! dit-il à Della en la poussant brutalement dans la camionnette. Prenez-en un, vite ! ajouta-t-il en lui montrant les protège-oreilles.

Kochtcheï pivota à l'instant précis où le tireur à côté de lui s'écroulait, la moitié postérieure du crâne arrachée. Il arracha le revolver de sa ceinture tout en faisant pivoter Sokolov, qui se retrouva devant lui, tel un bouclier vivant.

— *Ukrivat'sia ! Snaïper !* aboya-t-il à l'intention du *bratok* survivant. À couvert ! Sniper !

Le type répondit avec plusieurs rafales de son MP-5, arrosant la zone devant lui.

Sokolov hurlait :

— Non ! Della !

— Vous avez amené une armée, l'ami ? gronda Kochtcheï en russe. Eh bien, on va voir s'ils sont vraiment bons, d'accord ?

Il poussa Sokolov vers la voiture. L'agrippant d'une main par le cou, il tendit un bras dans le véhicule et en sortit un deuxième pistolet-mitrailleur MP-5.

— *My dolzhny ikh avtomobil !* hurla-t-il au *bratok* qui se trouvait de l'autre de côté de l'Escalade gravement endommagée. Il nous faut leur voiture ! Vite !

Utilisant Sokolov comme un bouclier, il s'avança vers la camionnette, déchargeant son arme en direction de Della et Jonny tout en balayant la zone du regard pour tenter de localiser le sniper.

Jonny allait faire monter Della dans la camionnette quand plusieurs rafales balayèrent le pare-brise, le faisant exploser et transformant en charpie le repose-tête qui se trouvait à quelques centimètres de la femme.

Della se mit à hurler. Jonny la tira en arrière, tourna la tête en levant son arme.

Le spectacle lui arracha une grimace. Les Russes avançaient vers eux sur le terrain désert. Celui de gauche, le barbu, poussait Sokolov devant lui.

— Qu'est-ce que tu fous ? gronda-t-il dans son micro. Descends-les !

Trois détonations claquèrent venant de la droite, et il vit tomber l'homme de main russe. Mais l'autre continuait à approcher, vite, déchargeant son arme dans leur direction et toujours protégé par Sokolov.

Jonny poussa Della dans la camionnette et se hissa derrière elle. Une nouvelle rafale traversa le pare-brise alors qu'il s'efforçait d'atteindre le siège du conducteur. Dans la frénésie démente du moment, il perdit de vue les protège-oreilles et ne pensa pas au bouton métallique du tableau de bord. En cet instant, il n'avait qu'une idée : quitter cet enfer avec Della.

— Baissez-vous, lui dit-il, haletant.

— Et Leo ? s'exclama-t-elle. Vous ne pouvez pas le laisser ici...

— Nous n'avons pas le choix. Ils vont nous tuer. Ils nous tueront tous ! lâcha Jonny en faisant rugir le moteur. Si tu ne peux pas le cadrer, barre-toi ! hurla-t-il dans son micro en fixant le sommet du réservoir de pétrole.

Il savait que son pote Jachin, du haut de sa position, ne pouvait viser correctement le Russe, protégé par son bouclier humain. Il savait aussi qu'en partant il abandonnait Jachin, lui laissant le soin de retarder le Russe, qui avançait toujours sur eux à la façon d'une créature cybernétique indestructible dans un film de science-fiction.

Il n'avait pas le choix. Sokolov avait été très clair.

« Tu feras tout ce qui est en ton pouvoir pour qu'elle soit saine et sauve. »

Il passa la marche arrière de la camionnette et enfonça l'accélérateur.

Le gros SUV fonçait vers moi dans un hurlement.

J'accrochai mes pieds au sol, visai soigneusement et vidai un chargeur dans la roue, puis j'attendis un instant avant de me jeter à terre et de rouler sur moi-même pour m'écarter de sa trajectoire.

Son pneu déchiqueté, la voiture dévia de son axe, alla percuter le montant de protection d'une énorme grue et termina sa course contre la base d'une seconde grue. Pas de boule de feu, pas d'explosion – juste l'odeur de cordite et de caoutchouc brûlé, et cette lourdeur de l'air, étrange et indescriptible, que seule la mort peut apporter.

L'écho s'évanouit rapidement, et tout sombra dans le silence.

Je vis deux des gars du SWAT courir vers l'Escalade défoncée, l'arme pointée sur ce qui restait du véhicule. Je me relevai et m'époussetai, puis me lançai à leur suite.

— Il est vivant. Démantibulé, mais vivant, me dit l'un d'eux quand j'arrivai à leur niveau.

J'acquiesçai, puis je regardai autour de moi. Kubert était au sol, assis, une main tirant sur la ceinture que

Kanigher avait déjà serrée juste au-dessus de son genou. Des membres du SWAT se trouvaient près du corps du tireur que Kanigher avait touché. Le type ne donnait pas l'impression de pouvoir se relever. Pas plus que celui que le SUV avait traîné sur une centaine de mètres. Ses côtes ressortaient de sa poitrine, comme si quelqu'un avait voulu dessiner une araignée et s'était interrompu pour se faire un café.

Aparo se dirigeait vers moi en secouant la tête. J'allais avoir droit à un sermon sur les dangers auxquels m'exposait ma nature impulsive.

Peu importait. Mon esprit était ailleurs.

Avec Leo Sokolov et sa femme. Où se trouvaient-ils ? Et dans quel état ?

Je pensais au salopard qui tirait les ficelles avec une telle aisance : nous n'avions aucune idée de son identité, de ce qu'il voulait, ni de ce que serait son prochain coup.

Kochtcheï poussa Sokolov avec plus de force quand il vit la camionnette démarrer, mais il savait que c'était peine perdue. En outre, il avait ce qu'il était venu chercher.

Toujours protégé par le vieil homme, il se mit à couvert derrière un entassement de containers. Ils étaient dans l'obscurité maintenant, loin de toute source lumineuse. Cela pouvait compliquer la tâche du sniper, sauf si ce dernier était muni de lunettes de vision nocturne. Ce dont doutait Kochtcheï. Il plaqua Sokolov à terre, agita sous ses yeux un doigt menaçant et s'allongea à son tour au sol, prêt à ramper. Il posa le MP-5 à côté de lui, sortit son revolver. Il lâcha un coup de feu, compta jusqu'à deux et roula vers l'espace découvert.

Il balaya du regard les énormes cuves de pétrole, inspectant les bords du réservoir, en quête du plus léger indice.

Et il le repéra. Une forme en tas, qui ne semblait pas à sa place sur la structure rectiligne, se détachait au-dessus du rebord.

Kochtcheï bloqua sa mire et lâcha en rafale six projectiles. Il avait inséré un nouveau chargeur dans le Glock avant même que la dernière douille ait touché le sol. Il n'eut pas besoin de tirer de nouveau : la silhouette tressaillit avec un grognement parfaitement audible, roula sur le côté et tomba du bord du réservoir. Une chute d'une trentaine de mètres, avant de rebondir sur une saillie métallique et de s'écraser sur l'asphalte dans un bruit mou.

Kochtcheï attendit un moment, s'assurant que personne d'autre ne le menaçait, puis il se releva et aida Sokolov à se mettre sur pied. Il regarda autour de lui d'une mine encore plus renfrognée que d'habitude. L'Escalade, avec son pneu éclaté, était hors d'usage, et ils se trouvaient au milieu de nulle part. Ce qui le rendait vulnérable.

Kochtcheï n'aimait pas être vulnérable.

Il conduisit Sokolov à l'endroit où le sniper était tombé. Il gisait en un tas informe, sur le ventre ; sa tête n'était plus qu'un mélange dégoûtant de sang, de cheveux et de mèches vertes. Kochtcheï le fit rouler du pied pour l'examiner. C'était un Asiatique – sans doute un Coréen, se dit-il –, d'une vingtaine d'années. Tout un côté de son crâne était enfoncé suite à sa rencontre avec le bitume. Il avait reçu au moins trois balles dans le haut du torse. Deux d'entre elles étaient ressorties par le dos.

Il regarda Sokolov, qui fixait le jeune homme d'un air terrifié.

— Un ami à vous ?

Sokolov secoua la tête.

— Non. L'ami d'un ami.

Kochtcheï hocha la tête, puis fouilla les poches du sniper.

Des clés de voiture. Une Toyota.

Kochtcheï regarda autour de lui. À quelques mètres de là, il repéra le fusil du sniper. Il identifia un Dakota T-76 Longbow. Une arme sérieuse. Il le ramassa, le vérifia rapidement puis se tourna vers Sokolov.

— *Davaïte*, ordonna-t-il. Allons-y.

Ils sortirent du chantier par le chemin qu'avait pris la camionnette. Ils trouvèrent la Toyota Supra, d'un magnifique jaune citron, dissimulée dans le noir derrière le dernier réservoir.

Kochtcheï appuya sur le porte-clés. Avec un bip, la voiture se déverrouilla.

— C'est l'heure de rentrer à la maison, camarade Chislenko, dit-il à Sokolov, avec un geste l'invitant à monter. Vous nous avez cruellement manqué.

Chapitre 33

Jonny surveillait le rétroviseur latéral. Les grands réservoirs disparaissaient peu à peu dans la nuit. Personne ne les suivait.

Ni ce Russe fou furieux.

Ni Jachin.

Ce qui n'augurait rien de bon.

Les rues étaient sombres et désertes, et Jonny savait que, même de loin, il aurait pu voir ses phares. Mais il n'y avait aucune lueur en vue, et le numéro de portable de Jachin restait silencieux.

Jonny se demanda si celui-ci était encore vivant, et s'il allait l'appeler pour lui dire qu'il avait descendu le Russe et qu'il lui ramenait Sokolov.

Pour la cinquième fois en moins d'une minute, il regarda son téléphone.

L'appareil restait obstinément silencieux.

Tout au fond de lui-même, une voix lui disait que Jachin ne l'appellerait plus jamais.

Il avait envie de faire demi-tour, de tenter de lui venir en aide. Mais il ne pouvait pas. Pas avec Della.

Envahi par un accès de fureur vengeresse, il enfonça l'accélérateur, flirtant avec la vitesse maximale de la vieille camionnette. Il regrettait sa Mitsubishi au moteur gonflé. Il se demandait pourquoi il avait accepté de monter dans le véhicule pourri de son prof... Il fallait qu'il la largue, cette camionnette, le plus vite possible. Mais la larguer ne suffirait pas. Il allait la refiler à une casse, peut-être, ou tout simplement y foutre le feu.

Assise sur le siège à côté de lui, Della lui agrippait le bras gauche, si fort qu'il commençait à avoir mal. Il lui déplia doucement les doigts et se tourna pour lui faire face. Elle sanglotait, tout en s'efforçant courageusement d'en étouffer le bruit.

Jonny lui pressa doucement la main. Il conduisait en silence, ne sachant que dire, mais sentant bien qu'elle avait besoin qu'on lui parle.

— Nous le récupérerons, lui dit-il finalement. D'une manière ou d'une autre, nous le récupérerons. Ce n'est pas fini.

Della inspira à fond pour reprendre le contrôle de ses émotions. Ses tremblements refusaient de se calmer.

— Ils le veulent vivant, madame Soko. Sinon, ils l'auraient déjà tué, depuis longtemps.

Elle hocha la tête, le regard fixe, et se redressa.

— Nous devons aller à la police, Jonny.

Lui-même tournait cette pensée dans sa tête. Tout en détestant l'idée d'avoir affaire à la police, Jonny savait que les flics devaient être informés de l'enlèvement de Sokolov. Les événements de la soirée se trouvaient bien au-delà de sa compréhension et de sa puissance de feu, et l'unique raison pour laquelle il était toujours vivant était sa capacité à se sortir de toute chose aussi vite qu'il y était entré. Mais il n'avait aucune idée de qui étaient ces Russes, pas plus que de ce qu'ils reprochaient à Sokolov. Les flics devaient être mis au parfum.

Mais pas par lui.

Il n'avait pas l'habitude de perdre le contrôle de la situation, et il n'aimait pas du tout cette sensation.

Il prit son paquet de cigarettes, en alluma une et tira une longue bouffée. Il en offrit une à Della, qui refusa.

— Vous savez qui vous a enlevée ? commença-t-il.

— Vous voulez dire : aujourd'hui, ou la première fois ?

— Comment ça ?

— Les hommes qui m'ont enlevée à la sortie de l'hôpital, des Russes, travaillaient pour un homme qu'ils appelaient Kuvalda. La Massue. Ça vous dit quelque chose ?

— Sûr, répondit Jonny. Tout le monde sait qui c'est. Il appartient à la Mafiya russe. Un gros bonnet.

— L'homme que vous avez vu, tout à l'heure, celui qui a mon Leo maintenant... Il est venu au motel où ils me gardaient prisonnière. Il les a tués et m'a emmenée avec lui.

— Mais vous savez qui c'est ? Ce qu'il veut de Mister Soko ?

— Non, répondit Della.

Jonny fronça les sourcils.

— Je vais vous déposer au commissariat le plus proche de chez vous, d'accord ? Mais il ne faut pas parler de moi à la police. Je dois être absolument certain que vous ne le ferez pas. De toute façon, je ne pourrais rien leur dire. Je vous ai dit tout ce que je sais. J'essayais simplement de vous aider, tous les deux, à avoir la vie sauve.

Della se tamponna les joues avec sa manche.

— Et je vous en suis reconnaissante, dit-elle. Énormément. Je ne parlerai pas de vous, si c'est ce que vous désirez.

Il réfléchit quelques instants.

— Si vous n'en avez pas besoin, je vais garder la camionnette pendant quelque temps, dit-il enfin. Pour m'assurer que je n'y ai pas laissé mes empreintes, ni rien de ce genre. Ça vous va ?

Della ne comprenait pas.

— Mais pourquoi ? Cette camionnette vous appartient.

— Non, pas du tout. Elle est à Mister Soko.

— Elle appartient à Leo ? demanda Della, sincèrement surprise.

— Vous ne le saviez pas ?

— Non, pas du tout. Je ne l'ai jamais vue.

Elle se tortilla pour regarder, derrière elle, la paroi de séparation et la petite porte.

— Pourquoi Leo aurait-il une camionnette ? Il n'en a aucune utilité.

— Je n'en sais rien, fit Jonny. Et pourquoi ne vous en a-t-il jamais parlé ?

Della semblait désorientée. Elle se remit à sangloter. Jonny ignorait dans quoi Sokolov s'était fourré, mais il était douloureusement évident qu'il n'avait rien confié à sa femme.

— Je vous dépose au poste de police, lui dit-il.

Larissa se trouvait chez elle, dans son appartement de la 71ᵉ Rue Est, où elle attendait nerveusement des nouvelles, lorsque son téléphone sonna enfin.

Après avoir vérifié son écran, elle prit l'appel.

— Vous savez quelque chose ? demanda sèchement son officier traitant.

— Je devrais ?

— Il y a eu une fusillade à Brooklyn. Plusieurs porte-flingues russes sont morts. Un autre est à l'hôpital. Le FBI a perdu un homme.

— Reilly ? fit-elle, brusquement inquiète.

— Non. Quelqu'un d'autre.

— Et Sokolov ?

— Disparu. Enlevé.

Diverses émotions la traversèrent.

— C'est très mauvais, dit l'homme. Plus que ça. C'est un vrai désastre. Vous devez absolument découvrir où il est.

— Je ne sais strictement rien, répondit-elle. Je n'ai pas accès aux informations, pas depuis lundi soir.

— Il va bien falloir, pourtant. Car on dirait bien que nous l'avons perdu. Pour de bon. Ce qui pourrait être plus que catastrophique. Faites tout ce que vous devrez faire pour ça, mais retrouvez-le. Quel qu'en soit le prix. Je dis bien : quel qu'en soit le prix. Vous comprenez ?

— Compris.

Elle coupa la communication, contempla l'écran du téléphone et réfléchit.

Elle n'aimait pas ça du tout.

Elle marchait sur la corde raide depuis des années, opérant prudemment dans un environnement dangereux et sans merci. Il semblait bien maintenant que son officier traitant lui demandait de sauter dans le vide.

Sept morts au motel, la nuit dernière. Trois morts et un blessé grave, plus un collègue qui avait perdu la moitié d'une jambe, dans ce misérable terrain vague, ce soir.

Je n'étais pas trop fou de la routine quotidienne qui semblait s'installer.

Une horde de toubibs était sur les lieux. Ils s'occupaient de Kubert. On l'avait stabilisé, et on allait le transférer dans l'ambulance. Je me trouvais avec les deux ou trois médecins qui s'activaient sur le type qui conduisait le SUV quand j'avais détruit ses pneus. Ce n'était plus qu'un magma de sang et de plaies, qui semblait avoir été malmené par un Transformer.

— Il faut que je lui parle, dis-je à la petite brune qui avait l'air de mener la danse.

— Oh, je suis sûre que vous lui parlerez, rétorqua-t-elle aussi sec, d'un ton laconique, tout en lui prodiguant des soins. Mais pas maintenant.

— Quand ?

— Vous trouvez qu'il est d'humeur à bavarder ?

Elle avait raison.

Je m'éloignai. Tout ceci était un vrai désastre. Pendant qu'on nous amusait avec un remake d'OK Corral, le véritable échange se déroulait probablement ailleurs. Avec des conséquences inconnues pour tous les gens impliqués. Est-ce que nous allions trouver d'autres cadavres, à l'endroit en question ? Auraient-ils un trou au milieu du front ?

Je me dirigeais vers l'endroit où l'on soignait Kubert quand mon téléphone sonna.

Un certain O'Neil, inspecteur au 114e district – celui où travaillaient les regrettés Adams et Giordano.

— Je crois que vous devriez venir tout de suite, me dit-il. Nous avons une visiteuse, ici, à qui vous aimeriez sûrement parler. Della Sokolov.

Chapitre 34

Il était un peu plus de 22 heures quand O'Neil et un de ses collègues nous firent entrer, Aparo et moi, dans la salle d'interrogatoire où l'on avait installé Della Sokolov.

C'était bien la femme que j'avais vue sur la photo de vacances encadrée, dans l'appartement, sauf que toute trace de bonheur avait été effacée de ses traits. Elle avait l'air terrifiée, épuisée, vieillie de plusieurs années. Assise sur un siège sans confort, le dos voûté, les mains en coupe autour d'une chope de café fumant. Sans nous laisser le temps de nous présenter, elle attaqua :

— Ils ont enlevé mon mari. Ils ont enlevé Leo. Vous devez le retrouver.

Elle se lança dans un récit frénétique mais précis et direct. Cette femme était habituée de par son métier aux situations engageant la vie et la mort. Nous l'écoutâmes nous raconter comment elle avait été kidnappée et séquestrée au motel, puis embarquée par l'autre Russe, enfermée dans un coffre de voiture, emmenée dans un lieu qu'elle ne pouvait identifier puisqu'on lui avait mis un bandeau sur les yeux, conduite enfin sur ces docks où ils avaient enlevé Leo, juste avant que n'éclate la fusillade...

Là, je l'interrompis :

— Où cela ? Quels docks ?

— Je ne suis pas sûre... J'avais les yeux bandés quand on m'y a conduite... Ce n'était pas très loin de Prospect Avenue, ajouta-t-elle après un moment de réflexion. Je l'ai reconnue, sur le chemin du retour.

J'insistai :

— Soyez plus précise. De quoi d'autre vous souvenez-vous ?

Elle se concentra un instant.

— Il y avait de grands réservoirs, comme des cuves de pétrole. On en voit dans les raffineries.

— Il y a un ancien dépôt de fuel à Gowanus Bay, juste avant Ikea, intervint O'Neil.

Je sentis une coulée d'acide se répandre dans mon estomac. C'était à quelques kilomètres de l'endroit où nous avions été menés en bateau. Le salaud n'avait même pas jugé utile de nous envoyer à l'autre bout de la ville, comme s'il était suffisamment sûr de lui pour ne pas avoir peur de notre présence. Il nous envoyait un message : le contrôle de la situation, c'est lui qui l'avait. Il jouait avec nous.

— Envoyez des gens là-bas, dis-je à O'Neil, tout en sachant qu'il serait trop tard.

Puis je me tournai vers Della.

— Racontez-nous ce qui s'est passé avec tous les détails.

Kochtcheï regarda une nouvelle fois devant l'entrepôt, s'assura que personne ne les avait suivis. Il verrouilla la porte et regagna l'endroit où il avait laissé Sokolov.

Internet simplifie rudement la vie. Pour lui et ses semblables, il n'était plus nécessaire de compter sur des intermédiaires locaux pour préparer des planques. Des sites comme Craiglist permettent de trouver et de réserver très facilement toutes sortes de locations à très court terme. Kochtcheï y avait eu recours dès qu'il avait su qu'il venait à New York. En outre, organiser soi-même ses planques donne une sécurité supplémentaire : personne d'autre n'est au courant.

Les hôtels sont exclus. Trop de gens y entrent et en sortent. Trop de possibilités d'interactions avec d'autres clients et avec le personnel. Ce n'est pas l'idéal, surtout quand vous trimbalez des armes – voire un ou deux otages. Il vaut mieux une maison en périphérie. Plus elle est isolée, mieux c'est. Ou un espace de bureau au rez-de-chaussée, dans un immeuble commercial de deuxième catégorie. C'est la meilleure solution, car ces immeubles sont en général déserts la nuit, et Kochtcheï faisait la plus grande partie de son travail de nuit. Cette fois, il avait opté pour un entrepôt délabré, non loin de Jamaica Avenue. Un mois de loyer payé d'avance, pas trop de questions. Il y avait l'électricité et une salle de bains avec l'eau courante, et c'était assez grand pour qu'il puisse se garer à l'intérieur. Au milieu de la nuit, l'endroit était absolument silencieux, sans âme qui vive alentour.

Kochtcheï avait abandonné le bolide tape-à-l'œil du sniper là où il avait garé son Yukon avant que les hommes de La Massue l'embarquent dans leur Escalade. Maintenant, le Chevy noir était en sécurité, planqué à l'intérieur de l'entrepôt, l'avant pointé vers la sortie. Dans le bureau, au fond, Sokolov était couché à terre, les poignets liés dans le dos, le cordon de nylon fixé au montant d'un radiateur bas.

Kochtcheï ouvrit le coffre du SUV. Il en sortit sa valise, qu'il posa par terre, près du mur. Il ouvrit la serrure, en extirpa une petite trousse de toilette et deux serre-câbles, puis il retourna dans le bureau et s'accroupit devant son prisonnier.

Sokolov le fixait, méfiant.

— Della était ici ? demanda-t-il en russe. C'est ici que vous l'avez amenée ?

Kochtcheï acquiesça et posa sa trousse sur le sol.

— Oui, elle était ici. Mais elle ne sait pas où se trouve cet endroit. À votre place, je n'attendrais pas trop après la cavalerie pour vous secourir.

Il contempla un instant Sokolov et ce qui l'entourait. Il se dit que le savant serait moins accommodant que sa femme, et décida d'appliquer une méthode différente. Il attacha un collier de nylon au radiateur, puis saisit celui qui se trouvait déjà là et, sans avertissement, son bras gauche attrapa Sokolov par le menton, lui écrasant la tête contre le radiateur et la tenant si fermement que le vieil homme ne pouvait bouger d'un côté ni de l'autre.

— Dites-moi, camarade Chislenko... commença Kochtcheï.

Il glissa l'autre serre-câble dans la deuxième menotte et autour du cou de Sokolov.

— J'ai lu votre dossier avec une immense fascination. Quand je pense à ce que vous avez été capable de mettre au point... c'est remarquable.

Il tira sur le serre-câble jusqu'à ce que Sokolov soit presque étranglé.

— Avec des années d'avance sur tous les autres, dans le même domaine. Et puis vous avez disparu...

Kochtcheï relâcha la tête de Sokolov. Celui-ci le fixa, terrifié. Il ne pouvait bouger la tête d'un centimètre.

— Depuis combien de temps, maintenant ? Plus de trente ans... Il peut s'en passer, des choses, en trente ans. Surtout avec tous ces progrès technologiques. Je me trompe ?

Sokolov gardait le silence. Des gouttes de sueur coulaient sur son front.

Kochtcheï sourit. Il voyait la peur suinter à travers l'épiderme de sa proie, qui écarquillait les yeux pour essayer de voir ce qu'il faisait. Kochtcheï ouvrit la petite trousse et en sortit deux petites ampoules en plastique qu'il tint devant ses yeux pour les vérifier.

— Ce que j'aimerais savoir, c'est ce que vous avez fait durant toutes ces années... Avez-vous oublié votre vie d'autrefois et l'œuvre révolutionnaire que vous avez accomplie pour la mère patrie ? Êtes-vous devenu un Américain moyen ennuyeux ? Ou était-il trop difficile d'oublier votre curiosité scientifique ?

Il choisit un des petits tubes, replaça les autres dans la trousse, puis cassa l'extrémité de celui qu'il avait sélectionné.

— Franchement, je serais surpris que vous soyez capable de tout évacuer de votre esprit. Quelqu'un d'aussi brillant que vous...

Il se pencha au-dessus de Sokolov puis, de la main gauche, lui écrasa de nouveau la tête contre le radiateur, tout en maintenant fermée sa bouche. Avec le pouce et l'index de l'autre main, il écarta la paupière de sa victime.

Son regard croisa celui de Sokolov quand il leva le petit tube plein de son liquide transparent. Il le tint devant le professeur pendant une interminable seconde, puis le retourna et en versa le contenu dans son œil.

Sokolov voulut cligner de l'œil, mais Kochtcheï maintenait sa paupière ouverte. Après quoi il recula et contempla sa victime avec curiosité, comme s'il s'agissait d'un rat de laboratoire, jouissant de la terreur et de la confusion qui se lisaient sur son visage.

— Je me suis dit que vous aimeriez tester la création d'un de vos anciens collègues de la Direction S, camarade. Département 12, ajouta-t-il.

Il laissa l'information faire son chemin, appréciant la peur accrue que cette allusion au groupe de recherche ultrasecret du KGB, spécialisé dans les armes biologiques, faisait naître chez Sokolov.

— Rien d'aussi sophistiqué que votre chef-d'œuvre, bien sûr. Mais il donne des résultats assez plaisants...

Il prit sa trousse, se releva et se dirigea vers la porte du bureau.

— Donnons-lui quelques minutes pour agir, ajouta-t-il. Quand vous serez prêt, je veux que vous me disiez tout ce que vous avez fait durant ces années.

Ainsi, nous allions bien trouver d'autres cadavres. Au moins deux ou trois, selon Della.

Peut-être même celui de son mari – même si, d'après ce que nous avions compris, l'homme qui l'avait enlevé le voulait vivant.

Moi, je le voulais tout court cet homme. Je n'étais pas trop obsédé par le fait qu'il soit vivant. Même si, non sans perversité, j'aurais peut-être été heureux qu'il en aille ainsi. Il éveillait ma curiosité. J'avais envie de savoir précisément qui il était, pourquoi et pour le compte de qui il faisait tout cela... Je voulais le regarder dans les yeux – sans doute les yeux du type le plus impressionnant, le plus impitoyable dont j'aie jamais croisé la route. Je voulais lui parler, comprendre comment fonctionnait son esprit... avant de le liquider. Ce qui ne serait pas facile. Je ne me faisais pas d'illusion. Jusque-là, il n'avait commis aucune erreur.

Je pensais que Della allait nous en donner une description précise, mais je me trompais. L'homme qu'elle avait vu au motel avait un bouc, des lunettes et de longs cheveux séparés par une raie médiane. Quand elle l'avait revu au dépôt de carburants, il avait une barbe et une casquette de base-ball enfoncée sur le visage. Nous avions les éléments de base pour le poids et la taille, et le dessinateur que nous avions fait venir devrait être capable de nous proposer un portrait un peu plus précis, mais je savais que nous n'obtiendrions pas le gros plan sur papier glacé que j'avais espéré.

Durant tout ce temps, Della s'était abstenue de mentionner avec précision l'homme qui l'avait conduite au poste de police. Quand elle l'évoquait, c'était toujours « l'homme » ou « le copain de Leo », ce genre de choses. Je me doutais bien de la raison pour laquelle elle nous cachait son identité.

— Écoutez-moi bien, Della. Nous devons absolument interroger l'homme qui est venu aux docks avec Leo. Votre mari avait fait appel à lui pour qu'il vous protège. Ce qui veut dire qu'il lui fait confiance. Et s'il lui fait confiance, il lui a peut-être dit ce qui se passe, et c'est précisément ce que nous devons comprendre pour avoir la moindre chance de le retrouver. Pour le moment, nous ne savons rien du tout, nous ignorons dans quelle direction chercher. Au moment où je vous parle, Leo est là, quelque part, et nous ne pouvons pas faire grand-chose, à part attendre.

Elle se renfrogna, ouvrit la bouche, hésita...

— Je vous ai dit tout ce qu'il y a à savoir. L'ami de Leo n'en sait pas plus. Il me l'a affirmé.

— Il y a certainement quelque chose, insistai-je. Parfois, le plus petit détail peut faire une différence énorme. Nous sommes formés à ça. C'est notre boulot. Et chaque minute qui passe met Leo un peu plus en danger.

Elle n'avait toujours pas l'air convaincue.

— D'après ce que vous m'avez dit, cet homme était là pour vous protéger, poursuivis-je. Moi, ça ne me pose aucun problème. Je me fiche qu'il ait descendu un des méchants. Je n'ai rien contre lui, d'accord ? Je cherche à retrouver votre mari, et à mettre la main sur le type qui l'a enlevé. C'est tout.

Ses yeux fixèrent les visages qui l'entouraient, puis revinrent vers moi. Elle hocha la tête.

— Son nom, c'est Jonny. Enfin, c'est ainsi qu'on l'appelle. Son vrai nom c'est Yaung John-hee. Il est coréen... Leo a été son professeur, ajouta-t-elle après un bref silence. À Flushing High. Avant qu'il ne commence à avoir des ennuis.

Je lui demandai de nous en dire un peu plus. À l'écouter, je compris que Jonny avait un dossier criminel chez nous. Je demandai à O'Neil de le sortir.

— Et son ami ? demandai-je à Della. Celui qui vous couvrait ?

Elle secoua la tête.

— J'ignore de qui il s'agit.

— Où puis-je trouver Jonny ? Où est-il, maintenant ?

— Je ne sais pas. Il ne m'a pas dit où il allait. Promettez-moi de ne pas être sévère avec lui, ajouta-t-elle d'un ton doux. Il essayait seulement d'aider.

— Ne vous inquiétez pas pour ça, fis-je, avant de jeter un coup d'œil vers O'Neil. Il a aussi la camionnette. Il faut qu'on émette un ARG sur le véhicule... Est-ce que vous connaissez le numéro d'immatriculation ? demandai-je à Della.

— Non, fit-elle, d'un ton légèrement agacé. Il y a une heure, je ne savais même pas qu'il avait une camionnette.

Chapitre 35

Il n'avait pas fallu longtemps à O'Neil pour sortir le dossier de Jonny.

Celui-ci avait grimpé les échelons dans son gang à la vitesse de la lumière, et il semblait bien, maintenant, qu'il menait la barque. Il était toujours domicilié chez ses parents, à Murray Hill, mais d'après le dossier, il se trouvait presque toujours au restaurant de sa tante, le Dragon Vert, où sa cousine Ae-cha était hôtesse d'accueil. La tante de Jonny possédait également les trois appartements au-dessus du restaurant, dont celui qu'elle occupait. En plus de trois ans d'enquête officielle et officieuse, ni les Mœurs ni les Stups n'avaient eu la moindre occasion d'arrêter un membre de son gang. Alors que les Russes se servaient de la terreur et de l'intimidation pour s'assurer de la loyauté des *bratki*, les *kkangpae* affichaient une fidélité clanique à toute épreuve.

Au moment où Aparo tournait dans la 33ᵉ Rue, son BlackBerry fit entendre le thème de *Dragnet*. J'étais fier de lui, parfois. Il prit l'appel.

— Aparo.

Il écouta un moment, fit entendre quelques grognements affirmatifs, puis raccrocha avec un « Compris ! » laconique.

— Trois morts, me dit-il. Deux Russes. Un Coréen. Les Russkofs sont couverts de tatouages – ils sont tous comme ça, non ? – et le Coréen n'a aucun papier sur lui. Ils ramassent les empreintes. Ils ont trouvé assez de douilles pour affirmer qu'une fusillade de première bourre a eu lieu – de 10 mm, sans doute d'un MP-5, du calibre de sniper, et quelques 9 mm sur mesure.

— Bon Dieu. On dirait bien que Jonny et son copain sont tombés sur « Ivan » et ses sbires... Autre chose ?

— Un Escalade. Immobilisé. Mitraillé.

Histoire de tourner le couteau dans la plaie, il nous avait baisés en se servant d'un SUV identique. L'ordure.

— Il faut qu'on sache comment « Ivan » est parti.

— Le sniper mort est peut-être venu en voiture ? avança Aparo.

— C'est possible. Ils envoient des photos des tatouages à Joukowsky ?

— C'est fait, *compadre*.

Nous nous garâmes en face du Dragon Vert. Mais sans descendre de voiture.

Quelque chose me tracassait.

— Allez, crache, me dit Aparo. J'ai la dalle.

— La camionnette... Je sais que c'est stupide, mais... Tout ça n'a aucun sens. Sokolov cache à sa femme qu'il a une camionnette. Puis il la prend pour aller aux docks. Quelque chose nous échappe...

Je repoussai cette pensée.

— Et donc, aucun signe de cette camionnette ?

— Nan. Kanigher m'a dit qu'ils vérifiaient tout ce

qui a été filmé autour de la zone par la vidéosurveillance.

Ce qui allait demander du temps.

— OK. Allons te chercher quelques *kim-chi* avant que tu ne tombes dans les pommes.

Nous zigzaguâmes entre les clients fumant sur le trottoir, entrâmes.

Le restaurant était immense. Une salle tout en longueur, haute de plafond, avec éclairage tamisé et décoration sophistiquée. L'endroit semblait vieux et authentique. Même à cette heure tardive, il était bondé : les clients s'entassaient autour des petites tables, et une armée de serveurs des deux sexes naviguait dans les allées étroites avec d'énormes plateaux. La clientèle, de tout âge, était surtout asiatique et semblait beaucoup s'amuser.

Nous n'attendîmes que quelques secondes. Une jeune Coréenne vêtue d'une robe de soie décorée d'un dragon vert vint vers nous avec un sourire aimable.

Je le lui rendis, puis lui montrai mon insigne.

Son expression se durcit.

— Nous avons déjà été inspectés, dit-elle en m'attirant discrètement à l'écart. On nous a donné un B…

— Chérie, la coupa Aparo en souriant, j'ai tellement les crocs que je pourrais me jeter sur un de ces plateaux dans la seconde, même s'ils vous avaient donné un D moins.

« Vous devez être Ae-cha ? demanda-t-il.

Elle eut l'air surprise, puis elle acquiesça prudemment.

— Nous aimerions parler à Jonny.

— Jonny n'est pas là, répondit-elle, impassible. Essayez chez lui.

— C'est ce que nous allons faire, opina Aparo.

Il fit un geste vers le fond du restaurant, où se trouvaient les cuisines.

— Mais pendant que nous sommes là, nous aimerions également bavarder avec votre mère. Elle est là-bas ?

Ae-cha battit des cils.

— Vous avez l'air affamé, oui ? Qu'aimeriez-vous ? Du *kalbi* ? Nous avons aussi du *sonsol-lo*. Aujourd'hui, porc et carpe de roseau. Le poisson vient de Séoul par avion...

Là, devant moi, Aparo était en train de perdre le fil. J'intervins :

— Nous ne la retiendrons pas longtemps.

Je contournai la jeune femme et me mis en route. Aparo lui sourit, haussa les épaules et prit mon sillage.

Elle nous rappela :

— OK, OK, attendez !

Elle nous fit entrer dans les cuisines en passant par des portes battantes. L'endroit était plein de cuistots et de serveurs apportant les commandes et attendant les plats. Nous coupâmes vers la gauche. Une porte donnait sur une cage d'escalier sombre.

— Troisième étage, dit-elle.

Nous commençâmes à grimper, après l'avoir congédiée.

— Jonny est ici, marmonna Aparo. Et certainement pas tout là-haut, au troisième.

— Certainement pas... Elle a pourtant un visage à jouer au poker en pro, répondis-je.

Aparo gloussa.

— Oui, tant qu'elle ne dit rien.

Le visage de la jeune fille n'avait peut-être pas changé, mais sa voix perdait toute sa couleur quand elle mentait. Jonny était dans cette maison, et il savait peut-être déjà que nous montions le chercher. Un appel rapide de sa cousine y aurait suffi.

Quand nous arrivâmes devant la porte de l'appartement du premier, Aparo était déjà essoufflé. Nous avions sorti l'artillerie, car nous ne voulions pas prendre de risques avec un gangster fou de la gâchette qui avait participé à une fusillade quelques heures plus tôt. Quelle que soit l'équipe dans laquelle il était censé jouer.

D'un coup d'œil, Aparo s'assura que j'étais paré, et il frappa.

Une seconde plus tard, la porte s'ouvrit, révélant une alerte Coréenne d'une cinquantaine d'années. Elle portait une tunique bleu marine toute simple et un pantalon crème. Et les cheveux coupés très court. Son visage donnait l'impression à la fois d'en avoir déjà trop vu et de posséder la force intérieure suffisante pour continuer encore longtemps.

— Madame Yaung. Je suis l'agent spécial Sean Reilly. Voici l'agent spécial Nick Aparo. Nous aimerions parler à votre neveu, John-hee.

— Il est allé se coucher. Il travaille très dur aujourd'hui.

Elle ajouta, presque en pilotage automatique :

— C'est un très bon garçon. Jamais d'ennuis.

— Veuillez le réveiller, intervint Aparo.

Mme Yaung posa les yeux sur nos revolvers, avec le regard d'un principal de collège. Elle avança à pas feutrés dans un petit couloir et prononça quelques mots en coréen devant la porte du fond.

Nous entendîmes très nettement un grognement derrière la porte. Aparo croisa mon regard. Nos armes regagnèrent leurs étuis.

En attendant que Jonny émerge, nous inspectâmes l'appartement. Il était pratiquement vide, à l'exception d'un énorme écran plasma 3D et d'une grande statue de Bouddha.

Enfin, on vit apparaître un jeune type, grand et mince, cheveux noirs. Il portait un bas de survêtement gris et un tee-shirt blanc, et avait les cheveux ébouriffés. S'il ne dormait pas à notre arrivée, il s'était certainement donné du mal pour avoir cette apparence. Il parla très vite à sa tante, qui disparut sur-le-champ. Il se passa négligemment la main dans les cheveux, puis se laissa tomber dans un fauteuil, une jambe se balançant par-dessus l'un des accoudoirs.

Nous fîmes de même, mais sans la jambe qui se balance.

— Nous sommes…

Jonny ne me laissa pas aller plus loin :

— Agents spéciaux Reilly et Aparo, du FBI, et je n'ai aucune idée de ce que vous voulez, ni de la raison de votre présence ici.

J'y allai au culot :

— Nous savons que vous étiez aux docks. Della Sokolov nous l'a dit.

Il nous jeta un regard mi-confus, mi-amusé.

— Elle aurait pu être avec n'importe lequel d'entre nous. Nous avons tous la même tête, non ? Je suppose que je n'ai pas été filmé, sans quoi cette conversation aurait lieu au poste.

— Pourquoi mentirait-elle ? fit Aparo en élevant la voix.

— Je n'ai pas dit qu'elle avait menti. Je suggère simplement qu'elle est peut-être confuse. On sait qu'un traumatisme peut provoquer ces choses-là.

Il jeta un coup d'œil vers sa tante. Nous n'avions pas remarqué qu'elle était revenue dans la pièce, portant un plateau avec une théière, des tasses et une assiette de pâtisseries coréennes.

— J'ai passé toute la nuit ici. Ma *ee-mo* et moi, nous avons regardé un épisode des *Experts* en rediffusion. Celui où quelqu'un tue une prostituée, ajouta-t-il d'un ton ironique, sans appel.

Il nous regardait en souriant. Je ne pouvais pas contester son sens de l'humour, mais son arrogance commençait à me fatiguer sérieusement.

Mme Yaung insista pour nous servir du thé vert et un petit pain au sucre. Aparo contempla son biscuit avec amour, mais, moi, je voyais les choses autrement. Après tout, j'avais des tas d'autres plats à faire frire avant que la nuit se termine.

Mme Yaung intervint avant que j'aie le temps de dire un mot :

— Jonny vraiment ici toute la nuit avec moi. Inspecteur Grissom a trouvé l'assassin, comme toujours. Voisin venu aussi pour partie de mah-jong à trois. Vous lui demandez aussi.

— Est-ce que le mah-jong ne se joue pas à quatre ? demanda Aparo.

— Comme je vous le disais, intervint Jonny, vous croyez que les Asiatiques sont tous les mêmes. C'est le mah-jong coréen, et on y joue à trois. Les Chinois n'aiment pas ça, mais nous autres Coréens sommes pragmatiques. Pourquoi attendre un quatrième joueur quand on peut jouer à trois ?

Mme Yaung et son neveu échangèrent un sourire. Jonny mordit dans son biscuit au sucre.

Il mâchait tranquillement. Clairement, il voulait montrer qu'il n'avait rien à craindre, ni de moi ni du FBI.

Je ne pouvais pas contester son alibi. Non seulement la tante de Jonny mentait pour le protéger, mais leur voisin aussi était prêt à le faire. Privilège des gens que l'on craint et que l'on aime à la fois.

Je posai mon assiette.

— Jonny, je n'ai absolument aucun intérêt à démentir votre alibi. Pour autant que je sache, vous étiez là pour protéger un ami et sa femme. Si Della est toujours en vie, c'est sans doute grâce à vous.

Je croquai une bouchée de biscuit. Ça avait le goût de barbe à papa.

— Est-ce que nous pouvons parler au conditionnel ?

Jonny fit un signe de tête à peine perceptible. Sa tante se leva, sortit de l'appartement et tira doucement la porte derrière elle.

Jonny désigna la table laquée au centre de la pièce.

— Sortez vos téléphones et posez-les sur la table, et nous pourrons parler autant que voudrez au conditionnel.

Aparo acquiesça sur-le-champ. Jonny prit son Black-Berry et en ôta la pile.

Nonobstant ma répulsion naturelle à obéir aux ordres, je m'exécutai également. Je retirai le couvercle de mon portable et en sortis la pile. Pour faire bonne mesure, je me levai, j'ôtai ma veste et lui montrai que je ne portais pas de mouchard. Je me rassis, en essayant de croiser son regard. Mais Jonny avait cette habitude énervante de détourner les yeux à l'instant où s'établissait le moindre contact visuel – un truc qu'il avait probablement appris après quelques entretiens avec la police.

— Bon. *Supposons* que vous n'êtes pas resté ici cette nuit à regarder des histoires absurdes sur les techniciens de la police. *Si vous aviez voulu* aider quelqu'un qui compte vraiment pour vous, *qu'est-ce qui aurait pu* se passer ?

— Sokolov aurait pu me dire qu'il avait des dettes de jeu. Mais ça aurait été des conneries. Il est évident qu'il n'a jamais joué une seule fois dans sa vie. Pas de l'argent, en tout cas.

Aparo avala une bouchée de biscuit.

— Vous avez une idée de ce que c'était, en réalité ?

— C'est une question hypothétique ? fit Jonny en souriant.

— Allons, Jonny ! On essaie de lui sauver la vie !

Jonny prit alors l'expression reconnaissable entre toutes de l'homme qui essaie de décider si une chose est importante.

— Aucune idée. Il m'a juste dit qu'il était prêt à mourir pour sa femme.

Je m'avançai.

— Sokolov vous a dit cela ?

— Il m'a dit qu'il acceptait d'être échangé contre elle.

— Quand vous l'a-t-il dit ?

— Hier soir, quand il est venu ici.

— Est-ce qu'il vous a dit où il logeait ?

— Un hôtel, quelque part en ville. Mais il est resté ici, hier soir. Il avait l'air d'avoir traversé l'enfer. Il est resté jusqu'à ce qu'il aille chercher cette stupide camionnette.

J'avais envie d'en savoir plus.

— Parlez-moi de cette camionnette.

— C'était très bizarre, mec. Il a insisté pour qu'on la prenne pour aller aux docks. Je ne comprenais pas. Elle était nulle pour s'enfuir, si ça tournait mal. Mais il insistait. Prétendait qu'il avait une sorte de sirène dans la camionnette, qui pourrait nous être utile. Un truc si fort qu'il fallait porter des protège-oreilles. Comme les ouvriers du bâtiment. Il en avait dans la camionnette, et des boules Quies pour lui-même, pour que le Russe ne s'en rende pas compte.

— Attendez… Une sirène ?

— C'est ce que j'ai cru comprendre.

— Vous savez où il se l'est procurée ? lui demandai-je.

— Aucune idée.

— Où est-elle, maintenant ? fit Aparo.

— Après avoir déposé Mme Sokolov devant le commissariat, j'ai abandonné la camionnette sur Shore Road, quelque part devant Randall's Island. Je crois. Il était tard, et je n'étais pas d'humeur à penser à la géographie. Elle est sans doute posée sur quatre briques, maintenant, ajouta-t-il en haussant les épaules.

Aparo reposa sa tasse et son assiette sur la table, et regarda Jonny.

— Vous ne nous avez pas demandé de nouvelles de Kim Jachin.

Le visage de Jonny se durcit très légèrement. Je compris qu'il cherchait les mots qu'il fallait.

Aparo lui évita cette peine :

— Votre ami est mort. Ils l'ont identifié grâce à ses empreintes, fit-il en montrant son téléphone.

Il marqua un temps d'arrêt, sans cesser d'observer Jonny.

— Ça doit faire mal. De voir comment vous l'avez fait tuer.

Aparo était vraiment le maître de l'esbroufe. Passer du flic glouton à l'interrogateur de choc en trois minutes. Et ça marche parfois.

Jonny bondit et fit basculer la table, projetant les pièces de nos téléphones en vrac sur le sol. Puis il se figea, reprit le contrôle de lui-même.

— Bordel, je n'ai aucune idée de ce qui se passe, grogna-t-il d'une voix grave. Sokolov a peut-être l'air d'un vieux bonhomme très gentil, mais c'est aussi un menteur. Il sait exactement de quoi il retourne. Sauf qu'il ne parle pas. Mais peut-être parle-t-il, maintenant. Vous avez intérêt à le retrouver avant que cet enculé l'ait coupé en morceaux.

Je me levai et ramassai les pièces de mon téléphone. Aparo fit de même.

— Dites-nous ce que vous savez de lui. Le Russe.

Jonny décrivit la scène. Il n'avait pas grand-chose à dire sur son signalement, mais sa description des gestes de l'homme me fit frissonner. Jonny n'était certainement pas une mauviette. Et pourtant, il était évident que le simple fait de penser à ce Russe lui donnait la chair de poule.

Nous en avions fini. Avant de partir, je me tournai vers Jonny. Il me devança :

— Je ne vais nulle part, dit-il. Pourquoi, d'ailleurs ? Je n'étais pas là, d'accord ?

— D'accord, répondis-je.

Nous sortîmes.

J'attendais dans la voiture pendant qu'Aparo allait chercher sa commande à emporter. Une image m'obsédait. Le Russe en train d'avancer vers Jonny, utilisant Sokolov comme bouclier et déchargeant son arme, implacablement.

Mémo personnel : ce type n'hésiterait pas à provoquer la bagarre, même si l'issue était évidente.

Aparo revint, muni d'un sac en papier brun rempli de friandises coréennes. Il monta dans la voiture.

— Tu as repéré les gars ? demanda-t-il.

Nous attendions l'arrivée de deux membres du GSS (le Groupe de surveillance spéciale du FBI) dans des véhicules banalisés. Un devant le restaurant, l'autre à l'arrière. Je voulais tenir Jonny à l'œil. D'abord parce qu'il était notre seule piste vivante pour sortir de ce merdier. Ensuite parce qu'il était en colère et pensait sans doute à quelque vengeance. Je préférais éviter ça. La ville avait vu assez de sacs mortuaires, ces dernières heures.

— Ils seront là dans cinq minutes.

Aparo me proposa une sorte de petit feuilleté coréen. J'acceptai, en vertu du principe bien connu : ne jamais laisser passer une occasion de manger pendant les heures de service.

Au même moment, une camionnette passa devant nous, sans le moindre signe distinctif. Cela me fit penser à ce détail bizarre à propos de Sokolov : pourquoi un intello dans son genre pouvait-il avoir besoin d'une camionnette ? Je me promis de vérifier auprès du DMV si elle était enregistrée, dans l'espoir de découvrir où il la garait d'habitude.

Chapitre 36

Jonny attendit quelques minutes, puis il se précipita dans la chambre pour se changer.

Quand il revint dans le salon, sa tante était là, qui lui jeta un regard sévère.

— Tu restes ici, dit-elle. La police, c'est une chose, mais le FBI ? Nous n'avons pas besoin de ce genre de problèmes.

Jonny posa une main apaisante sur l'épaule de sa tante.

— Ne t'inquiète pas, *ee-mo*. Je sors simplement prendre l'air. J'ai besoin de m'éclaircir l'esprit. En plus, si je reste ici, Ae-cha va me harceler à propos de Jachin. De nouveau.

Cette pensée lui faisait mal. Il ne savait pas encore comment il allait annoncer à sa cousine que son petit ami – son fiancé, selon elle – était mort.

Il s'efforça de refouler son chagrin, parvint à adresser à sa tante un petit clin d'œil et sortit très vite, laissant la femme afficher une expression stoïque.

Il monta deux étages, ouvrit la porte fermée à clé de son appartement. Il contourna la table de verre, jeta un regard noir au canapé où il avait invité Sokolov à s'asseoir, puis passa dans sa chambre. Il sortit de sa planque un Sig 9 mm automatique, vérifia le chargeur, glissa l'arme au creux de ses reins, sous la ceinture, ouvrit la fenêtre et passa sur l'escalier de secours.

Il grimpa jusqu'au toit sans bruit, conscient d'une éventuelle surveillance dans l'allée, tout en bas. Il franchit les toits de deux immeubles voisins et redescendit au sol par l'escalier du troisième. Il marqua un arrêt dans l'entrée de l'immeuble, le temps de jeter un regard à l'extérieur, s'assura que personne ne regardait dans sa direction et s'enfonça dans la nuit.

Malgré l'heure tardive, il y avait encore assez de vie sur le trottoir pour qu'on ne le remarque pas. Il se dirigea vers le parking de l'héliport, quatre rues à l'est de chez lui, vers le fleuve. Il en connaissait plusieurs des gardiens, avec qui il avait un accord – ils étaient discrets et pouvaient effacer les cassettes de la vidéosurveillance en échange de quelques billets de cent dollars tout neufs. Ce soir, il avait besoin d'une des motos qu'il laissait là en permanence. Sur le chemin, il réalisa que sa tante avait probablement raison. Les affaires marchaient bien. Il occupait dans le gang une position solide. Ils n'avaient certainement pas besoin d'être mis sous pression. Et pour quoi ? Un tas de ferraille merdique ? Ça n'avait aucun sens. Mais Jonny avait toujours écouté son intuition, et là, son intuition lui soufflait que cette camionnette cachait peut-être plus de choses qu'il n'y paraissait. S'il faisait la somme de l'insistance de Sokolov et de ses manières évasives, de la brutalité du salopard qui l'avait enlevé, de la surprise de Della en apprenant l'existence de la camionnette et de ces protège-oreilles, le résultat ne devait pas être négligeable.

Suffisant, en tout cas, pour l'encourager à aller chercher cette foutue bétaillère et l'emmener dans un coin tranquille où il pourrait l'examiner correctement. Peut-être même la démonter, si nécessaire. Coup de chance, il avait menti aux Feds à propos de l'endroit où il l'avait abandonnée. Pas vraiment de la chance, d'ailleurs. Mentir aux Feds était une seconde nature chez lui.

Une seconde nature qui venait de se réveiller et qui réclamait du sang.

Kochtcheï était stupéfait. Les gouttes avaient fait leur effet. Comme tant de fois auparavant.

Sokolov lui avait tout dit. Et ça allait bien au-delà de ce que Kochtcheï avait lu dans le rapport que le Général lui avait envoyé.

Il se sentait euphorique. L'homme qui se tenait en face de lui était un génie. Pas au sens qu'on donne aujourd'hui à ce mot. Kochtcheï considérait qu'on abusait beaucoup trop de ce terme, surtout en Occident : tout le monde était un génie, même quand il s'en fallait de beaucoup. Mais Sokolov, lui, était certainement un authentique génie. Et ce qu'il avait inventé faisait tourner la tête de Kochtcheï.

Il lui fallait du temps pour réfléchir. Pour s'organiser. Pour élaborer une stratégie.

Ramener Sokolov en Russie et le livrer à ses supérieurs, selon les termes de sa mission, n'était peut-être plus la meilleure façon de jouer cette partie...

Sokolov lui avait offert quelque chose d'unique. Quelque chose qui pourrait valoir... non, quelque chose qui valait réellement beaucoup, pour de nombreuses personnes.

Y compris des personnes de sa connaissance.

Avec qui il avait fait des affaires dans le passé.

Le plus beau, c'était qu'en ce moment précis il était absolument seul dans le coup. Sokolov avait bien gardé son secret. Même sa femme ne savait rien. Les Américains ne savaient sans doute rien, eux non plus. Le Général et les rares privilégiés, au Centre et au Premier Directorat, qui étaient au courant du travail de Sokolov, étaient loin du compte. Ils avaient des décennies de retard. Ce que Sokolov avait réalisé au pays, à l'époque, était déjà sidérant. Ce qu'il en avait fait depuis défiait l'imagination. Kochtcheï se réjouissait de l'ignorance de ses patrons. Son mépris à leur égard atteignait des sommets tandis qu'il les imaginait, là-bas, à Moscou, au Centre, pourris de suffisance et d'autosatisfaction, nageant dans la corruption... sans avoir la moindre idée de ce qu'il venait de mettre au jour.

Ce qui signifiait qu'il avait carte blanche.

Le jeu qu'il avait en main pouvait transformer le simple fantassin en champion.

Mais d'abord, il fallait qu'il répare un accroc majeur...

Il vit que les yeux de Sokolov se fermaient. Après l'interrogatoire, les sujets à qui l'on a administré le SP-117 sombrent dans un sommeil profond, prolongé. Kochtcheï prit le menton de Sokolov et le serra très fort, le forçant à concentrer son attention sur lui.

— Dites-m'en un peu plus à propos de ce Jonny, et dites-moi où je peux le trouver.

Chapitre 37

Jonny tourna à gauche de Crocheron sur la 169ᵉ Rue, et ralentit. Il fit le tour du pâté de maisons au pas, à demi dressé sur sa Kawasaki, regarda d'un côté et de l'autre, ne vit aucun signe d'une présence policière.

La camionnette était toujours là où il l'avait laissée – garée dans une allée donnant sur une rue de banlieue à trois voies, la plaque arrière presque collée contre un mur, l'avant dissimulé par la benne à ordures qu'il avait lui-même poussée contre le véhicule. Il n'avait pas voulu passer le pont, ou prendre le tunnel tout à l'heure – à cause du pare-brise explosé et des impacts des balles dans la carrosserie. Il n'y avait peut-être pas encore d'ARG sur le véhicule avant sa conversation avec les Feds, mais ils avaient certainement cogité, eux aussi, et réparé cet oubli.

Il fallait qu'il le fasse disparaître de la voie publique, et *fissa*.

Il était impatient de savoir ce qui lui donnait une telle importance aux yeux de Sokolov et d'actionner l'interrupteur sur le tableau de bord pour voir ce qui se passerait. Mais ce n'était pas l'endroit idéal pour déclencher une sirène si violente qu'il fallait porter des protège-oreilles.

Il enchaîna sa moto à une lourde grille d'acier, à l'entrée d'une ruelle, revint sur ses pas et dégagea l'avant de la camionnette de la benne qu'il avait placée là.

Sa première idée avait été de trouver un endroit proche du labyrinthe des bretelles d'accès, là où Alley Pond Park touche Cross Island et Grand Central Parkways, mais il y renonça rapidement. Le vacarme de la circulation aurait certes masqué le bruit de la sirène – quelle que soit sa puissance –, mais il y avait des caméras vidéo, et Jonny ne pouvait se permettre de se faire repérer.

L'autre option était bien meilleure. Son gang possédait un entrepôt à l'écart de Powells Cove Boulevard, presque au bord de l'eau. Il n'y avait aucune maison aux alentours, rien qu'un dépôt de bois d'un côté et une firme de traitement des ordures de l'autre, qui seraient tous deux déserts à cette heure de la nuit. Il savait aussi qu'il n'y avait pas de caméras le long du dépôt de bois, côté Long Island Sound.

Il se mit en route. Les rues étaient désertes. Il y arriva en un rien de temps.

Il gara la camionnette devant l'entrepôt couvert de graffitis, regarda de l'autre côté de l'eau. Si la sirène était vraiment forte, on la prendrait peut-être pour la corne de brume d'un navire. Il était évident que personne ne soupçonnerait ce vieux véhicule avec son bloc réfrigérant sur le toit. De toute façon, l'endroit était calme comme la mort.

Jonny fixa le bouton pendant un long moment. Puis, sans y réfléchir plus avant, il s'empara d'un protège-oreilles, se le ficha sur le crâne et actionna l'interrupteur.

Rien.

Pas même le son éloigné d'une sirène.

Le silence total.

Il ôta son casque.

Toujours rien.

Il remit l'interrupteur dans sa position initiale, secoua la tête.

Il sentait la migraine venir. Pas étonnant, vu les événements qui s'étaient succédé depuis que Sokolov était venu le voir, deux jours plus tôt. Son frère de sang, le petit ami de sa cousine (qui était plus qu'une sœur pour lui), était mort, et lui se retrouvait dans le collimateur des Feds. Il était censé faire tourner la boutique pendant que son boss était à Miami, pas entraîner le gang sous le feu des projecteurs.

Il se prépara deux lignes, qu'il renifla sur-le-champ.

Un des privilèges liés à sa situation au sommet de la chaîne de distribution était un accès presque permanent à des produits de première qualité. Et il n'entendait pas le perdre.

Il inspira plusieurs fois, laissant son rythme cardiaque revenir à la normale après le choc initial de la poudre.

Toute cette histoire était ridicule. L'interrupteur devait certainement faire *quelque chose*.

La clé était dans le contact, le circuit électrique était indiscutablement alimenté.

Il se rappela soudain qu'il n'avait toujours pas inspecté l'intérieur du compartiment principal de la camionnette.

Il était temps d'y remédier.

Il sauta de son siège, ouvrit la porte de la cabine et se glissa par l'ouverture étroite.

Le compartiment arrière, propre et ordonné, était tapissé d'une couche de plastique blanc et dur, comme l'intérieur d'un frigo. Il était entièrement vide, à l'exception d'un boîtier métallique solidement fixé au sol, derrière le siège du conducteur. Il semblait fait de vieilles « tours » de PC, sauf qu'on y voyait des petits panneaux agrémentés de voyants rouges et verts, et des écrans numériques. Un réseau de câbles épais mais bien ordonné montait vers le toit de la camionnette, relié au bloc réfrigérant, d'autres encore disparaissaient au bas de la séparation, derrière le siège du conducteur.

Le boîtier métallique était protégé par une barre et un énorme cadenas, mais il n'y avait aucune clé de cadenas sur le trousseau de la camionnette.

Jonny redescendit du véhicule et s'en fut à la recherche d'un outil.

Cela ne fut pas long. Il trouva par terre, à moins de dix mètres de là, une barre de fer. Elle venait sans doute de l'entreprise de traitement des déchets.

Il l'emporta dans la camionnette pour faire sauter le cadenas. À la troisième tentative, agrémentée d'une volée de jurons en coréen, il s'ouvrit enfin.

Le boîtier débordait d'une technologie très complexe, comme une sorte de méga-stéréo que quelqu'un aurait construite soi-même, avec deux hauteurs bien nettes de râteliers métalliques couverts de cadrans, de compteurs et de prises femelles. Une quantité invraisemblable de câbles interconnectés.

À l'exception de l'ordinateur fixé au sommet de l'une des piles, Jonny n'avait absolument aucune idée de ce que c'était.

Quoi que ce fût, c'était compliqué.

Jonny était déconcerté.

Il contempla le contenu du boîtier pendant quelques minutes, essayant de deviner à quoi il pouvait bien servir. Puis il décida de faire appel à un expert.

Il composa un numéro sur son portable.

Une voix endormie lui répondit.

— Shin, ramène ton cul au chop shop, dit-il. Et vite. Je veux te montrer quelque chose.

Chapitre 38

J'étais de retour à Federal Plaza, et je me sentais à cran, passablement nerveux. Sentiment peu agréable, surtout quand il déboule à une heure du matin et que je suis encore au bureau au lieu d'agacer Tess avec mes prétendus ronflements.

D'une certaine manière, il semblait que la partie était jouée et que nous avions perdu. Notre mystérieux Russe – que nous appelions tous Ivan – tenait Sokolov, et il avait disparu dans la nature. Sokolov semblait bien être son objectif. Il l'avait trouvé, et peut-être étaient-ils partis pour de bon. Dans ce cas, il restait un paquet de questions sans réponses. Mais je ne pouvais m'empêcher de penser que ce n'était qu'une accalmie avant la vraie tempête.

Tout le monde travaillait jour et nuit sur cette affaire. En moins de soixante-douze heures, nous avions eu un total de treize morts. Personne ne rentrait chez soi. J'avais prévenu Tess par SMS que j'ignorais quand je rentrerais et qu'elle ne devait pas s'inquiéter. Précision inutile, bien entendu. Elle savait que nous travaillions sur une affaire très vilaine et qu'il était parfaitement raisonnable de s'inquiéter. Mais que pouvais-je lui dire d'autre ?

Les informations affluaient de plusieurs directions. Les cinq morts russes de la soirée, tout comme celui qui était à l'hôpital, étaient bien des hommes de la bande de Mirminski. Nous avions intercepté plusieurs appels l'informant de cette situation, mais, au lieu de péter les plombs comme on aurait pu le penser, il avait semblé bizarrement mesuré. Ce qui collait avec sa déférence inexplicable envers Ivan.

Je voulais savoir comment nous avions perdu la piste des deux *bratki* qui se trouvaient avec Ivan au vrai rendez-vous. Nous exercions un contrôle étroit sur les communications de La Massue. Ivan, pourtant, avait pu passer à travers les mailles pour constituer son escorte. L'équipe de surveillance se faisait envoyer toutes les données, audio et vidéo, du club de Mirminski pour tenter de comprendre comment Ivan nous avait court-circuités. Je doutais que cela nous apporte quoi que ce soit. La clé, depuis le début, était Sokolov. D'autant que nous avions reçu des informations des plus bizarres à son sujet.

Les recherches sur le passé de Leo Sokolov – ou *Lev* Sokolov, pour employer son prénom russe – ne nous avaient d'abord pas appris grand-chose. Ses empreintes étaient *clean*. Les rares infos dont nous disposions confirmaient que Sokolov menait une vie sans histoires ni complications. Puis des recherches plus approfondies nous avaient valu un sacré scoop, en amenant au jour un certain Lev Nikolaïevitch Sokolov, qui était né le même jour que notre Leo, en 1952 – mais qui était mort dix-neuf ans plus tard. Ce pouvait être une coïncidence. Ou bien, ce qui était beaucoup plus vraisemblable si j'en croyais mon intuition de flic si finement aiguisée, Leo (« notre » Leo) n'était pas du tout Leo Sokolov. Il s'était procuré d'une manière ou d'une autre le certificat de naissance de Lev et s'en était servi pour obtenir une carte de sécurité sociale et, de là, se construire une fausse identité.

Ce qui remettait tout en question.

En résumé, Leo Sokolov n'était pas Leo Sokolov.

Jonny arriva au chop shop sur Cross Island Parkway quinze minutes après avoir forcé l'armoire métallique. Shin était déjà là. Il fumait une cigarette roulée à la main, adossé à la double porte. Il portait un vieux survêtement dépenaillé et des baskets défraîchies, et sa capuche lui camouflait presque entièrement le visage.

Dès que la camionnette entra sur le parking, Shin cogna trois fois du plat de la main sur la grande porte. Les deux vantaux s'ouvrirent avec le grincement du métal frottant sur le béton. Jonny introduisit la camionnette dans l'espace intérieur. Shin le suivit, et les portes se refermèrent sur-le-champ.

Le chop shop tournait vingt-quatre heures sur vingt-quatre. Pour l'heure, quatre hommes étaient en train de remodeler une Porsche Panamera et une Bentley Continental. Elles seraient bientôt prêtes pour être embarquées à destination de Moscou ou de Beyrouth, où leurs nouveaux propriétaires ne s'inquiéteraient à aucun moment de savoir si elles avaient ou non été volées.

Jonny sauta de la camionnette. Un des mécanos le désigna avec sa clé à molette.

— Salut, Jonny. Jolies roues. Tu veux qu'on t'installe un cinq-sept-deux et des réservoirs d'azote ? Ou simplement qu'on répare ton lecteur huit pistes ?

Il rigola, imité par ses amis.

Jonny ne souriait pas.

— Jachin est mort. Descendu par un *gaejasik* russe.

Les rires s'éteignirent immédiatement.

Le dur à cuire de l'équipe, un *kkangpae* costaud nommé Bon, essuya ses mains graisseuses sur un chiffon et s'approcha de Jonny.

— Dur à entendre, mec, fit-il en passant le doigt sur un des trous laissés par les balles sur la carrosserie. Qu'est-ce qu'on va faire ?

— On va faire quelque chose, c'est sûr. Quoi ? je ne sais pas encore. En attendant, je dois régler un problème...

Bon ricana en voyant Shin apparaître derrière la camionnette.

— Avec lui ? fit-il en montrant le jeune homme.

— Ouais, répondit Jonny. Retourne bosser.

Il se souvint de la moto. Il pêcha les clés dans sa poche et les lança à Bon.

— Il faut que quelqu'un aille récupérer la Kawa. Sur la 169e. Dans la ruelle, près de la laverie.

Bon haussa les épaules, cracha par terre et retourna à sa Bentley.

— Pas de problème.

Shin baissa sa capuche, révélant sa coupe à la brosse au-dessus d'un visage maigre, abattu.

— Putain, qu'est-ce qui t'arrive ? s'étonna Jonny. Tu as un air de déterré.

— Je vis sur les tickets d'alimentation, mec. Ma saloperie de doctorat ne me permet même pas de me torcher le cul. Ou alors avec, peut-être...

Il secoua la tête, l'air piteux.

— Ils continuent à me servir la même merde. Je serais surqualifié. Pas de boulot. Pas de postes de prof. Rien. Pourquoi ? Parce que je suis surqualifié. Merde, mais comment c'est possible ?

Il était au bord des larmes.

— Alors tu dois leur mentir, dit Jonny. Tu ne peux pas continuer à vivre comme ça.

— C'est Nikki, elle ne...

Jonny épargna à son vieux copain d'école l'humiliation de devoir admettre qu'il était dominé par sa femme.

— Reviens bosser avec nous. Le nouveau, le type qu'on a engagé, met deux fois plus de temps pour scanner et encoder une clé à télécommande. Et quand il a fini, on s'aperçoit que rien ne marche.

— J'ai promis à Nikki, mec.

— C'est du bon argent.

— Oui... peut-être que je devrais. Je ne sais pas.

Shin n'avait pas l'air convaincu. Il fit un signe de tête vers la camionnette.

— Qu'est-ce que ça vaut ?

Jonny étrécit les yeux.

— Tu le sauras quand tu m'auras dit ce que c'est.

D'un geste, Jonny invita Shin à le suivre à l'arrière de la camionnette. Il ouvrit le boîtier métallique. Il s'assit sur un garde-boue et laissa Shin regarder de plus près.

Pendant quelques minutes, celui-ci examina en silence le contenu de la boîte. Puis il lâcha un long sifflement.

— *Mwuh-ya yi-gae*, Jonny. Où t'as trouvé ça ? Dans la Zone 51 ?!

Chapitre 39

Qui était ce mec ?
Je n'en avais pas la moindre idée.
Aucun d'entre nous ne le savait.

Un agent russe en sommeil ? Dans ce cas, qu'avait-il fait durant toutes ces années ? Était-ce un fugitif ? Si oui, que fuyait-il, et de qui se cachait-il ? Pourquoi ces embrouilles maintenant, trente ans après qu'il avait pris le nom de Sokolov ?

Il était plus facile de repartir de zéro, à l'époque. Tout n'était pas informatisé comme aujourd'hui. On pouvait obtenir un permis de conduire, une carte de sécurité sociale et ouvrir un compte bancaire, soit en faisant signer un faux acte de naissance par un médecin, soit (comme ça semblait avoir été le cas pour Sokolov) en usurpant l'identité d'une personne qui avait plus ou moins le même âge que vous, mais qui était morte pendant l'enfance.

Nous ne savions pas non plus d'où il venait. Ni pourquoi il avait de la valeur – assez de valeur pour que quelqu'un tue autant de gens, sans hésiter, pour lui mettre la main dessus. Il y avait une histoire cachée dont nous ignorions tout. Des secrets anciens qui étaient revenus à la vie. Le plus frustrant, c'était que tout était peut-être déjà joué avant que nous ayons commencé à nous y mettre vraiment. Maintenant qu'il était entre les mains d'Ivan, peut-être que nous n'entendrions plus jamais parler de Leo Sokolov, et nous ne saurions jamais rien des tenants et aboutissants de ce bordel.

Je détestais cette idée.

C'était une question de perte de contrôle. Nous savions qu'Ivan était soit un tueur de haut niveau de la Mafiya, soit un agent couvert par son gouvernement. J'avais une préférence pour la première hypothèse. Si c'était un espion, ce serait très compliqué sur le plan politique. Un agent russe qui descend des Américains... ce n'est pas exactement une infraction mineure. En tout cas, nous allions devoir consulter d'autres agences pour essayer d'en savoir un peu plus sur le passé de Sokolov. La CIA et l'ICE, pour commencer. Nous n'avions pas grand-chose à leur donner, à part les empreintes digitales relevées dans son appartement. S'il avait un passé en Union soviétique, ils le sauraient peut-être. Accepteraient-ils de nous en faire part... c'était une autre histoire.

Et puis, bien sûr, il y avait la charmante Mlle Tchoumitcheva.

Si cet Ivan était des leurs, je me demandais si elle participait à une petite fête privée, dans un coin bien enterré du consulat. Histoire de célébrer leur victoire maintenant qu'ils détenaient Sokolov. J'étais persuadé que les Russes connaissaient son identité. Mais savait-elle, elle, qui il était ? Une autre histoire, encore.

Il y avait aussi Della que je devais interroger, même

si mon petit doigt me disait qu'elle serait aussi stupéfaite que nous.

Debout devant la grande baie vitrée de mon bureau, je réfléchissais tout en contemplant le magnifique palais de justice de l'autre côté de Foley Square, avec l'éblouissant Manhattan *by night* en toile de fond. Comment un professeur de sciences de collège pouvait-il soudain se retrouver au cœur d'un maelström de violence où le nombre de cadavres dépassait la dizaine ? Et pourquoi un type modeste et tranquille d'une soixantaine d'années ferait-il confiance à un jeune gangster coréen m'as-tu-vu au point de lui confier la sécurité de sa femme ? Et pourquoi – c'était le plus bizarre – avait-il insisté pour utiliser sa vieille camionnette dans leur mission de sauvetage...

La voix de Kanigher vint interrompre la tempête qui se déchaînait sous mon crâne.

— Jette un coup d'œil là-dessus, me dit-il en agitant des feuilles de papier dans ma direction.

Il s'agissait de *prints* d'une caméra de surveillance de la circulation. Les images granuleuses montraient une camionnette filmée de front.

— Nous connaissons le trajet de Sokolov, poursuivit-il. Je me suis dit qu'ils prendraient le pont de Brooklyn ou le Battery Tunnel pour aller du restaurant aux docks. Le trajet et l'heure correspondent, et j'ai rudement l'impression que c'est le petit Jonny, là, sur le siège passager...

Je regardai de près. Oui, c'était Jonny. En tout cas, il lui ressemblait. C'est alors que je remarquai l'unité réfrigérante, sur le toit.

— D'un autre côté, c'est une camionnette réfrigérée, là...

— Je sais.

J'étudiai attentivement les photos. Quelque chose m'échappait.

— Pourquoi aurait-il besoin de ça ?

— Qui sait ? Peut-être a-t-il fait une bonne affaire. Surtout si la clim fonctionne. Il ne fait pas exactement frais, en ce moment, hein ?

Aparo entra à son tour dans le bureau.

— Je viens de recevoir un coup de fil des gars du NYPD qu'on a envoyés récupérer la camionnette. Ils ne l'ont pas trouvée.

— Jonny nous a pourtant dit qu'il l'avait laissée là-bas il y a deux ou trois heures, c'est ça ?

— Quelque chose comme ça, dit Aparo.

Ça ne collait pas. En fait, rien ne collait. Et j'avais l'impression que Jonny n'avait pas été franc du collier à ce sujet. Toute cette histoire de camionnette commençait sérieusement à me courir. Ce n'était pas grand-chose, mais c'était tout ce que j'avais.

— Lancez un ARG sur ce véhicule, d'accord ? dis-je à Kanigher en lui tendant ses feuillets imprimés.

Puis je saisis ma veste et me tournai vers Aparo.

— Tu n'aurais pas un petit creux ? Un plat coréen à emporter, ça te ferait plaisir ?

Chapitre 40

Jonny sentait s'installer la migraine.

Shin venait de lui servir un discours interminable sur la technologie des micro-ondes et les principes mathématiques à l'œuvre derrière les réseaux de téléphone cellulaire, mais il n'avait toujours pas la moindre idée de ce dont son copain lui parlait.

— Dis-moi simplement ce que c'est, en anglais de tous les jours, implora Jonny. Avant que mon crâne n'explose.

Shin roula des yeux.

— Quelqu'un, qui a un hobby malsain et beaucoup de temps libre, semble avoir démonté une tour de téléphone cellulaire dont il a ôté toutes les pièces les plus juteuses, et avec ça il a transformé cette camionnette en un transmetteur de micro-ondes mobile. D'où le bloc réfrigérant fixé sur le toit. Il s'en sert comme couvercle sur la caisse.

Jonny fronça les sourcils.

— Et dans quel but ?

— Aucune idée. Je doute qu'il soit simplement à la recherche de la 4G illimitée... Ce qui serait pourtant vachement bien.

Shin avait l'air de sécher.

— Je ne sais vraiment pas. Je n'ai jamais rien vu de pareil.

Il désigna ce qui ressemblait à l'égalisateur de son d'une chaîne stéréo haut de gamme, au milieu de l'entassement d'électronique qui remplissait le boîtier métallique.

— Ça, c'est un modulateur personnalisé. Le genre de truc qui peut régler les ondes avec une précision infinitésimale. Il est relié à l'ordinateur qui, à mon avis, doit le contrôler. Et l'ensemble marche grâce au moteur de la camionnette, qui agit comme un générateur de courant. Il a dû te dire de ne pas couper le moteur, non ? Ça doit consommer un max de courant…

Jonny écarta les mains, dans un geste d'impuissance.

— Je ne comprends rien à ton charabia technique. Je veux juste savoir à quoi ça sert. Je suis sûr que tu peux faire mieux.

— Ouais, possible. Mais ce type est une sorte de super-geek. Un genre de Sergueï Brin…

— C'est drôle que tu dises ça. L'homme qui a construit ce truc est russe, lui aussi.

Jonny décida de ne pas assommer Shin avec d'autres informations. Il préféra changer de sujet :

— Et les cache-oreilles ?

Shin réfléchit un moment.

— Tu m'as dit que l'homme prétendait que ça te donnerait un certain avantage, si ça tournait mal. Les cache-oreilles devaient te protéger.

— Me protéger de quoi ? Quand j'ai essayé, je n'ai rien entendu, même quand je les ai enlevés.

— On n'entend pas forcément quelque chose. Les ondes peuvent être assez courtes pour se trouver hors du spectre de l'audible. Comme certains sifflets à chien. Les cache-oreilles servent sans doute à protéger ton oreille interne de l'oscillation de l'air produite par les ondes.

Shin réfléchit encore à ce qu'il allait dire. Puis :

— Tu sais qu'on utilise ça pour contrôler les foules, maintenant. Des armes soniques. Elles font un bruit énorme, qui est très concentré, comme un projecteur. Un peu comme ils ont fait à Waco. Je pense que le résultat est sensiblement le même avec ce truc, sauf qu'il s'agit d'une technologie différente. Quant aux effets qu'il peut produire… je n'en sais rien. Je peux juste te dire que ça ne doit pas être très zen.

— Comment c'est possible ?

— Les tours de téléphone cellulaire, comme celle que ce mec a pillée… Ce sont des transmetteurs de micro-ondes. Même principe que dans les fours du même nom. Dans un four à micro-ondes, ce sont les radiations provoquées par les ondes qui cuisent la nourriture. Un téléphone cellulaire peut parvenir au même résultat s'il est réglé assez fort. C'est pour ça qu'on fait toutes ces recherches sur les portables, pour savoir s'ils nous cuisent les cellules du cerveau, s'ils donnent le cancer, etc. Moi, je n'y crois pas trop. Sauf que tout dépend de la fréquence des ondes. Et de la puissance dont tu disposes pour les alimenter.

Jonny sentit l'excitation monter en lui.

— Tu crois que cette machine pourrait… griller le cerveau de quelqu'un ?

— C'est possible.

Bon s'était approché d'un pas nonchalant. Il écoutait la conversation, tout en observant Shin avec mépris.

Ce dernier faisait de son mieux pour ignorer le tas de muscles qui le dominait de toute sa hauteur.

— Et l'ordinateur ? demanda Jonny.

— Ce doit être l'unité de commande et de contrôle, mais je ne peux pas y accéder. L'accès est protégé par un mot de passe. Il doit être configuré pour se mettre en veille quand le courant est coupé, et se réactiver quand on actionne l'interrupteur sur le tableau de bord.

— Essaie « Della », dit Jonny.

— Pourquoi Della ?

— Essaie.

Shin entra le mot. Il secoua la tête.

— Ça ne marche pas.

Jonny se renfrogna, furieux d'être bloqué, alors qu'il était si près d'un objectif réellement prometteur. Lui revint à l'esprit un mot cher à Sokolov.

— Essaie *Lapochka*.

Shin écarquilla les yeux.

— Sérieusement ?

— Essaie.

— Comment tu l'écris ?

— Bon Dieu, comment veux-tu que je le sache ? Comme ça se prononce !

Shin tapa quelques lettres, puis la touche « entrée ». Bloqué. Il réessaya, avec une autre orthographe.

L'écran s'alluma.

— *Bil-eomeog-eul*, fit Shin avec un sourire jusqu'aux oreilles. Bon Dieu ! On est dedans.

Un synthétiseur s'afficha à l'écran. Virtuel, celui-là. On y voyait plusieurs rangées de contrôles et d'affichages numériques, ainsi que quelques boutons ornés d'inscriptions en cyrillique.

Jonny prit son mal en patience tandis que Shin

explorait l'écran, le tableau électronique et les câblages, d'avant en arrière. Puis il leva les yeux.

— Je crois qu'il a choisi plusieurs fréquences et les a enregistrées sur ces boutons, un peu comme on présélectionne des stations FM sur un autoradio. Le premier est préréglé sur une fréquence par défaut, je dirais. C'est celle que l'appareil aurait émise quand tu allais t'en servir. À part cela... je ne peux pas te dire quel effet ça a.

Pensif, Jonny garda le silence pendant un long moment.

— Essayons-le, dit-il enfin.
— Quoi, maintenant ? fit Shin.
— Maintenant.
— On ne sait pas ce qui va se produire...
— Exactement, dit Jonny. C'est la seule manière de le savoir. Tu es partant ? fit-il en se tournant vers Bon.
— Et comment ! répondit celui-ci avec un grand sourire.
— Change les plaques, alors. Celles-ci sont brûlantes.

Bon se mit au travail. Jonny se tourna vers Shin.

— Ça devrait être marrant... Allez !

Shin hésita :

— Tu... tu as entendu ce que je t'ai expliqué, pour les micro-ondes ?

Les yeux de Jonny se fermèrent à demi.

— Jusqu'au dernier mot.

Shin était perplexe.

— Descendons à Brighton Beach, reprit Jonny. Essayons la machine sur quelques Russkofs. C'est l'un d'eux qui l'a inventée, non ? Il faudrait pas que ça sorte de la famille...

Shin s'écarta à quelques pas de la camionnette.

— Pas moi, mec, fit-il. Pas question. Je ne suis pas dans le coup.

Jonny vint près de lui.

— Allez… J'ai besoin de toi. En outre, qu'est-ce que tu comptes foutre cette nuit ? Tu préfères rentrer chez toi pour contempler ton beau diplôme bien encadré et attendre que Nikki te donne une fessée ?

Il passa le bras autour des maigres épaules du jeune homme, le ramena vers la camionnette.

— Allez, mon frère. Et ta curiosité scientifique, elle est où ? Toi, moi, et Pulgasari, ajouta-t-il en montrant Bon. Allons faire cramer ces enculés de Russkofs. Qu'en dis-tu ?

Shin hésita, puis hocha la tête. Quelque chose lui revint :

— Les protège-oreilles… Tu dis qu'il y en a deux ?
— Exact.
— Mais nous sommes trois, insista Shin. Peut-être que je devrais passer mon tour, pour cette fois.

Jonny réfléchit un instant.

— Toi et moi, nous les mettrons, fit-il en souriant. Vois ce que tu peux dégotter pour Pulgasari. Je ne m'inquiète pas trop pour lui. Son crâne est si épais qu'il en faudrait beaucoup pour le traverser.

Kochtcheï ralentit en passant devant le restaurant, examinant l'entrée de l'établissement et ses environs immédiats, repérant les points dignes d'intérêt avec la vitesse et la précision des meilleurs logiciels autofocus multipoint.

Il y avait un attroupement devant les doubles portes du Dragon Vert – des clients qui fumaient et bavardaient en petits groupes. Kochtcheï savait que les Asiatiques étaient de gros fumeurs, et il avait déjà remarqué les grappes de clients sur les trottoirs, devant les bars et les restaurants. Il repéra un videur armé près de l'entrée, le regard vague fixé devant lui. Il portait un tee-shirt noir sous un blouson de cuir sans manches qui ne faisait guère d'effort pour dissimuler la crosse luisante et la lanière de l'étui qui dépassait. Kochtcheï remarqua également un homme dans une voiture garée un peu plus loin, et qui à l'évidence surveillait les lieux. Sans doute un flic ou un agent fédéral. Il devait y en avoir un autre à l'arrière, près de l'entrée de service.

Kochtcheï poursuivit son chemin et se gara dès qu'il eut trouvé un emplacement stratégique. Puis il descendit, fit le tour du pâté de maisons à pied et reprit la direction du restaurant, d'un pas lent, mesurant son approche.

Il avait adopté cette fois encore un nouveau look, un mélange de métrosexuel cool, cheveux gélifiés en arrière, jean, pull à col roulé anthracite, veste de velours beige et lunettes à la mode. Il aurait pu être architecte ou graphiste, sauf que les architectes et les graphistes se baladent rarement avec un couteau de chasse coincé dans le haut de la manche.

Il sortit son téléphone et feignit de prendre un appel en attendant qu'une cible convenable se présente. Il n'eut pas à attendre longtemps. Trois Asiatiques qu'il avait remarqués un peu plus tôt le dépassèrent, ignorant sa présence – deux types et une fille qui marchaient tranquillement, bavardant et riant très fort.

Ils se dirigeaient vers le restaurant.

Personne ne venait derrière eux.

Pas de témoin potentiel.

Feignant toujours de poursuivre une conversation badine de noctambule, il adapta son pas, remontant vers eux juste assez pour se trouver à moins d'un mètre.

Il choisit un des hommes – celui qui marchait du côté des vitrines.

Fit en sorte de se trouver juste derrière lui quand ils furent à six ou sept mètres du Dragon Vert, soit à trois mètres des premiers fumeurs.

Laissa sa lame glisser dans sa main.

Et frappa. Son bras se déplaça avec une vitesse anormale, se détendit en une nanoseconde. La lame de huit centimètres enduite de poudre, pointée à la perfection, frappa le flanc juste au-dessous de la cage thoracique.

Le jeune Asiatique trébucha et s'écroula au sol comme une poupée de chiffon.

Ses amis se précipitèrent pour l'aider tandis qu'il se tordait par terre en hurlant, le visage déformé par la douleur. Pris de panique, ils s'exclamaient bruyamment en coréen et en anglais, essayant frénétiquement de comprendre ce qui arrivait à leur ami. Entendant ce soudain tapage, les fumeurs rassemblés devant le restaurant s'approchèrent pour voir ce qui se passait.

Cela attira également le videur, qui jeta un rapide coup d'œil autour de lui avant de quitter son poste.

Kochtcheï avançait toujours, très décontracté.

Le téléphone collé à l'oreille, il profita du désordre et entra dans le restaurant au moment où un couple de clients en sortait.

Nous étions en train de faire fondre du caoutchouc sur la Sixième Avenue vers le haut de la ville, dans le

Charger d'Aparo, quand mon téléphone sonna. L'écran indiquait un « appel non identifié ». En entendant sa voix, je me crispai. Je ne m'attendais pas à l'entendre à cette heure de la nuit, ni à l'entendre tout court, d'ailleurs.

— Mademoiselle Tchoumitcheva. Vous vous couchez tard.

Le regard d'Aparo s'éclaira. Il me fit un sourire allusif de gamin attardé.

— J'ai entendu dire qu'il y avait eu du grabuge à Brooklyn ? demanda-t-elle. Encore des morts russes ?

— Vous avez une bonne ouïe, fis-je avec une pointe de sarcasme.

Elle ne broncha pas.

— Vous croyez probablement être le seul à tâter le pouls de Mirminski ?

Une vraie pro.

Mais je n'aimais pas qu'on se foute de moi. Et je n'étais pas de la meilleure humeur. Je décidai de ruer un peu dans les brancards.

— Non, je suis sûr que nous ne sommes pas les seuls. Mais je suis surpris de vous l'entendre dire.

— Comment ça ?

— Vous n'avez pas besoin de continuer à faire semblant, si ? Vous avez ce que vous vouliez. Mission accomplie. Ou alors, vous appelez simplement pour vous foutre de moi ?

Aparo ouvrait de grands yeux, et ses lèvres formèrent un « Quoi ? » stupéfait.

Elle prit le temps de respirer.

— Je ne suis pas sûre de savoir de quoi vous parlez... fit-elle, apparemment déroutée.

— Allons... Toutes ces foutaises sur la nécessité

de travailler ensemble. Vous vouliez seulement m'extorquer des informations sur Sokolov. Eh bien vous l'avez, maintenant. Que voulez-vous de plus de moi, à part des tuyaux sur la manière dont nous comptons mettre la main sur votre homme ? Car vous savez que ce n'est pas fini, n'est-ce pas ? Vous savez parfaitement que nous n'abandonnerons pas avant de l'avoir arrêté. Lui, et tous ceux avec qui il a partie liée.

J'étais épuisé, j'étais furieux, et je voulais provoquer une réaction, mais je savais aussi que je me démenais en vain. Même si elle et ses amis du consulat étaient dans le coup, ils étaient protégés par leur immunité diplomatique. Arrêter n'importe lequel d'entre eux se révélerait délicat, sinon impossible. Et même si nous parvenions à les faire tomber, ils seraient probablement échangés contre des gens que nous voulons récupérer, et ils finiraient comme autant de soutiens très cotés du régime, à Moscou.

— Je comprends pourquoi vous pourriez le croire, rétorqua-t-elle. Mais vous vous trompez. Je vous appelais pour savoir si vous vouliez discuter de la possibilité d'attaquer Mirminski avec nous. Ensemble. Pour essayer de comprendre ce qui le lie à ce tireur. On pourrait peut-être se servir de lui pour le faire sortir de son trou. Réfléchissez-y, et si vous avez envie d'en discuter, appelez-moi demain matin.

Et elle raccrocha.

Je contemplai mon téléphone un long moment, sans un mot, stupéfait

Je jetai un coup d'œil en coin à Aparo. Il me regardait comme si j'avais besoin d'une camisole de force.

— Tu as salement besoin de travailler ton texte, *compadre*.

Je réfléchis. La grande question était de savoir si Ivan était soutenu par le Kremlin, à quelque niveau que ce soit. Si c'était le cas, le consulat (et Larissa) le soutenait. Cela voudrait dire qu'ils étaient complices du meurtre de plusieurs représentants de la loi américains, sur le territoire américain. Quelque chose, pourtant, dans le ton de sa voix, me disait le contraire. J'avais eu une sensation bizarre, comme si elle était vraiment ébranlée. Se pouvait-il qu'elle et Ivan ne soient pas du même bord ? Ce qui impliquait que c'était un joker. Qu'il travaillait pour des forces inconnues.

Je n'étais pas sûr de savoir quel scénario avait ma préférence.

Le générique de *Dragnet* détourna mon attention. Aparo prit l'appel, écouta brièvement et enfonça la pédale de l'accélérateur.

— Il se passe quelque chose devant le restaurant…

Chapitre 41

Kochtcheï examina la salle animée. Son regard hyper entraîné s'arrêta presque immédiatement sur la petite et jolie silhouette que Sokolov lui avait décrite.
Ae-cha. La cousine de Jonny.
Elle se dirigeait vers le fond du restaurant.
Il se glissa entre les tables d'un mouvement régulier, discret et apparemment peu pressé. Il savait ne pas attirer l'attention, passer sans qu'on le remarque quelle que soit l'importance de la foule. Il rattrapa Ae-cha au moment où elle entrait dans les cuisines. Avant même qu'elle sente sa présence, la lame du couteau lui piqua le bas du dos, tandis que l'autre main de Kochtcheï lui serrait brutalement le bras.
— Continue à sourire, et pas un bruit ou des tas de gens vont mourir et tu seras la première. Compris ?
Ae-cha fit un signe de tête nerveux.
Kochtcheï la poussa en avant, détendu en dépit de la pression, comparable à celle d'un étau, qu'il exerçait sur son bras, souriant même à l'adresse d'un serveur qui les croisait.
— Allons voir Jonny, lui souffla-t-il à l'oreille.
Elle acquiesça de nouveau, plus maîtresse d'elle-

même cette fois. Ils dépassèrent un autre serveur, franchirent la porte de l'escalier.

— Vite ! siffla-t-il.

Elle le mena au troisième étage et frappa à la porte métallique. Aucune réponse ne lui parvint. Elle regarda Kochtcheï, qui frappa à son tour, au même rythme.

Toujours rien.

Il pressa contre le cou de la jeune femme la lame en plastique et fibre de verre.

— Où est-il ?

— Je... je n'en sais rien, balbutia-t-elle. Il a dû sortir.

Il appuya la lame un peu plus, essayant de savoir si elle disait la vérité.

— Essaie de trouver mieux que ça.

— Il habite ici. S'il n'y est pas, c'est qu'il est sorti.

Elle tremblait trop. Elle ne mentait pas.

— Son numéro est enregistré dans ton téléphone ?

Ae-cha acquiesça.

— Parfait. Allons-y.

Il la poussa vers l'escalier.

— Et espérons qu'il t'aime beaucoup.

Jonny était content d'avoir Bon à ses côtés.

C'était exactement la compagnie dont il avait besoin pour aller à Brighton Beach. Il ne posait pas de questions et faisait ce qu'on lui demandait. La plupart du temps, en tout cas. En outre, ce type pouvait être utile dans une bagarre, et il savait se conduire en société. Shin, en revanche, n'était absolument pas drôle. Tout ça parce qu'il avait troqué la poudre colombienne contre le lait en poudre – encore un membre du gang perdu au profit d'une banale vie de famille. Là, Jonny pouvait presque entendre claquer ses dents, ce qui était relativement énervant. Du moins le rat de bibliothèque avait-il été utile ce soir. Si la camionnette se révélait efficace, on pourrait affirmer qu'il avait servi à quelque chose. Peut-être la garderait-il. Il demanderait à Shin de démonter l'appareil, pour avoir un peu plus de chances de comprendre comment ça marchait.

Mais il devait d'abord voir ce qui se passait quand on actionnait l'interrupteur.

Ils empruntèrent Van Wyck puis Belt et Shore, et parvinrent à parcourir en moins d'une demi-heure les trente kilomètres qui les séparaient de Brighton Beach. Ils suivirent Ocean Avenue presque jusqu'au fleuve, prirent la bretelle qui faisait demi-tour et rejoignait Brighton Beach Avenue.

Jonny savait tout ce qu'il fallait savoir de La Massue. Mirminski avait la réputation d'être un homme aussi brutal qu'avide. Les accords qu'il passait étaient toujours totalement unilatéraux – honorés ou violés sur un coup de tête, sans vergogne ni, apparemment, la moindre crainte d'un quelconque retour. En outre, c'était lui le gros dégueulasse qui avait enlevé la femme de Sokolov pour commencer, et il trempait dans cette affaire jusqu'à ses yeux de fouine. Quoi que puisse faire la camionnette – pour autant qu'elle fasse quelque chose –, cet enculé de suceur de betteraves méritait d'y goûter.

C'était Bon qui avait rappelé à Jonny l'existence du Lolita, le premier bar-restaurant de Mirminski. Il se trouvait tout en haut d'une des rues bordées d'immeubles d'habitations au sud de Brighton Beach Avenue. Il y avait aussi l'Atmosphère, mais c'était une boîte bien trop branchée, pour le moment. Les paparazzis campaient devant en permanence, et Jonny n'avait aucune envie de griller accidentellement la cervelle d'une vedette des Knicks et de sa copine starlette de reality-show, surtout depuis qu'il était devenu un vrai fan. Le Lolita était un concept totalement différent, dont la clientèle se composait plus volontiers de crétins patentés et de chercheuses d'or blond platine sur le retour. Sachant que le seul or qu'on trouvait sur Brighton Beach Avenue était celui que les *bratki* du quartier portaient autour du cou...

Ils se garèrent plus ou moins devant le bar. L'établissement était bondé, bien qu'on fût en milieu de semaine. De grandes vitrines, de part et d'autre de l'entrée, offraient une vue de la foule qui s'entassait devant le bar. Quant aux tables, elles étaient prises d'assaut par les consommateurs. Des clients se tenaient sur le trottoir, fumant et riant. Un Ouzbek petit et maigre, vêtu d'une veste de cuir noir, d'un jean et de bottes de cuir blanches, faisait rire un groupe de fumeurs endurcis – sans doute avec des blagues qui auraient fait rougir Richard Pryor. Une grande femme aux cheveux aile-de-corbeau en équilibre sur des talons de quinze centimètres jouait avec ses cheveux bouclés, essayant désespérément d'attirer l'attention d'un jeune mec en jean convenablement déchiré. Mais celui-ci semblait beaucoup plus intéressé par le show du petit comique. Les autres étaient des voyous au corps déformé par la musculation ou de minables hommes de main de la Mafiya. De ces gens dont l'activité – filles, loteries, drogue – ne dépasse jamais quelques pâtés de maisons.

Dès que Shin, après s'être glissé entre les sièges, eut passé la petite porte du compartiment arrière, Jonny le suivit, le protège-oreilles déjà autour du cou. Il laissa ouverte la porte de la cabine pour voir le restaurant par l'arrière.

— Reste au volant, dit-il à Bon. Pour le cas où on devrait s'arracher vite fait.

Bon hocha la tête. Il sortit une petite boîte de la poche de son pantalon cargo et se prépara quelques lignes.

La camionnette est vraiment la couverture idéale, se dit Jonny. Qui pourrait soupçonner un véhicule de livraison garé à proximité des boutiques et des restaurants ?

Bon renifla ses lignes et passa le reste de la poudre à Jonny, qui se l'envoya dans le nez sans autre forme de procès.

— Tout est prêt ? demanda-t-il à Shin.

Celui-ci acquiesça, visiblement apeuré, et mit son cache-oreilles.

Jonny se tourna vers Bon.

— Mets ton casque, Pulgasari.

Bon souriait toujours quand on l'appelait ainsi. Il aimait bien qu'on le compare à la créature géante nourrie de métal de l'infâme film d'horreur nord-coréen. Il prit un casque dans l'espace aménagé sous les sièges, le posa sur sa tête et régla l'écartement au maximum. Il s'assura que Jonny le regardait et fit claquer les écouteurs avec un bruit sec contre ses tempes. Il souriait.

Jonny ne put s'empêcher de rire en voyant les pitreries de Bon. Il mit en place son propre protège-oreilles et désigna le tableau de bord.

Bon imita le compte à rebours des producteurs de télé et actionna l'interrupteur.

Tous trois se tournèrent vers le restaurant.

Il ne se passa rien.

Pas pendant les dix premières secondes, en tout cas. Puis cela commença.

Quand nous arrivâmes devant le restaurant, je vis la foule rassemblée sur le trottoir.

Nous fûmes accueillis par l'agent du GSS qui nous avait appelés un peu plus tôt, un jeune type nommé Jaffee.

— L'ambulance est en route, nous dit-il.

— Qu'arrive-t-il à cet homme ? demandai-je.

— Il saigne à mort. Il a une énorme plaie, ici, dit Jaffee en montrant son flanc gauche. Il marchait avec ses amis, et il est tombé d'un seul coup, brusquement. Si je n'avais pas été là, je dirais qu'il a été poignardé.

Je jurai à voix basse et fonçai vers l'entrée du restaurant. Je brandis mon revolver, en espérant que nous n'arrivions pas trop tard, une fois de plus.

— À l'intérieur ! criai-je à Aparo. C'est notre homme. Il est ici !

Chapitre 42

Trop tard.
Ces deux mots résonnaient dans ma tête.
— Appelle Gaines ! criai-je à Jaffee en m'arrêtant devant la porte.
Gaines était son équipier, le policier qui surveillait l'entrée de service du Dragon Vert.
— Assure-toi qu'il couvre l'arrière. Et dis-lui de faire gaffe !
Pendant qu'il prévenait son copain, je me précipitai dans l'immense salle de restaurant. Pour éviter de provoquer un mouvement de panique, je tenais mon revolver collé contre ma cuisse, le plus discrètement possible, ce qui n'empêcha pas les clients les plus proches d'avoir un mouvement de recul. J'avais l'autre main tendue dans un geste apaisant (du genre « Restez calme ! »), tout en essayant d'anticiper la moindre menace.
Je me frayai un chemin dans les allées étroites entre les tables, pris la direction des portes battantes des cuisines. Aparo et Jaffee étaient dans mon sillage.
Puis je les vis. Ils passaient la porte des cuisines donnant sur l'escalier. Ae-cha, concentrée et inexpressive,

et un homme bien vêtu, cheveux gélifiés en arrière et lunettes. Elle n'avait pas l'air de s'amuser follement, ce qui avait sûrement un rapport avec la manière dont il lui tenait le bras.

Ae-cha croisa mon regard au moment précis où l'homme me repéra.

Les secondes qui suivirent marquèrent le début du chaos.

C'était totalement irréel.

Durant la première minute, après que Bon eut actionné l'interrupteur, il ne se passa rien de remarquable – jusqu'à ce que l'Ouzbek se prenne la tête entre les mains, comme s'il était pris de migraine, tandis que la grande femme s'effondrait tel un pantin désarticulé dans les bras du jeune type qu'elle guignait.

Voyant cela, Bon éclata d'un rire hystérique, mais Jonny savait d'expérience que son seuil de rigolade était très bas.

Jonny essaya d'analyser ce qui se passait sous ses yeux.

— Bon Dieu, que se passe-t-il ? demanda-t-il à Shin.

— Je ne sais pas. Mais ça les décoiffe, c'est sûr.

Jonny était absolument fasciné, même s'il avait plutôt eu un autre genre de dégâts en tête. Après avoir regardé un moment, non sans malaise, la foule se tortiller, il se tourna vers Shin.

— Essaie une deuxième présélection.

Shin actionna un bouton.

Un des *bratki* se prit l'estomac à deux mains. Il avait de violents haut-le-cœur, comme un chat pris de démence essayant d'expulser une boule de poils géante. À part cela, il n'y eut guère de changements.

— Une autre, dit-il à Shin, qui obtempéra.

Les choses devinrent vraiment intéressantes.

Devant le restaurant, les gens semblèrent soudain sortir de leur malaise. Ils se redressaient, se parlaient d'un air curieux, visiblement perplexes devant ce qui leur arrivait. Tout à coup, le jeune type au jean déchiré et l'Ouzbek commencèrent à se disputer. Le premier frappa le second à la poitrine, qui le cogna en retour – puis Blue-Jean Déchiré lança à la tête de l'Ouzbek un féroce crochet du droit venu de nulle part.

Un peu plus loin, une femme aux cheveux sombres se jeta sur un des fumeurs, lui griffant cruellement le visage des deux mains avant de projeter un violent coup de genou dans l'aine du pauvre type.

Quelques secondes de plus, et la scène prit l'aspect d'une bagarre de saloon en plein air.

Jonny vit un maquereau chauve d'une quarantaine d'années écraser sa cigarette sur le dos de la rouquine, alors que les ongles de cette dernière s'enfonçaient encore dans le visage de sa victime. Au même moment, un énorme malfrat gonflé aux stéroïdes balançait un poing de la taille d'un marteau-pilon dans l'estomac de l'homme au cou tatoué qui se trouvait près de lui.

Jonny avait passé une jambe par-dessus le siège afin de se hisser à la place du conducteur pour mieux voir le spectacle, plus qu'heureux de ce qu'avait provoqué cette présélection.

Sur la banquette, près de lui, Bon claquait des mains en riant de manière incontrôlée. À l'arrière, Shin observait la situation par la portière ouverte, les yeux écarquillés.

Vif comme l'éclair, Cou Tatoué sortit un couteau et le planta dans le flanc du costaud. Entre-temps, le type aux prises avec la rouquine était parvenu à se libérer et à lui flanquer un coup de pied vicieux entre les jambes. Elle s'écroula en hurlant si fort que Jonny crut l'entendre à travers son protège-oreilles.

Elle fut cependant réduite au silence par un homme aux cheveux longs qui traversa la vitrine de gauche et vint atterrir sur elle. Le sang coulait à flots de la profonde entaille qui lui traversait le visage.

Jonny n'en croyait pas ses yeux.

Je levai mon revolver en hurlant aussi fort que possible :

— Tout le monde à terre !

Avant même que je finisse ma phrase, Ivan avait sorti son arme. Son bras pivota comme s'il était monté sur ressort, et le revolver s'immobilisa dans notre direction, sans se tromper d'un degré.

Je ne pouvais pas tirer. Pas avec Ae-cha dans l'axe. Il le savait. Je savais, pour ma part, que si ce gars venait à mourir étouffé, ce ne serait pas par des scrupules, aussi me contentai-je de plonger vers la droite tout en hurlant « Couchez vous ! » Je me retrouvai derrière un comptoir de plats préparés, juste au moment où la première balle passait en sifflant au-dessus de ma tête. Elle atteignit le dos d'un serveur lourdement chargé qui venait de s'arrêter pour me laisser passer. J'entendis le contenu du plateau s'écraser entre les portes battantes, et les premiers hurlements de panique dans le restaurant. Deux autres balles frappèrent le bord du meuble derrière lequel je m'étais accroupi.

Le personnel de cuisine, terrifié, se bousculait pour

se mettre à couvert. Bols et assiettes s'écrasaient au sol. Je me retournai, vis Jaffee prendre une balle dans l'épaule, à la base du cou, alors qu'il cherchait à se mettre à l'abri. Puis Aparo hurla :

— Tout le monde reste à terre !... Sean, ça va ?

— Toujours en un seul morceau ! braillai-je en retour.

J'agrippais mon revolver à deux mains tout en respirant par saccades et en me demandant quand je pourrais lever la tête au-dessus du comptoir sans risquer de me voir gratifier de ce troisième œil que le tueur semblait particulièrement apprécier.

— Jaffee est à terre, fit Aparo d'une voix rauque.

— J'ai vu ! criai-je au-dessus du chaos des clients qui criaient et tentaient de fuir.

— J'appelle les secours, fit Aparo.

Il nous fallait une équipe médicale, et vite, mais elle ne pourrait rien faire tant qu'Ivan serait là. Ça partait furieusement en vrille. Je me sentais coincé. Il ne servirait à rien de sortir en déchargeant mon arme – je ne voulais pas risquer de toucher Ae-cha, ni m'exposer sans la protection du gilet pare-balles réglementaire.

Je risquai un coup d'œil : le tueur poussait Ae-cha vers la sortie. Je cherchai une fenêtre de tir, désespérément ; quelques centimètres carrés m'auraient suffi – tête, épaule, bras, n'importe quel bout de chair –, mais il était beaucoup trop prudent pour me les offrir.

Des tambours de guerre résonnaient dans mes oreilles, mon souffle se faisait de plus en plus saccadé. J'aperçus Aparo derrière un autre comptoir. Il s'occupait de Jaffee. La colère qui se lisait sur son visage devait être le reflet de ma propre fureur. D'un geste, je m'enquis du sort de Jaffee. Aparo répondit par l'affirmative. Grinçant des dents, je pivotai juste à temps pour voir Ivan lâcher quelques balles supplémentaires avant de disparaître de l'autre côté de la porte qu'il tira derrière lui.

Je me ruai vers la sortie, dépassant des employés recroquevillés, enjambant des récipients et de la nourriture renversée un peu partout sur le carrelage.

Mon cœur fit un bond quand j'entendis deux coups de feu. Je franchis le seuil et vis Ivan s'arracher de l'allée dans la voiture de Gaines. Ae-cha était à côté de lui.

L'homme du GSS gisait par terre, devant une grosse benne à ordures affichant l'enseigne du dragon vert, un petit trou noir au milieu du front.

Chapitre 43

— Appelle-le, ordonna Kochtcheï à Ae-cha.

Au volant de son Yukon, il roulait sans destination précise, tout en surveillant le rétroviseur. Il avait pris le temps de changer de véhicule et avait embarqué Ae-cha dans le SUV. Un risque calculé mais payant, les voitures du FBI et de la police étant munies de balises.

Il ne savait pas où se trouvait Jonny, mais son esprit anticipait déjà la suite, cherchant quel pourrait être le meilleur lieu de rendez-vous pour ce qu'il prévoyait. Il envisagea ses options, tandis que Ae-cha sortait son iPhone pour appeler son cousin.

Jonny peinait à assimiler le spectacle effarant qui se déroulait devant lui.

Le Lolita avait sombré dans une spirale démente de violence. Le malfrat gonflé aux stéroïdes (qui ne semblait pas avoir pris note de la présence du couteau planté dans son flanc) avait consciencieusement tabassé Cou Tatoué, dont le visage n'était plus qu'une masse de pulpe sanglante ; il commençait tout juste à lui cogner la tête en cadence contre le trottoir.

Une table avait fracassé la vitrine de droite, suivie de

près par deux jeunes gens qui s'étaient relevés aussi sec et se battaient maintenant à coups de bouteilles brisées.

L'Ouzbek et l'homme aux cheveux longs étaient tous deux à terre, inextricablement enlacés en une masse mouvante, mordant, frappant et griffant.

La grande femme aux cheveux noirs avait ôté ses chaussures et, à califourchon sur le maquereau, lequel en avait apparemment fini avec la rouquine, s'appliquait à lui refaire le portrait avec ses talons aiguilles.

C'est alors que Jonny vit sortir du bar une femme en minijupe et manteau de fourrure. Elle sortit de son sac à main un petit calibre qu'elle déchargea à bout portant sur la géante.

Bon était en extase – une pure jouissance, bien plus forte que celle qu'il éprouvait d'habitude en regardant en boucle la *Trilogie de la Vengeance* du cultissime Park Chan-wook. Jonny lui-même était comme hypnotisé, mais pas par le sang et la violence. Il pensait déjà à tout ce qu'il pourrait faire avec cette singulière technologie. Puis il remarqua la manière dont Bon cognait en rythme sur le volant. Le gros était vraiment en train de prendre son pied.

— Hé, fit Jonny en tapotant sur le casque de Bon.

Celui-ci se tourna vers lui, le visage déformé par une agressivité qui stupéfia Jonny, au point de lui faire oublier ses fantasmes d'Empire du Mal. Il était si absorbé qu'il ne remarqua pas les vibrations et la lueur clignotante de son Samsung Galaxy S3, qu'il avait posé dans le porte-gobelet au pied du tableau de bord.

— Il ne décroche pas, dit Ae-cha à Kochtcheï, d'une voix que la peur rendait un peu plus aiguë que d'habitude.

— Essaie encore, répondit-il, les yeux menaçants.
Ae-cha acquiesça, crispée, et appuya de nouveau sur la touche d'appel.

L'équipe médicale était arrivée. Elle s'occupait de Jaffee, dont les jours n'étaient pas en danger. Gaines, lui, était probablement mort avant même de toucher le sol. Tout comme le serveur. Quelques clients avaient été blessés dans leur furieuse cavalcade pour tenter de fuir les lieux, mais on ne notait rien de très grave. Et bien entendu Ae-cha n'était plus là. En apprenant la nouvelle, sa mère et plusieurs membres de la famille employés au Dragon Vert étaient devenus dingues.

J'essayais de ne pas entendre la cacophonie qui m'entourait et de me concentrer sur ce qui venait de se passer. Je ne m'attendais pas à ce que notre tireur se montre au Dragon Vert. Il tenait Sokolov. Pourquoi venir au restaurant ? Pourquoi si tard, et pourquoi semblait-ce si urgent ? Bon Dieu, que cherchait-il ici ?

Jonny, peut-être. Mais Jonny ne représentait pas une menace pour Ivan, tant qu'il ne pouvait l'identifier. Je ne pensais pas non plus que cet Ivan soit assez mesquin pour chercher vengeance. Pourtant, il avait emmené Ae-cha. Et une seule raison me venait à l'esprit : pour exercer une pression sur Jonny.

Est-ce que Sokolov lui avait confié quelque chose ? Quelque chose que voulait cet Ivan ?

La réponse me frappa brusquement.

La camionnette.

Jonny avait menti quand on lui avait demandé où il l'avait abandonnée. Il avait disparu peu de temps après l'interrogatoire. Et maintenant, ceci.

Ce devait être la camionnette. Sokolov y avait caché quelque chose.

Je saisis mon portable et appelai Kanigher.

— L'ARG sur la camionnette… Relance-le. Priorité absolue. Trois États. C'est ça que notre tueur recherche. Il faut retrouver cette saloperie de camionnette avant lui.

Le bruit des armes automatiques résonnait dans le cache-oreilles de Jonny, ce qui l'obligea à se détourner un instant de ses fantasmes de pure puissance et à revenir dans la rue transversale près de Brighton Beach Avenue.

Vingt-cinq personnes au moins se trouvaient sur le trottoir, toutes impliquées d'une manière ou d'une autre dans une bagarre énorme, embrouillée et mortelle – une version « Grand Theft Auto » d'une échauffourée de bistrot. À l'intérieur du bar, dont la plupart des vitrines avaient volé en éclats depuis belle lurette, un homme trapu, aux cheveux en brosse, était en train de repousser trois ados à l'aide de ce qui ressemblait à un pied de table. Un autre tirait des coups de revolver à l'aveuglette vers le fond de l'établissement.

Jonny appréciait à fond le spectacle, d'autant que la cocaïne faisait pétiller ses neurones et accentuait ses sensations. Il savait que les flics seraient là d'une minute à l'autre et qu'il ne serait pas irraisonnable de mettre les bouts avant, mais il restait scotché.

Il surveillait quand même les rétros, scrutant l'obscurité en quête du moindre gyrophare, quand une lueur bleue à l'intérieur de la camionnette attira son regard, à la limite de son champ de vision.

Son téléphone s'était allumé.

Le nom d'Ae-cha s'était inscrit sur l'écran.

Jonny contemplait son appareil, incertain. S'il prenait l'appel, cela allait vraiment le faire atterrir et gâcher l'instant. Il frissonna en devinant pourquoi elle l'appelait à cette heure de la nuit. Jachin. Elle était au courant. Quelqu'un le lui avait dit.

Il hésita. Et décida de ne pas prendre l'appel.

Il fixait son téléphone, le cœur lourd, l'appareil ronronnant discrètement, la lueur bleue s'allumant et s'éteignant de manière obsédante dans la cabine sombre de la camionnette, la sonnerie étouffée par son protège-oreilles... Juste avant que la messagerie ne s'enclenche, il changea d'avis et s'empara de l'appareil, éteignit l'émetteur de micro-ondes et arracha son casque protecteur et celui de Bon, à qui il montra son Samsung.

Bon le regarda, surpris par ce mouvement soudain.

— Qu'est-ce que tu fais ?

— Les flics doivent être en route. On se barre.

Comme par magie, une voiture de patrouille tourna le coin, gyrophare en alerte.

— Foutons le camp ! aboya Jonny.

Bon enfonça l'accélérateur.

Jonny se retourna. Il vit la voiture de police se garer devant le restaurant. Il soupira, décrocha.

— Ae-cha ?

Ce n'était pas Ae-cha.

C'était une voix qu'il avait entendue, la nuit précédente, sur les docks.

— Où es-tu, Jonny ?

Chapitre 44

Les agents Kaluta et Talaoc se garèrent en face du Lolita et sortirent en trombe de leur voiture de patrouille. Puis ils s'immobilisèrent devant l'horreur de la scène qui se déroulait sous leurs yeux.

Ça ne ressemblait à rien de ce qu'ils avaient pu voir jusqu'alors.

Plusieurs personnes échangeaient encore des coups ou s'affrontaient avec des couteaux et des tessons de bouteille. Elles étaient cependant moins nombreuses que celles qui gisaient sur le trottoir, agonisant ou déjà mortes. Des hommes et des femmes, visiblement sur leur trente et un pour une sortie en ville, se tordaient pathétiquement sur le sol ou s'éloignaient en boitant, les vêtements déchirés et couverts de sang, le visage exprimant la confusion et une terreur silencieuse. Une scène empruntée à un film de morts-vivants, sauf que ça se passait dans la vie réelle.

— Qu'est-ce qu'on fait ? demanda Kaluta à son équipier, en sortant son arme.

Talaoc ne répondit pas immédiatement. Une camionnette venait de tourner à vive allure dans une rue transversale. Une camionnette blanche, avec un bloc réfrigérant sur le toit. Elle correspondait à celle de l'ARG émis par le FBI.

Talaoc enfonça le bouton d'appel de sa radio, à l'instant où deux autres voitures de patrouille arrivaient en grondant.

— Si vous touchez à un seul de ses cheveux...
— Ferme-la, et écoute-moi bien, siffla le Russe. Je me fous de cette fille. Tu la récupéreras en un seul morceau. Ce que je veux, c'est la camionnette.

Jonny, soudain, avait la bouche sèche.

L'autre ne lui laissa même pas le temps de réfléchir.

— Je sais que tu l'as. Ne mens pas si tu veux avoir la fille vivante. Sans compter que je peux lui faire des choses très douloureuses, pendant très longtemps. Après quoi je te retrouverai. Où est la camionnette ?

Les paroles du Russe, la coke, toutes les émotions de cette foutue nuit... Jonny avait la tête à l'envers. Il pouvait à peine aligner deux pensées. Oui, c'est sûr, sa première réaction était un désir désespéré de s'accrocher à la camionnette, à tout prix. La simple allusion au fait qu'il pourrait la perdre avait brusquement aspiré la vie de son corps. Mais ce salaud parlait d'Ae-cha. Ae-cha, la fille unique de sa tante. Son Ae-cha.

Il ne pouvait pas mentir.

— Je l'ai, cette saloperie de camionnette. Qu'est-ce que vous voulez ?
— Où es-tu ?
— Brooklyn.
— Tu vas rouler jusqu'à Prospect Park, fit le Russe après un silence. Tu sais où ça se trouve ?
— Oui, je sais où c'est, enculé.
— Bien. Quand tu y seras, entre par Ocean Avenue.

Descends la bretelle jusqu'à la patinoire. Je te retrouve là-bas, sur le parking.

Il coupa la communication.

Jonny jura, ferma les yeux, essaya de s'éclaircir un peu les idées. Puis il ordonna à Bon de changer de direction.

Je fonçais déjà vers la sortie, Aparo sur mes talons.

— Mets-moi en ligne avec la voiture de patrouille, lâchai-je en arrivant sur le trottoir. Il faut que quelqu'un garde le contact visuel avec cette camionnette. Il ne faut surtout pas la perdre.

Quelques secondes plus tard, nous nous éloignions du bordel qui régnait devant le Dragon Vert. Le standard me mit en liaison avec la voiture de patrouille. Je branchai le haut-parleur.

— Qui parle ?

— Agent Mike Talaoc, 60e district. Mon équipier est l'agent Kaluta. Et vous ?

— Reilly et Aparo, FBI. Vous avez la camionnette ?

— Elle est à moins de deux blocs devant nous, répondit Talaoc. Elle vient de tourner sur Neptune.

Aparo mit les gaz.

— OK, restez dans son sillage. Ne la perdez pas, OK ? Et ne vous faites pas repérer. Je vais appeler des renforts. Un tueur court après cette camionnette, et je veux être là quand il la trouvera.

La Massue dégustait une édition limitée de vodka Iordanov quand le cellulaire avec carte prépayée sonna, sur son bureau.

— *Chyort voz'mi !* jura-t-il, sans s'adresser à quiconque en particulier.

Mirminski détestait qu'on l'interrompe quand il jouissait de la juste récompense de ses efforts. Et là, il estimait qu'il avait bien mérité son verre de vodka à cinq mille dollars la bouteille, après toutes les couleuvres qu'il avait dû avaler, de la part de cet agent du SVR... Bachmatchkine, ou quel que soit son foutu nom, sans parler de la pression de plus en plus forte des Feds. S'il avait été parfaitement honnête avec lui-même, il se serait avoué qu'il ne goûtait pas la différence entre ce qu'il buvait ce soir-là et un verre de vodka russe standard, mais les apparences comptaient plus que tout dans son univers. Ainsi en appréciait-il le prix, à défaut du goût.

Les apparences exigeaient également qu'il ne soit pas considéré comme le laquais de quiconque, surtout par les flics.

— Il faut que vous entendiez ça, patron.

— Passe-le-moi, grogna-t-il.

Après quelques clics, l'appel fut connecté au cellulaire de Mirminski, que celui-ci savait être sûr car il l'avait sorti de son emballage moins de trois heures plus tôt.

— C'est Ditko. Nous avons des problèmes.

L'humeur de Mirminski passa du sombre au très noir. Ditko bossait à la brigade des mœurs du 60e district, à Brooklyn. La Massue l'arrosait depuis sept ans, ce qui contribuait à tenir les ennuis loin de son équipe, et loin du Lolita.

— On pète les plombs, ici. Une bagarre au Lolita. Nous avons des morts, Iouri. L'endroit est salement esquinté. Je suis en route.

Les veines de Mirminski gonflèrent, puis reprirent leur aspect normal. Il y avait déjà eu des bagarres, au

Lolita. Il y avait même eu un ou deux morts... Le Lolita naviguait dans des eaux agitées. Les avocats de Mirminski étaient payés pour s'en occuper.

— C'est tout ? grommela-t-il.

— Je vous le dis, Iouri, ça sent mauvais. Il faut que vous descendiez ici pour voir ça. Et ce n'est pas tout. Les Feds sont sur le coup.

Mirminski se dressa sur son siège.

— Les Feds ? Pourquoi ?

— Je ne suis pas sûr. Nous avons reçu un rapport à propos d'une camionnette blanche qui se trouvait sur les lieux. Un véhicule pour transporter de la viande, vous voyez, avec un frigo sur le toit. Les Feds ont émis un ARG.

Il y eut quelques instants de silence : Ditko tapait sur son clavier d'ordinateur.

— Est-ce qu'on n'a pas parlé d'une camionnette réfrigérée, dans la fusillade près d'Owl's Head Park ? Quand vos gars se sont fait descendre ?

Le sang de La Massue bouillait.

— Et j'en ai perdu deux autres à Red Hook. Tout ça à cause du même *súka blyad*.

Mirminski savait ce qui s'était passé sur les docks. Il avait des mouchards à son service dans d'autres commissariats, un peu partout en ville. Et ces éléments dessinaient comme une piste. Une piste tracée par le salopard qui lui avait fait perdre six hommes et avait envoyé les Feds lui souffler dans le cou.

Il se demanda pourquoi personne, au bar, ne l'avait appelé. C'était mauvais signe.

— Où est la camionnette, maintenant ? demanda-t-il.

— Je peux le savoir. Une de nos voitures la file,

mais le Fed qui s'occupe de l'affaire lui a interdit de l'intercepter.

Mirminski s'était placé en mode « planning tactique ».

— Appelez-moi directement quand vous saurez où se trouve cette camionnette. Petr vous donnera le numéro.

Il raccrocha et descendit cul sec le reste de la Iordanov. Il ouvrit un tiroir de son bureau et en sortit un Desert Eagle.50 Action Express. De chaque côté de la crosse, il avait fait estamper une massue en or.

Il en avait marre de recevoir des ordres.

Marre des enculés qui détruisaient ce qui lui appartenait et traitaient ses petits soldats comme s'il les fabriquait à la chaîne.

Pourquoi le Lolita ?

Ce bar était cher à son cœur. C'était le tout premier. C'était là que tout avait démarré. Le gérant était le fiancé de sa nièce.

Et s'il était parmi les morts ?

Il appela le cellulaire de Stefan. La messagerie se déclencha immédiatement.

Il essaya le bar. Pas de réponse.

C'en était assez.

On était en Amérique, pas en Russie.

Ce n'est pas le Sluzhba Vneshney Razvedki qui fait tourner la baraque, ici.

Il était Kuvalda. Il était La Massue.

Et il était plus que temps de montrer à ces *ebanatyi pidaraz* pourquoi on l'appelait ainsi.

Chapitre 45

La camionnette se rabattit pour tourner à gauche, quitter Bridgewater vers Coney Island et prendre la direction du nord. Bon grilla un stop et deux feux rouges, mais la circulation était si clairsemée à cette heure de la nuit que cela ne changea pas grand-chose.

À côté de lui, Jonny penchait la tête par la fenêtre ouverte, les yeux fixés vers l'arrière pour tenter de voir s'ils étaient suivis.

— *Jen jang*, lâcha-t-il. Merde.

Il rentra la tête dans la camionnette.

— Une voiture de flics nous file le train. Ce tas de ferraille ne peut pas aller plus vite ?

Il avait les pupilles larges comme des pièces de vingt-cinq *cents*, son sang véhiculant une concentration de plus en plus élevée d'adrénaline et d'endorphine.

Bon enfonça l'accélérateur et brûla un autre feu. Cette fois, ils passèrent le carrefour une fraction de seconde avant qu'une file de voitures ne débouche de la rue transversale.

Bon prit une petite rue à droite, et une autre tout de suite à gauche.

Jonny regardait par la fenêtre. Il attendit que la

camionnette ait viré encore trois ou quatre fois avant de se tourner vers l'avant. Il respira profondément.

— Je crois que nous les avons semés, dit-il à Bon.

Il lui claqua le bras trois fois de suite.

— Beau boulot, Pulgasari.

Il fixa le pare-brise devant lui. Il était plus de 2 heures du matin. Il tenta de maintenir un couvercle sur ses émotions et de se concentrer sur le trajet vers la patinoire, mais une voix au fond de son crâne ne cessait de lui répéter qu'il était allé trop loin, cette fois. Qu'aucune tromperie, aucune manipulation, aucun charme ne pourrait l'aider à sortir de la spirale de violence dans laquelle il s'était laissé enfermer.

Ae-cha n'avait jamais voulu appartenir à son univers, mais elle était tombée amoureuse de Jachin (c'était Jonny qui les avait présentés l'un à l'autre) et ce n'était plus qu'une question de temps avant qu'elle ne soit entraînée dans leur sillage.

Jonny fut pris d'un accès de fureur doublé d'une tristesse incoercible. Pour la toute première fois, il se demanda si son propre frère et Shin n'avaient pas pris la bonne décision, après tout.

Kochtcheï se trouvait déjà plus haut que Manhattan Bridge et descendait Flatbush Avenue vers Prospect Park.

Les grandes villes ne lui posaient aucun problème. Entre deux missions, il pouvait passer plusieurs semaines dans une planque solitaire – récemment, il avait été dans une villa de location près de Mougins, sur la Côte d'Azur –, avec souvent pour seule compagnie une connexion cryptée avec Internet. Il utilisait judicieusement ce temps pour préparer, explorer, dresser des listes – y compris des listes d'endroits discrets où il pourrait séjourner ou organiser des rendez-vous. Même si la machinerie des services de renseignement russes tout entière était à sa disposition, il préférait travailler seul, et personne (pas même son supérieur direct) n'en savait plus que ce qu'il avait bien voulu lâcher. C'était plus prudent, tant pour lui que pour eux.

C'est ainsi que Kochtcheï avait pu choisir le parking à côté de la patinoire de Prospect Park. Trouver un endroit à l'écart des regards indiscrets n'était pas si facile dans une ville aussi peuplée que New York. En cette époque où il était quasiment impossible d'échapper au regard des caméras de vidéosurveillance, ce parking faisait l'objet d'une surveillance minimale, et Kochtcheï connaissait l'emplacement et le champ d'action de chacune des caméras.

Un long gémissement lui vint du siège voisin. Aecha luttait pour se débarrasser de la lanière de plastique qui lui liait les poignets. Elle n'avait réussi qu'à s'arracher un peu de peau. Un filet de sang tachait le siège.

Aucune importance. La voiture ne resterait plus très longtemps dans ce monde.

Sa passagère non plus.

Mâchant vigoureusement son chewing-gum tel un entraîneur pendant une finale, La Massue se tenait sur le siège arrière couvert de coussins de sa Mercedes GL450 et vérifiait son Desert Eagle.

Au volant se trouvait Petr, son bras droit – un homme mince portant un costume sur mesure et des bottes de cow-boy, et dont la mèche de cheveux blonds était impuissante à dissimuler la cicatrice qui lui barrait horizontalement la joue. Sur la banquette arrière, à côté de Mirminski lui-même, étaient assis deux types en blouson de cuir. Aucun des trois hommes ne portait les tatouages habituels chez les *bratki* du bas de l'échelle. Ils constituaient le premier cercle autour de Mirminski. C'étaient des vétérans de l'armée russe, et ils avaient participé à quelques-unes des incursions les plus brutales des Forces spéciales en Tchétchénie. Chacun d'eux gagnait plus en une semaine, et avec des avantages en nature de qualité (les femmes étaient beaucoup moins passives), que ce que leur donnait l'État russe en un an.

Le téléphone de Mirminski sonna.

Ditko.

— Prospect Park, lui dit le flic. Le parking près de la patinoire.

La Massue grogna.

— Tenez-moi au courant.

Il coupa la communication.

Il ferait en sorte que le type touche un extra pour sa peine. Mirminski récompensait toujours les gens qui l'aidaient. C'était une des raisons pour lesquelles il s'était élevé si vite. Il croyait en ce vieux dicton : *knut i pryanik*. Le fouet et le pain d'épice. Sauf que son fouet à lui était fait de fil barbelé.

Il indiqua à Petr la direction à prendre, puis se remit à tapoter le Desert Eagle, brûlant d'impatience.

Aparo venait de prendre à gauche. Je m'emparai du micro de la radio, et me mis à brailler :

— Vous les tenez toujours ?

Quelques instants plus tard, la voix de Talaoc grésilla :

— Oui. On les a perdus sur quelques blocs, mais

nous les avons retrouvés. Nous sommes sur Ocean Avenue, toujours en direction du nord.

Je jetai un coup d'œil vers Aparo, essayant de visualiser mentalement le plan de la ville.

— Où est-ce qu'ils vont ? demanda-t-il.

— Ivan doit leur avoir donné rendez-vous quelque part pour faire l'échange. Ae-cha contre la camionnette. Un endroit calme. Mais à cette heure... ça pourrait être n'importe où.

Je repris le micro.

— Ne le perdez plus, surtout. Nous sommes à dix minutes derrière vous. Les renforts sont en route. La camionnette pourrait faire le lien avec notre tueur, qui l'échangerait contre un otage. Ce mec est armé et extrêmement dangereux.

Talaoc prit une seconde, puis sa voix revint en ligne :

— Bien reçu.

Je reposai le micro. Aparo secoua la tête.

— Pourquoi ai-je cette impression d'avoir de la chance d'être encore en vie ?

Je fis la grimace, dans le noir. Au moins, j'avais vu le visage de notre homme. Cela m'avait aidé à le démystifier, à transformer ce tueur inconnu en un psychopathe comme les autres, qui jouit quand il tue des gens. Cependant, je sentais aussi autre chose.

— Ça pourrait bien être notre dernière chance de le coincer, dis-je à Aparo. Il va récupérer la camionnette et disparaître, pfut, à jamais.

— Faisons tout ce qu'il faut pour l'avoir, alors.

Chapitre 46

Kochtcheï pénétra dans le parking.
À l'exception d'une longue haie de buis face à l'entrée de la patinoire, il était totalement entouré d'arbres. On ne voyait même pas le lac de Prospect Park, qui se trouvait pourtant à moins de trois cents mètres au sud-ouest.
Il arrêta le Yukon au centre du parking, puis coupa le moteur. À part les cris des oies, de temps à autre, l'endroit était mortellement silencieux.
La camionnette ne se fit pas attendre longtemps. Elle pénétra sur le parking, avança lentement vers le SUV, puis s'arrêta à une cinquantaine de mètres. Le moteur tournait toujours.
Deux hommes en descendirent. Le plus mince était Jonny, que Kochtcheï reconnut pour l'avoir vu sur les docks. L'autre mesurait pas loin de deux mètres, et il était bâti comme un lanceur de poids. Kochtcheï présuma que Jonny n'avait pas eu le temps de recruter d'aide supplémentaire, mais descendit néanmoins du SUV avec prudence, tirant Ae-cha derrière lui.
Il pointait son revolver sur la tête de la jeune fille.
Kochtcheï sentit monter en lui une exaltation fami-

lière. Celle qui accompagnait le couronnement d'une mission difficile. L'exaltation de la victoire.

Dans quelques minutes il posséderait la camionnette et son contenu : une technologie qui avait échappé jusqu'alors à la CIA, à l'armée américaine et à l'appareil d'État soviétique.

Et il l'aurait pour lui seul. Il en ferait ce qu'il voudrait.

L'Immortel laisserait sa marque indélébile sur un monde sans défense, et qui ne doutait de rien.

Jonny devina que la main de Bon glissait vers le 9 mm coincé dans son dos, sous sa ceinture. Il lui posa une main sur le bras pour l'empêcher de dégainer.

— Attends que Ae-cha soit avec nous, murmura-t-il. Et ne fais jamais confiance à ce type. Je l'ai déjà vu à l'œuvre.

— Il est seul. On peut l'avoir.

Jonny tendit les mains, paumes vers le haut. D'un signe de tête, il invita son compagnon à l'imiter. Bon obtempéra, non sans avoir soufflé entre ses dents.

Jonny fit quelques pas en direction du Russe.

— Comment on fait ?

— C'est très simple ! cria Kochtcheï, dont la voix résonna dans le parking désert. Je veux la camionnette. On échange les véhicules. Et n'essaie surtout pas d'appuyer sur le bouton !

Jonny se raidit. Le salaud savait de quoi la camionnette était capable.

Pauvre Mister Soko. Jonny se demanda si le vieil homme était encore en vie.

Il fit encore un pas en avant.

— Et Ae-cha ?

Kaluta éteignit les phares de la voiture de patrouille et roula silencieusement jusqu'au chemin d'accès au parking.

Talaoc et lui descendirent de voiture et se glissèrent le long du muret qui le longeait, accroupis, l'arme en avant, le son des talkies-walkies réglé au minimum.

Puis ils observèrent la scène qui se déroulait de l'autre côté des arbres.

— Reilly ? murmura Talaoc dans son micro. Ils sont sur le parking, près de la patinoire. La camionnette et un SUV. Vous êtes encore loin ?

Aparo vira et nous entrâmes dans le parc. J'aurais juré que nous roulions sur deux roues.

— Nous sommes dans le parc. Vous voyez quelqu'un ?

— Deux types, près de la camionnette, répondit Talaoc. Des Asiatiques. Dont un costaud. Près du SUV, un homme et une fille.

— C'est l'otage. Ne bougez...

— Tous les deux, vous venez vers moi. Quand on est face à face, je la laisse partir. Mais d'abord, le costaud pose son flingue.

Jonny se tourna vers Bon.

Celui-ci ne réagit pas.

Le Russe ne s'en formalisa pas outre mesure.

Il se contenta de diriger son arme vers le sol, d'un air parfaitement naturel, et appuya sur la détente, perçant un trou dans le pied d'Ae-cha.

— Putain, il lui a tiré dessus !

La voix de Talaoc résonna dans le haut-parleur.

— Le type du SUV a tiré une balle dans le pied de la fille !

Je me tournai vers Aparo.

— Accélère !

Chapitre 47

Le ruban adhésif qui obstruait la bouche d'Ae-cha ne les empêcha pas d'entendre son hurlement, long et atroce. Ses genoux la lâchèrent, mais le Russe la retint fermement par le bras, l'obligeant à rester debout.

— Je ne le demanderai pas deux fois ! hurla-t-il.

Jonny sentit un goût acide remonter de son estomac.

Il comprit que le Russe avait l'intention de les tuer tous, quoi qu'il arrive. Il fallait qu'il reprenne la main, c'était leur seule chance de sortir vivants de ce parking. Il savait que Bon réagirait à la provocation du Russe – surtout dans l'état où il se trouvait, bourré de coke.

Quand Bon parvint à sortir son arme, Jonny avait déjà dégainé la sienne et tiré en direction du Russe. Trop tard, apparemment. La tête de Bon bascula en arrière et il s'écroula d'un bloc, un trou noir au milieu du front. Jonny, lui, avait manqué sa cible.

Le Russe lâcha Ae-cha et tira deux coups rapides vers Jonny, qui s'était détourné pour se mettre à l'abri derrière la camionnette. La première balle lui arracha un morceau de la tête, y compris une oreille. La seconde se ficha dans son dos. Jonny chancela un instant, tenta de rester debout, d'obliger ses jambes à se tourner, son bras à lever le revolver pour riposter – mais son corps refusait de lui obéir. Il tomba en avant. Sa mâchoire s'écrasa sur le sol en béton.

Il rouvrit les yeux, vit Ae-cha au sol, le Russe qui s'approchait d'elle pour l'achever. Et il n'y eut plus rien, sinon l'obscurité.

Nous foncions à travers les arbres, en direction de la voiture de patrouille et, au-delà, vers le parking désert. Un instant plus tard, je vis apparaître les formes encore vagues de la camionnette et du SUV.

— Là, nom de Dieu ! criai-je à Aparo, dont le pied semblait déterminé à traverser le plancher de la voiture.

Je venais de voir des éclairs illuminer la nuit devant nous. Une silhouette s'écroula, l'autre se mit à courir.

— Continue !

Nous doublâmes comme une flèche la voiture de police, avant de bondir sur le parking et de foncer sur les deux véhicules. Une silhouette isolée se penchait vers une forme allongée au sol, à ses pieds.

— Il va la tuer ! Écrase-le ! hurlai-je, tout en armant mon revolver.

Je n'avais pas besoin de le lui dire. Sans lever le pied, Aparo dirigeait la voiture vers notre cible.

Ivan pivota et se mit à nous tirer dessus.

Nous nous tassâmes sur nos sièges, alors que les balles fracassaient le pare-brise. La tête d'Aparo dépassait à peine du volant tandis qu'il fonçait toujours et percuta Ivan. Je vis le Russe s'écraser sur le pare-brise avant de passer par-dessus le toit et de heurter le sol derrière nous.

Je jetai un coup d'œil en direction d'Aparo.

— Ça va ?

— Putain, et comment ! dit-il, en arrêtant la voiture.

Nous descendîmes, l'arme pointée vers le tueur.

Le salopard était encore vivant. Il se redressait, s'efforçant de se relever. Il semblait n'avoir rien de cassé, à peine plus secoué qu'un gymnaste qui vient d'atterrir sur son tapis de sol après avoir effectué quelques virevoltes sur un cheval-d'arçons.

— Bon Dieu, fit Aparo. Le voilà donc, ce salaud de Terminator ?

Je lui fonçai dessus et lui frappai les jambes d'un violent coup de pied, ce qui le fit pivoter sur lui-même et retomber à plat sur le bitume.

— On ne bouge pas ! ordonnai-je. Je veux voir tes mains.

Je lui appuyai un genou sur le dos et le palpai rapidement. Je tirai un couteau et son étui de sa ceinture et un Glock 26 d'un holster de cheville. Je les jetai derrière moi.

— Tu as perdu, camarade ! lui dis-je en lui enfonçant mon revolver dans la nuque.

Il parvint à tourner la tête pour me regarder et m'adressa le sourire le plus terrifiant que j'aie jamais vu. Mais il ne dit mot.

Alors que je me baissai pour le menotter, j'entendis Aparo déclarer :

— On a de la compagnie.

Je levai les yeux. Il avait raison.

Un SUV noir traversait le bouquet d'arbres et se dirigeait vers nous.

Chapitre 48

J'aidai Ivan à se relever. Le SUV Mercedes noir pénétra sur le parking et s'arrêta près de la camionnette.

Quatre hommes en descendirent.

Mirminski, un grand blond à la joue marquée d'une cicatrice sombre et deux fantassins aux cheveux coupés ras. Les trois derniers armés de pistolets-mitrailleurs.

Mirminski s'avança, couvert par ses gorilles. Une vingtaine de mètres nous séparaient.

— On peut savoir ce que vous faites ? hurlai-je en pointant mon Browning sur la tête de La Massue.

Aparo avait levé son arme, lui aussi.

— On vient vous soulager d'un mal de tête, répondit Mirminski. Baissez vos armes, les gars. On n'a pas besoin de ça. De toute façon, on est trop nombreux pour vous.

— Ce n'est pas un mal de tête. C'est ce pour quoi je suis payé. Alors ramassez vos jouets, remontez dans votre macmobile et foutez le camp, qu'on puisse faire soigner la fille.

Je fis un geste vers Ae-cha et repris :

— Si vous avez de la chance, et si je suis d'humeur

généreuse, on oubliera peut-être ce qui vient de se passer. Mais cet enfoiré ne bouge pas d'ici.

La Massue secoua la tête, un sourire aux lèvres.

— Vous croyez vraiment que je suis venu pour l'aider à s'en sortir ?

Jusqu'alors, je n'avais pas remarqué le changement dans son langage corporel. Mirminski était assoiffé de sang.

— Il est à nous, Iouri.

— Et après ? Vous savez ce que ça veut dire, poursuivit-il sans me donner le temps de répondre. Ça veut dire qu'on va l'installer dans une pièce très confortable, où une bande de mecs en costard va lui poser des questions. Étant donné qui il est et ce qu'il sait, on finira par lui proposer un accord. Ou bien on le renverra à Moscou, où il vivra comme un roi, ou bien on lui donnera une baraque à Miami Beach et un gros et gras compte en banque pour qu'il vous dise, à vous et à vos copains de Langley, toutes sortes de choses fascinantes qui vous laisseront penser que vous prenez l'avantage dans ces petits jeux inutiles auxquels vous excellez.

— Il ne bouge pas d'ici, répétai-je.

— Vous êtes plus malin que ça, Reilly. Vous savez très bien comment ça marche.

Je devais avouer qu'il n'avait pas tout à fait tort. Tout au fond de moi, quelque chose criait sa répulsion à l'idée que cela pourrait se passer comme il le décrivait. Mais je n'allais quand même pas mettre une balle dans la tête de ce taré de Russe – et Mirminski non plus.

— Ça ne change rien au fait qu'il vient avec nous, fis-je d'un ton sec.

Mirminski me fixa un moment, puis il prit un air amer, comme s'il était vraiment déçu. Il se tourna vers le grand blond, pencha la tête et murmura quelques mots inaudibles. Calmement, le blond fit pivoter son arme et tira une courte rafale dans un des pneus avant de la voiture d'Aparo, qu'il déchiqueta. Il se tourna vers le SUV d'Ivan et fit la même chose.

La Massue ne plaisantait pas.

Il m'adressa un sourire pâle.

— Vous n'allez nulle part.

Les deux soldats nous tenaient toujours en joue. Je pris ma décision, très vite.

Je levai mon revolver, le pointai droit sur la tête de Mirminski.

— Si. Nous prendrons votre voiture. Écartez-vous.

Il leva les mains.

— Sinon, quoi ? Vous allez me descendre, moi, un civil désarmé ? Allons… Cessez d'être stupide. Livrez-le-moi et foutez le camp. Laissez-moi lui faire ce que vous ne pouvez faire vous-même, comme vous le savez parfaitement.

Nous étions au pied du mur. Avec très peu d'options.

C'est alors qu'Ivan prit la parole.

En russe, à l'intention de Mirminski. Pas du tout impressionné, celui-ci cracha quelques mots en guise de réponse.

L'idée de laisser La Massue embarquer Ivan me traversa brièvement l'esprit. Mais je ne pouvais pas faire ça.

— Iouri, vous devriez y réfléchir à deux fois. Nous ferons de votre vie un véritable enfer.

Mirminski sourit.

— Eh bien, cette semaine, ça n'a pas vraiment été

ma fête, hein ? Et j'ai plusieurs avocats très, très chers qui valent jusqu'au moindre sou que je leur donne.

Son sourire s'effaça. Il avait l'air mortellement sérieux, maintenant.

— OK, ça suffit. Comment fait-on ?

L'instant décisif.

J'étudiai leurs positions respectives, puis jetai un regard en coin à Ivan. Il se tenait là, figé, sans expression.

Aparo me regarda. Nous nous connaissions depuis assez longtemps pour savoir ce que l'autre pensait. Nous pouvions les bluffer, attendre les renforts et embarquer tout le monde. Deux flics étaient cachés à deux pas de là, qui hésitaient sans doute sur la conduite à tenir. Les renforts ne devaient pas être très loin. Mais d'ici qu'ils arrivent et nous donnent un avantage définitif... je n'avais pas envie d'être responsable d'une fusillade. Je ne voulais pas provoquer d'autres morts à cause de ce sac à merde.

Mirminski dut lire dans mes pensées. Il fit un signe de tête au blond, qui se dirigea vers Ivan d'un pas tranquille. Lequel le défia du regard, méprisant. Juste au moment où il nous rejoignait, trois coups de feu partis de nulle part déchirèrent la nuit.

J'ignore où les deux autres balles finirent leur course, mais le blond en reçut une dans le dos et s'écroula à terre, entraînant Ivan avec lui.

Tous les yeux se tournèrent vers l'origine de ces coups de feu : une silhouette indistincte, à une centaine de mètres, à genoux, qui tenait son revolver des deux mains.

Jonny.

Il chancelait, visiblement au bout du rouleau.

La scène suivante ne dura que quelques secondes.

Un des soldats de Mirminski tira deux fois, fauchant le jeune Coréen. Et la voiture de police choisit cet instant précis pour pénétrer sur le parking.

Aparo et moi nous jetâmes au sol. Aparo roula sur lui-même et abattit le plus proche des sbires de Mirminski.

Les flics descendirent de leur voiture, armes braquées, hurlant à l'autre tireur de s'allonger sur le sol. Il les ignora et lâcha des salves furieuses dans leur direction, touchant l'un d'eux à l'épaule. Les deux flics plongèrent à couvert derrière leur véhicule avant de riposter.

Je regardai l'endroit où Ivan se trouvait quelques secondes plus tôt. Il avait disparu.

Je tirai plusieurs fois, sans succès, sur le second sbire. Il se planqua derrière la Mercedes, avant de réapparaître et de décharger presque entièrement son chargeur, d'abord vers moi puis vers la voiture de police, criblant sa calandre et faisant exploser ses phares.

Toujours coincé derrière la voiture d'Aparo, j'entendis la camionnette démarrer. Je tournai la tête, la vis faire un bond en avant.

— Ivan.

Qui d'autre ?

Mirminski tira quelques coups de feu vers la camionnette, mais aucun n'atteignit le conducteur. Je regardai, impuissant, la camionnette faire une embardée et foncer droit sur Mirminski.

Elle le heurta de plein fouet, et ses roues avant l'avalèrent – comme l'aurait fait un aspirateur. Au bout d'une dizaine de mètres, le corps se détacha de dessous la calandre et les roues arrière l'écrasèrent avec un bruit de succion dégoûtant.

La camionnette sortit du parking en donnant de la bande et disparut sous les arbres.

Je ne pouvais le laisser s'échapper comme cela. Mais nous étions toujours sous le feu du quatrième tireur.

— Poursuivez la camionnette, on vous couvre ! criai-je aux flics.

Nous entendîmes en réponse le bruit d'un moteur qui refusait de démarrer.

La voiture de patrouille avait beaucoup trop souffert de la fusillade.

— Appelez les renforts ! braillai-je, bouillonnant de frustration. Dites-leur de rattraper la camionnette !

Je me retournai vers le tireur planqué derrière le Mercedes. Je voulais désespérément m'emparer du véhicule. Pour ce que j'en voyais, il semblait encore en état de marche.

— C'est fini ! hurlai-je au garde du corps. C'est fini, nom de Dieu ! Vous m'entendez ? Jetez votre arme et sortez de là, les mains en l'air !

Il lui fallut une bonne minute pour se décider. Une minute qui me parut durer une éternité. Lorsque, enfin, il balança son arme sur le côté, il ne servait plus à rien de poursuivre la camionnette.

Nous avions perdu Ivan.

Une fois de plus.

Et cette fois, nous l'avions laissé partir avec ce qu'il était venu chercher.

Chapitre 49

Kochtcheï contrôla les environs de l'entrepôt, s'assura que tout était calme et verrouilla la porte.

Il traversa le local et se dirigea vers le petit bureau, perdu dans ses pensées.

Tout ne s'était pas déroulé au mieux, durant cette dernière balade, mais cette idée ne le préoccupait pas trop. C'était un risque consenti. Surtout dans des missions comme celle-ci, où les impondérables étaient nombreux, où il devait prendre des décisions rapides et agir sans les avantages d'un plan préétabli. Mais cela faisait partie de sa légende : le fait qu'il soit capable d'improviser mieux que la plupart des gens, et que, d'une façon ou d'une autre, il en sortait toujours gagnant. Cette nuit lui avait fourni l'occasion d'exercer et de perfectionner ses talents. Elle s'ajouterait au large catalogue d'expériences dont il tirerait inévitablement les leçons, un jour ou l'autre. Mais le plus important, c'était qu'il avait obtenu ce qu'il voulait. Sokolov-Chislenko et la camionnette. Il fallait qu'il anticipe la suite, maintenant.

Il examina son prisonnier. Sokolov, toujours immobilisé par ses menottes et son bâillon, dormait

— dernière courtoisie du SP-117. Kochtcheï aurait pu accélérer le processus de réveil avec des sels. Mais il n'avait pas besoin de le faire dans l'immédiat. Il n'avait pas de temps à perdre, vu les moyens qu'on allait déployer pour le retrouver.

Il fallait d'abord qu'il se trouve un nouveau véhicule. Il n'avait plus son SUV, et le signalement de la camionnette avait dû être diffusé dans toute la ville.

Il fallait aussi qu'il réfléchisse. Kochtcheï avait certes un plan, qu'il avait concocté dès qu'il avait compris à quoi il avait affaire. Un plan quasiment incontournable étant donné les révélations de Sokolov.

Mais ce plan, il fallait qu'il l'affine, qu'il le passe à l'essoreuse, pour être sûr qu'il tiendrait la distance.

L'événement était proche – moins d'une journée. Trop proche, peut-être. Il se détachait sur la liste des événements les plus importants, liste que le Centre tenait à jour. Et le lieu était parfait pour ce qu'il projetait. L'occasion était trop belle pour qu'il la laisse passer. En outre, il ne pouvait s'attarder. Il se trouvait en territoire ennemi, et il devait agir vite, avant que le nœud ne se resserre sur lui.

Il fallait qu'il contacte les joueurs – les commanditaires aussi bien que les pigeons –, tous ceux qu'il connaissait, tous ceux dont il savait qu'ils avaient l'appétit et les moyens nécessaires pour ce qu'il envisageait.

Il pourrait alors mettre son plan en œuvre, et il secouerait le monde d'une façon que personne n'oublierait jamais, avant de se retirer pour jouir d'une vie de plaisirs illimités. Loin du Général, loin du Centre, loin de tous les fils de pute arrogants qui s'étaient déjà taillé des empires et avaient planqué leurs millions avant de claquer la porte derrière eux.

Le *timing* n'aurait pu être plus favorable. À l'instar des salopards moscovites qu'il méprisait tant, il avait observé les événements qui venaient de secouer le monde arabe. L'un après l'autre, les peuples se soulevaient contre leurs oppresseurs. Des dictateurs étaient renversés, leurs acolytes traînés devant les tribunaux ou pendus à des réverbères, et leurs richesses indûment gagnées confisquées. Un nouvel état d'esprit s'emparait de la planète. À Moscou même, les protestataires donnaient de la voix et se montraient de plus en plus courageux. Au Kremlin, le malaise était perceptible. On craignait sérieusement que le « printemps arabe » ne se répande dans la mère patrie. Et tout cela menaçait de couper l'herbe sous le pied de Kochtcheï et de le priver de la part du gâteau qu'il pensait mériter amplement – après toutes ses années de service.

Bref, c'était maintenant ou jamais. Peut-être commencerait-il à tailler dans le vif ici même, en Amérique, et pas dans un quelconque champ de pétrole ou près d'un gisement de gaz en Sibérie.

L'idée de frapper l'Amérique rendait l'hypothèse encore plus agréable. Car en dépit de tout, Kochtcheï était encore profondément patriote. Un patriote fier et loyal. Et les Américains affichaient beaucoup trop leur réussite. Oui, l'effondrement de la vieille idéologie politique de sa mère patrie était inévitable. Oui, ses supérieurs s'étaient révélés plus avides et plus prédateurs que les pires raiders de Wall Street. Mais les Américains avaient besoin d'être humiliés. Ils constituaient la seule, la dernière superpuissance, et la manière dont ils exerçaient leur pouvoir, avec cette arrogance et cette impudence, exaspérait Kochtcheï. Il fallait que quelqu'un les fasse tomber, et Kochtcheï se délectait en pensant à la formidable réputation qu'on ferait à l'homme qui s'en chargerait.

Cette idée lui trottant par la tête, il se dirigea vers un coin du bureau et s'allongea sur le sol de béton.

Après avoir passé son plan en revue une dernière fois, il finit par se laisser aller au sommeil.

Toujours accroupi à l'arrière de la camionnette, Shin osait à peine respirer.

Il était figé sur place, recroquevillé contre la paroi de séparation, transpirant et frissonnant. Il se concentrait, écoutant avec une vive attention tout en essayant de se faire aussi petit que possible.

Il n'avait pas compris ce qui s'était passé à Prospect Park. Par la portière de l'habitacle, il avait aperçu Ae-cha avec le Russe de l'autre côté du parking, il avait vu le type lui tirer dans le pied, il avait vu Bon s'écrouler – c'est alors qu'il s'était laissé tomber sur le sol de la camionnette et qu'il était resté là, sans plus bouger. Il n'avait rien capté à la suite des événements. Enfin, la camionnette avait redémarré, heurté quelque chose, rebondi par-dessus, négocié une série de virages brutaux qui l'avaient fait valser sur la boîte métallique au péril de sa vie, et le véhicule avait fini par s'en tenir à une vitesse raisonnable.

Il avait pris le risque de jeter un coup d'œil par l'ouverture de la paroi. Il voulait savoir qui conduisait. Il avait frôlé l'infarctus en découvrant que c'était le Russe qui avait tiré sur Ae-cha et sur Bon – et sur Jonny, présumait-il.

Il était retourné furtivement dans son coin et s'y

était pelotonné, suant et tremblant comme s'il avait la typhoïde, l'esprit paralysé par une panique muette. Il avait envisagé d'ouvrir brusquement les portières arrière et de sauter, mais il n'avait pu s'y résoudre. Il était resté dans cet état pitoyable jusqu'au moment où la camionnette avait ralenti, puis s'était arrêtée. Et le moteur s'était tu.

Les minutes qui avaient suivi avaient été horribles. Les yeux fixés sur les portières, Shin s'attendait à les voir s'ouvrir d'une seconde à l'autre et à croiser le regard stupéfait du Russe – qui l'aurait tiré à l'extérieur avant de le tuer et d'abandonner son cadavre dans un fossé quelconque.

Son rythme cardiaque avait martelé les secondes, mais le Russe n'avait pas ouvert les portières.

Shin avait entendu des pas s'éloigner, puis s'approcher de nouveau, et repartir dans une autre direction. Puis le silence.

Et toujours le silence.

Shin attendait, aussi immobile qu'une statue de cire. Il attendit longtemps. Au bout d'une heure, peut-être plus, il se décida à risquer le tout pour le tout.

Avec les plus grandes précautions, il ouvrit la portière de l'habitacle et sortit prudemment la tête. La camionnette se trouvait dans une sorte de garage. Une faible lueur filtrait de quelque part, ce qui lui permettait de discerner des murs, au-delà du pare-brise, mais aucune lumière n'était allumée dans le garage proprement dit.

Il se glissa sur la banquette avant. Lentement, très lentement, il souleva la poignée de la portière jusqu'à entendre un léger déclic. Shin attendit. Aucun bruit.

Il poussa la portière pour l'ouvrir tout à fait, regarda à l'extérieur.

Un espace vide. Une sorte de garage ou d'entrepôt. Vide. Banal.

Il descendit de la camionnette, posa les pieds sur le sol, repoussa la portière sans actionner tout à fait le mécanisme de fermeture.

Rasant le mur, il se dirigea sur la pointe des pieds vers l'avant du garage, où un rayon de lune s'immisçait par une sorte de fenêtre à claire-voie placée en haut du mur.

Près de la grande porte métallique à enrouleur de l'entrepôt, il vit une porte. Shin essaya de l'ouvrir. La poignée ne bougea pas.

Elle était verrouillée.

Il jura mentalement, revint sur ses pas et entra dans une petite pièce sur la gauche. Vide.

Son optimisme remonta en flèche quand il repéra une fenêtre en hauteur, dont le rebord se trouvait à un peu plus de deux mètres du sol.

Quelques instants plus tard, il courait à perdre haleine, loin de l'entrepôt, penché en avant, rasant les murs, priant de toute son âme pour que ce coup de chance extraordinaire ne soit pas une de ces mauvaises blagues cruelles que la vie aime nous réserver – et qu'il n'allait pas se retrouver à son point de départ, entre les griffes de ce Russe assoiffé de sang, à quelques instants d'une mort douloureuse et définitive.

Jeudi

Chapitre 50

J'étais lessivé.
Cette affaire nous était tombée dessus lundi matin, lorsque nous étions entrés dans l'appartement de Sokolov. Je venais de m'accorder deux heures d'un sommeil de plomb – les seules en trois jours – et dix minutes sous la douche, et j'étais de retour à Federal Plaza. Il en faut plus pour m'inquiéter en temps normal, mais, après le marathon de la nuit précédente qui nous avait fait passer aux docks, au restaurant et à Prospect Park, mon corps menaçait de se mettre en grève.
La bonne nouvelle, c'était que Ae-cha s'en sortirait. Il lui faudrait un certain temps pour retrouver le plein usage de son pied, la rééducation serait longue à réapprendre à tous ces tendons et ces os à se mouvoir sans à-coups et à faire ce qu'on attendait d'eux. Au moins avait-elle le temps devant elle.
Les mauvaises nouvelles, c'était tout le reste.
Les critiques affluaient de partout : le bureau du gouverneur, le bureau du maire, le chef de la police, ils nous étaient tous tombés dessus *via* mon propre patron, le très estimé Grand Sachem en personne. Nous avions passé une bonne partie de la matinée avec lui

– Aparo, moi, le directeur adjoint en personne (évidemment), Kanigher, deux ou trois officiers de liaison du NYPD et des avocats du Bureau. Après l'engueulade inévitable pour le nombre impressionnant de cadavres et le fait qu'Ivan soit toujours en cavale, Gallo voulut un récit détaillé de tout ce qui s'était passé depuis notre dernière petite réunion de famille – la veille au matin, après la fusillade de la nuit précédente, au motel. Il était très pénible de rester assis là, à regarder mon boss froncer les sourcils et serrer les lèvres d'un air extrêmement désapprobateur tandis qu'il remettait en cause et contestait toutes nos initiatives. Surtout dans l'état où je me trouvais. Mais j'avais décidé de laisser filer autant que possible. Je voulais gagner du temps et réfléchir.

Car mes pensées revenaient toujours à la même question : qu'est-ce qui avait bien pu se passer au restaurant russe de Brighton Beach ?

Personne ne l'avait vraiment expliqué.

L'affaire suscitait beaucoup d'émoi, y compris dans les médias. Nous avions neuf cadavres. Plus de quarante blessés à l'hôpital, dont quelques-uns dans un état critique. Des hommes, des femmes. Des vieux, des jeunes. La presse et nos propres agents en parlaient comme d'un incident monstre, d'une bagarre collective d'une ampleur sans précédent. Certains avançaient l'hypothèse d'une guerre des gangs. Mais ça n'avait aucun sens. Je n'avais jamais rien vu ni entendu de tel – que ce soit dans les histoires de sexe ou à l'occasion d'événements sportifs (comme un match de boxe) ou politiques (comme une manifestation). Une explosion de violence aussi brutale, ça n'avait ni queue ni tête. À mes yeux, c'était de la démence pure.

La première information intéressante relayée par les flics envoyés sur place, c'était que les protagonistes eux-mêmes ne pouvaient pas vraiment dire ce qui s'était passé. Ils ignoraient pourquoi ils avaient fait ce qu'ils avaient fait – c'était une ligne de défense classique, bien sûr, mais là, cela semblait trop général pour être un stratagème cynique de la part des coupables. Plusieurs d'entre eux évoquèrent pourtant une colère, une rage, une agressivité qui se serait brusquement emparée d'eux, mais qu'ils ne pouvaient expliquer. Comme s'ils étaient en transe, affirmaient-ils. Ou drogués. Et j'étais incapable de me sortir ça de l'esprit.

La camionnette y était bien installée, elle aussi, évidemment.

La camionnette que Sokolov avait dissimulée. La camionnette qu'Ivan voulait s'approprier, avec toute l'énergie qu'il était capable d'y mettre.

À 11 heures, je me trouvais avec Aparo dans son Charger. Nous nous dirigions vers une zone industrielle proche de Webster Avenue, dans le Bronx. C'était là, d'après les renseignements que nous avions obtenus, que Sokolov garait sa camionnette.

— Mais qu'est-ce qu'elle a de spécial, cette camionnette ? lâchai-je en contemplant la photo que j'avais en main : un cliché imprimé d'une caméra de surveillance. Qu'est-ce que Sokolov y a caché ?

— Peut-être que c'est comme dans *Goldfinger*, qu'elle est en or massif, répondit Aparo. Ou elle est pleine de drogue. Ou alors… ajouta-t-il, l'air excité, l'index levé pour enfoncer le clou, peut-être qu'elle est équipée d'un nouveau modèle de moteur qui tourne avec un carburant alternatif très bon marché… Le jackpot !

Il se tut. Un instant plus tard, apparemment pas découragé par mon air dédaigneux, il reprit :

— Sérieusement. Ce type est une sorte de savant fou, non ? Il a peut-être concocté quelque chose dans ce genre-là. Et les Russes veulent garder le secret pour protéger leurs exportations de pétrole. Nous ferions pareil. Tout le monde court après ça.

Il me regarda de nouveau, mais je ne l'écoutais plus vraiment. Une idée bizarre et même plutôt dingue venait de germer dans mon cerveau.

Mon attention avait été attirée par le bloc réfrigérant placé sur le toit de la camionnette, sur la photo.

À quoi pouvait servir cette réfrigération ?

De la viande. Des glaces.

Des bactéries.

Des virus.

Mon esprit se mit à vagabonder. Brusquement, cela ne me semblait plus du tout bizarre et dingue. Ça expliquait une grande partie de ce qui s'était passé.

Aparo le vit sur mon visage.

— Oh, tu as ce regard… me dit-il.

J'étais trop concentré pour répondre.

— Allons, Sherlock ! insista-t-il. Des explications, pour les petites mains…

— Ce truc… fis-je, toujours pensif, en tapotant du doigt le bloc réfrigérant de la photo. Et s'il ne faisait pas du froid… Mais le contraire ?

— Un… appareil pour chauffer ?

— Un diffuseur, plutôt. Un appareil qui soufflerait l'air à l'extérieur, au lieu de l'aspirer du dehors et de le refroidir. Et si l'air qu'il expulsait n'était pas tout à fait de l'air pur ? Suppose qu'il contienne quelque chose ?

Aparo ne pigeait pas. Son visage se rembrunit.
— Je vois pas...
— Et si c'était une sorte d'agent innervant ?

Larissa Tchoumitcheva inspira à fond, se redressa. Elle entra dans le bureau d'Oleg Vrabinek et ferma la porte derrière elle.

Le vice-consul – l'agent du SVR au grade le plus élevé sur la place de New York (et, à ce titre, le supérieur de Larissa) – leva les yeux de son bureau.

— Il faut que nous parlions, dit-elle.

D'un geste, il l'invita à s'asseoir. Elle prit le siège qui lui faisait face.

— Je subis une pression terrible du FBI et du bureau du maire, à propos de ce qui s'est passé depuis la mort de Yakovlev.

Vrabinek la contempla en silence.

— Que se passe-t-il, Oleg ? Vous me laissez dans le noir depuis lundi, mais cela devient totalement ingérable et je ne sais même plus ce que je suis supposée leur dire. Tous ces morts, ces fusillades... Que se passe-t-il ? Nous l'avons récupéré ?

Le visage de Vrabinek se rembrunit.

— Oui, je crois, fit-il au bout d'un instant.

— Vous « croyez » ? D'après le FBI, nous l'avons depuis hier soir, vers 22 heures.

Il fit la grimace, les rides sur son front se creusèrent un peu plus.

— Je crois, oui, répéta-t-il d'un ton bourru. Mais je ne peux pas le dire de manière certaine, pour la simple raison que je n'ai pas de nouvelles de notre homme depuis plus de vingt-quatre heures.

— Comment ça ?

— Kochtcheï était censé m'informer dès qu'il aurait le colis, afin que je puisse organiser leur exfiltration.

Vrabinek était visiblement furieux des conséquences de cet écart.

— J'ignore où il est.

Il réfléchit un instant, puis :

— Est-ce que les Américains nous manipulent ? Vous croyez qu'ils les tiennent ?

Larissa secoua la tête.

— Je ne vois pas pourquoi ils feraient cela. Qu'est-ce qu'ils y gagneraient ? En outre, je crois que Reilly était vraiment frustré et furieux de leur échec… Vous avez essayé de contacter Kochtcheï ? ajouta-t-elle, une seconde plus tard.

— Oui. Il n'a pris aucun de mes appels.

Vrabinek se leva et se dirigea vers le meuble d'acajou près de la grande fenêtre donnant sur les jardins à l'arrière du consulat.

— Le problème, avec Kochtcheï, c'est qu'il est son propre patron. Il agit à sa façon et ne rend de comptes à personne, sauf au Général lui-même. Je ne peux pas lui donner des ordres.

— D'accord… Et moi, que dois-je faire ?

Il ouvrit le petit frigo installé à l'intérieur du bar, en sortit une bouteille de vodka glacée dont il se servit un verre. Il l'avala cul sec. L'alcool lui brûla la gorge et le fit grimacer.

— Continuez à faire ce que vous faisiez, lui dit-il. Mirminski est mort. Je suis presque sûr que Kochtcheï détient Sokolov. Si c'est le cas, je crois que vous n'aurez plus beaucoup de problèmes avec cette affaire. C'est terminé, en fait.

Larissa hocha la tête et sortit de la pièce. Dans le couloir, une pensée inquiétante la saisit.

Kochtcheï pouvait parfaitement organiser lui-même son transport.

Dans ce cas, elle aurait échoué dans sa mission. Les conséquences, comme l'en avait prévenue son officier traitant, seraient désastreuses.

Chapitre 51

— Un agent innervant ? demanda Aparo. Tu es sérieux ?

Ma pensée s'emballait à cette idée.

— Réfléchis à ça. Sokolov, ou quel que soit son vrai nom, est un savant. Un savant russe. Nous savons qu'il est brillant. Peut-être a-t-il inventé quelque chose qui rend les gens agressifs. Quelque chose qui se propage dans l'atmosphère, qui est capable de libérer leurs instincts les plus primitifs. Quelque chose dont il veut que personne ne sache rien.

— Un gaz qui rend les gens agressifs ? répéta Aparo, l'air ostensiblement sceptique. Tu as le culot de me dire ça, sans rigoler, après t'être fichu de ma théorie du carburant alternatif ?

— Je ne sais pas si c'est un gaz, ou un spray, ou quoi que ce soit d'autre, mais je crois… que c'est peut-être une sorte de drogue. Un truc qui se propage dans l'air. Comme lorsqu'on inhale passivement la fumée de quelqu'un d'autre. La manière dont l'herbe agit sur le cerveau. Quelque chose dans ce genre-là. Le contraire du Prozac. Au lieu de calmer les gens, ça les met hors d'eux. Furieux, paranoïaques. On cogne à la plus légère provocation. Tout semble être une menace...

Plus je la retournais dans ma tête, moins l'idée me semblait extravagante. Un gaz innervant permettait d'expliquer pourquoi les clients du Lolita s'étaient transformés, de piliers de cocktail assidus, en prédateurs assoiffés de sang, le tout en une poignée de minutes.

— Il faut faire passer les tests toxico aux gens du Lolita, dis-je.

Aparo prit un air sérieux.

— Attends une seconde, ça ne tient pas. Et les docks ?

— Comment ça ?

— Sokolov est d'abord allé chercher la camionnette quand Jonny et lui se sont rendus aux Docks pour récupérer Della. Pourquoi aurait-il fait tout cela si, au final, ce n'était pas pour l'échanger contre Della ? Ça devait être ça, le *deal*, non ?

— C'était peut-être prévu comme ça, acquiesçai-je. Peut-être qu'Ivan voulait la camionnette depuis le début. Peut-être que quelque chose est allé de travers, et il a récupéré Sokolov à la place.

Quelque chose ne collait pas, de fait.

— Et comment se fait-il que Jonny et son pote n'aient pas été affectés par le gaz, devant le Lolita ? ajouta Aparo. Des masques ?

— Peut-être, dis-je.

Je réfléchissais.

— Qu'en penses-tu ?

— Ça n'enlève rien à ma brillante théorie du carburant alternatif... mais c'est bien possible. Et si c'est le cas… Bon Dieu, on doit absolument récupérer cette camionnette.

— Nous devons ramener Sokolov, aussi. C'est lui qui l'a conçue.

Aparo hocha la tête, puis enfonça la pédale de l'accélérateur.

Vingt minutes plus tard, nous entrions dans une zone industrielle abandonnée. Nous nous garâmes devant le petit immeuble de la direction, après les grilles rouillées. Personne. Nous reprîmes la voiture et nous mîmes à la recherche de l'unité qui correspondait à l'adresse de la camionnette de Sokolov.

Je ne savais pas exactement à quoi je m'attendais, mais sûrement pas à ce petit box de location. Aparo se chargea de faire sauter les deux cadenas. J'hésitai une seconde avant de lever le rideau de fer.

C'était un garage de taille respectable. Assez grand pour accueillir la camionnette, et il serait resté un peu plus d'un mètre pour circuler de chaque côté. J'allumai. Il était propre et bien rangé. Pas de grandes taches d'huile sur le sol de ciment, pas d'objets divers laissés là à pourrir pendant des années. Pas grand-chose en fait, à part une étagère courant tout le long du mur de gauche, à hauteur d'épaule. Quelques boîtes en carton étaient rangées dessus.

Nous les posâmes au sol pour les ouvrir.

Elles contenaient toutes sortes de pièces détachées électroniques. Fils, câbles, interrupteurs, bobines de métal plat cuivré de différents calibres, petites boîtes en plastique pleines de circuits et de connecteurs miniatures, plus une collection de récipients métalliques carrés de longueurs et largeurs variées – certains vides, d'autres pleins de ce qui ressemblait à des conducteurs électriques. Je vis également ce qui avait l'air d'être une vieille paire de verres grossissants de bijoutier.

Clairement, il ne s'agissait pas de pièces détachées de voiture. Je n'avais aucune idée de ce à quoi ça pouvait servir. Mais bon Dieu, j'étais bien décidé à le découvrir. Je pris plusieurs photos de ce matériel avec mon BlackBerry et les envoyai à notre équipe d'analyse et de réponse informatique, le Cart (Computer Analysis and Response Team). Ce n'était pas vraiment la spécialité de ces gars-là, mais je les connaissais assez pour savoir que leurs compétences s'étendaient au-delà des données numériques et que, s'ils ne savaient pas ce qu'étaient tous ces trucs, ils sauraient à qui poser la question.

J'avais comme un fâcheux pressentiment.

C'est alors qu'arriva un appel d'un numéro non identifié. Il me fallut un instant pour me rappeler le hacker obèse et génial à qui j'avais confié mon linge sale personnel.

— Une minute, dis-je à Aparo en sortant pour prendre l'appel.

— *Konnichiwa*, fit la voix de Kurt. Vous êtes assis, patron ? J'ai des nouvelles. Cible repérée, ajouta-t-il en faisant traîner les mots, fièrement.

— J'écoute, dis-je d'un ton neutre.

Il avait l'air excité.

— J'ai piraté la caméra de surveillance du distributeur et j'ai vu notre type en train de sortir des sous, la semaine dernière. Avant de s'en aller, il a regardé partout autour de lui pour être sûr que personne ne l'avait repéré.

— Peut-être craignait-il un éventuel agresseur.

— Peut-être. Mais non. Il y a mieux que ça. J'ai

découvert qu'il a une carte de crédit personnelle, sans aucune trace papier. Les relevés et le reste lui parviennent exclusivement par e-mail. Et pas par son compte Gmail principal. J'ai décortiqué les opérations des trois derniers mois : on ne peut pas dire que cela corresponde vraiment aux dépenses d'un homme marié avec deux mômes. Des tas de paiements à des comptes qui semblent banals, mais quand on creuse... on trouve une boutique de lingerie, Sylène, un chocolatier, Cocova, ou encore le fleuriste Gilding the Lily. Tous se trouvent dans la zone de Washington. J'ai trouvé aussi un règlement de plus de trois cents dollars à un endroit nommé Les Plaisirs Secrets. Un sex-shop haut de gamme sur U Street. Quatre étoiles et demie, ouvert à tous.

— Peut-être aime-t-il sa femme. Peut-être se retrouvent-ils ailleurs que chez eux, pour prendre un peu de bon temps. Ou bien ils essaient d'épicer leur quotidien avec des jeux de rôle.

Kurt grogna.

— Vous parlez d'expérience ?

Je baissai la voix.

— Doucement, Kurt. Rappelons-nous sur quoi se fondent nos relations.

Il garda le silence. Je savais que toutes sortes de soupapes sautaient dans son corps fragile.

— Je plaisante, lui dis-je. Continuez.

— Ouais... Il a une autre carte de crédit. Celle qu'il partage avec sa femme. Ces derniers mois, il s'en est servi pour payer son garagiste auto, un plombier, l'appareil dentaire de son fils et le stage d'équitation de sa fille. Personnellement, je préfère ma monture en forme de mammouth cent pour cent numérique. On a moins de chances de se blesser...

— On se concentre, Kurt.

— Ouais, pardon. Maintenant, voici la bonne nouvelle. Monsieur a utilisé la carte clandestine pour réserver une chambre d'hôtel pour ce soir.

— Jeudi, jour du liquide, dis-je.

— Exactement. Et vous savez ce qui lui a valu ses avertissements disciplinaires ? Trois retards en l'espace de deux mois. Chaque fois, un vendredi matin. Où vous avez vu qu'on traîne au lit avec sa femme ?

Je n'avais pas l'intention de discuter avec quelqu'un qui avait des idées si clairement affichées sur la vie conjugale alors qu'il vivait encore chez sa mère.

— Il réserve donc l'hôtel avec la carte, mais il paie la chambre en liquide.

— Oui, et l'autorisation pour garantir la réservation de la chambre n'apparaît nulle part. Vous voulez connaître le détail qui tue ?

— Étonnez-moi.

— L'hôtel se trouve à deux pas du distributeur de billets.

J'imaginai Kurt rayonnant de bonheur.

— Il va peut-être la voir ce soir, dis-je.

— J'en fais le pari. Rappelez-vous, c'est l'heure à laquelle sa femme est à son cours de yoga. De sept à neuf. Pendant ce temps-là, son mari utilise à bon escient cent dollars de lubrifiant comestible.

Kurt gloussa.

— Et moi qui me disais que les agents sur le terrain étaient les seuls à se marrer !

Tout ça me semblait prometteur.

— OK. Il me faut les coordonnées de l'hôtel et une

photo de Kirby. Je pourrai peut-être l'intercepter en chemin quand il rentrera chez lui. Essayez de savoir vers quelle heure c'est, d'habitude. Et si je peux le voir entrer, c'est encore mieux.

— Je m'en charge. Et je creuse son alibi. Ça vous donnera un moyen de pression encore plus fort.

— Génial…

— Il a eu la chance de se trouver une chambre pour ce soir. Tous les hôtels de la ville sont pleins.

— Pourquoi donc ?

— Le Dîner des Correspondants de la Maison Blanche. Demain soir. C'est pire que les Oscars, de nos jours. Énorme.

Je me demandai si j'aurais du mal à trouver un vol pour m'emmener là-bas.

— D'accord. À quelle heure arrive-t-il, d'habitude ?

— J'ai eu accès aux enregistrements des cartes de crédit à la réception de l'hôtel. J'ai localisé l'arrivée de Kirby, la semaine dernière et les trois précédentes. Toujours entre 17 h 45 et 20 heures.

Un coup d'œil à ma montre. Il était presque midi. C'était un peu juste, mais faisable. Parfaitement faisable.

— Bon boulot, mec, ajoutai-je après une pause. Vous auriez fait un bon flic.

— Avec ce qui me tient de corps ? Je ne crois pas. Bon, j'ai une partie de Halo 5 qui démarre dans dix minutes. Je vous dis *sayonara*.

Le silence se fit sur la ligne. Je me demandais comment j'allais faire l'aller-retour à Washington sans que ça se sache, avec tout ce qui se passait autour de moi. Je me demandais aussi si le fait que Kirby trompe sa femme (si c'était le cas) me donnait assez d'arguments moraux pour le faire chanter.

Puis je me rappelai ce qu'ils avaient fait à Alex, et tous mes doutes furent immédiatement étouffés. Je réintégrai le box.

— Tout va bien ? me demanda Aparo, en me jetant un regard curieux.

— Ça baigne.

J'allais avoir besoin de son aide, mais je ne voulais pas lui en parler tout de suite. Tout allait si vite que mes plans pouvaient encore changer. J'espérais simplement que je pourrais rencontrer mon Casanova ambulant dans quelques heures.

Chapitre 52

Kochtcheï n'eut pas besoin de lui faire renifler des sels. Quand il revint de son expédition, en fin de matinée, il trouva Sokolov éveillé.

Le savant avait un air mauvais. C'était normal. En plus de ce qu'il avait subi, il n'avait rien absorbé depuis des heures.

Kochtcheï avait de quoi y remédier. Il avait fait des courses, acheté des aliments et tout ce dont ils pourraient avoir besoin.

Il avait loué une voiture, aussi. Il n'avait eu aucun mal à trouver les agences des grandes compagnies, où un vaste choix de modèles était proposé. Grâce à son passeport grec et à la carte de crédit établie au même nom – les perturbations sociales en Grèce faisaient de ce pays une option de choix pour obtenir de fausses identités –, il était revenu de l'aéroport tout proche au volant d'un Chevrolet Suburban noir aux vitres teintées, dont le compteur indiquait moins de quinze cents kilomètres. Ce SUV ferait l'affaire. Et le fait que de nombreux services officiels utilisaient ce modèle était un bon point supplémentaire.

Il arracha l'adhésif des lèvres de Sokolov et lui détacha les mains du radiateur. Puis il les lui menotta – par-devant, cette fois, pour lui permettre de boire et de se nourrir. Il lui montra les sandwichs, les bananes et la grande bouteille d'eau qu'il avait déposés sur le sol.

— Mangez. Buvez. Nous avons du pain sur la planche.

Sokolov lui jeta un regard hésitant, puis il tendit la main et se servit.

— Della ? demanda-t-il après avoir bu une gorgée d'eau. Elle va bien ? Dites-moi la vérité.

— Elle va bien. Elle est sans doute en préventive, à l'heure qu'il est. Je vous l'ai dit. Elle ne m'intéresse pas.

Sokolov hocha tristement la tête.

— Si vous me ramenez en Russie... pourrai-je l'appeler de là-bas ? Juste pour qu'elle sache...

Kochtcheï acquiesça, l'air d'y penser.

— Chaque chose en son temps. Coopérez. Faites ce que je vous dis. Et nous verrons.

Il attendit que Sokolov ait avalé la moitié d'un gros sandwich, avant de revenir aux choses sérieuses :

— Il faut que nous le sortions de la camionnette, dit-il. J'ai un SUV, avec un grand espace arrière. Je veux que vous l'y mettiez. Ça vous prendra combien de temps ?

Sokolov se crispa.

— Camarade, s'il vous plaît, ajouta Kochtcheï. Ne me mentez pas, et ne rendez pas les choses plus difficiles, pour vous ou pour Della. Plus tôt nous aurons fait ça, plus tôt nous pourrons avancer.

— Je dois le démonter...

— Je veux qu'il soit opérationnel, précisa Kochtcheï. Pas dans des caisses.

Cela surprit Sokolov :

— Vous allez vous en servir ?

Kochtcheï lui opposa un visage aussi expressif qu'une plaque de marbre.

— Contentez-vous d'obéir. Pour le bien de Della.

Sokolov soutint son regard, un instant, puis il secoua la tête, en signe de défaite.

— Cela prendra plus de temps. Il me faut des outils, ajouta-t-il après un instant de réflexion.

— J'ai acheté tout ce dont vous pourriez avoir besoin. S'il vous faut autre chose, je vous le procurerai. D'après ce que je sais, la seule connexion avec la camionnette, c'est l'apport d'énergie, exact ?

— Oui.

— Vous pouvez donc le réinstaller n'importe où. Du moment qu'il dispose d'une source d'énergie...

— Il est alimenté par quatre batteries rechargeables à l'arrière, acquiesça Sokolov. Le moteur les charge quand il tourne. Elles sont très lourdes.

— Ce n'est pas un problème.

Puis Kochtcheï posa d'autres questions. Sur les divers réglages de l'appareil. Sur l'éventail de fréquences. Sur sa capacité à traverser les murs. Les fenêtres. Et une vitre de huit centimètres d'épaisseur à l'épreuve des balles et des explosions.

Toutes les réponses furent agréables à entendre.

— Finissez votre repas, dit-il enfin à Sokolov. Et nous nous y mettrons.

Il laissa son prisonnier et sortit pour donner le

premier coup de fil qui mettrait les choses en mouvement.

Sokolov regarda son ravisseur s'éloigner, le moral au plus bas.

Ce salaud allait s'en servir. Une nouvelle arme des plus sournoises allait se déchaîner sur un monde qui ne s'y attendait pas. Des innocents allaient connaître douleur et souffrance, c'était inévitable. Il pouvait y avoir toutes sortes d'utilisations possibles. Sokolov n'en avait même pas rêvé, mais d'autres le feraient. Ils le faisaient toujours. Trop de gens étaient toujours trop heureux de laisser leur imagination les conduire dans les recoins les plus sombres de la psyché humaine, et ils n'avaient pas besoin d'être payés pour concocter des manières inédites d'infliger la souffrance.

Les choses ne seraient plus jamais les mêmes. À cause de lui, Sokolov.

Il envisagea de refuser d'obéir à son ravisseur, même si ça voulait dire que le Russe le torturerait. Le Russe n'y manquerait pas. Sokolov n'en doutait pas une seconde. Et il savait qu'il ne serait pas assez fort pour le supporter. Au bout du compte, il finirait par se soumettre.

Sokolov se replongea dans les heures les plus noires de la vie de son grand-père. Le génie malencontreux de ce dernier avait causé des dégâts épouvantables. Il se demanda si son destin était d'en provoquer encore plus. En ce moment très sombre, Sokolov envisagea de se suicider – ne restait plus qu'à trouver le moyen d'y parvenir. Puis il se dit que ce n'était pas la bonne solution. Le Russe disposait déjà de son appareil. Il était trop tard. Le génie était sorti de la bouteille.

Plus important encore, il y avait Della.

Sokolov devait continuer à se battre. Il devait essayer de gagner la partie.

Pour Della.

Chapitre 53

Journal de Misha

Petrograd, septembre 1916

La situation devient de plus en plus incontrôlable, et je crains le pire.
Tout allait si bien, pourtant.
Le paysan mystique venu de Sibérie était bien établi en qualité de guérisseur irremplaçable du couple impérial, de devin et de fidèle soutien. Il exerçait son influence sur la quasi-totalité de leurs décisions les plus importantes. L'impératrice était et reste aujourd'hui encore sa protectrice et son avocate la plus haut placée. Depuis quelques années, quiconque profère des menaces contre lui est immédiatement déchu et neutralisé.
Tout cela est en train de changer.
Mme Lokhtina est partie depuis longtemps. Il y a quelques années, la pauvre femme a été bannie par son mari, après que celui-ci eut découvert ses badinages scandaleux avec mon maître, et qu'il l'eut dépouil-

lée de tout ce qu'elle possédait. Je me suis laissé dire que cette femme d'une grande beauté, considérée jadis comme un modèle de la haute société de Saint-Pétersbourg, vagabonde maintenant sur les routes de campagne comme si elle s'était échappée d'un asile de fous, faisant l'aumône, pieds nus, toujours vêtue de sa robe blanche crasseuse, un ruban autour du front sur lequel est écrit le mot « Alléluia », à peine lisible.

Elle ne manque pas de remplaçantes. Raspoutine est installé confortablement dans son nouvel appartement de la rue Gorokhovaïa. Bien qu'il ne lui soit plus nécessaire d'emmener ses nobles maîtresses ou ses prostituées dans des établissements de bains publics ou des hôtels miteux, il continue de s'ébattre ouvertement avec sa clique de conquêtes féminines, ce qui lui vaut une campagne de calomnies de plus en plus violente – et de plus en plus dangereuse.

Après avoir été l'objet de rumeurs discrètes, il s'expose désormais quotidiennement dans les colonnes des journaux. La presse est obsédée par Raspoutine. Seul le naufrage du Titanic est parvenu, brièvement, à détourner l'attention de lui. Les chiens courants de la presse sont fascinés par les histoires liées à sa débauche et à ses bacchanales incessantes. On évoque même un viol : il aurait abusé de l'infirmière du prince héritier, au palais royal.

La noblesse et la bourgeoisie sont en plein tumulte. À cause de la foi aveugle et de la dévotion inébranlable que la tsarine et son tendre mari réservent à Raspoutine, le peuple a perdu tout respect pour le couple royal. La rumeur prétend même – j'espère que c'est infondé – qu'il aurait couché avec l'impératrice.

À ma grande frustration, Raspoutine semble y être

indifférent. Tandis que j'œuvre secrètement à perfectionner ma machine et à en explorer les pouvoirs, il passe son temps à faire la fête avec des bohémiennes. Il exhibe ses femmes sans la moindre vergogne, fait étalage de sa lubricité sans excuse, tandis que le tsar et sa femme réfutent les critiques émises à son égard, et mettent fin à toute enquête qui pourrait donner crédit à ce qu'ils considèrent comme des mensonges malveillants ou des divagations de gens mal informés.

La manière dont Raspoutine se mêle de politique lui vaut également beaucoup de mépris. Il s'immisce ouvertement dans les affaires nationales, allant jusqu'à imposer certaines nominations au plus haut niveau du gouvernement et dans le Saint Synode.

Et puis, il y a ses prises de position contre la guerre.

Tout a commencé lorsque les monarques austro-hongrois, soutenus par leurs protecteurs allemands, ont décidé d'annexer la Bosnie et l'Herzégovine. La bourgeoisie et l'aristocratie russes, furieuses, exigèrent que l'on parte en guerre pour défendre leurs frères slaves. La presse appelle également à l'entrée en guerre. L'armée russe, avide d'avoir une chance de venger sa défaite dans la guerre russo-japonaise, veut le conflit. Le tsar, formé à l'école militaire et soucieux de se gagner l'affection de la société russe, est lui-même sur le pied de guerre.

Mais la tsarine est contre. Elle n'a pas oublié la révolution sanglante qui a suivi la défaite contre le Japon. Et elle est à moitié allemande (l'empereur Guillaume II est son oncle), ce qui rend sa position encore plus difficile à défendre.

Alors Raspoutine est venu à son aide. Il était passionnément opposé à la guerre. En qualité d'homme de Dieu, il était naturel qu'il milite en faveur de la paix. Mais pour le faiseur de miracles de l'impératrice, c'était une mission qu'il n'avait pas le droit de manquer.

Il s'adressa plusieurs fois au tsar, qu'il mit en garde contre les défaites et contre les révolutions. Le tsar l'écouta... et fit marche arrière. La guerre était évitée.

J'étais ravi, bien sûr. C'était une belle réussite, noble et généreuse. D'autres étaient moins contents. Dans les antichambres du pouvoir et dans les salons, Saint-Pétersbourg se scandalisait de la manière dont un paysan illettré et dégénéré avait empêché une guerre juste, et humilié leur grande nation. Des voix puissantes s'élevèrent contre Raspoutine – d'abord le Premier ministre Stolypine, puis les hiérarques de l'Église, Feofan, Hermogène et Iliodor.

Furieux de l'influence irrésistible que Raspoutine exerçait sur le couple royal, Stolypine lança contre lui une implacable campagne de harcèlement. Il l'attaqua devant la Douma. Il fit en sorte que la presse publie des histoires féroces sur son mode de vie scandaleux. Il le fit surveiller par des agents de l'Okhrana, sa police secrète, ce qui compliqua encore un peu plus l'organisation de nos réunions. Les agents donnèrent même à Raspoutine des noms de code, la plupart féminins : Femme d'hiver, Colombe, Chouette, Petit Oiseau, et bien d'autres. Et ils ne se privaient pas d'organiser des fuites au profit des journalistes en embuscade sur la piste de Raspoutine.

L'évolution de la situation m'inquiétait terriblement. Mais Raspoutine était imperturbable.

— Ne vous inquiétez pas, Misha, me promit-il. D'ici peu, il ne nous embêtera plus.

— *Mais c'est le Premier ministre, répliquai-je.*
— *Oui, fit Raspoutine, d'un ton convaincu. C'est pourquoi le tsar m'écoutera quand je le mettrai en garde contre le fait que cet homme a accumulé trop de pouvoir.*

Et il en alla comme il l'avait annoncé. Le tsar, manquant de confiance en soi, l'écouta. Quand Stolypine vint le voir, armé d'un épais dossier sur Raspoutine dont il exigeait le bannissement, le tsar rejeta les conclusions de l'enquête et informa Stolypine que ses agents étaient trop idiots pour comprendre ce qu'ils avaient sous les yeux. Les véritables motivations de Raspoutine, déclara-t-il à son Premier ministre, leur étaient largement inaccessibles. Puis il jeta le dossier au feu.

Les rapports affirmant que Stolypine aurait été muté dans le Caucase ne seront jamais avérés. Un mois après sa réunion houleuse avec le tsar, il fut assassiné à l'Opéra de Kiev par un militant d'extrême gauche connu. Le bruit courut que Raspoutine avait contribué à organiser le meurtre. Un an plus tôt, j'aurais affirmé que c'était un mensonge flagrant. Aujourd'hui, je ne sais que croire. Je tiens en tout cas deux choses pour certaines : le jour de l'attentat, Raspoutine se trouvait à Kiev, et le tsar mit fin en personne à l'enquête sur le meurtre de son Premier ministre.

La mort de Stolypine et les rumeurs sur l'implication de Raspoutine dans son meurtre ne firent qu'aggraver la situation. Les attaques pleuvaient de toutes parts. L'une d'elles en particulier fut beaucoup plus brutale que les autres.

Cela se passa le 16 décembre, par une nuit sans lune. Raspoutine me raconta que son ami, le moine

Iliodor, dont il avait fait la connaissance dès notre arrivée à Saint-Pétersbourg, était venu le chercher pour le conduire à une réunion vespérale au monastère Iaroslav, avec l'évêque Hermogène et un petit groupe de ses amis.

La situation dégénéra à l'instant même où il pénétra dans le cloître.

À en croire Raspoutine, ils avaient à peine ôté leurs manteaux qu'un des participants, le journaliste Rodionov, se mit à se moquer de lui ouvertement.

— Regardez les humbles haillons de notre starets ! lança-t-il en s'adressant aux autres. Combien doit coûter ce manteau de fourrure ? Deux mille, deux mille cinq cents roubles ? Et cette chapka ? Elle doit coûter au moins quatre cents roubles.

— Un bel exemple de sacrifice de soi, répondit Hermogène en les faisant entrer dans la salle de réception du monastère.

Raspoutine, déstabilisé par des sarcasmes aussi explicites, prit un siège. Hermogène se lança presque immédiatement dans une harangue démentielle :

— Vous êtes un escroc sans foi ni loi ! cria-t-il à Raspoutine. Vous avez offensé des femmes innombrables et trompé leurs maris. Vous avez même couché avec l'impératrice. Ne le niez pas. Nous le savons.

Les autres prirent le relais, en poussant des hurlements : « Vous êtes un agent du mal, paysan ! Vous êtes l'Antéchrist ! »

Stupéfait de cette explosion inattendue, Raspoutine resta paralysé au fond de son siège. Là-dessus, l'évêque le prit par les cheveux et se mit à le frapper violemment au visage.

— Au nom de Dieu, aboya-t-il, je t'interdis de

toucher une seule femme ! Et je t'interdis de voir le tsar, ou la tsarine. Tu as compris, espèce d'ordure ? Je te l'interdis !

Les coups continuaient de pleuvoir sur Raspoutine, trop choqué pour essayer de se défendre.

— Le pouvoir des tsars est sacré, et l'Église ne restera pas sans réagir, elle ne te laissera pas le détruire. Tu ne remettras plus les pieds au palais royal, tu as compris ? Plus jamais !

Hermogène s'écarta de Raspoutine meurtri et fit un signe de tête à Rodionov, qui sortit son sabre. Pressant la lame sur la gorge de Raspoutine, il le força à jurer sur une grande croix de bronze qu'il ne remettrait plus jamais les pieds au palais, lui frappant même la tête avec la croix.

Quand je le vis revenir, couvert de bleus et de contusions, je n'en crus pas mes yeux. Je ne l'avais jamais vu aussi secoué... ni aussi furieux. Il était fou de rage. Il refusait de voir quiconque avant que ses blessures ne soient guéries, mais il dicta un télégramme que j'expédiai au palais royal.

Le tsar et la tsarine étaient en colère. L'évêque avait menacé la vie de leur ami particulier. En outre, il avait insulté l'impératrice en l'accusant d'adultère !

Hermogène et Iliodor furent bannis de Saint-Pétersbourg, mais ils refusèrent de quitter la ville. Le tsar renonça malgré tout à les expulser manu militari, car il ne souhaitait pas en faire des martyrs. Ils continuèrent donc à tirer à feu nourri sur Raspoutine. De tous côtés, la pression montait. Il nous fallait un miracle.

Fidèle à sa nature et à son caractère rusé, Raspoutine en fabriqua un de toutes pièces.

Cela se passa à l'automne, quand le prince retomba malade.

La famille royale était en résidence dans la réserve de chasse de Spala, dans les forêts polonaises de Belovej. Le prince tomba dans son cabinet de toilette et se fit mal à la cuisse. La blessure entraîna une hémorragie interne, qui se répandit dans l'aine et provoqua un empoisonnement du sang.

L'hémorragie secondaire se répandit, et le jeune prince se trouva dans un état grave. Renonçant à tout espoir, les médecins demandèrent à la tsarine de se préparer au pire. Le couple impérial était désespéré. Cette fois, Raspoutine était inaccessible. Il était reparti chez lui à Pokrovskoïe, beaucoup trop loin pour s'occuper en chair et en os du tsarévitch.

Je me trouvais à Spala, bien sûr. Avec ma machine. J'attendais.

Nous avions tout prévu, en fonction d'une telle éventualité. Raspoutine m'avait préparé, aussi bien qu'il le pouvait, mais de nombreuses inconnues demeuraient. Ce que nous étions en train de faire me donnait beaucoup d'inquiétude. Nous mettions l'héritier impérial en danger de mort.

« Il ira bien, m'avait assuré Raspoutine, gravant ses paroles dans ma conscience, de son regard hypnotique. Vous verrez. »

J'étais trop perturbé pour faire allusion à mes craintes quant à ma propre sécurité. Après tout, j'allais traquer le couple royal sur son terrain.

Raspoutine était déjà venu au château lors d'une partie de chasse avec le tsar, et il le connaissait bien. D'une main hésitante, il en avait dressé le plan à mon intention, soulignant où se trouvait la nursery. Située au rez-de-chaussée, elle avait une grande fenêtre, ce qui servirait assez bien notre objectif.

J'avais pris le train pour Spala, filant le couple royal. Dès mon arrivée, je m'étais présenté à l'employé du bureau du télégraphe. Un matin, je me rendis dans la forêt, dès l'aube, pour me faire une idée de ce qui m'attendrait peut-être si j'avais besoin d'agir. Cela ne serait pas facile. Ma machine était plutôt encombrante et difficile à transporter, surtout dans une forêt aussi épaisse. Bisons et sangliers étaient nombreux dans la région, et je n'avais pas l'étoffe d'un aventurier. Jusqu'à ce que je rencontre Raspoutine, en tout cas. Je crois que tout cela a changé.

Mais s'il arrivait quoi que ce soit au tsarévitch pendant le séjour du couple royal, ce serait une occasion en or. Quand l'impératrice envoya à Raspoutine un télégramme urgent, l'implorant de sauver son fils, j'étais prêt à entrer en scène.

Le lendemain, à l'aube, je me rendis à nouveau dans la forêt. Cette fois, j'avais emporté ma machine. Je parvins à atteindre la limite du domaine sans être repéré, et me dissimulai à couvert derrière des buissons. J'installai ma machine, que je dirigeai vers la chambre du tsarévitch, et l'activai dès que je vis le messager arriver avec le sac postal.

Raspoutine avait envoyé un télégramme de Pokrovskoïe, dans lequel il disait à la tsarine : « Dieu a entendu vos prières. Le petit ne mourra pas. Dites simplement à vos docteurs de le laisser tranquille. »

Pendant trois jours, je restai accroupi dans les buissons, dans un silence perturbant dû à la présence des boulettes de cire protectrices dans mes oreilles. Je me nourrissais des maigres provisions que j'avais emportées avec moi, méfiant à l'égard de la vie sauvage qui grouillait autour de moi, espérant que les gardes ne me repéreraient pas, espérant surtout que ma machine serait aussi efficace qu'elle l'avait déjà été, sans que sa puissance puisse être en l'espèce améliorée par les pouvoirs de guérisseur de Raspoutine.

Au début, j'entendais les gémissements de douleur de l'enfant, et ses hurlements : « Maman ! Aide-moi ! »

Au bout de quelques heures, les cris s'interrompirent.

Au grand étonnement des médecins, le tsarévitch ne tarda pas à se rétablir. Il survécut. Exactement comme Raspoutine l'avait prédit.

Il avait soigné l'héritier du trône sans même se trouver sur place.

Personne ne pouvait tourner le dos à ce miracle.

Raspoutine, désormais, était réellement intouchable.

Pour l'heure, Raspoutine pouvait faire ce qui lui plaisait, toujours insensible aux critiques. Il se mit à plastronner en ville dans ses bottes de cuir, ses manteaux magnifiquement doublés de brocart et ses coûteuses chemises de soie brodées par la tsarine en personne, au milieu de son cercle de belles aristocrates et de prostituées, tout en dirigeant ouvertement les affaires d'État du tsar et de la tsarine. Akilina, son secrétaire, recevait des monceaux d'argent des quémandeurs qui affluaient à sa porte et souhaitaient qu'il exerce son influence, en leur faveur, auprès des monarques. Je disposais maintenant des moyens et de la paix de l'esprit nécessaires pour poursuivre mon travail et perfectionner ma machine. Je louai un nou-

veau laboratoire et progressai à grands pas. Mon mentor, Heinrich Wilhelm Dove, qui le premier avait découvert la magie que j'étais en train d'explorer, aurait été très fier de moi.

L'année de festivités organisée pour célébrer les trois cents ans de la dynastie des Romanov se déroula paisiblement. Puis les calamités recommencèrent à pleuvoir sur nous.

Je venais de découvrir une possibilité effrayante de propager l'effet de ma machine, en me servant d'un transducteur piézoélectrique et d'une dynamo. Cette possibilité était vraiment terrifiante... Dans le même temps, coup sur coup, deux événements catastrophiques se produisirent, deux meurtres qui allaient affecter l'existence de millions d'êtres humains et redessiner la carte du continent.

Un dimanche de juin 1914, un jeune Serbe assassina l'archiduc François-Ferdinand, héritier du trône austro-hongrois. Un conflit monstrueux semblait inévitable. Comme précédemment, le tsar, l'armée, la vieille noblesse et la jeune bourgeoisie brûlaient d'entrer en guerre. Comme précédemment, l'impératrice ne voulait rien entendre. Raspoutine intervint à nouveau. Il envoya au tsar plusieurs courriers urgents. Cette fois, pourtant, les prophéties apocalyptiques de l'émissaire de Dieu furent rejetées par l'empereur. Plus encore, Nicolas II, fermement engagé désormais sur le sentier de la guerre, refusa de recevoir Raspoutine et lui intima l'ordre de regagner son village, « pour le bien de l'ordre public », précisa-t-il.

Et c'est là, le lendemain précisément, à Pokrovskoïe, qu'une folle le poignarda.

Je n'étais pas avec lui, bien sûr. Je devais rester à

Saint-Pétersbourg, pour le cas où le tsarévitch ferait une rechute et aurait besoin de notre aide.

— *Je rentrais de l'église lorsque cette mendiante défigurée est venue vers moi et m'a demandé l'aumône, me raconta-t-il. Je mettais la main à ma poche pour lui donner un kopek, lorsque cette diablesse a sorti un poignard d'une déchirure dans sa chemise, et m'a frappé à l'estomac en hurlant : « Meurs, Antéchrist, meurs ! » Je l'ai repoussée et me suis enfui. Mon esprit n'avait pas enregistré ce qu'elle m'avait fait. Elle me suivit, brandissant toujours son poignard et vociférant comme un Cosaque. Sentant que mes jambes m'abandonnaient, je décidai de lui faire face. Je repérai à mes pieds un gros bâton dont je me servis pour la rosser, jusqu'à l'arrivée de villageois qui l'ont emmenée.*

La femme était une ancienne prostituée, dont le visage était ravagé par la syphilis. Elle n'exprima aucun remords, assimilant sa tentative de meurtre à un devoir sacré : elle avait décidé de le tuer parce qu'il était un faux prophète et un agent du démon. Raspoutine la soupçonna d'avoir été dépêchée par un de ses pires ennemis, le moine Iliodor, et je dois dire que je suis d'accord avec lui à ce sujet. Quoi qu'il en soit, le geste de cette femme allait avoir des conséquences aussi dramatiques et considérables que celui de l'assassin de Sarajevo. Son arme allait réduire à l'impuissance le seul homme qui aurait pu, en Russie, empêcher notre grande nation d'entrer dans cette guerre féroce.

Le médecin le plus proche se trouvait à six heures de cheval. Raspoutine flotta pendant plusieurs jours entre la vie et la mort. Quand il se rétablit enfin, après des semaines de soins, il n'était plus le même homme.

Le tsar ignora les télégrammes que Raspoutine lui envoya de son lit d'hôpital pour l'implorer de renoncer à la guerre. Dans ce dernier plaidoyer, mon maître mettait l'empereur en garde en annonçant « un immense océan de larmes » avant de conclure sur ces mots : « Tout sera noyé dans un grand bain de sang. » Le tsar ne l'écouta pas. La Russie entra dans la guerre. Une guerre qui allait engloutir le continent tout entier, et se répandre bien au-delà.

Raspoutine était un autre homme, désormais. Constamment en proie à la douleur depuis la tentative de meurtre, il se mit à boire – pas seulement du madère et du champagne, mais de la vodka, et en grandes quantités – et son caractère devint franchement odieux. Il extorquait d'énormes sommes d'argent à toutes sortes de quémandeurs répugnants pour qui il affectait d'intervenir auprès du gouvernement. Dans les rapports des agents de la police secrète chargés de le surveiller, il était surnommé « le Noir ». Dès qu'il eut récupéré des forces, la débauche reprit de plus belle, se combinant désormais aux agapes alcooliques et à la violence. L'empire sombrait de plus en plus profondément dans la guerre, et il sombra avec lui.

Il ne pouvait plus prendre parti contre la guerre, alors que tout le monde semblait ravi et excité par le carnage. Le tsar galopait sur les champs de bataille tandis que sa femme, au palais, avait besoin en permanence de prophéties exaltantes pour garder le moral. Les controverses publiques contre Raspoutine reprirent dans tout Petrograd (ainsi avons-nous rebaptisé notre capitale, à cause de la consonance un peu trop allemande de « Saint-Pétersbourg ») avec une férocité renouvelée. Il craignait pour sa vie, et il était assailli par le doute et le désenchantement.

C'est alors que j'ai commis ma plus grosse erreur.

Je lui ai parlé des nouveaux développements intervenus dans mon travail. Je lui ai expliqué que j'avais amélioré les performances de ma machine, et élargi son rayon d'action.

— Montrez-moi ce qu'elle peut faire, dit-il, une haine féroce dans le regard.

Je ne pus refuser.

À l'heure où j'écris ces lignes, après notre retour de cet horrible séjour dans l'Oural, je ne sais plus où j'en suis.

Les paroles de Raspoutine, celles qui m'ont secoué jusqu'au fond de l'âme quand nous nous trouvions devant la mine damnée, en train de contempler le résultat de nos actes maudits, me hanteront jusqu'à mon dernier souffle.

« Comment ? lui avais-je demandé. Comment le crime monstrueux que nous venons de commettre pourrait-il assurer le salut de notre peuple ?

— Ils ne m'écouteront plus, m'avait-il répondu, de sa voix gutturale en cet instant anormalement cohérente. Ils veulent la guerre. Ils veulent faire couler le sang. Ils croient que c'est le chemin que Dieu veut que nous empruntions. Eh bien... s'ils veulent la guerre, je leur donnerai la guerre. Je vais leur montrer la vraie gloire de la sauvagerie. Nous chevaucherons jusqu'au front. Nous chevaucherons jusqu'aux lignes ennemies, nous resterons à distance et nous les regarderons se massacrer mutuellement à mon commandement. Et quand ces imbéciles verront cela, quand ils *verront l'étendue de mon pouvoir... l'ennemi suppliera, demandera pitié, et le tsar m'accordera tout ce que je voudrai pour rester dans mes bonnes grâces. »*

Avec un grand sourire, il avait posé sur moi son regard hypnotique.

« Il m'accordera même le trône. »

Pour l'heure, je suis perdu dans un maelström de pensées atroces.

« Tout sera noyé dans un grand bain de sang », disait-il au tsar dans ses avertissements anti-guerre.

Maintenant, c'est nous qui allons organiser les noyades.

J'ai bien peur que mon vieux maître ait perdu son chemin. Il est tombé dans un état de profonde tentation spirituelle. La pureté de l'âme qu'exigent la prophétie et le talent de guérison est devenue un cadeau empoisonné depuis qu'il a succombé à l'Antéchrist.

Je dois faire quelque chose pour l'arrêter. Pour sauver la Russie.

Je dois faire quelque chose pour sauver son âme.

Chapitre 54

Tout l'après-midi, j'avais tourné en rond comme un fauve en cage, ma tête transformée en un champ de bataille d'instincts sauvages et contradictoires.

Je savais que nous tenions quelque chose avec ma théorie concernant la camionnette et je voulais approfondir cette idée. En même temps, je sentais que Kurt m'offrait l'occasion d'approcher Corrigan, bien plus que je n'étais parvenu à le faire depuis des mois. Une opportunité qui ne se représenterait peut-être plus jamais.

Je devais jongler avec ces deux affaires, ne serait-ce que pendant quelques heures.

Nous avions interrogé Ae-cha à l'hôpital. Puis retour à Federal Plaza, où nous attendait une vidéoconférence avec, comme par hasard, un analyste de la CIA. L'agence avait retrouvé dans ses dossiers une empreinte vocale correspondant à celle d'Ivan, que nous leur avions envoyée en même temps qu'à la NSA. Pas d'identité, malheureusement. Pas de nom, ni de photo. Mais cela nous apprit plusieurs choses. D'abord qu'ils avaient déjà entendu cette voix, au moins deux fois. Dans une conversation enregistrée à Dubaï peu avant la disparition d'un homme d'affaires ukrainien qui prenait de l'importance dans le mouvement d'opposition au régime soutenu par le Kremlin. Et à Marbella, quelques jours avant la noyade d'un banquier russe de premier plan.

Ivan voyait du pays.

Ensuite, s'ils ne connaissaient pas son identité, ils avaient un nom de code. « Kochtcheï ». Comme un personnage des contes populaires russes. Plus précisément, « Kochtcheï l'Immortel ».

Bien vu. Et terrifiant.

Ils le recherchaient, bien sûr. Comme un certain nombre de gouvernements aux quatre coins de la planète. À part cela, ils ne pouvaient pas nous en dire plus, tout comme nous ne pouvions pas ajouter grand-chose à leur dossier aussi mince qu'une pelure d'oignon. De toute façon, nous n'avions pas besoin de la moindre confirmation sur les compétences ou la cruauté de l'individu.

Kurt m'envoya *via* un compte Yahoo bidon de nouvelles infos. L'adresse de l'hôtel et la photo de Kirby. Rien dans son apparence ne suggérait qu'il était différent de n'importe quel Américain de condition et d'âge moyens, menant une existence moyenne. Mais il avait peu de rides et une chevelure abondante – ce qui, pour un homme d'un peu plus de cinquante ans, n'était pas une mince réussite. Sa propension aux galanteries illégitimes l'aidait peut-être à rester jeune.

Je me connectai et cherchai les horaires des vols. J'en avais un à JFK à 17 h 15, arrivée prévue à Washington National Airport à 18 h 40. Cela me laissait le temps d'attraper un taxi et d'être à Georgetown lorsque Kirby et sa playmate arriveraient à leur rendez-vous secret, à l'hôtel de M Street. Je me demandai comment il se débrouillait pour payer quatre nuits par mois dans un hôtel aussi chic. Peut-être devrais-je lui poser la question.

16 h 30. Il était temps de prendre une décision. En allant à Washington, je prenais un risque énorme. Un risque peut-être irresponsable. Kochtcheï était toujours dans les parages, avec Sokolov et la camionnette. Nous avions émis un ARG sur les deux. Mais nous n'avions rien d'autre, et nous n'aurions sans doute plus l'occasion de l'affronter face à face. Larissa avait suggéré que nous enquêtions ensemble sur Mirminski, mais La Massue n'était plus de ce monde, et je ne voyais pas ce que nous pouvions faire pour aller de l'avant, sinon attendre en espérant qu'il se passe quelque chose.

D'un autre côté, j'avais une occasion unique de retrouver la trace de Corrigan. Je ne pouvais pas la négliger. Je ne pouvais pas espérer que ce serait encore possible une semaine plus tard, ni que le problème avec Kochtcheï serait résolu. Je devais saisir ma chance. J'avais déjà pris des risques énormes pour retrouver Corrigan. Je devais le faire pour Alex, même si je risquais de perdre mon boulot (et très probablement de finir en prison).

De toute façon, je ne serais pas absent plus de cinq ou six heures.

Je décidai d'y aller.

Je devais donc en parler à mon équipier.

— J'ai besoin que tu me couvres, lui dis-je en fermant la porte de la salle de réunion vide. Je dois m'absenter pendant quelques heures.

Il me fixa, d'un air curieux.

— Tu dois aller où, et pour faire quoi ?

— Je ne peux pas te le dire.
— Tu ne peux pas me le dire ? *À moi* ? ronchonna-t-il.
— Nan.
— Tu n'envisages pas de te taper cette pin-up russe, hein ?
— Nan.
Il grimaça, faussement ennuyé.
— Ouais, eh bien moi non plus.
Il redevint sérieux.
— Qu'est-ce qui se passe ?
— Je ne peux vraiment pas te le dire.
— Merde, Sean ! fit-il, fâché.
— Je ne peux pas. Pas maintenant.
— Pas maintenant ?! Quand, alors ?
Il fallait que j'y aille.
— Bientôt. Écoute, c'est mieux comme ça. Pour toi.
Ça, ça le mit en rogne.
— Une petite couche de paternalisme, maintenant ? Et depuis quand je me soucie de ces conneries ? Allons, Sean. C'est moi…
— C'est juste pour ce soir, insistai-je. Laisse-moi faire. Si quelque chose en sort, tu seras le premier informé.
Pile au moment où j'allais ouvrir la porte, il lâcha :
— C'est à propos d'Alex ?
Je m'immobilisai. Ce n'était pas pour rien que nous étions équipiers depuis dix ans.
— Je dois y aller, mec. S'il se passe quelque chose, appelle-moi.
— Dis-moi au moins où tu vas, merde !
— DC, fis-je, la main sur la poignée.
Je l'entendis murmurer :

— Et merde !
Je quittai la pièce.

C'était le moment de faire une pause. C'était surtout, pour Kochtcheï, l'heure convenue pour son suivi téléphonique.

Il mena Sokolov vers le radiateur et l'y attacha. Ils avaient bien avancé dans le démontage de l'appareil, mais il restait encore du boulot.

Tout au long de l'opération, Kochtcheï avait pressé Sokolov de lui expliquer ce qu'il faisait, de lui décrire chaque composant et son fonctionnement. Il avait acquis ainsi une certaine maîtrise de l'invention ingénieuse de Sokolov. Il avait même exigé que le savant divise l'appareil en quatre ensembles au lieu de deux. Chaque élément serait plus léger, et donc plus facile à transporter ou à ranger dans des caisses.

Kochtcheï laissa Sokolov dans le petit bureau et se rendit près des véhicules pour donner son coup de téléphone.

Comme il s'y attendait, son contact saoudien décrocha dans l'instant.

— Vous avez une réponse à me donner ? demanda Kochtcheï en arabe.

— La réponse est oui, à condition que vous nous garantissiez le silence absolu. Vous pouvez le garantir, n'est-ce pas ?

— Rien ne filtrera de mon côté, parce que je suis le seul à être au courant. Mais je ne puis être garant de ce qui pourrait sortir de votre côté.

— Notre côté est sûr.

— Il n'y a donc aucun problème. *Quid* de mon colis ?

— Il devrait vous parvenir dans l'heure. L'autre moitié à l'achèvement du travail, comme vous l'avez proposé.

Kochtcheï sourit. Cent millions de dollars tendent à produire le même effet sur la plupart des hommes.

— Faites en sorte qu'il ne soit pas retardé.

— Je serai là, lui répondit l'homme. Bonne chance.

Kochtcheï coupa la communication. La chance... il ricana intérieurement à cette idée.

Sa chance, il la fabriquait lui-même.

Il n'avait jamais douté que les Saoudiens marcheraient. Pas le gouvernement, bien sûr. Il savait d'expérience que s'adresser à des gouvernements représentait une perte de temps. Ils faisaient des associés horribles. Les processus décisionnels étaient lents et complexes, les discussions, longues à n'en plus finir. Les comités prenaient très rarement leurs décisions à l'unanimité, il y avait toujours des pressions étrangères ou des opposants, et les opposants sont enclins à créer des problèmes. Sans parler des fuites. Lesquelles, étant donné la soumission des Saoudiens à l'égard des Américains, seraient immédiates.

Heureusement, il existait sur cette planète des personnes qui faisaient de bien meilleurs partenaires. Des milliardaires, aussi riches et aussi motivés que n'importe quel gouvernement. Des oligarques, des cheikhs enrichis par le pétrole, des nababs et tout un éventail d'hommes d'affaires richissimes, des mégalomanes à qui leur fortune stupéfiante donnait les moyens d'imposer les changements qu'ils souhaitaient et de façonner le monde à leur idée, que ce soit en initiant des campagnes de publicité et de lobbying pour truquer les élections, en faisant parvenir des armes aux mouvements d'opposition, ou en finançant des sociétés privées de mercenaires pour renverser des régimes. Ben Laden avait été le plus célèbre d'entre eux, mais il était loin d'être le seul. Kochtcheï avait un contact direct avec un grand nombre de ces joueurs, dans tous les coins du globe, des joueurs qui n'avaient pas encore réalisé leur ambition et ne pouvaient qu'être tentés par une offre plus que convenable du genre de celle qu'il venait de faire à son contact saoudien.

Une offre qui causerait les plus grands problèmes aux ennemis jurés des Saoudiens – les Iraniens –, tout en donnant à Kochtcheï l'immense satisfaction de porter un coup mortel à ces Américains qu'il haïssait tant.

Un deuxième appel téléphonique s'imposait.

Avec une offre semblable.

Celle-ci s'adresserait à un marchand de voitures libanais, à Beyrouth. L'homme avait un accès direct et sécurisé avec les échelons supérieurs du Hezbollah – des gens qui, à leur tour, disposaient d'une connexion directe et sécurisée avec Téhéran.

Cet homme serait en mesure de transmettre l'offre de Kochtcheï aux éléments les plus radicaux du clan au pouvoir en Iran.

Kochtcheï s'apprêtait à jouer le plus gros coup de sa vie. Pour ce faire, il fallait que ce coup de fil soit géré autrement.

Il modifia les réglages de son téléphone.

Il voulait que l'appel parvienne aux oreilles de certains services.

Il désactiva le système de cryptage maximal. Sa conversation avec le marchand de voitures pourrait ainsi être détectée et déchiffrée par Echelon, le software espion de la NSA. Ce ne serait pas facile. Mais possible. Voire probable, étant donné les mots clés qu'il avait l'intention de prononcer pour attirer l'attention des logiciels espions américains. Il ajouta un logiciel de distorsion aux fragments « sortants » de l'appel, modifiant par ce biais la fréquence de sa propre voix, qu'on ne pourrait rapprocher des empreintes vocales que les Américains – ou qui que ce soit – avaient pu enregistrer au fil du temps.

Il s'assura également que son téléphone était réglé pour enregistrer la conversation à venir. Juste pour le cas où la série d'indices qu'il était en train de semer pour compromettre le Hezbollah et ses maîtres iraniens ne suffirait pas. On n'est jamais trop prudent. Surtout quand on essaie de piéger un gouvernement étranger dans une attaque terroriste majeure.

Puis il composa le numéro.

Shin ne bougeait pas, depuis des heures maintenant.

Il était recroquevillé sur un banc d'Astoria Park, il avait faim et soif, il avait peur, marmonnant dans sa barbe et observant les passants d'un regard soupçonneux. Les écoliers et les maniaques de la santé dans les allées, les dilettantes insouciants sur les courts de tennis, les joueurs d'échecs et les clodos sur les pelouses. Tout le monde représentait une menace.

Depuis la nuit précédente, tout le monde était une menace.

Depuis la nuit précédente, son univers avait basculé.

Il ne parvenait pas à trouver un sens à ce qu'il avait vu à Brighton Beach. Ni sa culture étendue ni son esprit pénétrant et analytique ne lui permettaient d'expliquer ce qui s'était passé. Puis, en point d'orgue, il y avait eu la fusillade. Il avait vu ses amis mourir. Et il savait, avec une absolue certitude, que toutes les forces maléfiques du monde voulaient posséder cette chose et qu'elles feraient n'importe quoi pour mettre la main dessus.

Il ignorait comment il avait pu s'en sortir. Jonny et Bon y étaient restés, eux, les pros qui avaient les talents de la rue. C'étaient eux les mecs cool, les surviveurs. Pourtant, ils étaient morts et lui était encore vivant. Pour le moment.

Quant à savoir ce qu'il devait faire maintenant, c'était une autre paire de manches.

Il n'avait pas osé rentrer chez lui. Nikki était sûrement folle d'inquiétude. Mais elle était sans doute plus en colère que vraiment inquiète. Elle avait été furieuse de le voir sortir au milieu de la nuit pour rejoindre Jonny. Ce genre de rendez-vous ne peut apporter rien de bon, lui avait-elle dit. Jonny n'était bon qu'à attirer des ennuis, ils étaient d'accord là-dessus, et Shin lui avait fait une promesse, après tout. La promesse de renoncer à une existence qui n'était pas faite pour lui, il le savait.

Elle avait raison, bien sûr. Et il ne pouvait pas l'affronter. Pas maintenant. Pas comme ça. D'autant qu'il ne savait pas qui pouvait bien l'attendre là-bas, épiant son appartement, prêt à bondir.

Toutes les forces maléfiques du monde rêvent de posséder cette chose, se rappelait-il.

Il n'osait pas non plus aller au chop shop. Les autres devaient savoir maintenant que Jonny et Bon étaient morts, et, étant donné le mépris qu'ils professaient à son égard – mépris dont ils n'avaient jamais été chiches –, il ne voyait aucune raison d'y aller. Merde, ils pouvaient même le soupçonner d'avoir lâché leurs potes. Non. Le chop shop était hors de question. En outre, c'était exactement l'endroit où n'importe quel agent du mal pouvait être en planque.

Il devait faire profil bas jusqu'à ce que les choses se tassent. Si elles se tassaient jamais. Attendre et observer sans bouger de là, et espérer qu'un jour il pourrait reprendre le cours de sa vie et faire comme si la nuit précédente n'avait pas eu lieu.

Une pensée cependant le tourmentait. Le salaud. Le *gaejasik* qui avait tiré sur Jonny et Ae-cha.

Shin savait où il se trouvait. Où était sa planque, son repaire. Son antre. Et Shin savait qu'il était peut-être le seul à posséder cette information.

Une information qui pourrait permettre de capturer cet homme.

Il y avait réfléchi toute la journée sans parvenir à prendre une décision. Il avait envie d'appeler la police, mais en même temps il ne voulait pas être plus impliqué qu'il ne l'était déjà. Un appel anonyme... il n'y avait sûrement aucun mal à ça. Mais, avec toute cette technologie sophistiquée qu'on utilisait maintenant pour remonter les pistes, on ne pouvait être sûr de rien.

Il vaut mieux fermer ton bec, se disait-il.

Puis le visage souriant d'Ae-cha se rappela à son souvenir. Ae-cha, pour qui il avait le béguin depuis le premier jour où il l'avait vue, à l'âge de douze ans. Ae-cha, qui n'avait jamais fait attention à lui...

Et là, il n'était plus sûr de rien.

Chapitre 55

Moins de dix minutes après l'atterrissage à Reagan, j'étais dans un taxi. Depuis le décollage de l'avion, Ivan-Kochtcheï, quel que soit son vrai nom, m'était un peu sorti de la tête, et mes pensées avaient dérivé sur Corrigan. Il y avait encore plusieurs obstacles, mais quelque chose me disait que je serais bientôt plus près de lui que je ne l'avais jamais été depuis que Corliss s'était fait sauter la cervelle.

Alors que le Washington Monument était en vue, le Léviathan en personne m'appela :

— *Konnichiwa*. Jeudi soir, c'est soir de poker.

Ce n'était pas exactement ce que j'avais envie de savoir.

— Eh bien, bonne chance, Kurt !

— Non, mec, pas pour moi. Son soir de poker à lui. Vous croyez vraiment que je joue au poker ? Même la version on-line est destinée aux losers. Pourquoi gaspiller de l'argent virtuel au black-jack quand on peut le dépenser en points pour progresser sur Blood Knights ?

Je devais rester calme, et me rappeler qu'il bossait pour moi.

— Le poker, c'est l'alibi de Kirby ?

— C'est ce que je me suis dit. Sur les quinze derniers jeudis, il a payé trois fois des cigares avec la carte de crédit du ménage. Et cinq fois une caisse de bière.

— Ils paient à tour de rôle.

— Exact. Juste quatre potes qui boivent et qui fument.

Je consultai ma montre. J'étais dans les temps.

— Et sa partenaire ? Vous avez quelque chose sur elle ?

— Cette femme est un mystère. L'hôtel n'a pas assez de caméras pour surveiller les entrées et sorties de toutes les chambres. Ils ne gardent les enregistrements de la vidéosurveillance qu'une semaine. Kirby est arrivé seul la dernière fois, et il est parti seul. Ils sont très prudents.

Je ruminai ces informations pendant un moment. Puis :

— Parfait. Ne bougez pas. Je vais essayer d'emprunter le sac à main de la dame ou son portable.

— Pas de problème, mec. Je ne vais nulle part. Pas à Newark, en tout cas.

Il se mit à rire comme un collégien.

— Oh, j'y pense... Le mec a bon goût. Elle fait du 95F, et porte des strings taille 40. La combinaison de rêve, en supposant qu'il n'y ait pas de silicone.

Il faudrait que je le présente à Aparo. Ils passeraient du bon temps ensemble. Mais je pense que les femmes de New York ne me le pardonneraient jamais.

Mon téléphone bourdonna.

Federal Plaza.

— Considérez que je suis surinformé et sous-briefé,

dis-je à Kurt. Je vous laisse retourner à votre chère pandaren. *Sayonara,* à la prochaine.

Je pris l'autre l'appel, lâchai un soupir de soulagement. C'était Wrightson, du Cart. Ça ne semblait pas urgent.

— J'ai regardé vos clichés, me dit-il.

Il s'agissait des photos du bric-à-brac électrique que nous avions trouvé dans le garage de Sokolov.

— Rien qui ressemble à des armes, si c'est ce qui vous inquiétait. On dirait plutôt que votre type s'intéresse aux micro-ondes. Il y a là de la bande conductrice, des résonateurs à cavités et diélectriques, des transistors, des diodes basse puissance…

Pour moi, c'était du chinois.

— OK. Mais à quoi ça sert ?

— Je dirais qu'il a bricolé une sorte d'appareil de transmission de micro-ondes. On retrouve certains de ces circuits dans n'importe quelle tour de téléphone cellulaire, mais d'autres sont beaucoup plus spécialisés.

— Je pensais que les tours de téléphones étaient énormes ?

— Elles sont hautes simplement pour améliorer la transmission. Les composants eux-mêmes ne sont pas très gros.

J'ignore encore le pourquoi de la question suivante, mais je la posai tout de même :

— Ils sont suffisamment petits pour loger à l'arrière d'une camionnette ?

— Bien sûr. Dans la technologie des micro-ondes, tout est petit, car les ondes elles-mêmes sont très courtes, entre un millimètre et un mètre. Ça inclut tout ce qui va du Wi-Fi personnel à la communication par satellite. Elle n'utilise pas les circuits électroniques standards, ceux que les ingénieurs en électricité appellent les circuits par éléments. Elle utilise des circuits distribués qui sont généralement miniatures et fabriqués par des ordinateurs.

Je ne voyais toujours pas pourquoi Sokolov se serait intéressé aux micro-ondes.

— Ça ne vous fait penser à rien d'autre ?

— Je ne peux rien dire à coup sûr, mais j'ai l'impression que votre type essaie d'augmenter le rayon d'action et la force de pénétration de son signal, en multipliant les résonateurs.

— De quelle sorte de rayon d'action parlons-nous ici ?

— Ça dépend de la fourniture d'énergie et de la manière dont les résonateurs sont conçus. Entre dix mètres et un kilomètre, je dirais.

Ce n'était pas ce que j'espérais entendre. Tout ça me projetait sur une tangente qui n'avait aucun sens.

— Désolé de ne pas vous être plus utile, conclut Wrightson. Si vous trouvez la machine, tenez-moi au courant. J'aimerais bien voir de mes propres yeux ce qu'il a fichu.

Nous étions deux dans ce cas.

La circulation était fluide, il nous fallut peu de temps pour traverser le Potomac et gagner Georgetown.

Dans le paysage, rien n'indique à quel moment vous quittez la Virginie pour entrer dans la capitale fédérale. Les bois des deux côtés du fleuve et la ligne des toits très basse font plus penser à une ville du Midwest qu'à la partie de Washington qui abrite le siège du gouvernement.

Je demandai au chauffeur de me déposer au coin

de M Street et de Thomas Jefferson. Je voulais savoir avec qui Kirby avait rendez-vous avant de l'affronter. Je devais donc être sur place quand la femme arriverait. Puisque je n'avais ni iPad ni Kindle, je décidai d'avoir recours à un journal – la couverture classique pour une surveillance discrète. J'achetai le *Washington Times* dans un distributeur, puis je parcourus à pied le bloc qui me séparait de l'hôtel.

À 19 h 40, j'entrai dans le bâtiment et jetai un rapide regard circulaire. Il y régnait une élégance cossue, classique. Divans de velours somptueux. Bois coûteux et chrome. Plusieurs centaines de dollars en fleurs fraîches. Et la pénombre. Beaucoup de pénombre. L'endroit tout entier semblait crier « Interdit aux enfants ! » – ce qui eût d'ailleurs été légitime, considérant l'usage que Kirby et sa compagne faisaient de l'hôtel.

Près de l'entrée se trouvait une petite niche réservée au concierge. Un couple de clients mettait visiblement à contribution sa connaissance de la ville. À l'autre bout du hall, je vis deux bureaux séparés, avec des fauteuils, en lieu et place de l'habituel comptoir de la réception. Beaucoup plus discret. Personne derrière le bureau de droite. Un réceptionniste exagérément coquet se tenait derrière celui de gauche. Il pianotait sur le clavier de son ordinateur.

Je m'installai dans un fauteuil en cuir d'où j'avais une vue parfaite sur les deux entrées de l'établissement. Je dépliai mon journal et adoptai l'attitude décontractée de celui qui attend un client de l'hôtel. Dix minutes plus tard, Kirby entra et se dirigea droit vers la réception. Il portait un petit sac cadeau de chez Biagio. À l'évidence, la dame aimait le chocolat.

Il paya la chambre sans cérémonie, fonça vers l'ascenseur avant que j'aie le temps de replier mon journal.

À l'instant précis où les portes de l'ascenseur se refermaient derrière lui, je me dirigeai vers la réception. Certaines situations exigent que l'on produise son insigne du FBI. D'autres préfèrent en passer par les effigies des présidents d'autrefois. Étant donné la raison de ma présence, j'optai pour la seconde solution. Je fis glisser un billet de cent sur le comptoir.

— Stan Kirby. Il vient d'arriver. Quel numéro de chambre ?

L'employé m'accorda un regard hautain.

— Détective privé ?

— Quelque chose comme ça.

— Ce monsieur me paie cinquante dollars chaque semaine pour que je l'assure de la discrétion de la maison. Ce qui compense les heures supplémentaires. Vous allez devoir monter beaucoup plus haut, je le crains.

Je me penchai vers lui.

— Laissez-moi vous dire un truc. Cette combine… elle est morte. Alors vous devriez prendre ça et vous y accrocher, le temps que le prochain filon se manifeste.

L'employé réfléchit. C'était peut-être le dernier jeudi de Kirby. Pour la liaison, visiblement, j'étais au courant. Pourquoi serais-je là, sinon ?

Il tendit la main et prit le billet à contrecœur.

— Quatre cent quatorze, marmonna-t-il.

— Bien joué, fis-je en souriant.

Il semblait vexé. Il se mit à tripoter des papiers sur son comptoir.

— Encore une question, dis-je.

Il tendit la main.

— La femme ? fit-il.

Je lui souris à nouveau.

Il baissa les yeux sur sa paume ouverte.

J'y déposai un autre billet de cent.

— Longs cheveux noirs. Corps superbe. Vous ne pouvez pas la rater.

— J'apprécie, fis-je en hochant la tête. Vraiment.

Alors que je regagnais mon fauteuil, une femme – longs cheveux noirs, robe courte, talons de huit centimètres – entra et se dirigea vers les ascenseurs.

Pour un regard non entraîné, elle aurait pu être une call-girl haut de gamme, mais tout chez elle était un peu trop parfait, un peu trop étudié. Cette femme devait être obnubilée par l'impression qu'elle donnait. Et ce n'était pas parce qu'elle aurait été payée pour ça. Je savais déjà que ce n'était pas la femme de Kirby. Celle-ci apparaissait sur des photos que Kurt m'avait envoyées après les avoir récupérées sur Facebook. Pour en être sûr, je les chargeai à nouveau sur l'écran de mon téléphone. Ce n'était pas elle, en effet. Puis un déclic se fit à la périphérie de ma mémoire. Je fis défiler les photos. Notre femme mystérieuse apparaissait sur l'une d'elles. Elle était à côté de Mme Kirby. Tout sourires, les deux femmes semblaient s'entendre comme larrons en foire. Elles étaient amies.

J'appelai Kurt.

Chapitre 56

Kurt ne tarda pas à me rappeler. Il semblait hors d'haleine.
— Vous allez tomber raide, mec.
— Allez-y.
— C'est sa belle-sœur. Sofia Oviedo. Sa femme s'appelle Alicia Kirby, née Oviedo. Sofia a trois ans de moins qu'elle, elle est célibataire, a un boulot qui rapporte dans l'immobilier. Pas d'enfants. Je crois qu'elle ne peut pas en avoir. C'est comme le film de la semaine, mec. Je les déteste.
— Vous avez piraté son dossier médical ?
— Nan. Facebook. Zuckerberg va finir par nous mettre tous au chômage.
Excellent.
— Très bien, merci. Je prends le relais. Considérez que vous avez bien gagné votre laissez-passer. Simplement, ne l'utilisez pas tout de suite.
— *Sayonara*.
Je me dis que j'avais assez de munitions pour amener Kirby à adopter ma façon de penser. Mais ça ne voulait pas dire qu'il accepterait pour autant.

Je montai au quatrième et cognai à la porte de la chambre 414.

Quelques secondes plus tard, j'entendis un « Oui ? » étouffé.

— Monsieur Kirby ? Service de sécurité de l'hôtel, monsieur.

Après un instant d'hésitation, il entrouvrit la porte. Il était en peignoir.

— Qu'est-ce que c'est ?

Visiblement, il était mécontent.

La meilleure tactique était l'attaque directe.

— Pensez-vous que votre femme aurait un problème avec le fait que vous baisez sa sœur ?

Son visage se vida de son sang, plus vite que dans n'importe quel film de vampires.

Je hochai la tête, rassurant.

— OK, Stan. Tout va bien se passer. Elle n'a pas besoin de le savoir. Mais moi, je vais avoir besoin de quelques minutes de votre temps. Couvrez-vous, dites à Sofia que ce ne sera pas long, et accompagnez-moi au bar de l'hôtel. Connaissant votre boulot, je suis sûr qu'elle comprendra. Bon Dieu, si vous vous y prenez bien, ça pourrait même l'exciter.

Pour faire bonne mesure, j'ajoutai un clin d'œil complice.

Kirby peinait visiblement à assimiler ce que je lui disais. En fait, comme pour pas mal de ceux qui se font surprendre en train de commettre une grosse boulette, son cerveau semblait s'être momentanément mis en veille.

Je me penchai vers lui.

— Reprenez votre souffle, Stan, fis-je en baissant la voix. Je vous offre une porte de sortie, et il n'est question ni d'argent, ni de douleur, ni de trahir votre pays. Vous pourrez même continuer à voir la belle Sofia si vous en avez envie, même si je ne suis pas sûr de vous le recommander.

Il me fixa pendant un long moment. Puis il reprit le contrôle de lui-même :

— Donnez-moi une seconde.

Nous nous installâmes dans un box au fond de la salle.
Je commandai un Coke. Kirby opta pour un double whisky. Légitime.

— Qui êtes-vous, bordel ? demanda-t-il en faisant tourner nerveusement son iPhone sur la table.

— Ça n'a pas vraiment d'importance. Sachez simplement que nous sommes du même bord et que si j'avais le choix, je ne ferais pas ce que je suis en train de faire.

On nous apporta nos verres. Il posa son téléphone et avala son double whisky sans reprendre son souffle.

— Qu'est-ce que vous voulez ?

— Je veux que vous me trouviez quelqu'un.

— Vous trouver quelqu'un ? Vous êtes un Fed ? ajouta-t-il après m'avoir examiné.

J'ignorai sa question.

— Aucune importance, ça non plus. Je veux seulement mettre un vrai nom sur un nom d'emprunt. Quelqu'un de la Compagnie.

Il comprit immédiatement où je voulais en venir. Il écarquilla les yeux.

— Quelqu'un de la Compagnie ?!

— Oui.

Je le regardai bien en face.

— C'est personnel. Et si vous agissez prudemment, personne n'en saura rien.

— C'est une saloperie de chantage. Je peux faire un rapport et vous irez pourrir en prison.

En entendant ce mot, je sentis mon estomac remonter comme si je venais de toucher le point le plus bas d'une montagne russe une seconde après avoir été au sommet. Mais je ne pouvais plus reculer.

— Sûr. Allez-y. Racontez toute l'histoire. Mais sachez ceci : si vous prenez ce chemin-là, vous allez vous retrouver dans une foutue bataille d'avocats et vous toucherez le fond dans dix ans avec une pension alimentaire qui ne vous laissera rien, tout en cherchant dans des bars pour célibataires des femmes qui accepteraient de vous accompagner dans votre appartement minable sans même la promesse de recevoir des chocolats ou des fleurs parce que vous continuez à payer l'appareil dentaire de votre fils et les leçons d'équitation de votre fille... Ça vous dit ?

J'attendis qu'il assimile tout cela. Il ne lui fallut pas longtemps.

— Espèce d'enculé, murmura-t-il.

— Aux grands maux les grands remèdes, l'ami. Je n'ai pas le choix. Mais ne doutez pas une seconde de mon engagement pour la cause.

Il me jeta un regard furieux, en quête d'un signe d'espoir dans mon expression. Je le fixais, tel un sphinx. Au bout de quelques secondes douloureuses, il céda :

— De qui s'agit-il ?

C'était le point de non-retour. Quand Kirby connaîtrait le nom, le risque était réel qu'il aille tout raconter à Langley, ce qui aurait des conséquences forcément néfastes pour ma famille et moi. Mais je ne pouvais pas renoncer. Plus maintenant, alors que j'étais si près d'amener au grand jour l'ordure que je poursuivais.

— Corrigan. Reed Corrigan. C'est une couverture. C'est tout ce que je peux vous dire. En savoir plus pourrait vous porter préjudice.

Il me contempla un instant.

— Qu'est-ce qu'il a fait ?

— Je vous ai déjà dit que c'était personnel. Mais ce type est une ordure. Comparé à lui, vous êtes un saint. Refuser de me donner le vrai nom de ce salaud ne vaut pas que vous perdiez ce que vous avez mis vingt ans à construire. Et vous pouvez m'aider sans que personne n'en sache rien. Vous avez ma parole. Trouvez-moi son nom – son *vrai* nom – et vous n'entendrez plus jamais parler de moi.

— Et si je ne peux pas ?

— Je vous le déconseille. Plus tôt vous me donnerez son nom, plus tôt je serai sorti de votre vie.

— Quand le voulez-vous ?

— Ça peut attendre jusqu'à demain matin.

Kirby fit une grimace. Puis il secoua la tête.

— Corrigan, ça s'écrit avec un *r* ou deux ?

Moins de sept minutes plus tard, j'étais dans le taxi qui me ramenait à l'aéroport. J'avais tout juste le temps d'attraper le dernier vol de retour. J'espérais que mon gars se frayerait un chemin vers notre satisfaction mutuelle et qu'il éviterait les pièges disposés tout du long. Surtout que n'importe lequel de ces pièges pouvait se refermer aussi sur moi.

Kochtcheï interrompit le travail de Sokolov. Il l'attacha dans le petit bureau et s'éloigna pour donner un autre coup de fil.

Le marchand de voitures libanais répondit après la première sonnerie.

— Vos amis ont-ils pris une décision ? demanda Kochtcheï en arabe.

— Ils sont intéressés. Mais ils sont nerveux. Ils craignent des représailles.

Tu m'étonnes, se dit Kochtcheï. Ils brassent du vent, mais ils n'ont pas de couilles.

Il savait pourtant qu'ils n'étaient pas loin de mordre à l'hameçon. Il devait simplement accentuer la pression et se montrer un peu plus convaincant.

— Les représailles vous sont promises, quoi que vous fassiez, lui dit-il. Vous savez aussi bien que moi que les Américains et les Israéliens feront tout pour vous avoir. Ce n'est qu'une question de temps. Ils ne vous laisseront pas vos réacteurs et vos centrifugeuses. Ils ne vous laisseront pas entrer dans leur club ultra-privé. Mais si nous faisons cela (Kochtcheï s'incluait délibérément dans le cercle des conspirateurs), nous les frapperons les premiers. Et nous disposerons d'une menace que nous pourrons agiter sous leur nez et qui les fera réfléchir avant d'user de représailles. C'est la meilleure défense. Après Stuxnet et Flame (Kochtcheï faisait allusion aux cyberattaques menées par les États-Unis et Israël qui avaient paralysé les programmes d'enrichissement d'uranium de l'Iran), l'ironie de notre méthode ne leur échappera pas. Mais ils seront incapables de prouver quoi que ce soit.

— Je doute que ça les empêche d'agir, grogna l'homme.

— Nous disposons d'une fenêtre très étroite. Il me faut une réponse demain matin.

— Je le leur fais savoir. Vous aurez une réponse dans les temps.

Kochtcheï coupa la communication et contempla son téléphone en silence. Ils auraient du mal à résister à son offre. Il leur donnait la possibilité de frapper le Grand Satan d'une manière qu'ils n'auraient jamais envisagée. Et c'était même bien en deçà de la vérité.

Kochtcheï ne leur avait pas dit qui était sa véritable cible. Ils n'auraient jamais accepté. Ils auraient eu bien trop peur. Mais s'ils acceptaient sa proposition, comme il le pensait, ses conversations avec eux suffiraient à les rendre responsables de ce qu'il avait en tête – et ils auraient du mal à faire valoir leur innocence, sachant qu'ils auraient donné leur accord pour financer une attaque terroriste sur le sol américain.

Tout était en place. La préoccupation majeure de Kochtcheï, maintenant, c'était le temps. Il devait agir vite. La pression allait s'accentuer et le nœud coulant se resserrer sur lui, maintenant que les Américains avaient compris ce qu'il avait en sa possession. Plus le temps passait, plus il lui serait difficile de disparaître.

Il ne s'attarda pas là-dessus.

Dans quelques heures, la seconde prime de cent millions de dollars, un nouveau visage et une vie de confort sans équivalent seraient à sa portée.

Vendredi

Chapitre 57

Comme par miracle, la journée de jeudi s'était achevée sans que nous ayons à faire venir un nouveau convoi de corbillards de la morgue municipale.

J'étais rentré de Washington. Sur le chemin de la maison, j'appelai Aparo. Il me confirma que rien d'important n'était arrivé pendant mon absence. Une question revint à plusieurs reprises : « Mais bordel, dans quel merdier es-tu en train de te fourrer ? » Je coupai court en lui répondant que nous en reparlerions le lendemain matin et rentrai à Mamaroneck, où je m'accordai un peu de bon temps avec Tess – avant qu'elle ne glisse dans le sommeil tandis que je retournais dans ma tête ce que je savais du merdier où je m'étais fourré.

Puis Alex se réveilla, juste avant cinq heures du matin. Un cauchemar, encore. Il se précipita dans notre chambre, s'allongea illico dans le lit, du côté de Tess. Une fois de plus, j'étais malade à l'idée que je ne pouvais rien faire pour le réconforter. Une fois de plus, j'étais impuissant, craignant que mon intervention ne fasse empirer les choses, étant donné ce qu'ils avaient greffé dans son cerveau à mon sujet. Je détestais cette idée. Je la détestais vraiment, follement, profondément.

Tess le savait. Je n'avais pas besoin d'en dire plus. Ce n'était plus nécessaire. Elle savait, rien qu'en écoutant ma respiration.

— Ne t'inquiète pas, murmura-t-elle.

Elle se pencha sur moi et m'embrassa doucement.

Je ne dis rien. J'acquiesçai mentalement et fixai le plafond.

Je passai le reste de la nuit à ressasser les événements de la veille. Tess avait réussi à calmer Alex. Elle était très douée pour ça. J'avais beaucoup de chance de l'avoir dans ma vie.

7 h 30. Nous étions tous les quatre dans la cuisine, engouffrant nos crêpes – avec à peine plus d'élégance que Kurt, la veille à l'IHOP – accompagnées d'une montagne de framboises et de myrtilles.

Alex semblait aller bien, comme si ses terreurs nocturnes étaient oubliées.

Je le regardai, d'un air faussement songeur.

— Je dirais que ces crêpes sont bonnes. Et même très, très, bonnes, répétai-je à la manière de Larry David – ce qui arrachait d'habitude à Alex un petit gloussement amusé. En fait, il s'agit peut-être des meilleures crêpes du monde. Je crois bien. Mais tu sais quoi ?

— Quoi ? demanda-t-il.

— Il faut en être sûr. Il faut que nous en soyons absolument sûrs. Ce qui veut dire que nous devons essayer les crêpes qui sont, dit-on, vraiment géniales. Et c'est pas gagné. L'endroit où on les sert n'est pas tout à fait la porte à côté. Il faudra peut-être prendre l'avion pour y aller. Mais je crois que nous devons y aller. Je crois que nous devons goûter ces grandes crêpes maison avant de couronner Tess championne du monde. Qu'en dis-tu ? Tu es partant ?

Il me jeta un regard curieux, puis se tourna vers Tess, comme s'il n'était pas très sûr. Elle avait l'air de ne pas comprendre du tout de quoi je parlais. Je jetai un clin d'œil à Kim. Elle me renvoya un sourire complice, en hochant légèrement la tête.

— Écoute, je sais, c'est pénible. Mais faisons-le, pour Tess, OK ? Je veux dire, même si ça nous prend tout le week-end. Je suis sûr qu'on trouvera des choses à faire, là-bas.

Je regardai Tess.

— Il y a des trucs à faire là-bas, non ?

Elle écarta les bras en ouvrant la bouche en O.

— Mais qu'est-ce que tu racontes ?

— Tu sais bien. Ces crêpes dont tout le monde parle. Celles qu'on sert à Disney World.

Je jetai un regard innocent à Alex, vis son visage s'éclairer d'un plaisir sans mélange. Tout à coup, pendant un bref instant, tout fut parfait dans ce monde.

Un peu plus d'une heure plus tard, j'étais à mon bureau, à Federal Plaza. Les fourmis dans mes jambes semblaient sous l'emprise de la coke, à la fois à cause de la frustration relative à l'absence de progrès dans la traque de Kochtcheï et de mon impatience d'entendre ce qu'aurait à me dire mon vicelard préféré.

S'agissant de Kochtcheï, nous étions au point mort. À part prier pour que l'ARG lancé sur la camionnette donne des résultats, la seule chose que nous pouvions faire était de continuer à surveiller toutes les conversations significatives, et espérer qu'une communication interceptée par la NSA finirait par nous donner des indications sur ses mouvements. La Sécurité intérieure surveillait les aéroports, les ports et les postes frontières, en supposant que Kochtcheï tente de partir en camionnette avec Sokolov. Sinon la camionnette tout entière, en tout cas ce que Sokolov y avait caché. Mais nous vivons dans un grand pays, et il n'est pas si difficile de faire sortir quelque chose ou quelqu'un en douce si on veut bien s'en donner la peine.

Vers 10 heures j'eus besoin d'un peu d'air et de boire un café correct, et Aparo voulait savoir. Nous sortîmes de l'immeuble et, après un détour par mon marchand de sandwichs ambulant préféré, nous nous installâmes sur un banc de l'autre côté de la rue, près du mémorial de l'African Burial Ground.

Là, je vidai mon sac.

Aparo le prit très mal.

— Bon Dieu, Sean ! me dit-il quand sa pression sanguine eut baissé suffisamment pour qu'il retrouve l'usage de la parole. Ça pourrait t'envoyer en taule…

Je haussai les épaules.

— Je sais. Mais peu importe, merde ! Peut-être que si tout cela devient vraiment bordélique, on finira par connaître la vérité.

— Tu sais aussi bien que moi que c'est un château en Espagne. Ils peuvent invoquer la sécurité nationale et t'enfermer pour de bon sans même te laisser le temps d'évoquer le *Patriot Act*.

— Tu connais un meilleur moyen de le retrouver ?

Aparo me regarda de travers.

— Espérons que ce type tient vraiment à sa femme. Parce que, de mon point de vue, rien n'est moins sûr.

À cet instant, une sonnerie inconnue résonna tout

près de moi. Il me fallut plusieurs secondes pour réaliser qu'elle venait du téléphone prépayé que je m'étais procuré précisément pour donner à Kirby un numéro auquel personne ne pourrait remonter.

Quand on travaille longtemps dans la police, on finit par apprendre les trucs des criminels qu'on passe sa vie à traquer. Très pratique.

— C'est lui, dis-je à Aparo en ouvrant le couvercle plastique en forme de coquillage.

J'espérais en tout cas que c'était lui, et non un officier de sécurité de la CIA qui appelait pour savoir qui j'étais et où je me trouvais avant de lancer la cavalerie.

— Ce que vous m'avez demandé n'est pas précisément d'un accès facile, me dit Kirby.

Il parlait d'un ton étouffé, visiblement irrité, ce qui était peu étonnant.

— Si c'était facile, je n'aurais pas eu besoin de vous, hein ? Bon, vous avez le nom ?

— Reed Corrigan est mentionné dans trois dossiers, dit-il. Tous les trois étaient signalés, mais je suis parvenu à les sortir sans provoquer de réaction. Deux d'entre eux sont des dormants. Le troisième est actif.

Mes doigts écrasaient le téléphone.

— Son nom, Kirby. Comment s'appelle-t-il ?

— Je ne peux pas y accéder. Ces fichiers sont censurés. Il me faudrait une autorisation, ce qui exigerait que j'explique pourquoi j'en ai besoin. De toute façon, son nom n'y figurerait pas. Seul son nom de code…

Je sentis que la moutarde me montait au nez.

— Ce n'est pas ce que nous avions convenu, sifflai-je.

— Hé ! Nous n'avons rien convenu, répliqua Kirby. C'est vous qui avez tout décidé. Ce n'était pas négociable, vous vous rappelez ? Je ne peux pas faire mieux. À mon niveau d'habilitation, en tout cas. Si je montais en grade demain, hé, peut-être auriez-vous une chance. Mais je ne compterais pas trop là-dessus.

J'essayai de repousser le sentiment aigu de frustration qui menaçait de s'emparer de moi.

— Envoyez-moi les fichiers.

— Je ne peux pas, dit Kirby. Je ne peux pas les sortir d'ici, je ne peux pas laisser ce genre de piste électronique. Mon e-mail serait bloqué avant même de quitter nos serveurs.

— Alors copiez-les sur une clé USB, avançai-je, bourru.

— Même réponse, répliqua-t-il. Toute tentative de copie est immédiatement enregistrée par le système. Vous croyez que nous sommes chez Winnie l'Ourson ?

Je brûlais de l'intérieur. Tous ces efforts, tous ces risques, pour rien… J'ignore pourquoi, mais je désirais vraiment ces foutus fichiers. Même si Kirby avait affirmé que le vrai nom de Corrigan n'y figurait pas.

— Les fichiers. Ils sont imprimés, ou sur votre écran ?

— À l'écran. Toute la documentation papier a été numérisée.

— Vous avez votre iPhone, hein ? Servez-vous-en. Prenez des photos de votre écran. Et envoyez-les-moi par MMS.

— Ces fichiers sont énormes, mec…

— Je n'ai pas besoin des renvois. Juste le texte de chaque rapport.

Je l'entendis qui soupirait longuement.

— Et nous serons quittes, d'accord ?

— Ouais, fis-je en expirant à mon tour. Nous serons

quittes. Mais je veux ces captures d'écran immédiatement.

— D'accord, fit-il à contrecœur. Vous êtes un sacré enfoiré, vous savez ça ?

Je coupai la communication, sans un mot.

Je ne peux pas rester là indéfiniment, se disait Shin.

Il était là depuis plus de vingt-quatre heures, maintenant. Collé au voisinage immédiat du banc, il observait les gens et se nourrissait de miettes qu'il trouvait dans les poubelles du parc.

Un foutu doctorat, pleurnichait-il. Quelle blague !

Il avait la tête qui tournait, il était fatigué, il en avait marre. Son cerveau commençait à lui jouer des tours. Il imaginait que des hommes en costume et lunettes noires poussaient sa Nikki hors de leur appartement et lui faisaient subir des choses terribles. Une minute plus tard, il la voyait, sirotant du champagne et riant très fort dans une luxueuse baignoire, en compagnie d'un homme beau et riche.

Il devait mettre fin à ce cauchemar. Il ne servait à rien de vivre, si c'était pour vivre de la sorte.

Il décida de donner le coup de fil. Un appel anonyme. Informant les flics de l'endroit où se trouvait ce salaud de Russe.

Il le ferait pour lui-même. Pour Nikki. Et pour Jonny et Ae-cha.

Il se leva non sans mal et partit en traînant des pieds, à la recherche d'une cabine téléphonique.

Kochtcheï se tenait devant la porte de l'entrepôt. Il regardait la vie renaître, au-delà de la zone industrielle.

Aujourd'hui serait une grande journée. Une longue et stimulante journée.

Il était prêt. Il avait passé la plus grande partie de la nuit à organiser l'opération. Il avait vérifié le planning, établi son horaire et utilisé les ressources disponibles sur Internet pour se renseigner sur l'endroit et ses alentours. Ce serait serré, surtout avec un délai aussi court. Mais c'était faisable. Et l'occasion était trop belle pour qu'il la laisse passer. En outre, les décisions rapides et le planning rapproché diminuaient la probabilité de fuites et de changements de dernière minute.

Il jouirait aussi du bénéfice d'un avantage tactique important.

Kochtcheï vérifia l'heure. Il prit son téléphone.

Comme il l'avait prévu, le marchand d'autos libanais lui apprit que ses patrons, à Téhéran, étaient d'accord.

Kochtcheï confirma les arrangements, lui demanda de remercier ses patrons pour leur confiance et raccrocha.

Il regarda le SUV. Il était prêt. Mais il devait d'abord faire un essai. S'assurer que Sokolov avait travaillé correctement.

Dès que ce serait fait, rien ne l'arrêterait.

Jusqu'à la prochaine occasion.

Chapitre 58

Les fichiers JPEG de Kirby ne tardèrent pas à s'entasser dans mon téléphone. Il y en avait des tonnes.

Assis à mon bureau, je les fis suivre sur mon compte Gmail, puis les passai en revue sur l'écran de mon ordinateur.

Le premier dossier, pourtant très censuré, était intéressant. Il s'agissait d'une mission baptisée Opération Bouncer, et qualifiée « Information Sensible et Protégée ». Il décrivait l'interrogatoire et l'assassinat subséquent d'un psychiatre bulgare qui avait torturé des prisonniers au Salvador. D'après ce que je comprenais, entre les mots et les lignes qui avaient été barrés avec un épais marqueur noir, Corrigan était un agent de terrain opérant pour le Bureau de recherche et de développement de la CIA. Au Salvador, il utilisait une couverture de la CIA basée à Boston, le Scientific Engineering Institute. Tout cela ne me surprenait pas, étant donné la raison pour laquelle Corliss avait fait appel à lui.

À l'exception de ces deux institutions, que j'allais devoir étudier d'un peu plus près, le fichier n'offrait aucune information intéressante. Le texte en était beaucoup trop expurgé pour me donner des indications inédites sur l'identité réelle de « Reed Corrigan ». Je m'y attendais, bien sûr. C'est à cela que servent les noms de code.

C'est pourquoi je ressentis une énorme bouffée d'espoir en ouvrant le deuxième fichier.

Il concernait une mission baptisée « Opération Jéricho ». Il était également marqué ISP, et les pages étaient là aussi lourdement censurées. Peut-être plus encore que celles du premier dossier. D'après ce que je pus déchiffrer, il s'agissait d'un savant russe, nom de code Phinéas, qui était parvenu à établir le contact avec nos hommes à Helsinki, où il participait à une conférence organisée par le KGB. Il prétendait travailler sur un programme ultra-secret d'armes *psychotroniques*.

J'interrompis ma lecture. Je n'avais jamais entendu ce mot. Une encyclopédie en ligne m'apprit qu'il avait été forgé par les Russes pour qualifier une nouvelle génération d'armes.

Des armes capables de contrôler l'esprit.

Je me raidis.

Le rapport décrivait ensuite comment Phinéas avait donné corps à ses affirmations en fournissant des détails probants sur la structure organisationnelle de la Direction S du KGB et de son Département de l'action et de l'information psychologiques. Malheureusement, les informations concernant la technologie sur laquelle il travaillait étaient abondamment noircies. D'après le peu qui était lisible, il était question de « synchronisation », un domaine d'une « importance capitale pour la sécurité nationale des États-Unis ».

Je retournai vers mon encyclopédie en ligne. Le terme était employé dans plusieurs contextes. L'un

d'eux jaillit de l'écran et m'envoya une décharge électrique.
Synchronisation des ondes cérébrales.
Le processus visait à modifier l'état cérébral de l'individu par le biais d'un stimulus externe. Autrement dit, on pouvait faire en sorte que des gens ressentent certaines choses ou se conduisent d'une certaine manière, et ce en utilisant des impulsions sonores, des éclairs lumineux, des ondes électromagnétiques ou d'autres stimulus, l'objectif étant de « synchroniser » leur cerveau dans un état déterminé.

Je papillonnai un moment dans l'histoire de l'humanité. Le concept de synchronisation des ondes cérébrales remontait à l'an 200 avant J.-C., quand Ptolémée remarqua le premier les effets du clignotement de la lumière solaire généré par un rouet. L'être humain a utilisé la synchronisation sensorielle tout au long de son histoire, notamment grâce aux effets de la musique et du rythme sur le cerveau. La question devint encore plus intéressante dans les années 1930 et 1940, avec l'invention de l'électroencéphalogramme, en 1929, qui permit de mesurer l'activité électrique du cerveau. Un flot de recherches s'ensuivirent dans ce domaine, y compris sur les effets de l'introduction de certaines fréquences directement dans le cerveau, à l'aide de stimulus électriques.

J'appris ainsi comment la synchronisation pouvait influencer les fonctions cérébrales avec d'autres stimulus que les stimulus visuels et sonores. Le phénomène était appelé RSF, ou « réponse soutenue à la fréquence ». Si le cerveau humain reçoit un stimulus d'une fréquence proche de celle des ondes cérébrales, la fréquence cérébrale dominante va se modifier et approcher de la fréquence du stimulus. L'effet secondaire le plus connu de la synchronisation est la manière dont une lampe à éclairage stroboscopique à une fréquence alpha peut provoquer une épilepsie photosensible.

Au début des années 1960, au plus fort de la guerre froide, le chercheur en neurologie Allan H. Frey découvrit l'effet d'audition des micro-ondes : celui-ci se manifeste par des clics audibles induits par des fréquences de micro-ondes impulsées/modulées. À la suite du développement spectaculaire, dans les années 1950, de la couverture radar, les pilotes avaient commencé à se plaindre d'entendre une série de cliquetis quand leur avion se situait dans l'axe de la radiation de micro-ondes émises par le radar. Frey découvrit que ces clics étaient générés directement dans le crâne humain et n'étaient pas audibles par les personnes se tenant à proximité. Les recherches montrèrent que les micro-ondes, même de puissance extrêmement faible, induisaient une augmentation de la température de certaines parties de l'oreille humaine proches de la cochlée. À des fréquences spécifiques, on pensait que ces clics pouvaient entraîner une synchronisation des ondes cérébrales.

On crut ainsi que l'ambassade des États-Unis à Moscou avait été bombardée pendant des décennies (à partir des années 1950) de micro-ondes, dans le but de troubler, désorienter et même blesser le personnel. Des rumeurs circulèrent, selon lesquelles de nombreux employés d'ambassade étaient morts dans les années qui suivirent. Mais, comme cela arrivait souvent dans ces cas-là, la vérité se trouvait dans des documents détruits depuis longtemps ou avait été enterrée avec les quelques initiés qui savaient ce qui s'était passé.

Dans plusieurs articles, je dénichai des références à un certain Delgado, chercheur à Yale. Il avait implanté des électrodes dans le cerveau de certains animaux et même de quelques êtres humains pour envoyer des impulsions électromagnétiques extrêmement précises dans des zones définies. Pour mener à bien une de ses expériences les plus tristement célèbres, il « connecta » un taureau. Puis, en présence de plusieurs de ses confrères, Delgado entra dans l'arène armé d'une simple télécommande. Il enfonça un bouton. Furieux, le taureau le chargea. Delgado actionna une autre commande : la bête s'immobilisa immédiatement, docile comme un petit chat. Delgado aurait affirmé que, puisqu'il parvenait à un tel résultat en implantant des électrodes dans le cerveau du sujet, rien n'empêcherait (ce n'était, selon lui, qu'une question de temps) d'y parvenir de l'extérieur, en se servant d'un champ électromagnétique précisément défini.

On découvrit plus tard que l'effet d'audition des micro-ondes (ou effet de Frey) était dû aux portions du spectre électromagnétique où les ondes sont les plus courtes, ce qui implique par exemple que les émissions de micro-ondes de nos tours de téléphonie cellulaire pouvaient en théorie produire cet effet.

Les modifications du comportement humain peuvent donc être liées à des réactions chimiques dans le cerveau. Les stimulus externes libèrent des neurotoxines, qui entraînent à leur tour diverses altérations du cerveau. Ce qui signifie que l'on peut induire à distance des réactions émotionnelles et intellectuelles comme le calme, la confiance, le désir ou l'agressivité. La difficulté majeure (et la clé du problème) était la nécessité de définir avec précision la bonne combinaison de fréquence, de forme d'onde et de quantité d'énergie capable de provoquer une réaction donnée.

Micro-ondes. Technologie du téléphone cellulaire. Modification à distance du comportement humain. Agressivité.

Le bain de sang de Brighton Beach. Le matériel que nous avions trouvé dans le garage de Sokolov.

MK-Ultra.

Mes yeux ne pouvaient lire assez vite la dernière partie. Je sentais déjà les pulsations dans ma nuque, avant de tomber là-dessus :

On avance que les programmes de guerre psychologique, tant en Russie qu'en Amérique, analysent activement les spectres soniques, électromagnétiques et de micro-ondes pour trouver les longueurs d'ondes et les fréquences capables d'affecter le comportement humain, et qu'ils interrogent les chances de succès d'une utilisation de la synchronisation des ondes cérébrales, aussi bien pour contrôler leurs propres populations que pour s'en servir comme d'une arme sophistiquée. Une poignée de savants indépendants explorent l'hypothèse selon laquelle on pourrait s'en servir, en théorie, pour pousser des sujets à commettre des actes d'une extrême violence, voire à tuer à une échelle massive, en activant chez eux une paranoïa et des pulsions de survie prédatrice.

Mon estomac était sens dessus dessous.

Je fis marche arrière et vérifiai la première date qui apparaissait dans le rapport.

29 novembre 1981.

Je ne voyais plus rien, à l'exception de ces chiffres.

Une masse de liens et d'implications se mirent en place dans mon esprit.

Il n'y avait aucun doute.

Ce dossier parlait de Sokolov.

« Phinéas » n'était autre que Leo Sokolov.

Et il était lié d'une façon ou d'une autre à Corrigan.

Chapitre 59

Ou plutôt Sokolov était Phinéas.

Tout commençait à se mettre en place.

Phinéas met au point, en Russie, une technique radicale de synchronisation. Pour une raison inconnue, il décide de passer à l'Ouest. Peut-être refuse-t-il que ses patrons, au KGB, utilisent son invention. Peut-être ne veut-il pas que la technique de manipulation du cerveau qu'il a élaborée tombe entre les mains du régime d'oppression et de lavage de cerveau le plus impitoyable que l'histoire ait connu.

Ou entre n'importe quelles mains, d'ailleurs.

Car il comprend qu'il ne peut pas non plus nous faire confiance.

Peu après son arrivée sur le sol américain, il fausse donc compagnie à ses contacts à la CIA. Cela se passe dans un hôtel en Virginie. Il y est conduit par les agents qui l'ont fait sortir d'Europe, sous le nez du KGB. On ne sait trop comment, il est parvenu à apporter avec lui un puissant tranquillisant. Assez facilement, je suppose. Il lui suffisait d'un petit sachet de poudre. Il drogue discrètement les deux agents. Quand ils se réveillent, il a disparu.

Ils ont perdu sa trace. Le dossier est clos...

Sauf que nous connaissons aujourd'hui la suite.

Il avait fait profil bas, vivoté de petits boulots, s'était fabriqué une fausse identité, sous le nom de Leo Sokolov. Il avait épousé Della. Obtenu un poste d'enseignant à Flushing High. Avait mené depuis lors une vie heureuse. Il aurait dû, en tout cas. Sauf que Leo, évidemment, ne pouvait laisser en repos sa curiosité scientifique. Il avait construit quelque chose, l'avait installé dans sa camionnette. Ça fonctionnait. Et aujourd'hui, après toutes ces années, les Russes avaient fini par retrouver sa trace.

Je chargeai les autres documents JPEG de Kirby.

Les noms de code des deux agents qui l'avaient exfiltré d'Europe et perdu en Virginie : Reed Corrigan et Frank Fullerton.

Les pensées se heurtaient dans ma tête.

Corrigan est l'agent de la CIA chargé de l'exfiltration de Sokolov il y a vingt-cinq ans. J'essaie de retrouver sa trace. Puis on me charge de l'affaire Sokolov...

Pas besoin d'électromagnétisme ou d'autres stimulus pour alimenter ma paranoïa. Simple coïncidence ? Ou Corrigan avait-il quelque chose à voir avec le fait qu'on m'ait confié l'enquête sur le meurtre dans l'appartement de Sokolov ? Dans ce cas, pourquoi ?

Corrigan travaillait-il toujours sur l'affaire Sokolov ?

Poursuivait-il toujours l'homme qui lui avait glissé entre les doigts, lui causant sans doute quantité de migraines et d'ennuis au sein de la Compagnie ?

Est-ce qu'il m'avait manipulé ? Depuis le début ? Si oui, pourquoi ?

Toutes ces questions sans réponse menaçaient de faire imploser mon cerveau. Je les mis de côté pour lire la suite. Kirby m'avait dit que le dossier était toujours ouvert, et la première entrée était datée d'un peu plus d'une semaine, juste avant qu'on nous envoie, Aparo et moi, à l'appartement de Sokolov. Il était marqué *LECTURE SEULEMENT : DDS&T* (ce qui désignait le patron de la Direction science et technologie). Dans un style froid et pressé, l'auteur du texte signalait que les Russes avaient découvert l'identité et les coordonnées actuelles de Phinéas. Il s'était fait remarquer lors d'une manifestation devant le consulat russe à Manhattan. Ils avaient suivi sa piste, mais l'identité sous laquelle il vivait n'avait pas été révélée à l'auteur du texte.

Un complément d'information disait que Moscou avait confié à Fiodor Yakovlev, le meilleur agent du SVR à New York, la mission de rapatrier Phinéas.

Je me demandai qui avait écrit ce rapport. Probablement quelqu'un qui avait un contact solide au consulat russe. Je savais qu'il n'était pas la synthèse d'écoutes électroniques, car leur forme aurait été différente. Il y aurait eu toutes sortes de références qu'il n'y avait pas, là. Deuxième hypothèse : l'auteur contrôlait une taupe à l'intérieur du consulat. Mais, dans ce cas, la taupe aurait été citée comme source de l'information. Troisième hypothèse : ce rapport avait été écrit par la taupe elle-même. Ce qui voudrait dire qu'un agent de la CIA opérait à l'intérieur du consulat russe.

Je cherchai qui était crédité, mais ne vis aucune mention de Corrigan. L'en-tête imputait le rapport à « Grimwood », sans prénom, avec une référence à FF (Frank Fullerton, agent de la CIA et équipier de Corrigan lors de la défection de Sokolov et du fiasco qui avait suivi). « Grimwood » devait être le nom de code de l'agent – ce qui donnait du poids à l'hypothèse de la taupe. Je fis défiler les écrans. Il y avait des ajouts. Daté de cinq jours plus tôt, le premier annonçait que Yakovlev était mort en tombant par la fenêtre de l'appartement de Phinéas.

Le suivant portait mon nom.

Mes initiales, en tout cas. On y lisait en effet : « FBI ASC SR/NA chargés d'enquêter sur la mort de FY ». Agents spéciaux en charge, moi et Nick Aparo. FY pour Fiodor Yakovlev.

Puis cette phrase, assez curieuse :

« Scène du crime montre des traces d'une lutte physique, sans expliquer comment Phinéas est parvenu à maîtriser FY. Peu probable que FY ait accepté boisson droguée. SR fera suivre rapport toxicologique autopsie. »

« SR fera suivre rapport toxicologique autopsie » ?

J'ignorais combien de chocs mon organisme pourrait encore supporter.

Grimwood devait donc être présent dans l'appartement de Sokolov. Le matin où Aparo et moi étions entrés en scène, il y avait de cela quatre jours. Mon esprit se transporta dans cet appartement et se fixa sur la personne qui m'avait demandé le rapport toxicologique. Il y avait aussi eu ce dîner chez J.G. Melon, où la question avait été à nouveau soulevée.

Je savais qui était Grimwood.

Et ce n'était pas un homme.

Kochtcheï était assis dans le Suburban, dont le moteur tournait. Il observait les jeunes qui se battaient à mort sur le terrain de basket-ball.

Il ne les entendait pas, bien entendu. Le protège-oreilles filtrait les hurlements, les grognements, donnant à cette brutale explosion de violence une teinte bizarre, encore plus irréelle.

Après tout ce qu'il avait vu, tout ce qu'il avait fait dans sa vie, il en fallait beaucoup pour l'impressionner ou le choquer. Là, pourtant c'était le cas. Un instant plus tôt, ce n'était qu'une bande de gamins du quartier. Certains avaient ôté leur chemise, dribblant, bloquant, sautant pour rattraper la balle, des jeunes gens en sueur, énergiques. Puis Kochtcheï avait commencé à manipuler les présélections de l'ordinateur.

Avec la première, ce fut comme s'il leur avait injecté une dose massive de tranquillisant. Leurs mouvements se ralentirent. Tout à coup, ils avaient l'air apathiques. Quelques-uns s'assirent, d'autres s'allongèrent sur le sol bétonné du terrain. D'autres encore allaient et venaient sans but apparent, une expression hébétée sur le visage. Tous semblaient perdus et désorientés.

La deuxième avait été plus spectaculaire. Les uns avaient des haut-le-cœur, les autres se mettaient à vomir en se tenant le ventre, comme s'ils avaient mal.

Puis il avait enfoncé le troisième bouton. Ils s'étaient mis à échanger des coups de poing, des coups de pied, à se frapper mutuellement avec tout ce qui leur tombait sous la main.

La vitesse à laquelle ça faisait de l'effet, la violence avec laquelle cela affectait tout le monde, l'intensité et la sauvagerie que cela provoquait – c'était comme si ces jeunes gens se trouvaient soudain plongés dans une autre réalité, définitivement mortelle, où l'unique manière de survivre était de tuer tous les autres.

Un coup violent résonna à travers le protège-oreilles de Kochtcheï, qui sursauta. Un adolescent ensanglanté, le regard fou et le nez éclaté, tambourinait sur le véhicule, hurlant sauvagement, essayant de briser la vitre pour l'atteindre.

Il était temps de mettre fin au test.

Kochtcheï tendit la main vers l'ordinateur portable ouvert sur le siège à côté de lui et frappa une touche du clavier. Le gosse cogna la vitre encore deux ou trois fois, puis son poing retomba et il contempla Kochtcheï, absolument stupéfait.

Satisfait du bon fonctionnement de la machine, ledit Kochtcheï démarra le Suburban et se mit en route. Il n'avait pas de temps à perdre. Il devait aller récupérer Sokolov et mettre les voiles.

L'Histoire l'attendait.

Chapitre 60

Je voulais en être sûr.

J'attrapai mon BlackBerry sur le bureau et appelai Larissa.

— Agent Reilly, répondit-elle immédiatement, apparemment surprise.

— Il faut que nous parlions.

Elle hésita.

— Bien sûr, mais... ça semble urgent ? Que se passe-t-il ?

— Vous pouvez venir ici ?

— Sûrement... Où, et quand ?

Une demi-heure plus tard, je descendais au rez-de-chaussée pour l'accueillir. Je la conduisis de l'autre côté de la rue, à Foley Square, en face de l'escalier de la Cour suprême de l'État.

Nous avions des comptes à régler, et pas le temps de finasser.

— Je sais tout pour Phinéas. Et je sais qui vous êtes. J'ai lu vos compléments d'information dans le dossier officiel. Vous vous êtes foutue de moi depuis le début, et pour quoi ? Juste pour que je vous aide à le retrouver ? Vous auriez pu me le dire. Les choses auraient peut-être tourné autrement si j'avais su ce qui se passait, et à quel point c'était important.

Elle me fixait de l'air le plus honnête et étonné que j'aie jamais vu.

— Vous êtes... je suis larguée, là.

C'était une excellente actrice.

— OK, vous savez quoi ? Appelons le consulat, fis-je en sortant mon téléphone. Je vais demander à votre patron ce qu'il en pense. Nous verrons si ma théorie, selon laquelle vous êtes un agent double bossant pour la CIA, lui sied. Qu'en dites-vous ?

Elle me fixait toujours comme si j'étais cinglé, mais quelques rides d'inquiétude altéraient maintenant son visage.

Je tins mon téléphone levé, l'air interrogateur. Puis je fis mine de composer le numéro.

— C'est parti...

Elle me regarda pendant quelques secondes... puis tenta de saisir mon téléphone.

— Ne soyez pas stupide, lâcha-t-elle d'un ton sec.

J'écartai le téléphone, l'air innocent, comme pour dire : « Quoi ? »

— Raccrochez, bon Dieu. Ce n'est pas une plaisanterie.

Je reposai le téléphone.

— Je n'ai jamais pensé cela. Mais vous avez toujours l'air, vous autres, d'aimer jouer à de drôles de jeux.

Je glissai le téléphone dans ma poche.

— Alors, vous allez enfin me dire ce que vous faites ?

Elle me fixait, le visage luisant de colère.

— Qu'est-ce que vous croyez ? Nous essayons

de retrouver Chislenko avant qu'ils l'embarquent à Moscou.

Nous progressions.

— Chislenko ? C'est le vrai nom de Sokolov ?

— Oui, fit-elle de mauvaise grâce. Cyrille. Cyrille Chislenko.

— Et vous travaillez pour nous ?

Elle acquiesça.

— Nom de code ? demandai-je, car je voulais être sûr. Grim...

— ... wood.

Elle n'aurait pas pu le savoir. Donc, elle travaillait bien pour nous. D'accord, mais pour qui roulait-elle réellement ?

— Comment êtes-vous au courant, pour « Phinéas » ?

— Sources confidentielles, dis-je, laconique. Eh bien, pourquoi ne pas m'avoir mis dans le coup dès le premier jour ?

— Je dois vraiment vous dire ce qu'ils m'auraient fait si le SVR avait tout découvert ?

Non, ce n'était pas la peine.

— Je ne peux pas prendre le risque de brûler ma couverture, poursuivit-elle. C'est un secret bien gardé, même au sein de la Compagnie.

Je crois que je pouvais comprendre.

— Qu'est-ce qui vous a poussée à travailler pour nous ?

Elle haussa les épaules.

— J'en ai toujours eu l'intention. Je n'ai jamais marché dans le Grand Mensonge.

— Comment ça ?

Son regard se fit distant, avec des reflets métalliques.

— Mon père était diplomate. C'était aussi un agent du KGB. Et une brute, qui nous frappait, ma mère et moi. Mais nous vivions bien. Nous avions une existence privilégiée, avec de belles maisons, des chauffeurs. J'ai vécu à l'étranger, dans toutes sortes d'endroits. Beyrouth, Rome, Londres. J'ai découvert le monde extérieur tel qu'il était réellement, rien à voir avec les mensonges que diffusait la propagande soviétique quand j'étais petite. Et j'ai commencé à haïr tout ce que défendaient mon père et tous les autres.

Elle se tut, jaugeant ma réaction. Visiblement, elle se demandait ce qu'elle pouvait me confier.

— Après la chute du Mur, ça a empiré. En Occident, on entretient le mythe que la chute du communisme a été une révolution populaire. Ce n'était pas du tout ça. Elle a été encouragée, nourrie de l'intérieur du système, totalement mise en scène par le KGB. Les gens qui se sont soulevés étaient manipulés…

— Vous voulez dire que le KGB a contribué à la chute du communisme ?

— Ils n'y ont pas seulement contribué. Ils l'ont orchestrée.

— Mais pourquoi ?

— Parce qu'ils n'avaient pas le choix. Et parce qu'ils avaient terriblement envie de s'enrichir. Le dernier chef de l'URSS était un homme du KGB, et notre actuel président à vie est aussi un officier du KGB. Qu'est-ce que vous en dites ? Qui sont les gens les plus riches, aujourd'hui, en Russie ? Ceux qui dirigeaient l'État avant la chute du Mur. Simplement parce qu'ils étaient les seuls à pouvoir voir ce qui se passait à l'extérieur de nos frontières. Ils étaient les seuls à voyager, à lire, et ils n'étaient pas stupides. Ils ont compris que la partie était finie. Ils savaient que le communisme agonisait. Alors ils se sont préparés à sa mort imminente. Ils ont élaboré leur propre version de la démocratie, leur propre version du capitalisme. Les gens comme mon père et ses amis du Kremlin se sont associés avec les seules personnes qui faisaient des affaires sous le régime communiste : les patrons du crime, les gangsters qui savaient comment gagner de l'argent à l'époque où c'était interdit. Ils se sont tous mis en position de récolter le pactole quand le système s'écroulerait. Et ils ont réussi. Quand croyez-vous que ces gangsters étaient le plus heureux ? Avant, quand une vie de privilèges et de luxe se traduisait par des limousines Volga pourries et une datcha dans une forêt lointaine au bord d'un lac gelé ? Ou aujourd'hui, avec des hôtels particuliers à Londres et des yachts de cent millions de dollars à Monaco ? La chute de l'Union soviétique a été la plus grande mascarade de l'histoire. Comparés à ces gens-là, Al Capone et Don Corleone étaient des pickpockets minables. Vous croyez que vous avez un problème avec vos « 1 % les plus riches » ? Venez à Moscou. Vous verrez comment vivent nos 1 %. Et comment ils gagnent vraiment leur argent.

— Et vous voulez les abattre ?

Elle se mit à rire.

— Je ne peux pas les abattre. Personne ne le peut. Mais si je peux contribuer à inverser le courant, un tout petit peu, si je peux remporter une petite victoire, ici et là… au moins aurai-je fait quelque chose d'utile.

Je commençais à bien l'aimer.

— Dites-moi une chose : votre peuple et le mien,

cette lutte qui les oppose depuis si longtemps... Ça finira un jour ?
— Non.
Elle n'avait pas hésité une seconde.
— Pourquoi ?
Elle haussa les épaules.
— Nous serons toujours jaloux de vous. Jaloux de votre économie, de votre réussite industrielle, et frustrés parce que chez nous c'est le contraire. Nous ne produisons rien, sauf des ressources naturelles que n'importe quel pays du tiers-monde peut produire. Nous ne produisons rien d'intérêt mondial, dont nous pourrions être fiers. Des voitures, des avions, des ordinateurs, des téléphones portables, des logiciels... nous ne faisons rien de tout ça. Le seul domaine où nous sommes *leaders* mondiaux, c'est la création de spam. Le spam, le vol et la fraude. Voilà dans quoi nous excellons.
— Ça semble prometteur, quelque part.
— Ça ne l'est pas du tout, grogna-t-elle.
Les rides au bord de ses yeux se creusèrent et elle me demanda :
— Le massacre de Brighton Beach ? C'était Sokolov ?
— C'était son œuvre. Il n'était pas sur place.
— C'est quoi, cette œuvre ?
Je ne pus masquer mon étonnement :
— Vous ne le savez pas ?
— Non.
Évidemment, elle était peut-être une formidable menteuse. Mais mon détecteur de baratin me soufflait dans l'oreille qu'elle disait la vérité.

— C'est seulement vous, ou bien tout le monde l'ignore ?

— Je ne sais pas. À Moscou, des gens doivent être au courant, évidemment. Ceux qui ont vu son travail avant qu'il ne fasse défection. Mais je ne sais pas s'ils en ont donné le détail à mon patron.

— Et Langley ?

Je mourais d'envie de lui jeter au visage les noms de Frank Fullerton et de Reed Corrigan, pour voir sa réaction. Mais je me retins : mentionner leurs noms de code (les seuls que je connaissais) était une mauvaise idée, à ce stade.

— Je suis sûre que certains en savent plus que ce qu'ils m'ont dit. Mais, à mon avis, personne ne sait vraiment de quoi il s'agit, ni comment ça fonctionne. Nous savons simplement que c'est mauvais… Qu'est-ce que c'est, à votre avis ? ajouta-t-elle après un instant de silence.

J'hésitai. J'ignorais ce que je pouvais lui dire. Jusqu'à quel point je pouvais lui faire confiance. Puis je réalisai qu'elle s'était elle-même assez exposée pour me permettre d'aller un peu plus loin avec elle.

— Il a installé une sorte de machine dans sa camionnette. Je pense que ça a un rapport avec la manipulation du cerveau des gens, à l'aide de micro-ondes. Mais je n'en sais pas plus.

Il y avait une question plus urgente, et elle pouvait m'aider.

— Qui est cet homme, Kochtcheï, en face de nous ? Qu'est-ce que vous pouvez me dire à son sujet ?

— Pas grand-chose. Il est très fort.

— Ça, j'ai payé pour le voir.

Elle se crispa.

— C'est un agent du FSB, de très haut niveau. Lieutenant-colonel. Il travaille seul. Ne prend ses ordres qu'au Centre, à Moscou. Nous sommes censés lui fournir tout le soutien dont il a besoin, quand il appelle le consulat.

— Il faut que nous le retrouvions, si nous voulons récupérer Sokolov et sa camionnette. Qui est son contact chez vous ?

— Vrabinek. Le consul. Mais pour l'instant, c'est une impasse. Kochtcheï n'a pas donné de ses nouvelles depuis mercredi.

Ça me mit mal à l'aise.

— Depuis qu'il a enlevé Sokolov ?

— Exactement.

Ça ne sentait pas bon. Pas bon du tout.

— Il est peut-être déjà parti.

— Peut-être.

Auquel cas ce serait une catastrophe totale. Comme si nous n'avions vu que le sommet de l'iceberg, jusqu'ici. Notre impuissance elle-même était paralysante.

Mon téléphone sonna à cet instant.

Et tout changea.

Chapitre 61

Je n'y croyais pas.
Un coup de téléphone anonyme.
Un entrepôt, à deux pas de Jamaica Avenue.
Larissa voyait bien qu'un événement majeur était intervenu.

— Quoi ? demanda-t-elle. Qu'est-ce qui se passe ?
Je promis à Aparo de le rejoindre, et je raccrochai.
— Il faut que j'y aille…
— Qu'est-ce qui s'est passé ?
Je secouai la tête.
— Je dois y aller. Je vous appellerai.
Elle me saisit le bras.
— Parlez-moi. Ne me laissez pas à l'écart. Nous sommes dans le même camp.
— Oh, nous sommes dans le même camp, à présent ?
— Allons… dit-elle, le regard féroce. Je ne pouvais pas vous le dire, vous le savez bien. Et vous savez aussi que je peux vous être utile dès lors que tout est clair. On doit s'aider mutuellement. Ni l'un ni l'autre, nous ne voulons laisser ce type se tirer avec Sokolov ou la camionnette.

Je n'avais pas le temps de discuter. Aparo descendait à toute pompe pour me retrouver en bas. Une douzaine d'hommes du SWAT étaient en train de s'équiper et embarquaient dans leurs véhicules. Chaque seconde comptait.

— Bien. Venez avec moi.

— Qu'est-ce qui se passe ? répéta-t-elle alors que nous traversions la rue en courant.

L'entrepôt se trouvait dans une petite zone industrielle minable proche de la gare de la ligne de Long Island, juste au sud de Liberty Avenue. De nombreux entrepôts et établissements commerciaux s'ornaient de panneaux « À louer ». Clairement, c'était l'ère de la banqueroute pour l'ancien cycle économique. Les zones de chargement, tout autour, donnaient l'impression de s'être trouvées aux premières loges lorsque la crise avait frappé. L'endroit parfait pour un type comme Kochtcheï, en quête d'un coin tranquille d'où lancer son apocalypse.

Le coup de fil anonyme avait été assez précis pour nous permettre de localiser un entrepôt en particulier – celui devant lequel nous étions en planque. Moi, Aparo, Kanigher, Larissa et douze membres du SWAT. Nous portions tous les quatre un gilet pare-balles en Kevlar, sous un coupe-vent arborant les trois lettres *F*, *B* et *I* dans le dos. Casque audio sur la tête et armes brandies, nous étions en position pour l'assaut. Les hommes du SWAT semblaient prêts à attaquer l'enfer, ni plus ni moins.

Le scanning thermal nous indiqua qu'une seule personne se trouvait dans les lieux. Rien n'indiquait la présence d'un moteur chaud. La personne était sur le sol, le dos contre le mur et elle était immobile, ce qui voulait dire qu'elle était inconsciente ou attachée. Rien ne prouvait qu'elle était vivante. Nous étions trop loin pour que la caméra infrarouge nous indique sa température – mais le corps humain ne refroidit pas si vite.

Rien d'autre ne bougeant à l'intérieur, nous décidâmes d'entrer.

Le chef du SWAT – Infantino, qui se trouvait déjà à la fusillade dans les docks – lança son équipe. Ils enfoncèrent la porte et pénétrèrent à l'intérieur avec une précision et une douceur à couper le souffle – comme si l'art de lancer un assaut était un sport olympique d'équipe. Nous entrâmes dans leur sillage. J'entendis une succession de « *Clear !* », puis une voix résonna dans mes écouteurs. Je suivis les instructions, traversai l'espace principal de l'entrepôt vers un petit bureau tout au fond... et un visage que je connaissais bien maintenant m'apparut, même si je ne l'avais jamais vu qu'en photo.

Sokolov, assis par terre, les mains liées au radiateur derrière lui.

Il était vivant.

Nous le libérâmes et je le fis évacuer par trois types du SWAT, pendant que nous inspections les lieux. La camionnette était là. Les portières arrière étaient grandes ouvertes. Elle était vide.

— Il va revenir, dis-je à l'équipe. Il n'aurait pas laissé Sokolov derrière lui.

— On ferait mieux d'être prêts à l'accueillir, dit Infantino.

Je laissai Kanigher avec le SWAT pour établir un périmètre de sécurité. Aparo, Larissa et moi allâmes parler à Sokolov.

Quand il repéra les deux camionnettes du SWAT et la voiture du FBI garées discrètement derrière le coin d'un immeuble, une rue plus loin, Kochtcheï fit la grimace.

Ils avaient Sokolov. Et ils étaient en planque, attendant son retour.

Chyort voz'mi, jura-t-il intérieurement.

Il s'en voulait. Il aurait dû emmener le vieux en allant faire le test. Mais il s'était dit que ce n'était pas sans risque. Sokolov savait qu'il avait l'intention de le tuer. Il n'avait rien à perdre. Et les gens qui n'ont rien à perdre peuvent se montrer imprudents.

Kochtcheï n'avait pas non plus voulu le liquider avant d'être sûr que sa machine fonctionnait correctement. Il ignorait pour l'instant quand il presserait la détente. S'il le faisait. Sokolov pouvait encore lui être utile. La question, toutefois, était purement rhétorique : le savant était entre les mains des Américains. Et ils étaient trop nombreux pour que Kochtcheï intervienne en défouraillant.

Il les observa quelques minutes, un sentiment désagréable lui tiraillant la poitrine… puis une idée lui vint, qui repoussa ce sentiment. Une idée comme les autres.

Une idée délicieusement ironique.

Sokolov nous attendait, recroquevillé dans un véhicule de soutien du SWAT, à une rue de l'entrepôt. Quatre des gars d'Infantino armés jusqu'aux dents s'étaient enfermés avec lui et le gardaient à l'œil.

Il se leva à notre arrivée, agité et inquiet.

— Est-ce que Della va bien ? Je ne cesse de leur poser la question, et ils ne me répondent pas.

— Elle va bien, le rassurai-je. Nous l'avons placée sous surveillance, et elle y restera jusqu'à ce que tout ça soit terminé.

Je vis le soulagement sur son visage.

— Elle sait que vous m'avez retrouvé ? Je peux lui parler ?

— Pas maintenant. Bientôt. Dès que nous aurons la situation en main. Autant pour votre sécurité que pour la sienne.

Il acquiesça, tout en clignant nerveusement des yeux.

— D'accord. Merci.

Il était secoué, et il avait l'air épuisé, abattu. Du moins n'était-il pas blessé. Il nous dit n'avoir besoin de rien, affirmant qu'il allait très bien.

Nous lui demandâmes alors s'il savait où Kochtcheï pouvait se trouver. Il nous expliqua qu'ils avaient démonté « l'appareil » pour l'installer dans un autre véhicule, un SUV noir. Un Chevrolet, croyait-il.

Je m'apprêtais à transmettre les informations à Infantino quand un frisson glacé me traversa l'échine.

— Attendez... demandai-je à Sokolov. Cet « appareil »... votre machine, elle se trouve dans une autre voiture, et elle est opérationnelle ?

— Oui, me répondit-il, hésitant, sans comprendre où je voulais en venir.

— On doit lever le camp immédiatement ! hurlai-je. Il peut s'en servir contre nous, d'un instant à l'autre !

Chapitre 62

Je cognai mon micro.
— Alpha Un, c'est Reilly !
La voix d'Infantino retentit dans mon oreillette :
— Je suis là. Nous n'avons encore aucun signe de lui.
— Nous risquons d'avoir un problème. Que vos hommes se tiennent prêts à décaniller. On devra peut-être partir en vitesse.
Clairement, il n'aimait pas ça.
— Qu'est-ce qui se passe ?
— Soyez prêts à décoller si je vous le dis.
Je me tournai vers Sokolov.
— Votre machine... Elle s'attaque au cerveau, c'est ça ? Elle peut faire en sorte qu'on s'agresse les uns les autres ?
Son visage exprima sa confusion et son horreur.
— Comment le savez-vous ? Vous... Quelqu'un s'en est servi ?
— Oui. Ecoutez, je dois savoir... Existe-t-il un moyen de la bloquer ? Est-ce qu'on peut faire quelque chose pour se protéger de ses effets ?
Ses yeux allaient d'un côté et de l'autre, sa bouche

tremblait comme s'il essayait à la fois de retrouver son calme et de se concentrer sur mes questions.

— Oui... il y a... j'avais des protège-oreilles dans la camionnette, mais il les a pris dans sa voiture.

— Des protège-oreilles ?

— Oui, comme des écouteurs de protection. Le genre dont se servent les ouvriers du bâtiment. Je les ai modifiés, bien sûr. Avec du grillage et du Kevlar.

Mon esprit s'affolait.

— Ça passe par les oreilles ? C'est comme ça que ça marche ?

— Oui.

Il hocha la tête, furtivement.

— Ça chauffe l'oreille int...

Il se reprit, conscient de l'urgence de la situation :

— Ça passe par les canaux auditifs.

— Et des oreillettes ?

Je retirai la mienne et la lui montrai.

— Ce genre-là ?

Il la retourna entre ses doigts pour l'examiner.

— Je crois que ça pourrait marcher... plus ou moins. Mais il en faut une dans chaque oreille.

Ça n'irait pas. Les types du SWAT n'auraient pas assez de matériel en réserve pour que tout le monde puisse se protéger.

Je sentais les secondes défiler, très vite, comme dans un sablier dont la partie inférieure a été tranchée net. C'était à me rendre fou. Nous devions l'attendre – c'était notre seule chance d'arrêter ce salaud –, mais en même temps nous étions des cibles tellement faciles...

— Et les casques ?

Je lui montrai les agents du SWAT qui se trouvaient

dans le véhicule avec nous. Ils étaient vêtus de treillis de toile verte, d'une épaisse protection pare-balles comprenant un grand panneau à l'entrejambe, avec l'autocollant *FBI* sur le torse, de lunettes de protection et d'un casque.

— Ils sont en Kevlar, lui dis-je.

— S'ils sont bien serrés à hauteur des oreilles, ils offriront une certaine protection, c'est sûr. Mais je ne garantis pas qu'ils bloqueront toutes les ondes.

Ce serait mieux que rien. Je me tournai vers un des types du SWAT.

— Vous avez des casques et des oreillettes en réserve dans les camions ?

— Non, fit-il en secouant la tête. On embarque en tenue.

Je regardai Aparo, puis Larissa. Nous étions quatre à ne pas avoir de protection : nous trois, plus Sokolov.

Kochtcheï était de retour dans son SUV, l'ordinateur portable ouvert sur le siège à côté de lui. Le moteur du véhicule tournait, et son doigt hésitait, au-dessus du clavier.

C'était peut-être le moment de tester une deuxième fois la machine de Sokolov.

Cette fois, sur un public qui le méritait bien plus.

Le regard fixe, perdu dans ses pensées, il se demandait s'il allait se servir de l'invention de Sokolov pour laisser les Américains faire le travail à sa place.

Il lui suffisait d'appuyer sur la touche du clavier, et l'entrepôt se transformerait en une zone de mort. Ils s'entre-tueraient. Ils tueraient Sokolov. Un clic sur le clavier, et ce serait fini.

Il y pensa pendant une bonne minute, imaginant la scène, pesant le pour et le contre.

Nous devions sortir de là, et vite. Ce qui voulait dire que tout le monde devait partir. Je n'allais pas laisser Infantino et les autres seuls face à cela.
J'enfonçai le bouton de mon micro.
— Alpha Un. Notre homme a une sorte de brouilleur de cervelle dans son SUV. Ça se transmet par les oreilles. Ça nous incite à nous entre-tuer. Seule protection possible, des oreillettes des deux côtés, ou le casque très serré. Idéalement, les deux. Mais ce n'est pas garanti. Qu'en pensez-vous ?
Il prit une seconde pour assimiler la nouvelle.
— Vous êtes sérieux ?
— J'en ai bien peur. Écoutez, nous voulons vraiment arrêter ce type, vous le savez, et nous avons une vraie chance de l'avoir, mais nous ne pouvons être certains que les casques arrêteront complètement ce signal. Dans le cas contraire, nous allons vers un bain de sang.
Je fis un signe à l'agent du SWAT le plus proche de moi et vérifiai le rembourrage du casque. Ça me semblait assez serré. Et le Kevlar était conçu pour arrêter la plupart des projectiles. Mais il manquait le grillage.
Je me dis que nous n'aurions plus jamais une meilleure chance.
— Très bien, lâchai-je. Je ne peux obliger personne à rester ici. Moi, je reste. Alpha Un ?
— Et comment ! fit-il sans la moindre hésitation.
— Moi aussi, je… commença Aparo.
Je l'interrompis :

— Prends la voiture. Emmène-les tous les deux immédiatement ! dis-je en lui montrant Sokolov et Larissa.

Je me tournai vers l'agent du SWAT.

— Donnez-moi votre casque et escortez-les à Federal Plaza avec votre équipe et un véhicule.

Aparo fit une deuxième tentative, mais je le coupai de nouveau :

— Sokolov est notre priorité. Tu dois l'évacuer. Avec un peu de chance, nous aurons aussi Kochtcheï et nous irons tous nous taper une bière.

Il secoua la tête. Mais il savait que j'avais raison.

— Allons-y, fit-il à Sokolov et Larissa.

Je pris le casque du SWAT et me l'ajustai sur le crâne.

Larissa m'observa un instant avant de monter à l'arrière de la voiture d'Aparo. Ses yeux me firent comprendre son inquiétude. Je lui répondis d'un léger signe de tête. Elle fit de même, hésita, s'assit dans la voiture.

Aparo démarra, suivi du véhicule du SWAT. Je restai avec Infantino et son équipe, prêt à affronter l'inconnu.

Chapitre 63

C'était un sentiment vraiment, vraiment terrifiant.

Recroquevillé derrière le container à ordures, le regard fixé sur la ruelle menant à l'entrepôt, j'observais nerveusement les hommes du SWAT éparpillés en divers emplacements. N'allions-nous pas tous nous transformer en rois de la gâchette et en zombies assoiffés de sang ?

J'attendais. Le fait de se demander si quelqu'un va prendre possession de son esprit est déstabilisant. J'avais fort à faire pour imaginer comment ça se passerait. Je voulais croire que je serais au-dessus de ça, que j'avais d'une manière ou d'une autre assez de force de caractère pour être capable de résister, de sortir vaillamment de mon terrier et de placer une balle entre les yeux d'un Kochtcheï stupéfait. Il m'était difficile d'admettre l'idée qu'en réalité j'y succomberais avec la même facilité que le type à côté de moi, et l'idée que quelque chose puisse me faire cela, prendre possession de moi et me faire faire des choses sur lesquelles je n'aurais aucun contrôle, me faisait paniquer. En fait, c'était terrifiant. Et je sus alors qu'arrêter Kochtcheï et m'assurer que personne ne se servirait plus jamais de l'invention de Sokolov était la chose la plus importante que je ferais jamais dans toute mon existence.

Une autre pensée, extrêmement perturbante, vint alors se glisser dans mon esprit. Alex. Je repoussais désespérément l'idée qu'il puisse grandir sans un père. Il avait déjà perdu sa mère. Je devais absolument être là pour lui. J'avais moi-même perdu mon père, dans des circonstances non moins traumatisantes que celles qui avaient conduit à la mort de Michelle. J'avais dix ans, je rentrais de l'école. J'avais trouvé mon père dans son bureau, sans vie, affalé en arrière dans son grand fauteuil. Ce n'était pas une crise cardiaque. Il s'était tiré dans la bouche une balle de son Smith & Wesson.38. En état de choc, j'avais été incapable de me détourner. Je m'étais approché de lui, dans une sorte de brouillard engourdissant. J'avais vu l'arrière du crâne explosé, le mur derrière lui éclaboussé de fragments de cervelle... Ces images me hanteront toute ma vie. Alex avait déjà eu sa part de ce genre de choses. Je voulais qu'il mène une vie normale... la vie la plus heureuse que je serais en mesure de lui apporter. Pour cela, il fallait que je sois auprès de lui.

Je fixai le visage d'Alex dans mon esprit. Le temps tournait au ralenti. J'attendais, en me demandant si Kochtcheï allait se montrer ou si j'aurais le temps de me rendre compte que je vivais les derniers instants de mon existence.

Le doigt de Kochtcheï caressait la touche de commande sur le clavier de l'ordinateur.

Le temps passait. Il devait prendre une décision.

Ils étaient là, à sa portée. À sa merci.

Un simple clic.

Il hésita… et décida de ne rien faire.

Il n'était même pas sûr que Sokolov fût encore sur les lieux. C'était la question décisive. Il n'avait pas la certitude que l'équipement protecteur du SWAT – leurs casques et leurs oreillettes – n'allait pas neutraliser les effets de la machine. Si c'était le cas, il se mettait en danger.

Il ne pouvait prendre un tel risque. Il avait du plus gros poisson à pêcher.

Sans cesser de tapoter le boîtier de l'ordinateur, Kochtcheï prit sa décision. C'était un sérieux contretemps, sans conteste, mais le fait qu'ils tiennent Sokolov ne devait pas affecter ses projets immédiats. Rien de ce que le vieux leur dirait n'avait la moindre importance. Au final, Kochtcheï disparaîtrait dans le soleil couchant, plus riche de deux cents millions de dollars. Et si les Américains forçaient Sokolov à leur construire une machine (ce qui serait sûrement le cas), eh bien, qu'il en soit ainsi.

Ce n'était pas son problème.

Ce qu'il vit alors lui confirma qu'il avait pris la bonne décision. La voiture banalisée et un des véhicules du SWAT venaient de contourner l'immeuble et se dirigeaient vers le centre-ville.

Sokolov se trouvait peut-être dans un de ces véhicules. Sous bonne protection. En route vers un solide débriefing.

Kochtcheï envisagea de les poursuivre. Peut-être même d'utiliser la machine pour les attaquer à un feu rouge…

Non. Ramener Sokolov – ou le tuer –, cela devrait attendre.

J'ai du gros poisson en vue, se rappela-t-il.

Il démarra et s'en alla.

Une demi-heure plus tard, deux autres fourgons du SWAT nous rejoignaient. Je transpirais tant que j'avais dû perdre un kilo. Ils apportaient des oreillettes supplémentaires. Tandis qu'ils se déployaient et établissaient un périmètre d'endiguement autour de l'entrepôt, je laissai Infantino gérer la situation et réquisitionnai un de ses agents pour me ramener à Federal Plaza.

J'étais déçu que Kochtcheï ne se soit pas montré, mais heureux de foutre le camp. Et dans l'immédiat j'espérais que Sokolov pourrait nous fournir des informations utiles. J'espérais aussi ne plus connaître ce genre de suée.

Je me rendis dans une salle d'interrogatoire, où se trouvaient déjà Aparo, Larissa et Sokolov.

— Pas de chance pour le Chevrolet, soupira Aparo en désignant Sokolov. Il nous a dit que les plaques étaient recouvertes. À aucun moment il n'a pu les voir.

— Pourquoi Kochtcheï aurait-il fait ça ?

— Il faut toujours prévoir l'imprévu, surtout quand ça ne coûte pas grand-chose, dit Larissa.

Visiblement, les instructeurs du SVR connaissaient leur boulot.

Je partageais la frustration d'Aparo. C'était trop vague pour émettre un ARG sur le véhicule, même s'il valait la peine de relayer l'information à l'équipe du SWAT, près de l'entrepôt.

J'appelai Infantino. Puis nous nous penchâmes sur le passé de Sokolov et la genèse de sa « machine ».

— Tout a commencé avec les mémoires de mon grand-père, expliqua Sokolov.

Il parla de sa jeunesse, de sa découverte des vieux journaux dans la cave de la petite maison où il avait grandi. Il savait raconter les histoires et ne s'attarda pas trop sur les détails, ce qui était parfait. Je sentais que le temps qui passait pesait sur nous tous, Kochtcheï étant toujours en cavale, avec la machine. Puis, soudain, Sokolov montra une certaine réticence à continuer son récit. Nous lui proposâmes de manger et de boire un peu, ce qu'il refusa. Après quelques minutes d'attente particulièrement pénibles, il sembla se décider et entreprit de nous parler du contenu des journaux.

Chapitre 64

Journal de Misha

Karovo, province de Kaluga, décembre 1926

C'était une nuit dont on se souviendrait longtemps. La nuit qui allait tout changer.
Pas uniquement pour moi, mais pour tous les habitants de l'empire.
Jusqu'à la fin de mes jours, au regard de tout ce qui s'est passé, je me demanderai si j'aurais dû arrêter les événements.
L'hiver 1916 fut rude et maussade. La guerre contre l'Allemagne faisait rage. Onze millions de fils bien-aimés de notre Mère Russie avaient déjà été aspirés dans son étreinte sanglante. Les pertes déjà terribles augmentaient chaque jour. Les réserves d'armes étaient au plus bas. Dans tout le pays, on ne connaissait qu'épreuves et souffrance. La nourriture et la main-d'œuvre étant détournées vers le front, la famine se répandait. Le peuple était mécontent. Des troubles se préparaient.

À Petrograd, tout le monde vivait sur le fil du rasoir. Comme toujours, Raspoutine était inconscient du danger qui bouillonnait autour de nous. Son esprit était ailleurs, élaborant des stratégies pour notre grande intervention sur le front. Je me prêtais au jeu, tout en cherchant désespérément un moyen de sortir de mon dilemme.

Mon vieux maître craignait en permanence pour sa vie, et ce n'était pas sans raison. Il était honni par toute la bonne société de Petrograd, sinon par tous les sujets de l'empire. Nobles et bourgeois étaient scandalisés par la manière dont ce paysan immonde avait fait honte à la cour, dont il semblait contrôler le tsar et la tsarine, comme s'ils étaient ses marionnettes. Ils lui reprochaient sa responsabilité dans la gestion désastreuse de la guerre – c'est sur ses ordres en effet que le tsar avait relevé de son commandement le grand-duc Nicolas et pris lui-même la tête de l'état-major. Cela mènerait à une inévitable révolution qui leur ferait tout perdre.

C'est dans ce contexte de turbulences que par un fatidique jour de décembre Raspoutine reçut une invitation inattendue. Le prince Félix Ioussoupov, jeune héritier de la plus grosse fortune de Russie, l'invitait à une réunion à son palais, avec quelques-uns de ses amis. Les Ioussoupov descendaient du chef tatar Khan Ioussouf et, selon la légende, du prophète Mahomet en personne. Les ancêtres du prince avaient régné sur Damas, Antioche et l'Égypte avant de se retrouver en Russie sous Ivan le Terrible et de se convertir au christianisme, un siècle plus tard. Le palais de la Moïka – une des nombreuses résidences que possédait sa famille dans tout l'empire – était un édifice ten-

taculaire qui rivalisait en importance avec le palais Alexandre. On y trouvait des salles de danse, des piscines et même un théâtre privé où s'étaient produits Franz Liszt et Frédéric Chopin. Beaucoup plus tard, j'apprendrais que, bien longtemps après que la révolution eut mis l'empire à bas et que les Ioussoupov eurent fui la Russie à bord d'un navire de guerre britannique, on avait découvert des restes humains dans une des nombreuses pièces dissimulées du palais. Il apparut qu'il s'agissait de l'amant de l'arrière-grand-mère de Félix. L'histoire de cette famille se confondait avec celle de la Russie. Cette fois, elle était destinée à l'influencer une dernière fois.

Félix et Raspoutine étaient devenus plus que de simples connaissances, durant l'année précédente, mais Raspoutine n'était jamais allé au palais de la Moïka. Il n'avait jamais, non plus, rencontré la femme du prince, Irina. Celle-ci était la nièce du tsar. Selon Félix, elle était malade.

Il demanda à Raspoutine s'il consentirait à la soigner pendant son séjour, et proposa de lui envoyer un chauffeur pour le conduire.

Irina était jeune et séduisante. Je ne pouvais m'empêcher de penser à un nouvel agneau que l'on mène à l'abattoir. Mais peut-être qu'il se tramait autre chose.

Raspoutine savait que Ioussoupov, l'héritier le plus riche et membre clé de la noblesse, exprimait la même hostilité envers lui que ses autres ennemis. Il soupçonnait Ioussoupov et ses amis d'avoir des projets à son égard. Des projets malveillants. Il était déjà insultant que le prince ne veuille pas qu'on sache qu'il le recevrait en plein jour, et qu'il eût demandé que la visite ait lieu au milieu de la nuit.

Raspoutine décida pourtant d'aller au rendez-vous. Il voulait savoir ce qu'ils avaient en tête.

— Nous nous servirons de la machine, me dit-il. Vous l'installerez devant le palais de la Moika avant que j'entre. Ainsi, dès qu'ils seront sous son influence, je saurai exactement ce qu'ils me destinent.

Je nourrissais les mêmes soupçons, mais j'avais un autre plan en tête. Je décidai de découvrir de moi-même ce qui se passait, avant qu'il s'y rende. Mon ignorance de la disposition des pièces au palais allait constituer un problème. Je ne savais pas où installer mon appareil, et je ne voulais pas prendre le risque de sortir avec la grosse machine (celle que nous avions utilisée dans les mines) sur une charrette. La seule solution était d'utiliser un manteau avec les conducteurs cousus dans les manches – celui que portait Raspoutine la première fois qu'il s'était occupé du tsarévitch. Il serait plus puissant que la version antérieure, bien sûr. Des années avaient passé, et mon travail avait beaucoup avancé. Il y avait toujours un risque, mais je me sentais obligé de le prendre.

Je me rendis le lendemain au palais de la Moika. Réfrénant ma nervosité, je me présentai comme l'envoyé personnel de Raspoutine, et demandai à être reçu par le prince. Curieux de connaître les raisons de ma présence, Félix accepta de me voir. Le domestique éthiopien en livrée me fit traverser des pièces d'une opulence stupéfiante, y compris une bibliothèque dont les rayonnages semblaient contenir tous les livres qui avaient été jamais écrits, et me fit descendre un escalier menant à une pièce agréable aménagée en sous-sol. La salle, sous son plafond voûté, était divisée en deux parties. D'un côté, une salle à manger confortable avec une cheminée où grondait un feu. Un magnifique cabinet marqueté d'ébène se trouvait à côté de l'âtre. Il semblait constitué de milliers de miroirs minuscules. Un splendide crucifix en quartz y était fixé. De l'autre côté, un boudoir où un sofa faisait face à une grande peau d'ours. Les fenêtres étaient étroites et très hautes, d'un côté de la pièce, juste sous le plafond.

Quelques minutes plus tard, le prince arriva. Il était mince et peu engageant, avec les traits tirés. Tout en lui sentait l'élégance et la bonne éducation, mais je le trouvai flegmatique et efféminé. Pendant sa jeunesse, et durant les années qu'il avait passées à Oxford, on disait qu'il aimait s'habiller en femme et fréquenter certains night-clubs ainsi travesti. Je n'avais aucun mal à me le représenter dans cette tenue. De nombreuses rumeurs faisaient état de ses liaisons avec le grand-duc Dimitri Pavlovitch, le jeune cousin du tsar, grand et d'une beauté un peu rude, qui habitait à proximité.

Dès que nous fûmes seuls, j'allumai mon appareil et attendis que le prince se trouve sous son influence. Pour commencer, je lui demandai son sentiment à l'égard de Raspoutine.

— Cette ordure est la racine de tous les maux et la cause de tous nos problèmes, siffla-t-il, ses yeux globuleux brillant de colère. Il est seul responsable de tous les malheurs qui ont ruiné la Russie. Si personne ne l'arrête, il va renverser la monarchie, et nous renverser dans le même mouvement. Vous savez ce qu'il a fait, le mois dernier ?

Je le savais sans doute, mais j'ai répondu par la négative.

— *Il m'a proposé un poste de haut fonctionnaire au gouvernement ! fit Félix en ricanant. À moi, le prince Félix Ioussoupov ! Ce paysan illettré du fin fond de la Sibérie m'a offert un poste ! Dans le gouvernement de mon oncle par alliance !*

— *Qu'avez-vous répondu ?*

— *D'un ton humble, je lui ai répondu que je pensais être trop jeune et trop inexpérimenté pour occuper des fonctions si élevées, mais que j'étais infiniment flatté et reconnaissant à l'idée qu'un homme aussi clairvoyant que lui puisse avoir de moi une opinion aussi élevée.*

Il me jeta un regard incrédule, puis éclata de rire. J'attendis qu'il se calme.

— *Alors, que va-t-il se passer ? lui demandai-je.*

Son regard était inhabituellement effrayant. Il inspira à fond et lâcha, presque sans reprendre son souffle :

— *Seule la destruction totale de Raspoutine sauvera la Mère Russie. C'est le seul moyen de libérer le tsar de son abominable sortilège, pour qu'il puisse nous mener vers une victoire décisive contre les Allemands.*

Il m'expliqua ce qu'ils avaient prévu pour Raspoutine.

Ils avaient choisi la date du 16 décembre, pour une raison qui ne m'apparut pas de prime abord.

— *C'est le cinquième anniversaire de cette tentative avortée de meurtre sur la personne de ce gredin pervers. Vous vous rappelez, n'est-ce pas ? Le jour où cette prostituée sans nez l'a poignardé, à Tobolsk.*

Je m'en souvenais. Cet attentat avait été le catalyseur d'une période noire. Cela dit, je pensais que cette période serait advenue, avec ou sans la putain syphilitique et son poignard.

Je m'assurai que le réglage était tel que Félix ne se rappellerait pas notre conversation, et je pris congé.

Je n'en parlai pas à Raspoutine.

Ce soir-là, je me dissimulai dans l'ombre, devant le palais de la Moika, comme Raspoutine me l'avait ordonné, en attendant son arrivée. Je n'avais aucunement intention d'utiliser la machine. Je ne l'avais même pas emportée.

La soirée était passablement froide, quelques degrés au-dessus de zéro, et une légère neige fondue tombait du ciel. À minuit et demi environ, l'automobile que j'avais vue précédemment pénétra sur l'esplanade devant le palais. Je reconnus le conducteur. C'était Lazovert, un médecin militaire qui faisait office de chauffeur du prince. Il en descendit, vêtu d'un long manteau et d'une chapka d'astrakan munie d'oreillettes. Il ouvrit la portière arrière. Le prince Félix sortit le premier. Puis je vis Raspoutine émerger du véhicule, majestueux dans son manteau de fourrure, sa tête enserrée dans sa toque de castor.

Il monta vers la maison comme s'il était chez lui. Quel trajet ! pensai-je. Quel chemin parcouru depuis les cellules austères du monastère de Verkhotursk !

Ils disparurent dans une des entrées. Je restai aux aguets.

Pendant près d'une heure, il ne se passa rien de visible. J'avais pourtant un point de vue privilégié, caché derrière une grande haie. J'essayai d'imaginer ce qui se passait dans ce sous-sol. Le prince m'avait décrit leurs plans dans le moindre détail. Des années *plus tard, il me serait difficile de reconstituer ce qui s'était passé exactement. Plusieurs des participants ont décrit les faits dans leurs mémoires respectifs, mais chacun en donne une version contradictoire et, connaissant Raspoutine comme je le connaissais, probablement fantaisiste.*

Ce que je savais, c'était que Félix recevait Raspoutine dans la salle à manger du sous-sol. Les domestiques avaient été libérés pour la nuit. Les comploteurs attendaient au premier étage, dans le bureau du prince : son ami et amant le grand-duc Dimitri Pavlovitch, qui avait été élevé dans la maison du tsar et haïssait Raspoutine pour toutes les calamités qui avaient frappé sa famille ; le monarchiste Vladimir Pourichkevitch, un membre de la Douma qui avait à maintes reprises dénoncé Raspoutine ; le lieutenant Soukhorine, un militaire qui avait été blessé durant la guerre et qui tenait Raspoutine pour un espion allemand ; le docteur Lazovert, ami de Pourichkevitch ; et deux femmes : Vera Karalli, une ballerine qui était aussi la maîtresse du grand-duc, et Marianna Pistolkors, la belle-sœur de Dimitri. Félix s'était opposé à ce que sa femme soit présente.

J'imaginais Félix et Raspoutine assis à la table, ou sur le sofa devant la peau d'ours, le feu de bois craquant dans l'âtre. Raspoutine porterait une de ses précieuses chemises de soie brodées par la tsarine. Ce qui ne pouvait qu'accentuer la fureur du jeune prince. J'imaginais Félix proposant à Raspoutine les pâtisseries qu'ils avaient truffées d'éclats de cyanure, et un verre de vin dans lequel ils avaient dilué une ampoule de ce produit. Ils avaient opté pour le poison pour éviter le bruit des détonations. Un poste de police se trouvait à moins de cinquante mètres du palais, de l'autre côté du canal Moika. Au beau milieu de la nuit, des coups de feu ne seraient pas passés inaperçus, même s'ils étaient tirés à l'intérieur du palais.

Je savais que Raspoutine ne mangerait pas de gâteaux. Il ne consommait pas de sucre. Mais il boirait volontiers du vin.

Il en but, en effet. Mais rien ne se passa. Ils avaient préparé quatre verres, dont deux étaient empoisonnés. Raspoutine leur fit un sort. Il continuait à parler, pas le moins du monde incommodé. Il but le troisième verre. Puis il regarda le jeune prince en souriant. Son front se rembrunit au-dessus de ses yeux bleu glacé, et son visage exprima soudain la haine la plus terrifiante.

— Vous voyez, dit Raspoutine à Félix. Quoi que vous ayez prévu à mon sujet, ça ne marchera pas. Vous ne pouvez pas me blesser, malgré toutes vos tentatives. Maintenant, versez-moi une autre tasse, j'ai soif. Et venez vous asseoir près de moi. Nous avons beaucoup de choses à discuter...

Félix était perturbé. Raspoutine avait absorbé tout le poison, et même s'il semblait légèrement somnolent, il était aussi en forme qu'en arrivant. Ses amis et complices, à l'étage, commençaient à s'impatienter et à s'agiter. En entendant le bruit, Raspoutine se souvint qu'il était là, aussi, pour soigner Irina.

— Quel est ce bruit ? demanda-t-il.

— Irina et ses invités. Sans doute sont-ils sur le départ. Je vais voir.

Félix laissa là Raspoutine et monta quatre à quatre à son bureau. Il raconta aux autres ce qui se passait.

— Qu'allons-nous faire ? demanda-t-il, en proie à la panique.

Avant que quiconque ait eu le temps de répondre, il vit le Browning de Dimitri posé sur la table. Il s'en saisit.

Il redescendit au sous-sol. Debout devant la cheminée, Raspoutine contemplait le cabinet si joliment marqueté, juste à côté.

— J'aime beaucoup ce cabinet, lui dit Raspoutine.
— Je crois que vous feriez mieux de regarder le crucifix et de prier, lui répondit le prince.
Il leva son revolver.

Aux environs de 2 h 30, la tête lourde et tremblant de froid, j'entendis un coup de feu. La détonation me secoua comme si j'avais reçu une gifle. Mon pouls accéléra.

Est-ce qu'il était mort ? Était-il possible que la fin de Raspoutine fût arrivée ? Cela semblait une mort si peu adaptée à sa personne. Je n'aurais jamais imaginé qu'il pût quitter ce monde d'une manière si prosaïque.

Fidèle à son habitude, il ne m'a pas déçu.

Il était tombé lourdement sur la peau d'ours. Ioussoupov le surplombait, le revolver à la main. Les hommes sont descendus en hâte de l'étage supérieur. Ils l'ont tiré par les pieds, écarté de la peau d'ours et l'ont déposé sur le sol de marbre. Puis ils ont éteint les lampes et sont remontés à l'étage pour boire à leur succès.

Moins d'une demi-heure plus tard, un détachement d'agents de police est passé devant ma cachette. Ils ont frappé à l'entrée principale du palais. La lumière se déversa sur eux quand la porte s'est ouverte. Je ne voyais pas bien, et n'entendais pas ce qui se disait, mais ils ne sont pas entrés. Ils n'ont pas tardé à repartir. Quelques minutes plus tard, une autre automobile est arrivée. Elle s'est arrêtée devant la petite passerelle qui se trouvait devant le palais, et quatre hommes en sont descendus. La voiture est repartie à toute vitesse. Alors qu'ils passaient devant moi en traînant les pieds dans la neige, vers l'entrée latérale, je reconnus deux d'entre eux. Fédor et Andreï, les frères d'Irina, la femme de Félix. Ils disparurent à l'intérieur de la maison.

Raspoutine était mort, c'était certain. Félix avait sans doute convoqué les jeunes princes pour se vanter de son succès et leur donner l'occasion de savourer le tableau pathétique du cadavre de leur ennemi juré, avant de le faire disparaître. Je savais que Félix aurait du mal à garder le secret sur ce qu'il avait fait. Il s'en servirait pour étouffer toute remise en cause de sa virilité et gagner le respect, qu'il désirait tant, de ses frères d'armes du Corps des pages.

Quand Félix les mena dans son sous-sol pour exhiber son trophée, ils découvrirent avec stupéfaction que Raspoutine respirait toujours. Non seulement il respirait, mais il essayait de s'asseoir. Ils lui sont tous tombés dessus et se sont mis à le frapper sans merci. Je le sais, car en entendant le bruit j'ai décidé de prendre le risque d'aller voir ce qui se passait. J'ai couru vers l'une des fenêtres basses, juste au niveau de la cour, et jeté un coup d'œil. La vitre était couverte de buée à l'intérieur, ce qui occultait en partie mon champ de vision, mais je voyais des hommes – j'ignore combien ils étaient – lui donner des coups de pied, le frapper, l'un avec un candélabre, un autre avec une matraque, un autre encore avec un bâton. J'essayai sans succès de détourner le regard. Je parvins à apercevoir le visage de Raspoutine quand l'un des hommes le retourna. Il avait un œil désorbité et une de ses oreilles pendait bizarrement, presque détachée de son crâne. Il y avait également une grande tache sombre sur le flanc de sa chemise blanche – ce qui confirma mes soupçons : on lui avait bien tiré dessus.

Enfin, Dieu merci, ils cessèrent. Ils se tinrent un instant au-dessus de son corps allongé. Puis ils quittèrent la pièce dans une humeur joyeuse et démonstrative.

Je regardai Raspoutine une dernière fois avant de détaler vers ma cachette, craignant que ses assassins ne sortent d'une seconde à l'autre. Ce ne fut pas le cas. En fait, il ne se passa rien du tout pendant plusieurs heures. J'étais glacé jusqu'aux os, j'aurais tant voulu m'en aller, trouver un abri et me mettre au chaud, mais j'étais incapable de partir. Pas encore. Il me fallait être sûr, et pour cela je devais rester jusqu'au bout.

Plusieurs heures passèrent. Je devais lutter pour rester éveillé. Dehors, par ce froid, je ne pouvais m'abandonner au sommeil. J'avais les paupières lourdes comme du plomb. Elles allaient se fermer pour de bon lorsque j'entendis la porte latérale s'ouvrir.

Je n'en crus pas mes yeux. Raspoutine, sur ses pieds, sortait du palais en titubant ! Impossible ! Et pourtant, c'était bien lui. Vivant. Il respirait. Sans manteau, il s'efforçait de traverser l'esplanade et de gagner le portail, pataugeant lourdement dans la neige fondue.

Je ressentais un besoin irrépressible de me précipiter à son aide. Nous avions vécu tant d'aventures ensemble qu'il m'était douloureux de le voir dans un tel état. Mais avant que j'aie eu le temps de sortir de ma cachette, avant même qu'il soit parvenu à parcourir dix mètres, la porte s'ouvrit à la volée et des *silhouettes jaillirent dans la nuit, hurlant : « Attrapez-le ! », « Il s'enfuit ! ». J'entendis deux nouveaux coups de feu et ils furent sur lui. Ils le jetèrent au sol. L'un d'eux, un homme que je ne reconnus pas, qui portait le manteau gris de l'armée russe, sortit un revolver de sous son manteau et tira une balle dans le front de Raspoutine. À bout portant.*

Ils le ramenèrent à l'intérieur.

Près d'une demi-heure plus tard, je vis une autre voiture entrer dans la cour. Plusieurs hommes, dont l'haleine émettait des nuages de buée, sortirent de la maison. Ils portaient le corps de Raspoutine, qu'ils fourrèrent dans l'auto. Trois d'entre eux grimpèrent dans le véhicule, qui partit en trombe. Bientôt, le pays tout entier connaîtrait la suite : ils allèrent jusqu'à un pont et jetèrent son corps dans le fleuve glacial.

L'autopsie révélerait qu'il était toujours en vie quand son corps s'enfonça dans l'eau.

Même après sa mort, mon vieux maître continua à fasciner le pays. Sa disparition alimenta sa légende. Il avait été empoisonné, battu à mort, il avait reçu plusieurs balles... et il était encore en vie.

Seul un démon était capable de cela.

Pour moi, le moment était venu de disparaître.

Tout d'abord, je m'assurai que j'avais bien tout détruit. La machine. Tout mon matériel. Mes livres et mes notes, dûment brûlés.

Le travail de toute une vie. Détruit.

Cela devait être fait.

Puis je quittai Petrograd, m'éloignai de la rébellion qui couvait et arpentai le pays pendant des mois. Jusqu'au jour où je me suis installé ici, dans le petit village de Karovo, province de Kaluga. Un endroit idyllique, isolé de tout, plein de forêts de bouleaux, de beaux contreforts et de prairies verdoyantes tout au long de l'Oka.

J'ai trouvé un emploi dans une ferme. Je passe pour un idiot presque illettré, sans passé ni avenir.

Je laboure le sol et je reste seul dans mon coin, avec l'espoir secret qu'un jour je trouverai le moyen d'expier mes péchés.

Chapitre 65

— Et votre grand-père a détruit la machine ? demandai-je à Sokolov.
— Oui. La machine. Toutes ses notes. Absolument tout. Il n'a rien laissé d'autre que ses journaux.
J'étais perplexe.
— Alors vous ne saviez pas ce que c'était ? Comment ça fonctionnait ?
— Pas précisément. Mais il y avait des indices, dans ses journaux. Il mentionnait par exemple le fait que la machine était alimentée par des batteries, puis le transducteur piézoélectrique...
— Attendez... des batteries ? l'interrompit Aparo. Nous parlons du début du vingtième siècle, là, non ? Ils avaient déjà des batteries ?!
— Les batteries existaient depuis plus de deux cents ans, répondit Sokolov. Ces lampes torches « Toujours Prêt » dont parlait mon grand-père... La première a vu le jour en 1899. On a même trouvé en Irak des pots d'argile qui datent de plus de deux mille ans, dont on pense qu'ils pourraient être des cellules électriques primitives.
Il fit un geste de la main.

— En tout cas, mon grand-père racontait qu'il avait également étudié les sons des tambours et des orgues d'église, et la manière dont ils nous affectent. Il affirmait qu'il devait se mettre de la cire dans les oreilles quand il se servait de sa machine, mais qu'il était surpris que Raspoutine n'en ait pas eu besoin, qu'il s'était entraîné pour être immunisé – ce qui voulait dire que l'effet passait bien par les oreilles. Il évoquait Heinrich Wilhelm Dove et sa « magie ». Dove n'était pas un magicien. C'était un savant prussien. Et il fut évident que la magie dont parlait mon grand-père était en fait ce que Dove avait découvert en 1839 : des battements binauraux. Tous les éléments du puzzle étaient là. Peu à peu, ils se mirent en place. Je découvris comment il s'y était pris. Je suppose que son orgueil démesuré n'a pu résister à la tentation de laisser des traces de son travail, excitant la curiosité du lecteur et faisant allusion à son génie.

Sokolov nous relata ensuite son périple, depuis son petit village jusqu'à l'école technique à des heures d'autocar de là, puis à l'université de Leningrad, avant de poursuivre en ces termes :

— La manipulation des circuits neuronaux était alors une priorité absolue. Ils recrutaient les meilleurs chercheurs des universités dans toute l'URSS, et je suis arrivé à une époque où la technologie ouvrait un tas de possibilités. C'était une période excitante. Messages subliminaux, commandes inaudibles, radiations des fréquences radio, infrasons, sons isochrones, stimulation magnétique transcrânienne de zones déterminées du cerveau… toutes sortes de nouvelles approches de la direction psychique et de la psycho-correction acoustique. Nous étions tous à la recherche du Graal :

comment influencer les pensées, les perceptions, les émotions et le comportement. Comment contrôler les gens à distance...

— Et vous avez trouvé ? l'interrompis-je.

Il acquiesça.

— Quand on m'a transféré de l'université de Leningrad au Département de l'action et de l'information psychologiques du KGB, en 1974, la recherche dans le domaine des micro-ondes en était au stade des tentatives pour désorienter, créer la confusion en dirigeant vers le sujet un éventail élargi de fréquences. J'ai quant à moi découvert d'autres fréquences, des réglages qui pouvaient faire beaucoup plus.

Il soupira, épuisé.

— J'ai travaillé là-dessus pendant huit ans, et nous avons fini par le tester sur des sujets humains. Des moudjahidins, que l'armée avait capturés en Afghanistan.

Sokolov secouait la tête, visiblement bouleversé par ses souvenirs.

— Ils n'ont jamais su ce qui leur arrivait. En quelques secondes, ils se sont transformés en tueurs. Quand on en a eu assez vu, nous les avons tués. Tous. Des dizaines d'hommes. Ils sont tous morts.

Il leva les yeux vers moi, implorant peut-être un peu d'empathie. Je hochai la tête pour l'encourager à poursuivre. Être assis à côté de lui, ainsi, me faisait une drôle d'impression. C'était bizarrement satisfaisant de l'entendre enfin nous raconter ce qui s'était passé – même si toute l'histoire se révélait hantée par la mort.

— Et vous êtes passé à l'Ouest, lui dis-je. Pourquoi ?

— Toutes ces morts... Avant, j'étais naïf. J'étais

trop pris par la recherche scientifique pour penser à ce que cela pouvait aussi impliquer, la possibilité de contrôler les émotions et les désirs des gens. Nous avions de grands débats sur ce que signifiait la création d'une société totalement psychocivilisée. C'était fascinant, et il y avait de quoi devenir accro. Mais je ne me suis pas arrêté sur le fait que l'on pouvait également programmer les gens pour qu'ils tuent sur commande. Quand j'ai compris cela… cela a été un choc énorme. C'était les conséquences de mon invention… Je devais faire quelque chose. Je ne pouvais laisser une chose pareille se reproduire. Je ne pouvais pas leur laisser ça. Pas à eux. Pas après ce qu'ils avaient fait, tout ce dont je les savais maintenant capables. Mon Dieu, ils avaient essayé de tuer le pape. Le pape… Rien ne pouvait les arrêter.

— Le pape ? Vous voulez dire… Jean-Paul II ?

Je me remémorai la tentative d'assassinat sur la personne du pape polonais, en 1981.

Sokolov acquiesça.

— Vous êtes au courant, n'est-ce pas ?

Je n'étais pas encore dans le métier à l'époque, mais je savais que la CIA avait nourri de forts soupçons. Le souverain pontife était devenu un problème majeur pour le Kremlin. Jean-Paul II avait la réputation, dans les milieux du renseignement, d'un homme d'un courage indomptable. En Pologne, quand il était un jeune prêtre, il avait affronté les nazis et les communistes. Depuis qu'il était pape, il était résolu à mener son peuple vers la liberté. Brejnev menaçait d'envahir la Pologne pour freiner l'influence du syndicat Solidarité. Jean-Paul II l'avait défié ouvertement. Un an plus tôt, il avait envoyé une lettre manuscrite au dirigeant soviétique. Une simple feuille de papier à lettres à en-tête des armes pontificales. Il rappelait à Brejnev à quel point il se souciait de l'avenir de son pays natal. La suite était remarquable : il informait le dirigeant soviétique que si son pays envahissait la Pologne il renoncerait au trône de saint Pierre, abandonnerait le Saint-Siège et retournerait chez lui pour diriger la résistance de son peuple.

Neuf mois plus tard, un tireur isolé le blessait grièvement sur la place Saint-Pierre, sous les yeux d'un quart de million de pèlerins. On arrêta le forcené, un Turc nommé Mehmet Ali Ağca, qu'on décrivit comme un dément, un illuminé solitaire. La vérité – s'il fallait en croire les soupçons des services de renseignements – était tout autre. Agca avait travaillé avec des agents des services secrets bulgares. Les médecins de la CIA et du renseignement italien qui l'examinèrent après l'attentat virent de nombreuses marques d'injections sur son corps et trouvèrent dans son sang des traces d'amphétamines. Ils acquirent la conviction qu'il avait été « préparé » pour exécuter une « mission ». Concrètement, qu'on lui avait fait subir un lavage de cerveau. Un personnage d'*Un crime dans la tête*, mais dans le monde réel.

Sokolov hocha la tête, l'air piteux, et reprit :

— J'ai envisagé de tout détruire et de me tuer. Mais j'étais trop lâche. J'ai préféré m'enfuir... non sans avoir saboté l'appareil et fait disparaître tous les plans. Sans moi, ils ne pouvaient pas le reconstruire.

— Mais vous ne vouliez pas nous le donner, non plus, dis-je.

— Personne ne devait l'avoir. Dans ce cas de figure, on ne peut faire confiance à personne. À personne.

Il me jeta un regard dur.

— Vous n'êtes pas d'accord ?

Je soutins son regard, puis je jetai un coup d'œil vers Larissa. Je ne pouvais lire dans ses pensées, mais moi, j'avais ma réponse. Pourtant, je n'avais pas vu de mes propres yeux ce que cette machine provoquait.

— Alors vous avez drogué nos gars, et vous avez fichu le camp ?

— J'avais apporté une poudre. Un produit costaud, insipide... et inoffensif. Et je me suis enfui. J'ai pris un nouveau nom. Je me suis marié. Vous connaissez la suite.

— Mais vous n'avez pas pu déconnecter cette partie de votre esprit, dit Larissa.

Sokolov se frotta les yeux. Il avait l'air épuisé.

— J'ai essayé, bien sûr. J'y suis parvenu pendant quelques années. Et puis j'ai lu un article sur les progrès de la transmission cellulaire. Je n'en ai pas dormi pendant une semaine. C'était le système idéal. Il me fallait savoir si j'étais capable de construire une version plus sophistiquée de l'appareil que j'avais conçu à Moscou.

Il nous regarda, l'air triste.

— Il fallait que j'essaie. Je n'ai pas pu m'en empêcher.

— Et vous êtes resté hors de portée des radars, dis-je. Jusqu'à la semaine dernière, avec cette manifestation devant l'ambassade. Pourquoi y êtes-vous allé ? Pourquoi avez-vous pris le risque d'attirer l'attention ?

Leo hocha la tête pensivement, le visage teinté de regret.

— Après mon départ, ils se sont acharnés sur ma famille. J'avais trois frères. Ils les ont arrêtés, les ont envoyés dans des camps de travail. Je ne l'ai su que bien des années plus tard. Lorsque le fils d'un de mes frères est devenu un opposant politique bien connu, et que la presse occidentale a publié des articles sur lui et sur sa famille...

— Ilya Chislenko était votre neveu ?!

Sokolov acquiesça.

— Quand ils l'ont tué... quand ils l'ont assassiné, j'étais hors de moi. Deux de mes frères n'étaient pas mariés, et n'ont pas eu d'enfants. Ilya était mon seul neveu... à ma connaissance, en tout cas. Et sa mort, entre leurs mains... c'était intolérable. J'ai pété les plombs, comme on dit.

— Et nous voilà ici, dit Aparo.

— Nous voilà ici, acquiesça doucement Sokolov.

Je le contemplai un moment.

— Bon... comment ça marche ?

Sokolov prit une gorgée de la bouteille d'eau que je lui avais donnée.

— Vous savez ce qu'est la synchronisation des ondes cérébrales ?

Je lui dis que, pour ma part, je venais tout juste de l'apprendre.

Il hocha la tête, pensif.

— Tout ce que nous ressentons, toutes nos émotions, du bonheur et de l'euphorie à la dépression et à l'agressivité, tout est déclenché par des mouvements électrochimiques à l'intérieur de notre cerveau.

Ses années d'enseignement des sciences dans un collège remontèrent à la surface, tandis qu'il nous expliquait patiemment comment le cerveau éprouve instinctivement une grande variété d'émotions fortes en réaction à des stimulus rythmiques.

— Le kilo et demi de chair que vous avez entre les oreilles contient cent milliards de neurones, reliés entre eux par cent trillions de synapses. Cela représente un énorme réseau au potentiel illimité, et nous savons peu de chose à son sujet. Mais il y a une chose que nous savons : notre cerveau perçoit des stimulus bien en deçà de notre capacité à en avoir conscience ou à les identifier. C'est cela que je creusais, pour manipuler les circuits neuronaux qui gouvernent des états comme l'euphorie, la confiance, la peur, l'angoisse, la dépression. Y compris des effets secondaires physiques comme la nausée et le déséquilibre. Et j'ai découvert que nous pouvions effectivement les provoquer à la demande, et de manière sélective.

— Avec les micro-ondes ?

Il se rembrunit.

— C'est très compliqué et, honnêtement, vous ne pourriez comprendre ça d'une manière significative sans un doctorat en mathématiques et un autre en génie électrique. Pour le dire simplement, j'ai établi que de multiples tubes à cavités et diélectriques combinés à des magnétrons transformés en profondeur peuvent créer un champ de micro-ondes concentrées à des longueurs d'ondes stables, susceptibles d'être réglées avec précision pour contrôler les vibrations dans l'oreille interne, de sorte que le cerveau est « synchronisé » dans tout l'éventail de ses fréquences.

C'était très certainement la manière la plus simple de le dire.

Il haussa les épaules.

— Un anthropologue, à Yale, a proposé récemment l'idée que la prédisposition de notre cerveau à la synchronisation vient de la sélection naturelle, ajouta-t-il.

Ceux de nos ancêtres qui étaient capables d'atteindre un état dans lequel ils ne connaissaient ni peur ni douleur, mais qui étaient au contraire unis dans une identité collective... avaient plus de chances de survivre contre les prédateurs des prairies... et contre les autres tribus.

— Ça rappelle la définition du communisme, fis-je remarquer. Et nous savons ce que ça a donné.

Sokolov eut un sourire sinistre. Puis il ajouta, sans que sa voix exprime le moindre orgueil :

— Mais cette prédisposition à la synchronisation a un côté très sombre. Ma machine peut vous faire faire n'importe quoi. Vous faire dormir, ou vous faire assassiner vos propres enfants.

Un ongle glacé descendit le long de ma colonne vertébrale.

Là c'est sûr, il n'aurait pu le dire plus simplement.

Je comprenais pourquoi tout le monde était après ce truc. Le contrôle de ce genre de technologie – surtout si vous êtes le seul à la posséder – vous donne un pouvoir infini, à la fois sur votre peuple et sur vos ennemis.

— Et ce type qui est venu chez vous, lundi matin ? demanda Aparo. Comment êtes-vous parvenu à le maîtriser ? Quel truc de Jedi vous avez utilisé contre lui ?

Apparemment, Sokolov ne comprit pas la référence. Il eut l'air embarrassé.

— J'avais préparé quelque chose sur un CD-Rom. Simple mais efficace. Je le gardais toujours à portée de la main en cas d'urgence.

— En quoi ça consiste ? demanda Aparo.

— Ça vous embrouille. Vous êtes étourdi. Nauséeux. Vous avez du mal à vous concentrer. Vous devenez plus sensible à la suggestion. Plus disposé à répondre sincèrement aux questions.

— Mais cela ne vous affectait pas ?

— Je vous l'ai dit, c'est plus simple. Beaucoup moins puissant que ce qu'il y a dans la camionnette. Je sais ce que cela provoque, et je sais comment ça fonctionne. Je me suis entraîné pour résister à ses effets.

— Waouh, fit Aparo.

Je me rappelai le chien des voisins, brusquement agressif, et me demandai combien d'autres personnes avaient été affectées par ce bref éclat.

— À part les protège-oreilles, existe-t-il un moyen de se protéger contre votre appareil ? Quelque chose capable de neutraliser l'effet des ondes ?

— Pas vraiment. Et si vous êtes dans la ligne de mire, même les protections sont impuissantes à stopper les fréquences les plus agressives. La seule solution est de se tenir derrière une isolation adéquate pour empêcher les micro-ondes de vous atteindre. Cela peut être trois centimètres d'acier, un mètre de béton, ou même un écran de grillage suffisamment fin pour perturber les ondes. Le grillage est le plus efficace, en fait. On l'utilise beaucoup de nos jours pour bloquer la réception des téléphones mobiles.

— Et quel est le rayon d'action ?

— Il dépend de la source d'énergie. Dans les meilleures conditions, il peut atteindre un kilomètre s'il n'y a pas d'obstacle. Mais en théorie le rayon d'action est illimité. Pensez à la manière dont un réseau cellulaire fournit une couverture continue à votre téléphone : si vous pouvez recevoir un signal pour le téléphone, alors ce rayon peut vous atteindre.

J'avais l'impression d'être tombé sur un lit de clous.

— Êtes-vous en train de nous dire que votre appareil pourrait être relié à un réseau de tours de téléphonie cellulaire ?

Il acquiesça.

— Théoriquement, oui. Mais pas avec ma version de la machine. Je ne sais pas comment les centres de contrôle des réseaux sont configurés. Ça exigerait un peu de réflexion mais, oui, c'est faisable.

— Bon Dieu.

Les dégâts qu'un psychopathe pouvait provoquer en utilisant cette technologie étaient tout bonnement incalculables. On pouvait prendre une ville avec ça. Peut-être plus encore.

Je regardai les visages qui m'entouraient. Je ne pus qu'énoncer une évidence :

— Il faut l'arrêter.

Chapitre 66

Mon impitoyable petit turlupin se démenait et hurlait dans mon crâne. Nous passions à côté de quelque chose.

Je me tournai vers Larissa.

— Pourquoi n'a-t-il pas pris contact avec vos gars ? Au moins pour leur dire « Mission accomplie » ?

— Je ne sais pas, répondit-elle. Il ne se fie peut-être pas au personnel du consulat. Il se dit peut-être qu'il peut faire un meilleur boulot en sortant lui-même la machine du pays.

— Peut-être, mais… pourquoi la remonter dans le SUV après l'avoir mise en pièces ? Il aurait pu enregistrer Sokolov en train de la démonter, le filmer avec son smartphone, puis tout ranger dans des caisses et l'expédier. Ç'aurait été plus facile que d'essayer de sortir une voiture du pays avec cet attirail…

— Il voulait être sûr que ça fonctionnait, rétorqua-t-elle. Il a dit qu'il sortait pour le tester.

— Il sait que ça fonctionne, il a entendu les nouvelles, sur Brighton Beach, et il aura additionné deux et deux.

— Peut-être, mais il voulait s'assurer que Leo ne

l'avait pas saboté, en mettant de côté une pièce essentielle...

Je n'étais pas convaincu. Les mouvements récents de Kochtcheï me faisaient penser qu'il mijotait quelque chose.

— Redites-moi ça, dis-je à Sokolov. Il vous a interrogé sur le rayon d'action, sur la puissance de la machine ?

— Il voulait savoir quelle était sa force. Si ça pouvait traverser des murs, ou du verre, ou atteindre un sous-sol ?

— Et... c'est possible ? fis-je.

Sokolov haussa les épaules.

— Ce sont des micro-ondes. Je vous l'ai dit, là où un signal téléphonique peut passer, celui-là passe aussi.

Je n'aimais vraiment pas la tournure que ça prenait. Puis tout s'éclaircit avec une netteté alarmante.

— Il va s'en servir !

— Quoi ? fit Aparo.

— Il va s'en servir. Ici. Maintenant. Bientôt. C'est pour ça qu'il l'a réinstallé dans un véhicule sûr.

— Ce n'est pas ce qu'il était censé faire, dit Larissa.

— Comment le savez-vous ?

— Allons... Nous ne sommes pas en guerre. Utiliser un truc comme ça, ici... c'est du terrorisme. C'est un acte de guerre.

— Peut-être a-t-il reçu des ordres de certains éléments au Kremlin ou dans les services de renseignements qui ont un programme différent ? À moins qu'il n'ait décidé de se mettre à son compte. Je pourrais citer plusieurs pays, ou des groupes de gens, qui n'aimeraient rien autant que d'user de cette arme ici. Et ils paieraient très cher pour ça.

— Kochtcheï est un agent de l'État, insista Larissa.
— Vous voulez dire qu'il est incorruptible ?
Elle ne répondit pas.
— Appelez vos patrons, lui dis-je. Essayez de savoir s'il s'est manifesté. Si ce n'est pas le cas, dites-leur ce que nous en pensons. Dites-leur qu'ils doivent faire tout ce qui est en leur pouvoir pour nous aider à le coincer. Demandez-leur s'ils veulent déclencher une guerre.

Larissa sortit son téléphone et enfonça le bouton d'appel.

Kochtcheï quitta le parking de l'agence Hertz à l'aéroport de Newark dans un monospace Dodge métallisé. Quelques minutes plus tard, il retrouvait l'Interstate-95, vers le sud.

Il lui avait fallu peu de temps pour transférer le matériel volumineux du Suburban dans le monospace. Il avait prévenu l'employé de l'agence de location qu'il devait transférer ses affaires de l'ancien véhicule dans le nouveau et s'en était chargé lui-même dans un coin discret du parking, sans attirer inutilement l'attention. Un passant aurait pu le prendre pour un producteur de disques déplaçant du matériel de studio, ou un mordu d'informatique en train de transbahuter ses serveurs.

Il devait encore relier le câble d'alimentation au moteur, mais cela pouvait attendre. Puis il ferait un dernier essai pour s'assurer que tout était bien en place. C'était facile à orchestrer.

Il croiserait en chemin des tas de cobayes possibles.

Larissa raccrocha. Elle me regarda, l'air sinistre.
— Kochtcheï est dans la nature. Personne n'a de ses nouvelles. Même pas le Centre.

— Pour autant que vous le sachiez...
— Je n'ai pas l'impression qu'il y ait un plan.
— Ils vous le diraient, si c'était le cas ?
— Je ne sais pas.

J'en étais malade.

— S'il a quitté le pays, nous ne pouvons plus rien faire. Mais s'il n'est pas parti, s'il est toujours dans le coin... mes tripes me disent qu'il a l'intention de se servir de la machine.

Je me tournai vers Larissa.

— Dites-le-moi. Vous croyez, maintenant, qu'il joue solo ?

Elle opina.

— Oui.

— Dans ce cas, on s'inquiétera un peu plus tard des implications géopolitiques. Ce qui importe pour le moment, c'est de le retrouver. Et de l'arrêter.

— Comment ? demanda Aparo. Qu'est-ce que nous allons faire ? Demander à la Sécurité intérieure de passer au rouge le niveau d'alerte et de passer au crible tous les SUV Chevrolet du pays ? En supposant qu'il n'ait pas embarqué la machine dans un autre véhicule ?... Il peut le faire, hein ? poursuivit-il en se tournant vers Sokolov. Si vous l'avez fait une fois, il peut le refaire ?

Sokolov acquiesça.

— Oui. Il suffit de mettre les bonnes prises mâles dans les bonnes prises femelles. La seule connexion fixe avec la voiture, c'est l'alimentation. Et c'est un seul câble.

J'imaginais les problèmes que nous devrions affronter pour convaincre les autres agences de réagir à cette situation.

— Il faudrait pouvoir convaincre les costumes-cravates que ce n'est pas du pipeau. Ce qui ne va pas être facile.

— De mon côté, ils savent que c'est réel, dit Larissa. Je peux appeler mon officier traitant à Langley. Ils nous aideront à le retrouver.

Je lui jetai un regard dubitatif.

— Vous leur avez dit que nous avions Sokolov ici ?

Elle baissa les yeux. Avant de soutenir mon regard.

— Je devais le leur dire.

Je ricanai.

— Je suis surpris qu'ils n'aient pas envoyé une armée pour nous l'enlever !

— Ils vont le faire, dit-elle, d'un ton qui ne semblait pas très excité à cette idée. D'une minute à l'autre, j'imagine.

Mes tripes s'agitèrent.

Je devais empêcher ça. Nous pouvions avoir besoin de lui. Et je ne voulais pas qu'il finisse chez eux.

— La menace est trop vague pour qu'on agisse, intervint Aparo. Il faut qu'on l'affûte.

J'envisageais des hypothèses en nombre illimité.

— Il peut se servir de la machine n'importe où, dis-je. Un concert au Madison Square Garden. Un événement sportif dans un stade bondé. Rockefeller Center. Quels sont les événements importants, à New York, ce week-end ?

— Il pourrait aussi aller à Wall Street, ajouta Aparo. La Bourse. Histoire de faire vaciller un peu plus les marchés.

Je me dis que s'il voulait frapper un grand coup et répandre la terreur il existait une cible beaucoup plus intéressante.

— Le Capitole. La Maison Blanche.

Sokolov dressa l'oreille.

— Il m'a demandé, pour le verre à l'épreuve des balles, dit-il.

— Quoi ?

— Il m'a demandé si les ondes pouvaient le traverser. Quelque chose comme du verre de huit centimètres.

— Le verre à l'épreuve des explosions, précisai-je. Celui qu'on utilise pour les bâtiments publics les plus importants, à Washington.

Je voyais ça d'ici. Une session comble à Capitol Hill... et tout à coup, sans préavis, représentants et sénateurs commencent à arracher les yeux de leurs voisins, tandis que les hommes de la sécurité tirent dans tous les sens... Le spectacle retransmis en direct par C-Span.

Ou encore pire.

Un détachement du Secret Service pète les plombs pendant une conférence de presse sur les pelouses de la Maison Blanche et se met à tirer sur tout ce qui bouge, y compris le président des États-Unis.

— Je dois appeler quelqu'un, dis-je après y avoir réfléchi un instant. On ne peut pas rester les bras croisés.

— Qui ça ? demanda Aparo.

— Everett.

Will Everett était un agent spécial en charge à notre antenne de Washington, et il dirigeait une division antiterrorisme. On se connaissait depuis quelques années et nous nous entendions bien. Il me fallait quelqu'un qui ait un peu d'imagination. Quelqu'un qui me connaisse et qui sache que je n'étais pas enclin à la fantaisie.

Quelqu'un qui ne m'imaginerait pas sous l'empire de la drogue quand je lui raconterais ce qui se passait.

En tendant la main vers mon téléphone, pourtant, je n'étais pas certain de pouvoir être totalement franc avec Everett. Je me dis qu'il vaudrait mieux que je le sonde d'abord. Simplement lui dire que quelque chose était en route, peut-être rien, peut-être du sérieux. Et décider en fonction de sa réaction.

La conversation fut beaucoup plus brève que je ne m'y attendais. Il avait une journée chargée. Un gros travail de liaison avec le Secret Service et la police de Washington.

Le Dîner des Correspondants de la Maison Blanche démarrait moins de trois heures plus tard.

Chapitre 67

Aux yeux d'un psychopathe déterminé à frapper l'identité de l'Amérique en son cœur – une identité forgée par la liberté d'expression, le mérite et l'accès d'une presse libre aux niveaux les plus élevés de l'État –, je ne voyais pas quelle cible pouvait avoir une importance symbolique plus grande que le Dîner des Correspondants de presse de la Maison Blanche. D'autant que cette cible bénéficie d'une exposition médiatique maximale.

On l'affuble de tout un tas de surnoms, le Hashtag, le Bal des Nerds, ce qui est adéquat si l'on considère que George Clooney et Sofía Vergara sont des nerds. Plus de deux mille cinq cents personnes parmi les plus influentes du pays – hommes et femmes politiques, célébrités hollywoodiennes, journalistes, dirigeants du monde des affaires et juges à la Cour suprême, entre autres – allaient s'entasser dans la salle de bal du Hilton de Washington, pour une soirée de glamour à haut degré d'octane qui avait tout le faste tapageur des Oscars, mais sans les transitions interminables, sans la fausse modestie ou la gêne des lauréats.

Et la cérémonie des Oscars elle-même ne pouvait s'enorgueillir d'avoir chaque année le président des États-Unis comme invité d'honneur.

Depuis longtemps, le gala était diffusé en direct par C-Span. Il était devenu un événement grand public majeur, couvert, à la télévision et sur Internet, par de multiples émissions de variétés du fait de la célébrité énorme de ses hôtes et des convives. Il me semblait que la cible était trop belle pour que Kochtcheï passe son tour, même avec un préavis aussi bref.

Les occasions de s'attaquer au président ne manquaient pas, certes. Discours de bienvenue adressés à des dignitaires étrangers sur les pelouses de la Maison Blanche, événements culturels au Kennedy Center et autres obligations officielles – pas une semaine sans événement majeur, dans la capitale fédérale. Mais celui-là les dépassait tous. L'attaque non seulement viserait le président, mais frapperait au cœur la presse mondiale et l'industrie du loisir – et toucherait également quelques-uns des personnages les plus en vue et les plus influents de l'Amérique. De quoi prendre une dimension ahurissante. Sans oublier que cela apparaîtrait comme des représailles implicites après le dîner de 2011 : celui-ci avait vu le président plaisanter à la tribune alors qu'il s'apprêtait à donner le lendemain l'ordre au commando Seal n° 6 d'attaquer la résidence de Ben Laden.

— On doit y aller, lâchai-je. Et Sokolov vient avec nous, ajoutai-je à l'intention de Larissa.

Elle me rendit mon regard.

— Moi aussi.

Je levai un doigt menaçant.

— Pas question de prévenir vos types. Je n'ai pas le temps d'affronter un comité d'accueil quand on arrivera à Washington.

— Il n'y en aura pas, dit-elle. Vous avez ma parole.

Chapitre 68

Le regard vissé sur la vitre de l'hélico du Bureau, je voyais – avec une angoisse croissante – la statue de la Liberté glisser dans la lumière de cette fin d'après-midi.

Le président était attendu au Hilton dans un peu plus de deux heures, et nous étions coincés là, attachés sur nos sièges pour plus de la moitié de ce laps de temps. Cela ne m'aidait pas vraiment de savoir que Kochtcheï avait sans doute soigneusement organisé son opération – alors que, de notre côté, je ne savais pas du tout comment nous allions gérer ça.

Pour commencer, je ne voyais pas comment convaincre le Secret Service, même si Everett, sur place, me soutiendrait. Qu'allais-je leur dire ? « J'ai l'intuition d'une menace claire et immédiate agitée par un homme seul, mais je n'ai pas sa description, ni nom, ni empreintes. Oh, j'oubliais ! Il va utiliser une sorte de transmetteur de micro-ondes qui vous transformera tous en assassins, au point que l'un de vous finira par tourner son arme contre le président... »

La conversation menaçait d'être piquante.

Je n'avais aucune peine à imaginer sa conclusion :

non seulement ils ne me croiraient pas, mais ils me retireraient de la circulation pour pouvoir me cuisiner tout à leur aise.

Bien sûr, nous ne pouvions pas ne pas leur dire. Pas avec de tels enjeux. Dans le pire des cas, il ne se passerait rien, et j'étais mûr pour la lettre de licenciement et la camisole de force. Dans le meilleur des cas, nous sauverions le *leader* du monde libre.

De manière un peu perverse, j'espérais que Kochtcheï serait là cette nuit, qu'il essaierait de jouer sa partie. En dépit de l'énormité des risques courus, en dépit du fait que cela pouvait déboucher sur un désastre sans égal pour notre pays, au moins serions-nous sur place, avec une chance de l'arrêter. Si je me trompais, s'il ne venait pas, alors nous n'aurions aucune idée du lieu et du moment où il réapparaîtrait (lui ou celui, quel qu'il soit, à qui il vendrait cette technologie) pour frapper. Ce pourrait être demain, dans une semaine, ou dans un an. Ce pourrait être n'importe où. Et le désastre auquel nous aurions à faire face dans cet avenir indéterminé risquait d'être d'une tout autre ampleur. Cette nuit du moins, lors du Dîner des Correspondants de presse, Kochtcheï ne serait pas capable de relier sa machine à un réseau de tours de téléphonie. C'était en tout cas ce que j'espérais. Et c'était une hypothèse crédible pour un futur proche, comme Sokolov nous l'avait appris.

Je jetai un coup d'œil en coin vers Sokolov. Je m'en voulais de n'avoir pas permis qu'il retrouve sa femme. Il n'avait pas été facile de le calmer et de lui faire admettre que nous n'avions pas le temps. J'avais tout de même fait en sorte qu'il lui donne un rapide coup de fil avant d'embarquer dans l'hélico.

Il n'avait pas l'air beaucoup plus calme pour autant. Il était en train de bricoler les casques récupérés au bureau du SWAT avant de monter à bord. Nos gars, au labo, nous avaient donné également le peu de filet métallique qu'ils avaient déniché dans un délai si court. Sokolov le mettait en place dans les casques en Kevlar. Je me demandais comment un vieux bonhomme aussi doux avait pu créer une invention avec un potentiel si monstrueux. Il était facile de comprendre pourquoi il s'était sorti des pattes de nos gars – ce qui ramena mes pensées vers Corrigan. L'un des agents à qui Sokolov faussé compagnie. Je mourais d'envie de poser des questions à Sokolov à son sujet. Peut-être pourrait-il me donner des informations utiles. Au moins une description, même après toutes ces années. Mais ce n'était pas le moment. Ça devrait attendre.

Je me détournai de Sokolov, vis que Larissa me regardait.

— Vous allez bien ?

Sa voix me parvenait par le casque. Je haussai les épaules. Sokolov nous observait. Je tapotai mon casque.

— Vous pensez qu'on pourrait les emprunter ? lui demandai-je.

Il fit un geste comme pour dire que cela ne ferait pas beaucoup de différence. Et nous n'avions pas le temps de chercher une meilleure solution.

Larissa ôta son casque et me fit signe d'enlever le mien. Je hochai la tête et me tournai vers elle. Elle voulait une conversation privée. Dans les hélicos, tous les casques sont reliés au même canal audio.

Elle se pencha vers moi et me parla à l'oreille :

— Sokolov disait que personne ne devrait avoir sa machine. Qu'en pensez-vous ?

Je compris le sens de sa question.

— Ils la veulent, hein ? C'est pour ça qu'ils vous ont demandé de me filer ? Pour que vous soyez aux premières loges et les préveniez lorsqu'ils pourront faire une descente pour la récupérer...

Elle ne semblait pas particulièrement fière.

— Quelque chose comme ça, oui.

Je gardai le silence. Je me contentais de la regarder.

— Ça ne colle pas avec votre stratégie, n'est-ce pas ? me demanda-t-elle.

— Disons simplement que j'ai vu le genre de trucs que les spectres n'hésitent pas à faire, et l'idée que le bébé de Sokolov finisse entre leurs mains n'est pas faite pour me réchauffer le cœur.

— Nous faisons ce que nous avons à faire, dit-elle. Nous menons de nombreuses guerres. Parfois ce n'est pas très beau.

— Ouais... mais foutre le bordel dans le cerveau d'un gosse de quatre ans pour essayer d'épingler un baron de la drogue... ce n'est pas la guerre. C'est un truc de malade.

Son visage s'assombrit. Elle ne comprenait pas. Je me dis qu'elle n'avait pas encore eu accès à mon dossier.

— J'ai loupé quelque chose ? demanda-t-elle.

— Pourquoi n'allez-vous pas poser la question à votre chef, à Langley ?

J'allais ajouter « Et dites-lui que j'irai bientôt lui rendre visite », mais je me retins.

Chapitre 69

Lorsque nous atterrîmes sur la piste d'hélicos du *Washington Post* – une des plus proches du Hilton –, ma montre indiquait un tout petit peu plus de 18 h 15. Le président arriverait dans quarante-cinq minutes.

Everett nous attendait, prêt à nous conduire au Hilton, à dix minutes en voiture.

— J'ai parlé au directeur du Secret Service, me dit-il d'entrée. Il a du mal à avaler votre histoire.

— Je le comprends.

Nous avions passé en trombe Dupont Circle et commencé à monter Connecticut Avenue, mais nous nous trouvâmes bientôt bloqués dans un bouchon. Une longue file d'énormes limousines qui véhiculaient sans doute les célébrités invitées au grand raout. Les camions des médias étaient garés à notre gauche, toutes antennes paraboliques déployées. Je pensai qu'une de ces antennes serait un outil idéal pour Kochtcheï, et je me demandai s'il était possible d'y connecter la machine de Sokolov. Puis je me dis qu'il n'avait pu avoir le temps de s'y préparer. Il allait devoir improviser, tout comme nous. Il allait devoir faire simple.

Ce n'était pas pour autant qu'il serait plus facile de lui mettre la main dessus.

— Les barrages et les déviations sont en place depuis le début de l'après-midi, nous dit Everett. C'est un vrai zoo. Autrement dit, un sacré mal de tête pour nous, surtout depuis qu'on joue les seconds couteaux.

Le secrétaire à la Sécurité intérieure avait qualifié ce dîner d'« événement spécial relevant de la sécurité nationale ». Ce qui signifiait que le Secret Service était le responsable numéro un pour la conception et l'application du plan de sécurité. Ils travaillaient en partenariat avec les services de police et de sécurité publique aux niveaux local, fédéral, et de l'État, mais ils étaient les maîtres d'œuvre, et ils n'avaient aucun scrupule à le faire savoir.

Everett nous fit passer le barrage de police pour entrer sur T Street et s'arrêta derrière un gros camion gris de commandement mobile, à cinquante mètres au sud de l'entrée principale de l'hôtel.

Le Hilton était une énorme structure tentaculaire, tout en courbes, d'une douzaine d'étages. Avec ses deux ailes en demi-cercle et sa façade composée de grands modules rectangulaires blancs, il émettait une aura très « années soixante ». Je demandai à Aparo, Larissa et Sokolov d'attendre près de la voiture d'Everett, puis je suivis ce dernier jusqu'à un groupe d'officiers en grande conversation.

Quand nous arrivâmes à leur niveau, un type en civil, aux cheveux courts grisonnants et sans le moindre gramme de graisse apparent, inclina la tête et coupa court à la discussion avec une bonne dose de sarcasme :

— Je ne vais pas tourner en rond à discuter d'hypothèses. Nous saurons bien assez tôt si les Feds nous font perdre notre temps. Vous, je ne sais pas, mais moi j'ai du travail.

Il approcha son poignet de ses lèvres – sans doute pour déverser un torrent d'instructions – et commençait à s'éloigner lorsque Everett l'intercepta.

— Je vous ai amené Sean Reilly, lui dit-il en me désignant du pouce, avant de me présenter le directeur du Secret Service, Gene Romita.

Romita leva un sourcil, puis me jaugea d'un œil curieux, comme si j'étais une attraction dans une fête foraine. Everett serra la main d'un autre type, qu'il me présenta comme le commissaire adjoint Terry Caniff. Caniff était un type trapu, doté d'une barbe grise et qui avait l'air d'être mécontent en permanence – état d'esprit que l'échange précédent n'allait pas modifier. Je ne l'enviais pas. Il ne devait pas être facile de diriger la police dans une ville où toutes les agences et organisations de la force publique et d'espionnage, civiles et militaires, ont leur siège ou entretiennent une présence opérationnelle importante.

— Everett m'a dit que vous n'aviez pas grand-chose pour agir, me dit Romita d'un ton bourru. Dites-moi ce que vous avez, mais vite.

Il regarda sa montre.

— POTUS quitte la Maison Blanche dans quarante minutes.

Je lui fis un bref topo sur l'invention de Sokolov. J'ajoutai que Kochtcheï avait installé sa machine dans un véhicule inconnu, et lui expliquai comment j'avais acquis l'idée qu'il allait peut-être s'en servir dès ce soir.

— Cette grande castagne, dans ce bar de Brighton

Beach, intervint Aparo. Vous avez vu les rapports, hein ?

Romita hocha la tête.

— C'était ça. Le même truc, fit Aparo.

— Vous en êtes absolument certain ?

— Nous étions à deux doigts de récupérer la camionnette, ce soir-là, dis-je. Ça n'a pas marché.

Romita rumina tout ça pendant une demi-seconde.

— Voici quel est mon problème, Reilly. J'ai l'impression que vous n'avez aucune preuve que quelque chose se trame. C'est bien ça ?

Il n'attendit pas ma confirmation.

— Maintenant, vous le savez... nous prenons très au sérieux la moindre menace, je dis bien *la moindre menace* contre la vie du président. Mais si nous ne voulons pas l'obliger à rester enfermé dans la Maison Blanche vingt-quatre heures sur vingt-quatre, sept jours sur sept, nous devons aussi utiliser notre bon sens. Comme vous le savez, des menaces, nous n'en manquons pas. Nous devons donc chaque fois y regarder de près, pour voir si elles sont sérieuses ou non. Mon problème avec celle-ci, c'est qu'il n'y a aucune information avérée. Il n'y a absolument rien de crédible. Elle repose uniquement sur votre intuition. Et si je devais embarquer POTUS dans son bunker chaque fois que quelqu'un a une intuition... eh bien, je dirais que ces enculés ont gagné. Vous me suivez ? Bon Dieu, quand je vois ces files de la TSA, cette putain d'agence de sécurité des transports, à l'aéroport, quand je vois ces femmes et ces gosses qu'on palpe de la tête aux pieds, quand je vois leur humiliation à devoir passer en chaussettes dans ces foutus détecteurs, je me dis que ces enculés ont déjà gagné. Et vous savez quoi ?

Je n'aime pas cette idée. Ce n'est pas nous, ça. Que je sois damné si je leur donne, si je donne à n'importe lequel de ces terroristes en herbe la satisfaction de croire qu'il peut faire peur au président des États-Unis rien qu'en faisant : « Bouh ! » Montrez-moi un seul élément crédible, et je le remballe. Mais ce devra être un peu plus qu'une intuition.

Il agita énergiquement un doigt dans la direction de l'hôtel, derrière lui.

— Nous avons verrouillé cette zone. Tout le périmètre est sécurisé dans un rayon d'un bloc d'immeubles. Rien n'entre ni ne sort sans notre autorisation. Nous avons des barrages et des tireurs d'élite sur les toits. Et vous me dites que ce type a une sorte de machine à laver le cerveau, qui n'a pas besoin de ligne de mire et couvre un rayon d'action indéterminé ?!

Romita disait tout cela comme s'il n'en croyait pas un mot.

— Qu'est-ce que vous proposez ? poursuivit-il. Vous voulez qu'on enferme le président dans son bunker jusqu'à ce qu'on attrape ce type ? Une semaine, un mois, un an ? C'est bien ce que vous dites, non ? Il pourrait frapper n'importe où, n'importe quand. Que voulez-vous que je fasse, exactement ?

Je n'étais plus très sûr de moi.

— Je vous comprends, fis-je. Tout ce que je dis, c'est qu'il faut miser sur la probabilité, même très faible, que j'aie raison. Assurons-nous que nous faisons tout ce qui est en notre pouvoir, et que nous prenons toutes les mesures nécessaires. Au cas où.

— Quoi, par exemple ? Vous disiez que ce truc ne peut être neutralisé sans un matériel spécialisé ?

J'acquiesçai :

— Absolument. Distribuez au moins des oreillettes supplémentaires et des casques à vos hommes. S'il se passe des événements bizarres, assurez-vous qu'ils les mettent le plus vite possible pour arrêter les ondes sonores. Tenez-vous près du président et soyez prêts à l'évacuer si nécessaire vers le sous-sol le plus profond de l'hôtel.

J'écartai les bras, comme pour signifier : « C'est tout ce que j'ai. » Parce que c'était vrai, et, de fait, il avait raison. Nous ne pouvions pas verrouiller le pays tout entier. Que le président soit là ou pas, une frappe pendant un tel événement aurait des répercussions catastrophiques, et nous n'aurions pas fini pour autant d'entendre parler de Kochtcheï.

Romita fit la grimace. Il n'était pas content d'être ainsi mis au pied du mur.

— Affaire conclue, lâcha-t-il enfin.

Puis il ricana.

— Je ferai aussi distribuer des rouleaux de papier alu... Nous pourrons peut-être nous en envelopper la tête, en guise de protection supplémentaire. Maintenant, si vous voulez bien m'excuser...

Il partit à grands pas, suivi de près par ses agents rémoras.

Exactement comme je l'avais prévu. Nous étions seuls sur ce coup-là.

Je regardai ma montre. Encore une demi-heure.

— Nous n'avons plus beaucoup de temps, dis-je à Everett et Caniff. Montrez-moi le dispositif.

Chapitre 70

Je les suivis jusqu'au centre de commande mobile, près duquel attendaient Aparo, Larissa et Sokolov.

À l'intérieur, des agents surveillaient une pléthore d'écrans tout en communiquant avec leurs collègues sur le terrain.

— Allez-y, je vous écoute, dis-je à Everett.

Il demanda à un de ses techniciens d'afficher à l'écran une vue aérienne de l'hôtel et de ses environs immédiats.

— C'est du direct ?

— Non, fit l'homme. Nous n'avons pas demandé de drone. Pas pour ce soir.

Vu du dessus, le Hilton ressemblait à un *M* griffonné, un peu comme lorsqu'Alex dessine un oiseau en vol. Les extrémités des ailes s'alignaient sur un axe est-ouest, l'entrée principale se trouvant au centre du renfoncement de gauche. Quatre parterres circulaires couverts de fleurs étaient disposés de manière asymétrique sur une grande surface ovale herbeuse formant le centre d'un cercle giratoire desservant l'entrée. Le renfoncement de droite abritait un patio et des jardins et ne permettait pas l'accès des véhicules. Une piscine se trouvait à l'extrémité de l'aile est. Isolée du voisinage par une ligne d'arbres, une voie d'accès étroite longeait les doubles renflements convexes de la façade nord de l'hôtel.

Everett me fit faire un tour virtuel des lieux.

— Le cortège présidentiel va remonter jusqu'ici comme nous l'avons fait, par Connecticut. Il pénétrera dans l'hôtel par l'entrée principale, ici, et se dirigera vers la salle de bal...

— Où est la salle de bal ? demanda Sokolov.

Everett hésita. Je lui indiquai d'un léger signe de tête qu'il pouvait lui répondre.

— En sous-sol, sous cet espace, ici, dit-il en montrant l'ovale herbeux devant l'aile gauche.

— Qu'en pensez-vous ? demandai-je à Sokolov. Il peut l'atteindre, là ?

Sokolov fixa l'écran, haussa les épaules.

— Un sous-sol, pas de building au-dessus. Je dirais que oui, s'il a réglé la machine au maximum.

— Quel serait le positionnement idéal ?

Il étudia la vue aérienne.

— Évidemment, c'est de face que ce serait le plus efficace. Mais je le répète, il pourrait la mettre n'importe où.

Kochtcheï n'avait sans doute pas le même niveau de connaissance scientifique que Sokolov (personne ne l'avait, si l'on y pense), mais il était d'une intelligence exceptionnelle. C'était aussi un tueur extrêmement bien entraîné. Il était parfaitement capable d'imaginer une ligne de mire dans un environnement urbain, en tenant compte de multiples paramètres.

— Tout le périmètre est verrouillé ? demandai-je à Everett.

— On a placé des barrages dans toutes les rues qui y accèdent. Personne n'entre, sauf les résidents, et on fouille leurs véhicules.

Je regardai l'écran. Un grand espace découvert s'étendait devant l'hôtel. De l'autre côté de cet espace, derrière nous, sur T Street, un grand bâtiment. Sur notre gauche, un Marriott, un immeuble abritant un bureau de FedEx et un immeuble d'appartements. Je désignai le bâtiment de l'autre côté de l'aile nord-ouest de l'hôtel.

— Et ça ?

— La Fédération commerciale russe.

Je regardai Larissa. Elle fit la moue.

— Il doit y avoir accès, dit-elle. Encore une fois, cela ferait porter le chapeau au Kremlin.

— C'est peut-être ce qu'il cherche, énonçai-je.

Pour le reste, c'était des immeubles d'appartements, derrière l'hôtel et à l'est, entre Columbia Road et la 19ᵉ Rue. Il y avait également un grand immeuble à l'extrémité nord-est de l'hôtel. Everett nous expliqua qu'il s'agissait d'une école. Terrain de basket, cour de récréation et parking pour les bus scolaires. Des tas d'endroits où l'on pouvait se garer pour inonder l'hôtel de micro-ondes.

— Vous n'avez rien remarqué de suspect ? demandai-je à Everett. Pas d'incidents particuliers ?

— Non, aucun.

Il restait vingt-cinq minutes avant le coup d'envoi.

— Très bien. Le mieux à faire est de balayer le périmètre à pied, et d'espérer que je me trompe. Le devant, le coin nord-ouest, le coin nord-est, dis-je à Aparo et Larissa. Chacun sa zone.

— Je prends le nord-ouest et la Fédération de commerce russe, dit Larissa.

— Moi le devant, dit Aparo.

— Parfait. Il nous faut des oreillettes, dis-je à Everett.

Il donna un ordre bref. Un technicien nous connecta en quelques secondes.

Je tendis mon casque et mes écouteurs à Aparo et Larissa.

— Au premier signe d'inconfort...

Ils acquiescèrent.

— Restez ici, et soyez en ligne, pour le cas où on aurait besoin de vous, dis-je à Sokolov.

Il acquiesça.

— Vous gardez l'œil sur lui, hein ? dis-je à Everett.

— Allez-y, me répondit-il.

Chapitre 71

Un écouteur dans une oreille et mon casque à la main, je filai au trot sur T Street, tournant le dos à l'entrée de l'hôtel, à la parade des limousines et au grouillement des médias. À ma gauche se dressait l'immense façade incurvée de l'hôtel ; à ma droite, un grand immeuble de bureaux.

Les rues avaient été débarrassées des voitures en stationnement, et, en dépit du vacarme qui régnait derrière moi, l'endroit donnait l'impression pour le moins bizarre d'être désert. Je tournai vers Florida Avenue, où j'aperçus le premier barrage de police. Deux voitures de patrouille bloquaient la voie, et quatre agents demandaient aux chauffeurs qui s'étaient aventurés jusque-là de rebrousser chemin. J'inspectai le large carrefour, ne vis aucun endroit où Kochtcheï et son véhicule auraient pu se tapir. Je poursuivis mon chemin.

Je quittai Florida et pris la 19ᵉ Rue. L'hôtel était toujours sur ma gauche. Je voyais les aires de déchargement, sous l'espace surélevé où se trouvait la piscine. Il y avait beaucoup d'activité. Des camions de traiteurs et autres fournisseurs étaient garés là, et un

personnel nombreux s'affairait tout autour. Deux flics se dirigèrent vers moi. Je leur montrai mon insigne.
— Rien à signaler ?
— Tout va bien, me dit l'un d'eux.
Je scrutai l'espace. Il y avait trop de monde ici pour que Kochtcheï prenne le risque de s'y installer.

Je repris la 19e Rue et continuai vers le nord, laissant derrière moi le surplomb en courbe de l'arrière de l'hôtel. Une bien jolie rue, bordée d'arbres luxuriants. À ma droite s'alignaient des hôtels particuliers en brique rouge de trois ou quatre niveaux, et des petits immeubles d'appartements. Aucune voiture n'était garée sur la 19e. Aucune n'était en mouvement non plus.
— Reilly ? fit la voix de Larissa dans mon oreillette.
— Où êtes-vous ?
— Sur Columbia, direction nord-est.

Je me remémorai le plan du quartier. Nous montions simultanément les deux rues qui flanquaient l'hôtel de part et d'autre et se coupaient un peu plus haut.
— L'immeuble russe est clair ?
— Oui. J'ai parlé à un gardien, à l'entrée. En russe. Tout le monde est parti tôt pour éviter les bouchons, et personne n'est venu de tout l'après-midi.
— OK. Nick ?
— Tout va bien, mec.
— Bien reçu.

Un malaise ne me quittait pas. En dépit de tout ce qui semblait indiquer le contraire, je sentais qu'il n'était pas loin. Et je voulais qu'il soit là. Je voulais le sortir du terrain une fois pour toutes, et ranger dans sa boîte la machine de Sokolov.

J'entendis des sirènes, au loin. Je regardai ma montre. Moins cinq. Le président allait arriver.

Au coin de Vernon Street, qui partait vers la droite, une voiture de patrouille bloquait la route, et deux agents en uniforme parlaient à une femme accompagnée de son enfant. À gauche se trouvait l'extrémité de l'école – un bâtiment de trois niveaux en brique rouge auquel on accédait par un escalier. Un panneau m'apprit qu'il s'agissait de l'école bilingue Oyster-Adams. Elle semblait déserte.

— POTUS arrive à Restauroute, annonça une voix dans mon oreille. Je répète : POTUS arrive.

Devant l'entrée du Hilton, Everett regardait les voitures de police qui escortaient le convoi se déployer sur Connecticut Avenue, pendant que le reste du cortège présidentiel pénétrait sur l'allée circulaire d'accès à l'hôtel.

Les agents du Secret Service se mirent rapidement en position quand les deux énormes Cadillac blindées s'arrêtèrent devant l'entrée du lobby. Leurs collègues jaillirent des véhicules de soutien qui formaient la queue du convoi.

Everett sentit son corps se raidir quand il vit le président émerger de sa limousine. Derrière le cordon de sécurité, la foule applaudissait et acclamait bruyamment. Le président et sa femme leur rendirent leurs saluts avec force sourires aimables. Everett n'en pouvait plus. Il était au bord de l'implosion, impuissant, impatient de les voir avancer, entrer dans le bâtiment, tout en sachant qu'ils n'y seraient pas nécessairement en sécurité.

Il aperçut Romita, au milieu de la mêlée. Comme

toujours, il était totalement concentré, supervisant le transfert du président, lançant des ordres brefs et réclamant des infos dans les micros. Il regarda dans la direction d'Everett. Leurs regards se croisèrent. Romita était rayonnant d'assurance. Il rassura Everett d'un bref signe de tête, genre : « Tout est sous contrôle. »

Everett était loin d'être aussi confiant.

Je me crispai en entendant les noms de code que le Secret Service avait attribués au président et à l'hôtel. Il allait descendre de voiture d'une seconde à l'autre, entouré par des agents armés que leur instinct et l'entraînement reçu avaient préparés au « tir pour tuer ».

Pas idéal. Pas dans ces circonstances.

La voix d'Aparo résonna dans mon écouteur :

— J'ai terminé mon balayage. Rien à signaler.

— OK, répliquai-je. Retourne au poste de commandement. Ne quitte pas Sokolov d'une semelle.

— Bien reçu.

Restaient deux angles d'attaque possibles. Du côté de Larissa. Et du mien.

Je me dirigeai vers les flics, mon insigne en vue.

— Tout va bien ?

— Rien à signaler, me fit l'un d'eux.

— Personne n'est passé ? Pas de Suburban noirs ou autres SUV, depuis une heure ou deux ?

Ils se mirent à rire.

— Des Suburban noirs ? Vous rigolez ? On ne voit que ça, par ici !

Je ressentis une vague inquiétude.

— Vous en avez laissé passer ?

Ils échangèrent un regard interrogateur, puis secouèrent la tête.

— Nan. Quelques riverains, des voitures familiales, mais pas de SUV.

— OK. Gardez l'œil, ajoutai-je, assez inutilement.

Je m'éloignais quand j'entendis la femme reprendre sa conversation avec les flics :

— En tout cas, n'hésitez pas à me dire si vous voulez encore des cachets, un peu de soupe, ou autre chose...

J'ignore pourquoi, ces mots me firent m'arrêter net.

— Ça ira, merci beaucoup, lui répondit un des agents. C'est très aimable.

Je me rapprochai d'eux.

— Pardon, mais de quoi s'agit-il ?

Ils me regardèrent avec curiosité.

— Les cachets ? La soupe ? Vous vous sentez bien ?

Ils réagirent avec un temps de retard, comme si ma question était déplacée.

— Racontez-moi.

— Ça va mieux, dit le flic. C'était juste... il y a une heure, peut-être. On avait la tête qui tournait.

— Et la nausée, ajouta son collègue. J'avais l'impression que ma tête allait se dégonfler.

— Je crois, jeunes gens, que vous êtes restés trop longtemps debout sans boire, dit la femme. Toi aussi, d'ailleurs, ajouta-t-elle à l'intention de son fils.

Elle me regarda.

— Sammy, que voici, est tombé de son vélo cet après-midi.

— Maman... gémit le garçon.

Mon esprit était déjà ailleurs.

— Cela se passait quand, dites-vous ? Il y a une heure ?

— Plus ou moins, dit un des flics.

— Des voitures sont passées à ce moment-là ?
— Je ne me rappelle pas. Nous étions tous les deux dans les vapes. Pas longtemps, mais...
— Ce n'est pas à ce moment-là que le monospace est passé ? intervint l'autre.

Je me raidis. Tournant le dos aux deux flics, j'enclenchai mon micro.
— Leo, vous êtes là ? sifflai-je. Leo ?

Quelques secondes plus tard, sa voix se fit entendre :
— Reilly ?
— Leo, ce truc, là, le CD dont vous vous êtes servi dans votre appartement sur Yakovlev... Vous disiez que ça embrouillait les idées et que ça rendait malade ? Est-ce que votre machine, dans la camionnette, peut faire ça, elle aussi ?
— Oui, dit-il. J'ai programmé cinq préréglages différents, on peut les activer *via* l'ordinateur portable. L'un d'eux fait cet effet-là.

Mon cœur battait à tout rompre.
— Kochtcheï sait à quoi correspondent ces différents réglages ?
— Oui, répondit Sokolov.

J'étais déjà reparti, remontant la 19e en courant.
— Il est ici, lâchai-je dans mon micro. Everett, vous m'entendez ? Kochtcheï est ici, et il va se servir de la machine.

Chapitre 72

Je remontai la rue au pas de charge, scrutant la moindre place de parking, la moindre allée, mais j'avais une idée de l'endroit où il se trouvait.

— Vous le voyez ? demanda Everett. Vous avez une confirmation ?

— Non. Mais il est ici. Il s'est servi de la machine pour passer un de vos barrages, sur la 19ᵉ Rue.

— Quoi ? Vous êtes sûr ?

Prévenir Romita... non, c'était inutile. Je n'avais qu'une intuition de plus à lui offrir. En outre, il était probablement trop tard. Ils ne pourraient plus faire grand-chose. Évacuer le président en urgence serait l'exposer à plus de danger encore, étant donné la tension exacerbée qui régnait autour de lui et l'empressement des agents à sortir leurs armes.

Je parlai dans mon micro de poignet :

— Nick. Où es-tu ?

— Je viens d'arriver au poste de commandement, répondit-il. Je suis avec Sokolov.

— Trouve Everett. Il faut absolument convaincre Romita que ce n'est pas du pipeau. Il faut qu'ils mettent POTUS à l'abri.

— Compris.

Je trouvai l'entrée du parking de l'école à l'autre extrémité du bâtiment, dans une brèche au milieu des arbres. Je traversai la rue et pénétrai sur le parking. Je sortis mon Hi-Power, dégageai le cran de sûreté et l'armai.

Il était là. Il était là, sans le moindre doute.

J'avançai rapidement, rasant l'immeuble, concentrant mon attention sur l'espace découvert de l'autre côté de l'allée. J'aperçus des autobus scolaires jaunes garés à l'autre bout du parking, à ma droite. Je ne voyais pas ce qui se trouvait au-delà du bâtiment, sur la gauche – la zone qui donnait sur l'arrière du Hilton.

La voix d'Everett revint dans mon oreillette :

— Reilly. Le président est à l'intérieur. Je répète, le président est à l'intérieur. Tous les agents fédéraux contrôlent le périmètre. Romita assure la coordination depuis la salle de bal.

— Bien reçu, dis-je, très bas, au micro.

Je rampai jusqu'au coin de l'immeuble, examinai le paysage. Il y avait à gauche une cour de récréation contiguë au terrain de basket. Et tout au bout, à la limite du terrain de l'école, contre le mur d'un complexe locatif de plain-pied, je vis un monospace métallisé. Il faisait face aux bus, l'arrière tourné vers l'hôtel.

Le hayon grand ouvert.

Une silhouette sur le siège du conducteur.

Kochtcheï.

Un silence de mort s'était installé sur la zone. Dans mes écouteurs, j'entendais les dialogues des agents échangeant des infos sur leurs positions et leurs statuts respectifs.

— Everett, fis-je d'une voix grinçante dans mon

micro. Je le vois. Il est ici. Vous avez mis POTUS à l'abri ?

— Attends une seconde, me répondit Aparo. Everett est avec Romita.

J'imaginai Everett en train de discuter avec le patron du Secret Service tandis que le président et ses invités passaient un bon moment et que le protocole suivant son cours, personne ne soupçonnant qu'ils étaient tous à un cheveu d'être transformés en assassins, de se voir dépouillés de leur humanité, ravalés au rang de fauves et bientôt engagés dans une lutte à mort qui ne cesserait que faute de combattants.

— Everett, nom de Dieu, mettez-le à l'abri, sifflai-je. Et mettez ces casques !

— Je suis sur le coup, rétorqua Everett sur le même ton.

Je passai mes options en revue. Une quarantaine de mètres de terrain découvert me séparaient du monospace. Trop pour tirer à coup sûr. Trop aussi pour traverser en courant. Kochtcheï m'aurait gratifié d'un trou dans le front avant que j'aie parcouru la moitié du trajet.

Je me penchai légèrement, jaugeant le terrain du regard, cherchant un emplacement couvert où j'aurais pu m'abriter. Tout à coup, je vis la main de Kochtcheï sortir par la fenêtre latérale de sa voiture. Presque au même moment, une balle frappa le mur de briques à quelques centimètres de mon visage, projetant des débris en tous sens.

Je me redressai, expédiai trois salves en continu dans son pare-brise et me planquai de nouveau... et ça commença.

Je le sentis dans ma tête.

Chapitre 73

Tout d'abord, ce fut comme une pulsation électrique qui dansait à l'intérieur de mon crâne, comme si un minuscule Taser cognait mes tympans de plus en plus profondément. Puis je me sentis étourdi, mes yeux avaient de plus en plus de mal à faire le point.

Kochtcheï avait mis la machine en route, et j'étais beaucoup trop près.

Le système de protection bricolé par Sokolov ne bloquait pas tout à fait le signal.

Kochtcheï ne répliquait pas à mon tir, mais il ne venait pas vers moi. Je savais qu'il n'était pas pressé. Je serais bientôt sous l'emprise de sa machine. Je deviendrais fou de rage, d'une agressivité irrationnelle. Je quitterais mon abri et lui foncerais dessus stupidement, littéralement – et il pourrait me descendre sans même me regarder –, pendant que la salle de bal du Hilton se transformerait en un stand de tir dont le président, sur l'estrade, serait le premier prix.

Il fallait que je me concentre. Que j'essaie de stopper les ondes. Mais je ne pouvais pas. C'était le sentiment le plus étrange du monde. Je sentais ma conscience s'échapper, comme si elle était aspirée par les ondes de Sokolov. Encore quelques secondes, et c'en serait terminé.

Au bout de la salle de bal du Hilton, Aparo sentit le malaise qui s'installait dans ses oreilles. Il agrippa son casque, tout en surveillant Everett et Romita, qui se disputaient énergiquement.

Reilly avait raison, se dit-il. C'est en train d'arriver.

Il regarda autour de lui, d'un côté et de l'autre, l'esprit en fusion, cherchant désespérément un moyen d'arrêter l'inévitable. Il savait que Romita était une sacrée tête de mule. Et qu'Everett aurait un mal du diable à lui faire faire ce qu'il devait faire – et même s'il y parvenait, tout jouait en leur défaveur. Le signal meurtrier passerait, très probablement.

Il lui fallait trouver autre chose, il le fallait et très vite, sans quoi ils seraient bientôt tous morts – lui compris.

Il devait aider Reilly. C'était la seule chose qu'il pouvait faire. L'aider à descendre Kochtcheï.

Il monta l'escalier quatre à quatre, sortit du lobby et s'apprêtait à appeler Reilly par radio pour le rejoindre le plus vite possible, quand il repéra quelque chose qui lui avait échappé jusque-là.

Un Suburban Chevrolet noir appartenant au cortège présidentiel, juste derrière les deux Cadillac.

Pas n'importe quel Suburban.

Celui-ci avait, sur son toit, deux grosses antennes colinéaires.

Aparo se rua vers le véhicule.

Je sentais la colère gonfler en moi, une colère primitive dirigée contre rien ni personne en particulier, et en même temps contre tout et tout le monde. J'avais désespérément envie de la bloquer, désespérément envie de faire n'importe quoi pour garder le contrôle de mes sens, mais j'étais impuissant ; je ne pouvais qu'attendre qu'on m'arrache le contrôle de mon esprit.

Je n'osais pas penser à ce qui se passait dans la salle de bal.

Je me concentrai à nouveau. Sachant que c'était un excellent tireur et étant donné son avantage tactique, je ne pouvais pas foncer vers lui. Il défendait le fort, je n'étais qu'un fantassin hésitant à charger. Cela n'avait jamais été une stratégie gagnante. Il me fallait trouver autre chose. Quelque chose qui puisse combler mon handicap.

Je regardai autour de moi. Les secondes défilaient à toute vitesse.

Les bus. Garés à une trentaine de mètres de l'endroit où je me trouvais.

Un muret séparait le parking de la cour de récréation, à mi-distance des bus. Je pouvais diminuer mon trajet de moitié en m'y mettant à couvert.

J'entendis d'autres coups de feu venant d'en bas, suivis d'un hurlement. Puis d'un autre. Les micro-ondes faisaient leur travail.

Il fallait cesser de réfléchir, et agir.

Je bondis, filai comme une flèche sur l'espace découvert, tirant pour me protéger. Je percutai le mur, m'accroupis le plus bas possible. Repris mon souffle. À cet instant, plusieurs projectiles s'écrasèrent contre le mur à côté de moi. Ils ne venaient pas de Kochtcheï. Stupéfait, je pivotai. Larissa remontait l'allée, revolver levé. Elle se dirigeait vers moi... sans cesser de tirer.

Elle portait son casque, mais il était inefficace. Les

efforts précipités de Sokolov dans l'hélicoptère étaient visiblement impuissants à arrêter le signal – encore plus impuissant que mon propre système. C'était la seule explication, à moins qu'elle ne voulût simplement me tuer.

— Qu'est-ce que vous faites ? hurlai-je.

Elle continua à tirer. Une balle m'égratigna le bras, projetant un éclair de douleur dans mon épaule. elle tira deux autres coups.

Larissa était dans ma ligne de mire... mais je ne pouvais pas tirer. Je ne pouvais pas l'abattre, même si elle me tirait dessus. Le pire, c'était qu'elle serait bientôt à découvert, et dans le collimateur de Kochtcheï.

Je lui tirai entre les pieds en espérant l'arrêter, l'obliger à rester derrière le mur. Elle ne parut même pas s'en apercevoir. Comme si toute volonté propre l'avait abandonnée. La rage supplantait tout le reste. Elle ne pensait qu'à une chose. Elle était programmée pour tuer.

Je ne pouvais attendre plus longtemps. Je devais détruire la machine.

Répétant cent fois mentalement cette phrase dont je me servais comme d'un mantra pour garder le contrôle de ma conscience, je levai mon arme, vidai le chargeur en direction de Kochtcheï, tout en fonçant vers le bus le plus proche.

J'ouvris la portière côté chauffeur et sautai dans l'habitacle. Plusieurs balles se fichèrent dans le flanc du bus. Larissa. Au moins Kochtcheï ne l'avait-il pas touchée. Je tirai d'un coup sec le câble d'alimentation sous le tableau de bord – avec une immense gratitude pour ces vieux autocars scolaires et leur antique système électrique si facile à pirater.

Trois secondes plus tard, le gros moteur diesel se mit à gronder.

Détruis la machine. Détruis la machine !

Je criais, maintenant.

Je jetai un coup d'œil par la fenêtre latérale. Le monospace Dodge de Kochtcheï était presque exactement dans l'axe, derrière moi.

Maintenant. Ou jamais.

Je passai brutalement la marche arrière, enfonçai la pédale.

Le car fit un bond en arrière et traversa le parking comme une torpille, le moteur geignant tel un animal blessé. Je rectifiai un peu la position du volant avant de m'arc-bouter, juste au moment où le pachyderme jaune télescopa le monospace. Il continua son chemin, poussant la voiture devant lui, fracassa la clôture grillagée qui délimitait le terrain de basket et finit sa course dans un craquement sinistre de métal contre brique.

Puis ce fut le silence.

Je sortis mon arme, soulevai le gilet pare-balles dont je m'étais enveloppé la tête. J'attendis un bref instant.

Pas de bourdonnement, pas de sensation de Taser au fond du crâne. Rien.

Je me précipitai à l'arrière du bus. Le monospace était tout écrasé, plié en accordéon contre le mur du bâtiment. L'avant était enfoncé jusqu'à hauteur des sièges.

Pas trace de Kochtcheï.

C'est alors que j'entendis un froissement derrière moi. Je pivotai pour faire face à la mort qui s'annonçait certaine, mais, avant même que j'aie le temps de me retourner, trois nouveaux coups de feu fouettèrent l'air, déchirant la sérénité de l'école déserte.

Kochtcheï, le crâne éclaté, gisait en tas sur l'asphalte du terrain de basket. Plus loin, à l'extrémité de l'espace découvert, Larissa était en position de tir, jambes écartées, son revolver dans les mains.

Elle me visait.

Je braquai le mien dans sa direction, ignorant si l'effet des micro-ondes s'était totalement dissipé. Je ne pouvais pas tirer. Elle venait de me sauver la vie. Je restai là, simplement, chaque muscle de mon corps tendu jusqu'au point de rupture, la sueur dégoulinant de tous les pores de mon visage, fixant le canon du revolver qui me faisait face, attendant la balle qui n'allait pas manquer d'en jaillir pour me faire un trou dans la tête, essayant de jauger son expression, espérant anticiper d'une fraction de seconde le moment où elle appuierait sur la détente et me ferait éclater le crâne.

Chaque seconde durait une éternité. J'entendais mon propre sang battre entre mes oreilles, chaque battement prenant un temps infini avant de céder la place au suivant.

Elle se dressait là, devant moi, raide, véritable machine à tuer... mais elle ne tira pas. Elle abaissa son arme et vint vers moi, le visage déformé par la confusion.

— Qu'est-ce qui s'est passé ? demanda-t-elle.
— Vous m'avez sauvé la vie, dis-je en souriant.
— Mais... et le...

Elle fixait mon bras blessé, l'esprit encore brumeux, pensive, comme si sa mémoire avait quand même enregistré une partie des événements précédents.

— C'est fini, dis-je.

Nous nous approchâmes de l'endroit où Kochtcheï était tombé. Il était mort. Deux balles dans la poi-

trine, une dans la tête. Larissa était une sacrée gâchette
– sauf lorsqu'elle était sous influence, heureusement
pour moi. L'âme de Kochtcheï, s'il en avait une, devait
être dans l'omnibus en route pour un enfer au goût
de goulag sibérien.

— Nick ? fis-je dans mon micro. C'est fini. Kochtcheï est mort. Tout est sous contrôle.

Rien.

— Nick. Réponds-moi.

Rien.

— Everett ? Quelqu'un ?

Toujours rien.

Je regardai Larissa. Elle semblait aussi terrifiée que moi.

J'avais un très, très mauvais pressentiment.

Nous sommes restés là, à nous regarder en silence.
Nous nous demandions bien ce qui s'était passé. Je
continuai d'appeler, mais la ligne était comme morte.

Soudain, j'entendis des pas lourds venir dans notre
direction. Je me tendis, levai mon revolver et visai le
bord du mur, ignorant qui allait apparaître. La machine
était démantibulée, ils ne pouvaient donc pas être sous
son influence. Pendant une fraction de seconde, pourtant, je me demandai si l'effet du signal pouvait sub-
sister après qu'il eut été coupé.

Aparo déboucha au coin du mur. Il courut vers nous,
suivi de près par Everett. Ils tenaient leurs armes à
la main.

Je levai mon revolver.

— Hé, Sean, attention, c'est nous ! hurla Aparo.
C'est nous !

J'hésitai, puis abaissai mon arme.

— Qu'est-ce qui s'est passé, mec ? demanda-t-il en nous rejoignant.

Il venait de découvrir le car accidenté, le minivan écrabouillé.

— Il est mort. C'est terminé.

Il me donna une grande claque dans le dos.

— Heureux de te voir en un seul morceau, mon pote.

Il regarda Larissa avec un grand sourire.

— Vous aussi. Encore plus heureux !

— Et POTUS ? fis-je, la gorge serrée. Tout va bien ?

— Ouais, il va bien, rétorqua Aparo, toujours aussi laconique. Un peu paumé, mais en un seul morceau. Ils l'ont enfermé dans une réserve, au sous-sol.

Je lâchai un soupir de soulagement. Pour la première fois depuis longtemps, je sentais mon corps se relâcher.

— Et les autres ?

— Nous avons eu quelques bagarres, et deux agents, à l'extérieur, ont pris des balles dans leur gilet. À part ça, tout va bien.

— Et dans l'hôtel ?

— Nickel. Nous gardons POTUS en bas jusqu'à ce que la zone soit parfaitement sécurisée.

Si c'était vrai, cela finissait bien mieux que prévu.

— Alors le signal n'est pas parvenu dans la salle de bal ?

— Oh si, répondit Aparo. Nous avons entendu les coups de feu dans nos oreillettes, et nous avons senti le signal, mais avant que quiconque en soit assez affecté pour pointer son arme j'ai sorti un truc de mon cru à la Buck Rogers...

Je ne comprenais rien du tout.

— Répète-moi ça ?

— La camionnette avec les contre-mesures électroniques, fit Aparo, radieux. Je ne sais pas si c'est cela qui a fait de l'effet. Dès que ça a commencé à aller mal, je leur ai demandé d'envoyer la sauce sur tous leurs brouilleurs, jusqu'au dernier.

Je souris, soulagé. Et lessivé. Un des éléments essentiels du cortège présidentiel consistait en un Suburban Chevrolet équipé pour neutraliser une attaque télécommandée. Ce véhicule contenait un dispositif de brouillage très puissant conçu pour arrêter n'importe quel signal téléphonique, radio ou électromagnétique qui pourrait entraîner l'explosion d'une bombe à distance.

— Et Sokolov ? demandai-je.

— Il va bien. Dans l'unité de commandement, ils n'ont pratiquement rien senti. Ça a sans doute un rapport avec la quantité d'électronique qui s'y trouve déjà, dit Aparo.

— Je crois qu'on est tous bons pour un débriefing sévère d'au moins une semaine, gloussa Everett.

— Je meurs d'impatience, fis-je en arrachant mon oreillette.

Mais j'avais une chose à vérifier.

— Une minute, leur dis-je.

Je regardai Larissa. Elle comprit tout de suite.

Je me dirigeai vers le monospace. Elle me suivit.

Il était esquinté au-delà de toute identification possible. Il ne faisait pas plus de deux mètres de long, désormais. L'arrière avait télescopé le mur de briques. Au milieu des débris, j'aperçus divers composants électriques. Tous étaient en morceaux. Comme si quelqu'un avait balancé une chaîne stéréo par la fenêtre du cinquième étage.

Mais je ne voulais prendre aucun risque.

J'arrachai quelques bouts de tôle tordus et grimpai dans l'épave. Je trouvai trois éléments qui semblaient récupérables. De la taille d'amplis stéréo. Je retrouvai également l'ordinateur portable, près de ce qui avait été l'avant du véhicule. Il n'avait pas l'air aussi endommagé que le reste. Puis je vis un petit sac de voyage, plus ou moins intact. Je l'ouvris. Il contenait des vêtements et un nécessaire de toilette pour homme. Dans un compartiment secret, je découvris plusieurs passeports, des cartes de crédit et un gros paquet de billets de cent dollars.

Je sortis les trois éléments et les posai sur le sol goudronné. Je regardai autour de moi et finis par trouver une brique plus ou moins entière que la collision avait arrachée du mur.

— Vous êtes d'accord ? demandai-je à Larissa.

Elle hocha la tête.

— Il me semble que c'est la solution la plus raisonnable.

Je fracassai les éléments à coups de brique jusqu'à ce qu'ils soient parfaitement irrécupérables, puis je les jetai dans la carcasse de la voiture.

Je m'emparai de l'ordinateur.

— Il faudra que je m'en débarrasse proprement.

— Et Sokolov ? me demanda Larissa.

— Ouais... J'aurai peut-être besoin de votre aide, pour ça aussi.

Chapitre 74

Plus que tout au monde, j'aurais aimé être chez moi, un disque de Joss Stone sur la platine, une bière fraîche sur la table de nuit et Tess dans mes bras. Mais je devrais attendre encore un peu.

Il me restait un énorme problème à régler, et cela devait être fait au plus vite et avec le plus grand soin si je ne voulais pas me retrouver ligoté dans une combinaison orange et jeté dans un cul-de-basse-fosse.

J'avais besoin d'aide. Mais pas celle de n'importe qui. Ce devrait être quelqu'un à qui je puisse tacitement faire confiance. Quelqu'un qui aurait les moyens et la force de caractère nécessaires pour réaliser l'impossible. Car c'était ça dont j'avais besoin : l'impossible.

Cet énorme problème s'appelait Leo Sokolov. Ou Cyrille Chislenko, comme on voudra. L'un et l'autre me donnaient la même migraine.

Comment résoudre le problème nommé Leo ?

Il n'y avait que trois options. La première, c'était qu'il meure. C'était la seule manière de s'assurer que son horrible invention ne se relèverait pas de sa destruction dans la cour de récréation de l'école bilingue Oyster-Adams, qu'elle ne déploierait plus jamais son manteau de douleur et de souffrances. Mais Leo avait malencontreusement survécu à toute la débâcle, et je ne me sentais pas capable de lui mettre une balle dans la tête. Tout aussi malencontreusement, pendant le peu de temps que nous avions passé ensemble, je m'étais pris d'affection pour ce type. Certes, il avait du sang sur les mains. Mais je me disais qu'il ne méritait pas la chambre à gaz, et pas davantage une balle à pointe creuse de calibre 115 pénétrant dans son cerveau à la vitesse de cinq cents mètres par seconde.

L'option numéro deux consistait à le livrer aux amis de Larissa, à la CIA. On s'occuperait de lui. Ils lui arrangeraient probablement une existence formidable, dans le cadre d'un de leurs programmes de protection de témoins. Il y avait toutefois un léger bémol. L'option numéro deux impliquait presque à coup sûr que la machine de Leo renaîtrait. Plus puissante, et plus horrible encore. Et je ne crois pas que je pourrais jamais me pardonner si je contribuais à laisser cette chose en circulation, dans ce monde où Kim et Alex allaient grandir. Il était déjà bien assez détraqué.

L'option numéro trois, c'était que Sokolov disparaisse. Elle avait ma préférence, et c'était aussi la solution la plus juste pour Della, qui n'avait pas mérité tout ce qu'elle avait enduré ces derniers temps. Mais Leo devrait alors disparaître pour de bon. Je veux dire, disparaître de façon que personne n'entende plus jamais parler de lui. Oussama Ben Laden et d'innombrables autres, s'ils étaient encore de ce monde, pourraient témoigner que ce n'est pas si facile à réaliser.

Mais je connaissais un homme qui pourrait peut-être m'aider à y parvenir.

Nous avions évité les débriefings et fui le poulailler, prenant l'hélico pour rentrer directement à New York – nous, c'est-à-dire Aparo, Larissa, Leo et moi. Quand nous nous posâmes à l'héliport de la 34e Rue Est, il était près de 22 heures. De là, d'un commun accord, nous nous abstînmes de nous rendre à Federal Plaza.

Nous traversâmes Brooklyn pour aller au 114e district, à Astoria, où nous avons récupéré Della – sans rencontrer autre chose qu'un minimum d'objection de la part d'un sergent de permanence débordé et sous-payé.

Voir Leo et Della tomber dans les bras l'un de l'autre, en larmes, renforça ma conviction que ces deux-là méritaient qu'on leur fiche la paix. Quant à savoir si nous nous en sortirions, c'était un autre problème. Il me semblait que cela valait la peine d'essayer. Et comme je l'ai déjà dit, les options un et deux n'étaient pas vraiment des options.

Restait la partie la plus difficile.

J'expliquai la situation à Della. Si elle acceptait d'aller de l'avant, elle ne pourrait plus jamais, sous aucun prétexte, communiquer avec les membres de sa famille. Même pas sa sœur, dont elle était proche. Personne. Mais nous ferions en sorte que sa sœur sache qu'elle allait bien. C'était une condition strictement non négociable.

Ce n'est jamais facile. Après quelques minutes

pénibles, elle déclara qu'elle acceptait. Je savais qu'elle tiendrait parole.

À cette heure de la nuit, grâce au gyrophare, il nous fallut cinq heures pour atteindre la frontière canadienne.

Nous avons beaucoup parlé, pendant le voyage. J'écoutai Leo raconter à Della son incroyable histoire. Della fut tour à tour stupéfaite, fascinée et choquée, mais je dois avouer qu'elle réagit plutôt bien. Sokolov avait eu une sacrée vie, à tout point de vue. J'étais heureux de savoir qu'il en aurait bientôt fini avec la partie la plus désagréable.

Je l'interrogeai à propos de Corrigan, bien sûr. Il ne me donna guère plus qu'une description physique générale, assez vague – aucun trait distinctif pertinent pour moi – et datant de trente ans. J'aurais préféré être au bureau, avec un dessinateur maison capable de dresser un portrait-robot de mon fantôme – portrait que nous aurions pu vieillir artificiellement à l'aide de nos logiciels. Mais je ne pouvais pas me servir des ressources de l'Agence pour cette affaire. Et puis, nous n'avions pas le temps. Je devais faire disparaître Leo et Della au plus vite, avant que quiconque ait remarqué qu'ils n'étaient plus là.

Mon insigne facilita notre passage. Quelques minutes plus tard, nous étions sur le parking du Best Western de Saint-Bernard-de-Lacolle.

Comme le cardinal Mauro me l'avait promis, ses gens nous attendaient.

Je ne voulais pas savoir où ils cacheraient Leo et Della. C'était plus prudent pour tout le monde. Ce que je savais, c'était que le Vatican garantirait leur sécurité. Ils ne risquaient rien. Mauro me l'avait assuré. En sa qualité de secrétaire d'État du Vatican, c'est-à-dire plus ou moins le bras droit du pape, il avait le pouvoir d'arranger à peu près n'importe quelle situation. Je savais qu'il tiendrait parole. Nous avions vécu ensemble plusieurs expériences sérieuses ces dernières années, toujours en rapport avec les secrets des templiers. La dernière fois, c'était deux ans plus tôt, quand Tess avait été kidnappée. Il avait une dette à mon égard... et vice versa. Nous nous aidions mutuellement.

Della me serra longuement contre elle, à la manière grecque. J'étais très ému.

— *Efharisto poli*, me glissa-t-elle à l'oreille. Un très grand merci. Vous serez pour toujours dans mes prières.

Je sortis de la poche intérieure de ma veste la liasse de billets que j'avais trouvée dans le sac de Kochtcheï. Je la tendis à Sokolov.

— Prenez ça. Ça pourra vous être utile.

Il rougit, puis accepta. Sa poignée de main était ferme, chaleureuse.

— Merci, dit-il. Infiniment.

Je hochai la tête.

Sans un mot, il me regarda un moment, comme s'il se demandait s'il devait ajouter quelque chose.

— Vous savez que les vôtres travaillent aussi sur ce projet. Qui sait ? Peut-être ont-ils déjà trouvé.

— Mon Dieu, j'espère bien que non !

— Le problème, c'est que le siècle qui commence sera celui du cerveau. La technologie *est* disponible. Et ces découvertes... ou bien elles nous permettront d'explorer des possibilités dont nous n'avons jamais même rêvé... ou bien elles nous réduiront en escla-

vage. Et il sera vraiment difficile d'explorer les premières sans tomber dans le second. Je souhaite de tout cœur que vous y parveniez.
— Moi aussi, fis-je en souriant.
Je les regardai monter dans la voiture et disparaître dans la lumière qui précède l'aube.

Chapitre 75

Quand je retrouvai Aparo et Larissa au Bistrot français, à Chelsea, il était presque midi. Ils avaient l'air lessivés.

Bien.

Nous nous pointâmes à Federal Plaza avec la tête de ceux qui viennent de se faire rouler dans la farine. Ce que nous voulions que tout le monde croie. Après tout, nous étions censés avoir laissé filer une des prises les plus recherchées par le gouvernement américain, et si nous tenions à nos carrières ainsi qu'à une certaine tranquillité judiciaire, nous allions devoir proposer une histoire en béton. Une histoire sur laquelle nous étions tous d'accord, et que nous pouvions raconter, chacun de son côté, sans être pris en défaut.

Ça n'avait pas été trop compliqué. C'était une histoire facile à mettre sur pied.

Comme c'était prévisible, le débriefing fut long, mais tout se passa sans trop de bobos. Le fait que le président souhaitait nous rencontrer pour nous remercier personnellement nous fut indéniablement utile.

En début de soirée, j'étais de retour à Mamaroneck, avec Tess et les enfants. Nous commandâmes un délicieux poulet rôti, puis je me couchai. J'étais mort de fatigue. Je ne savais plus quand j'avais dormi pour la dernière fois plusieurs heures d'affilée. Mon corps exigeait un peu de répit. Cela allait enfin lui être accordé.

J'étais sur le lit, en train de placer mon téléphone sur son chargeur, quand quelque chose me revint. Je n'avais pas eu l'occasion de consulter le troisième dossier « Corrigan » que Kirby m'avait envoyé. Les fichiers JPEG étaient toujours là, avec mes messages entrants.

Ce fut plus fort que moi. Je ne résistai pas à la tentation d'y jeter un coup d'œil.

Je chargeai la première image.

Là encore, le dossier était très abondamment censuré. Il s'agissait d'une mission au nom de code « Opération » et marquée *ISP*. Cela concernait un certain Projet Azorian. Je me contentai de parcourir le dossier, jetant un regard las sur chaque page avant de cliquer pour faire apparaître la suivante, puis la suivante, jusqu'à la fin.

J'allais éteindre mon téléphone et me glisser sous les draps, quand deux lettres capitales attirèrent mon regard. *CR*. Quelque chose en moi tressaillit, à la limite extrême de la conscience. Un éclair de mémoire instantané.

CR.

Cela pouvait représenter n'importe quoi. Oui, mais il y avait un certain contexte. Un nom que j'avais vu passer un peu plus tôt, dans un demi-sommeil. Azorian.

Ce nom, je le connaissais. Soudain, je me rappelai où je l'avais vu. Où je l'avais entendu. Et je me souvins aussi que j'avais posé une question à son sujet.

Il y avait très longtemps de cela. J'avais dix ans.

Je l'avais vu sur le bureau de... CR. Je l'avais entendu le prononcer. Et quand je lui avais demandé ce qu'il signifiait, il m'avait répondu que c'était quelqu'un avec qui il travaillait, quelqu'un qui portait ce drôle de nom qui les faisait bien rire au bureau. « Azorian tout-puissant », avait-il dit avant de passer à autre chose.

CR, c'était Colin Reilly.

Mon père.

Mon propre père, que j'avais découvert à l'âge de dix ans, derrière son bureau, affalé dans son fauteuil, un revolver à ses pieds, le mur derrière lui éclaboussé de son sang et de sa cervelle.

Assis sur le bord de mon lit, épuisé au-delà de toute description, l'esprit à peine en état de fonctionner, je restai là, comme paralysé, concentré exclusivement sur deux questions.

Est-ce que Corrigan connaissait mon père ?

Et aussi, étant donné toutes ces embrouilles sur le contrôle des esprits dans lesquelles trempait Corrigan...

Mon père s'était-il vraiment suicidé ?

Note de l'auteur

La documentation historique sur Raspoutine est si abondante qu'on a du mal à savoir où s'arrêter. Mieux encore, on dispose d'une masse de textes de première main. Un trésor inestimable de lettres et de journaux des acteurs clés existe encore. Les plus saisissants concernent le tsar et la tsarine : les courriers qu'ils échangeaient (lettres et télégrammes) et leurs journaux, qui ont tous été soigneusement préservés, nous fournissent un point de vue clair et incroyablement précis sur leur vie et leurs relations avec Raspoutine. La plupart des personnages importants de cette histoire ont témoigné en 1917 devant une commission d'enquête extraordinaire, quelques mois après la mort de Raspoutine et l'abdication du tsar. Le moine Iliodor lui a consacré un livre, depuis le confort de son nouveau foyer, en Amérique. Les meurtriers de Raspoutine ont publié leurs mémoires, bien longtemps après leur fuite de Russie, et bien sûr leurs versions respectives des événements relatifs à cette nuit tristement célèbre contiennent des incohérences flagrantes, parfois voulues. Raspoutine lui-même écrivit plusieurs livres (plus précisément, il les dicta à Olga Lokhtina), notamment *Vie d'un vagabond expérimenté*, qui ne fut publié qu'après sa mort. Toutes ces sources me permirent de poser un regard approfondi sur les événements des dernières années, si tumultueuses, de la dynastie des Romanov.

Tous les faits décrits dans les passages historiques de ce livre sont absolument authentiques. Avec un bémol de taille, toutefois : Misha et sa découverte sont nés de mon imagination, bien sûr. Raspoutine a fait réellement tout ce que raconte ce livre, et pour autant que je sache, il y est parvenu sans l'aide d'une éminence grise comme Misha. C'est d'ailleurs stupéfiant. Grâce à lui, le tsarévitch resta en vie, juste assez longtemps pour faire face aux balles de ses bourreaux, trois semaines avant son quatorzième anniversaire. Raspoutine coucha avec d'innombrables femmes de la noblesse, issues des rangs la plus élevés de la bonne société de Saint-Pétersbourg. En matière de gouvernement, il exerça sur le tsar une influence dépassant l'imagination, ce qui fut loin d'être négligeable dans la chute de la monarchie et la genèse de la révolution.

Comment s'y prit-il ? Il ne fait aucun doute qu'il était remarquablement fourbe et effronté, déterminé à exploiter la naïveté et les superstitions de son entourage. Sur ce plan, l'impératrice fut sa victime la plus notoire. Mélangez une dose d'hypnose (dont la médecine a démontré qu'elle contribue à réduire le facteur de coagulation, ce dont les hémophiles ont besoin pour que l'hémorragie s'arrête) et un zeste de jeune prétendant au trône errant aux portes de la mort pendant presque toute sa brève existence, et la stupéfiante ascension de Raspoutine vers le pouvoir deviendra plus facile à comprendre.

En ce qui concerne la synchronisation des ondes cérébrales, les fondements scientifiques de la machine de Leo sont connus. La synchronisation existe. La « boîte grillagée » et la « chambre aux zombies » aussi, tout comme le gros broyeur de la prison de Lefortovo. Le chercheur de Yale et son taureau contrôlé par télécommande sont réels. Au printemps 2012, le ministère russe de la Défense annonça publiquement que Vladimir Poutine avait donné son feu vert à la recherche sur des armes « psychotroniques » capables de déformer l'esprit et de transformer des gens en zombies. On a vérifié qu'il était possible de susciter et de contrôler divers états émotionnels en implantant des électrodes dans le cerveau de certains animaux et, dit-on, dans celui d'êtres humains. On n'est pas encore parvenu, semble-t-il, à obtenir le même résultat à distance.

Je ne voudrais pas engager des paris concernant la possibilité que cela devienne une réalité dans un avenir proche.

Remerciements

Un grand merci à Frédérique Polet, à Florence Noblet, à Sophie Thiebaut et à toute l'équipe des Presses de la Cité, qui m'ont accueilli chaleureusement dans leur maison il y a sept ans et continuent à être des hôtes sans pareils. Merci aussi à tous les représentants et libraires qui ont fait que ce livre est entre vos mains ; sans leurs efforts et leur enthousiasme, mes écrits ne seraient que des fichiers perdus au fond de mon ordinateur. Et merci à Jean Charles Provost, le traducteur de ce roman, pour ses nuits blanches, et à Raffaella De Angelis, mon agent, pour son travail exceptionnel.

POCKET N° 14661

« *Un roman mystico-écologique tout à fait passionnant et un rien effrayant.* »

Le Dauphiné Libéré

Raymond KHOURY
LA MALÉDICTION
DES TEMPLIERS

1203. Tandis que les croisés s'apprêtent à assiéger Constantinople, les Templiers mettent en lieu sûr certains documents confidentiels.
Le Vatican, de nos jours. Sean Reilly, agent du FBI, se plonge dans les archives secrètes de l'Inquisition : la femme qu'il aime a été enlevée, et la clé de sa liberté se trouve dans ces documents…

Retrouvez toute l'actualité de Pocket sur :
www.pocket.fr

POCKET N° 14343

« *Un thriller bien argumenté et au suspense évident, avec rebondissements garantis.* »

Midi Libre

Raymond KHOURY
LE SIGNE

Alors qu'une équipe de télévision effectue un reportage en Antarctique, une gigantesque sphère de lumière apparaît au-dessus des glaces. Message divin ? Ovni ? supercherie ? Tandis que la communauté scientifique se mobilise, en Égypte, un moine reconnaît le signe : il s'agit d'un motif que dessine inlassablement le père Jérôme, un ermite...

Retrouvez toute l'actualité de Pocket sur :
www.pocket.fr

Composition et mise en pages
Nord Compo à Villeneuve-d'Ascq

POCKET – 12, avenue d'Italie – 75627 Paris cedex 13

Imprimé en Espagne par
Liberdúplex
à Barcelone
en septembre 2014

Dépôt légal : octobre 2014
S24059/01